百年红学经典论著辑要 [第一辑]

徐扶明卷

主编 叶朗 刘勇强 顾春芳

时代出版传媒股份有限公司
安徽教育出版社

图书在版编目(CIP)数据

百年红学经典论著辑要.第一辑.徐扶明卷/叶朗主编.—合肥:安徽教育出版社,2020.12
ISBN 978-7-5336-9270-4

Ⅰ.①百… Ⅱ.①叶… Ⅲ.①《红楼梦》研究—文集 Ⅳ.①I207.411-53

中国版本图书馆 CIP 数据核字(2020)第 258390 号

百年红学经典论著辑要(第一辑)·徐扶明卷
BAINIAN HONGXUE JINGDIAN LUNZHU JIYAO DI-YI JI XU FUMING JUAN

出 版 人:费世平
策划编辑:钱 江
责任编辑:钱 江 徐 鹏 李 磊
装帧设计:袁 泉
技术编辑:陈善军

出版发行:时代出版传媒股份有限公司 安徽教育出版社
地　　址:合肥市经开区繁华大道西路 398 号　邮编:230601
网　　址:http://www.ahep.com.cn
营销电话:(0551)63683012,63683013
排　　版:安徽时代华印出版服务有限责任公司
印　　刷:安徽新华印刷股份有限公司

开　　本:700×1000　1/16
印　　张:26.25
字　　数:256 千字
版　　次:2020 年 12 月第 1 版　2020 年 12 月第 1 次印刷
定　　价:88.00 元

(如发现印装质量问题,影响阅读,请与本社营销部联系调换)

1　总序 / 叶朗

3　本卷导读 / 顾春芳

辑一　红楼梦与戏曲比较研究

3　自序

8　一、《红楼梦》与家庭戏班

31　二、《红楼梦》中戏曲演员生活

54　三、《红楼梦》中戏曲剧目汇考

93　四、《红楼梦》中戏曲剧目的作用

108　五、《红楼梦》中戏曲演出

137　六、《红楼梦》中戏曲二三事

154　七、论《红楼梦曲》

175　八、谈串客柳湘莲

187　九、《西厢记》、《牡丹亭》和《红楼梦》

214　十、《邯郸梦》与《红楼梦》

232　十一、古典戏曲对《红楼梦》情节处理的影响

253　十二、从《林四娘》、《姽婳词》到《姽婳封》

270　十三、《红楼梦》与"红楼戏"

辑二 论文

295 《红楼梦》中曲艺和杂艺

317 《红楼梦》的传奇性

347 《红楼梦》中喜剧情节

372 《红楼梦》中悲剧情节

总　序

任何一门学术的研究,都要继承前辈学者的研究成果,这种成果表现为历史上积累下来的思想资料。这就是冯友兰先生说的"接着讲"。红学研究也不例外。红学之所以形成,就是因为一代又一代的研究《红楼梦》的学者,留下了无数珍贵的思想资料,后来的学者必须研究这些资料,才能将红学研究推向新的历史阶段。

我们在《红楼梦》研究的过程中发现,各类著述的版本杂多,使用起来不很方便,便萌生了编辑一套工具书的想法。但是因为百年来红学研究的论著卷帙浩繁,以我们有限的时间和精力,无法做到面面俱到。我与北京大学中文系刘勇强教授、北京大学艺术学院顾春芳教授商议后决定,整理编辑出版一套《百年红学经典论著辑要》,这样既能够方便红学学者的学术研究,也能突出百年红学研究的代表性论著,对红学研究有所推动。

2018年,我们正式启动了《百年红学经典论著辑要》的编辑工作。未料,这一工作困难很多,最费周折的就是原典的版权问题,幸有安徽教育出版社的大力支持、项目编辑的多方联络、原典著作权人的鼎力相助,这套书才能顺利出版。我们计划这套红学论著辑要分辑陆续编刊,使红学经典的阶段性、代表性得到尽可能全面的呈现。

我们聘请了多位红学专家为每本书撰写了导言,以方便读者尽快明了该书的好处和特色。这套书的编撰得到了来自红学界许多学者的关心和支持,在此我谨代表编写组,对所有关心这套书的编辑和出版的学者以及安徽教育出版社致以衷心的感谢。

叶　朗

2020 年 10 月于燕南园

本卷导读

顾春芳

一

徐扶明先生是20世纪我国著名戏曲理论家、戏曲史学家,曾经担任中国戏曲学会、中国古代戏曲学会、中国昆剧研究会理事,在元杂剧艺术、明清传奇、昆曲史论,红学,古典小说等方面都有开创性研究。他先后出版了《元代杂剧艺术》(1981年)、《红楼梦与戏曲比较研究》(1984年)、《元明清戏曲探索》(1986年)、《牡丹亭研究资料考释》(1987年)、《汤显祖与牡丹亭》(1993年)、《元曲聚珍》(1996年)、《昆剧史论新探》(2010年)等著作。徐扶明先生对红学的贡献在于他用戏曲和小说比较研究的方法,开创性地将《红楼梦》与戏曲进行了系统性的比较研究,完成了《红楼梦与戏曲比较研究》一书,该书全面考证《红楼梦》中出现的剧目,分析戏曲对小说《红楼梦》的影响,拓宽了红学研究的视野。

徐扶明1919年生于湖北浠水,与著名学者、诗人闻一多是同乡。浠水是一座文化古城,徐扶明自小在浠水民间对戏曲和曲艺耳濡目染,由此对中国古典戏曲产生了浓厚的兴趣。1941年徐扶明考上浙江大学。由于1937年日本发动全面侵华战争,浙大迁到贵州省遵义、湄潭,并在当地办学。徐扶明赴黔求学之旅异常艰辛,直至1943年才到达贵州遵义。在辗转流亡途中,24岁的徐扶明不幸患上了肺结核,时常吐血。因为健康问题,他几乎无法继续学业,只好暂时在遵义山上的古庙中与其他患病的学生一同休养。贵州多雾潮湿,每逢太阳出来,这群患病的学生就协助同在江公祠的浙大本部图书馆晒书,徐扶明得以接触并阅读了大量珍贵图书,为其后来的研究打下了基础。大学期间,徐扶明受益于著名的诗词专家唐圭璋以及历史地理学家谭其骧两位先生,熟读元明清三代戏曲名著。而对徐扶明学术生涯影响最大的是赵景深,赵景深先生是徐扶明的伯乐,赵景深提到:"徐扶明长期向我借阅藏书,认真做札记。我经常与他共同切磋,数十年如一日。同时,徐扶明还向其他师友虚心求教,争取多方面的帮助。"徐扶明与赵景深共同谱写了三十余年的师友佳话。徐扶明后来还参与了全国戏剧曲目的田野调查,接触了很多古典戏曲的第一手资料,掌握了各种地方戏之间的关联,对于同源谱系的地方戏流变做了深入的研究。

1954年,俞振飞、周玑璋将徐扶明抽调至刚成立的上海戏曲学校任教,他在授课之余观看昆曲传字辈艺术家教戏、演戏,并参与昆曲剧目的整理和注释,同时又开设了"中国戏曲文学研究"及

"古典名剧分析"等课程,担任《戏曲论丛》、《中国戏曲大辞典》、《中国戏曲志·上海卷》编委并撰稿。后因点评"改编京剧《海港》戏剧性不强,人物不突出,比较平庸",埋下了悲剧性命运的种子。1966年徐扶明成为上海文化领域首批受冲击的文艺名家,和俞振飞、周信芳等被羁押达两年之久。除了被家人冒险藏于地板中的资料,其半生苦心收集的学术资料和书籍几乎全被抄光,付之一炬。在牛棚改造期间,他依然坚持不懈进行学术研究。"封修资"、"帝王将相,才子佳人"的戏曲题材不能研究,他就借毛主席提倡读《红楼梦》开始了《红楼梦》的研究。现徐家尚存一套四卷本赵景深赠予的《红楼梦传奇》,扉页题字"赠扶明同志,赵景深"。

清代以来,《红楼梦》和戏曲关系的研究主要围绕《红楼梦》的戏曲改编。《红楼梦》改编的戏曲剧本,仅昆曲就有十多部,这些剧本在杜步云(清代昆曲小旦)编撰的《瑞鹤山房抄本戏曲四十六种》、清代刘赤江辑录的《续缀白裘新曲九种》以及《新缀白裘》等书中均有辑录,其中最早将《红楼梦》改编为昆曲剧本的是清嘉庆元年(1796年)孔昭虔创作的昆曲《葬花》。两年后,仲振奎的昆剧剧本《红楼梦传奇》56折创作完成。清代对红楼戏的研究主要着眼于对红楼戏改编与演出的简要评点。仲振奎的《红楼梦传奇》、吴镐的《红楼梦散套》、石韫玉的《红楼梦》以及梁廷枏的《藤花亭曲话》都有序文、题词等相关评点。姚燮的《今乐考证》"著录四"和"著录十"分别录入了林亦构的《画蔷》、严保庸的《红楼新曲》、仲振奎的《红楼梦传奇》、吴镐的《红楼梦散套》、万荣恩的《红楼梦传奇》

等红楼戏及相关评点。杨掌生的《京尘杂录·长安看花记》中，也有关于"葬花"一折及对黛玉扮演者的表演的品评。

民国时期关于红楼戏的研究出现了改编本的比较研究，如哀梨的《红楼梦戏》、蕭葭簃主的《谈红楼梦剧》、严敦易的《红楼梦与怜春阁》、方君逸的《关于红楼梦的改编——红楼梦剧本序》等。特别出现了京剧改编红楼戏的研究、归纳和总结，如傅惜华《关于红楼梦之戏曲》，较为全面地介绍了齐如山、梅兰芳、欧阳予倩等改编的12部《红楼梦》京剧折子戏。傅惜华《关于红楼梦之戏曲》中也提到红楼戏研究的总体状况，他说："关于《红楼梦》故事之戏曲，至今日尚未见有人为其综合之介绍或研究，贡献于文坛也。"

中华人民共和国成立后，许多剧种都编演过红楼戏，对红楼戏的研究主要集中在对剧目和作者的考证方面，红楼戏目的辑录和整理也有了更深入的进展，比如萧爽的《红楼梦剧本溯古》、吴晓铃的《红楼戏漫谈——古本戏曲丛刊编余偶得之二》等。另外，还有大量研究集中于红楼戏的人物形象。1957年出版的一粟的《红楼梦书录》以及1978年出版的阿英的《红楼梦戏曲集》是研究红楼戏的重要参考资料。进入80年代后，对红楼戏剧的研究角度更加多元，徐扶明关于《红楼梦》与戏曲的论文在《红楼梦研究集刊》接连发表，引起了学界的广泛关注。《红楼梦》小说和戏曲的互文研究，可以说直到徐扶明《红楼梦与戏曲比较研究》一书问世之后，才真正成为《红楼梦》阐释的一种新的理论和方法。

《红楼梦》与戏曲研究通常会有两个视角，一是戏曲视角，二是文学视角。陈祖美的《论清代〈红楼梦〉戏曲》、陆树仑的《从〈红楼梦〉戏曲谈〈红楼梦〉的改编问题》等是文学视角,主要论述是站在小说的立场探讨戏曲改编问题。徐扶明的《红楼梦与戏曲比较研究》则是从戏曲的视角对《红楼梦》中出现的戏曲传奇做了基础性、整体性的考察。他从《红楼梦》与家庭戏班、《红楼梦》中戏曲演员生活、《红楼梦》中戏曲剧目汇考、《红楼梦》中戏曲剧目的作用、《红楼梦》中戏曲演出、论《红楼梦曲》、古典戏曲对《红楼梦》情节处理的影响等十三个方面做了深入研究。他的论述有说服力地阐释了小说中出现的传奇剧目和典故与《红楼梦》的叙事、情节、人物及主旨的关系,给我们提供了一个研究《红楼梦》的全新思路。后来对《红楼梦》小说中的戏曲的研究都直接或间接地从这本书中受到启发,足见《红楼梦与戏曲比较研究》一书的贡献和意义。

二

《红楼梦与戏曲比较研究》是目前关于《红楼梦》戏曲研究最全面、最具原创性的著作。其特点主要有以下几个方面:其一,将《红楼梦》的戏曲描写放在清史和清代戏曲史的背景下加以考察;其二,将《红楼梦》中关于戏曲的描写作为小说叙事的有机组成部分加以考量;其三,多角度、多层次地探讨了《红楼梦》与戏曲之间密切而又丰富的联系。正如徐扶明先生在该书自序中所说的那样,《红楼梦与戏曲比较研究》的研究范围主要有三:一是《红楼梦》中的戏曲活动;二是戏曲艺术对《红楼梦》的影响;三是《红楼梦》涉及的戏曲改编和戏曲剧目。这三个范围也基本涵盖了现当代《红楼梦》戏曲研究的主要领域和基本学术问题。

该书第一、二、四、五、六、八章围绕《红楼梦》的小说文本,通过《红楼梦》中出现的戏曲剧目和演出来研究清代中期的家班状况、演员生存、戏曲演出、外部环境等。第一章"《红楼梦》与家庭戏班"中,徐扶明着重研究了家乐、家伶的活动。《红楼梦》中写贾府为元春省亲专门筹备了一个新的家班,家班成员主要是昆腔的女童伶。徐扶明在《清稗类钞》、《清代燕都梨园史料》等文献研究的基础上,描绘出乾隆以后戏班生存的大环境,继而分析《红楼梦》中贾府家班的衰落,思考"清代家班从盛行到衰落的原因"、"清代家班演员的来源、生活、地位和斗争"等问题。第二章"《红楼梦》中戏曲演员生活"中,徐扶明通过红楼十二官的生活来管窥清代戏班的演出状况和生存处境,在俞大纲《发掘〈红楼梦〉中的戏曲史料·曹雪芹笔底的优人和优事》、王三庆《红楼梦中的戏剧世界及其真实意义》、沈旭元《红牙檀板奏哀声——论〈红楼梦〉中的十二女伶》、李希凡《梨香院的"离魂"——十二小优伶的悲剧命运与龄官、芳官、藕官的悲剧性格》等研究的基础上,把红楼女伶的研究又往前推进了一步。第四章"《红楼梦》中戏曲剧目的作用"分析并归纳了《红楼梦》中融入戏曲剧目的作用和意义:一、通过戏曲内容来预示人物命运;二、揭示人物性格;三、渲染气氛;四、表现豪门的享乐豪奢;五、推进情节。第五章"《红楼梦》中戏曲演出"对《红楼梦》小说中的戏曲演出场所、演出时间、演戏出数、参场、点戏、开场戏、正场戏、戏曲行当等进行了研究。第六章"《红楼梦》中戏曲二三事"中考证了《红楼梦》所反映的清代戏曲的现实状况。第八章"谈串客柳湘莲"中，徐扶明先生通过《红楼梦》中柳湘莲这一人物论述了清朝业余戏曲演员及票友的状况。

第七、九、十、十一和十二章则分析了《红楼梦》在题材选择、主题思想、人物塑造、情节处理、叙事结构等方面呈现的戏曲艺术特征。第七章"论《红楼梦曲》"中，徐扶明考证了第五回贾宝玉游太虚幻境中出现的《红楼梦曲》与《钧天乐》、《长生殿》等剧目的关系，并指出了《红楼梦曲》的曲牌、衬字、谱律所受戏曲传奇的影响。第九章"《西厢记》、《牡丹亭》和《红楼梦》"，通过分析《西厢记》、《牡丹亭》的词曲在《红楼梦》中的引用和化用，论述《红楼梦》的叙事受到戏曲传奇的深刻影响，同时论述了《红楼梦》"有情之天下"的理想对于《西厢记》、《牡丹亭》的继承和发展。第十章"《邯郸梦》与《红楼梦》"主要涉及三点内容：一是戏曲小说中"梦"题材的运用；二是汤显祖和曹雪芹两人生活境遇、文学实践的对比研究；三是《邯郸梦》与《红楼梦》的艺术价值对比，肯定了二者在揭示社会矛盾和批判腐朽封建统治上的一致性。第十一章"古典戏曲对《红楼梦》情节处理的影响"，主要介绍《红楼梦》的情节处理对古典戏曲手法的借鉴。第十二章"从《林四娘》、《姽婳词》到《姽婳封》"从戏中戏的角度分析了传统戏剧中"林四娘"的形象，他根据对康熙年间流行的关于林四娘的四种著作的分析，提出没有一个故事有反对农民起义和反清的思想，"不过是抒兴亡之感罢了"。他认为"把林四娘打扮成反对流寇的姽婳将军,正是《姽婳词》具有的新特点"。宝玉作《姽婳词》的情节穿插在晴雯之死中间,稍稍抑制住晴雯之死情节持续发展的紧张感,给予读者喘息的机会,以便让晴雯之死的主要情节更有力地发展下去,张弛之间产生更加强烈的艺术效果。这样的叙事方式也可比照林四娘和晴雯性格的相似之处,将她们放在以男性贵族为中心的封建社会的背景中加以歌颂,这或许是真正的命意所在。

虽然徐扶明先生在《红楼梦与戏曲比较研究》中对《红楼梦》的解读尚未完全展开,但他在书中所探讨的"戏曲剧目对《红楼梦》思想内容的影响"、"戏曲对《红楼梦》小说手法的影响"、"红楼戏的改编方法和改编形式"都令人感到耳目一新。《红楼梦与戏曲比较研究》呈现出徐扶明戏曲研究的特点,具有重要的创新意义,也具有极大的学术价值,为之后的红学研究开创了一个很好的角度与路径。

《红楼梦》中藏着一部明清经典戏曲史。《红楼梦》的题材、内容、人物、情节及艺术思想都与戏曲有着较深的联系,《红楼梦》剧目的考证梳理工作,是《红楼梦》和戏曲关系研究的基础。《红楼梦与戏曲比较研究》第三章"《红楼梦》中戏曲剧目汇考"对《红楼梦》戏曲剧目进行了全面的汇考和梳理,为后人研究《红楼梦》小说与戏曲的关系做了基础性的工作,徐扶明是这方面研究的开拓者和先行者。当然,鉴于当时研究条件与资料有限,剧目的挖掘和梳理仍有遗漏,也有学者指出该书在曲目分类上还有待商榷。近几年,我通过细读《红楼梦》中的人物对话、诗词酒令等细节,在徐扶明先生已考出的37出戏曲基础上,新考出了杂剧《红拂记》(或《北红拂记》)、《倩女离魂》以及传奇《疗妒羹》、《永团圆》、《卓文君》、《女丈夫》等六出剧目,并做了相关的研究和阐释,在其研究的基础上撰写了《〈红楼梦〉戏曲剧目及各类演出考证补遗》(2017年)、《〈红楼梦〉的叙事美学和古典戏曲的关系新探》(2017年)、《〈红楼梦〉小说叙事的戏剧性特征》(2019年)、《细读〈红楼梦〉省亲四曲》(2019年)等论文。

此外,《红楼梦》中的个别剧目还有待进一步考证。这些有待考证的剧目有几类,一是当今舞台上鲜少上演、流传不广的剧目,如《刘二当衣》、《丁郎认父》、《黄伯央大摆阴阳阵》等弋阳腔剧目,考证文章计有吴新雷、宋铁铮的《〈刘二当衣〉注释》,傅雪漪的《〈刘二当衣〉考》,吴书荫的《也谈〈刘二当衣〉》,赵景深的《考证〈丁郎认父〉》,萧伯青的《〈丁郎认父〉本事应出于〈升仙传〉》、《考证〈丁郎认父〉》,吴新雷的《〈黄伯央大摆阴魂阵〉的出处和内容》等。二是现存版本较多,难以确定其所指版本的剧目,如《琵琶记》、《西厢记》,考证文章有蒋星煜的《关于宝黛所读的十六出本〈西厢记〉》,宋铁铮、顾平旦的《曹寅〈续琵琶〉传奇初探》等。三是书中未明确提及的出目,如李玫在《〈红楼梦〉第二十二回薛宝钗、王熙凤"点戏"意义微探》一文中考查了《红楼梦》第二十二回所提及戏曲《西游记》具体演唱的出目等。这些剧目考证的工作,可以更好地帮助我们准确解读《红楼梦》。因为戏曲史上相似剧名或相同题材的戏曲所表达的主题内涵并不一定相同，有的甚至完全相反。如《红楼梦》第二十二回出现的《刘二当衣》，有京腔与弋腔两个版本，讲述的是以刘二为主角的两个完全不同的故事。一则讲述了没落官人刘二到当铺当衣的故事；另一则描述了经营当铺的刘二，其姐夫裴度因家贫曾将几件首饰抵押给他，无力赎回，而当裴度家人再来典当衣服时，他竟扣下衣服，以抵偿之前所当首饰的利息。两则故事的基本情节和主题意义完全不同。要准确解读《红楼梦》小说中出现的戏曲内容在小说叙事中的意义，首要的工作便是准确考证小说中出现的戏曲剧目。

将《红楼梦》中出现的戏曲演出活动和清代戏曲史结合起来加以研究是徐扶明《红楼梦与戏曲比较研究》中最有特色和价值的地方。徐扶明的红学研究把《红楼梦》和戏曲的关系从原来局限于改编的研究拓展到叙事结构、手法借用、情节处理、互文关系、角色安排、戏剧张力、南北曲律等其他重要的研究维度。20世纪90年代以来，《红楼梦》与戏曲的研究方兴未艾，徐扶明的《红楼梦与戏曲比较研究》仍然是不能绕开的重要论著，与此相关的研究都是在徐扶明研究基础上的拓展。

三

《红楼梦与戏曲比较研究》的特点归纳起来有以下几点：

第一，严谨的戏曲史研究方法。徐扶明先生的戏曲理论研究最大的特点便是将戏曲史论、经史诗文乃至风俗逸事等材料融会贯通。他对《红楼梦》中出现的《牡丹亭》的研究，就建立在包含千条文献的《牡丹亭研究资料考释》基础之上，他研究所涉及的剧目多达三千余出，无论是研究戏曲作品的创作年代，还是分析戏曲作品的艺术特性，徐扶明先生都广采博记，力求以丰富的资料来佐证每一个推论。比如他曾经否定了朱权《太和正音谱》中"关汉卿初为杂剧之始"的说法。通过将现存杂剧剧本中出现的〔木斛沙〕〔绿腰催〕〔黑漆弩〕〔木兰花〕等曲与刘祁的《归潜志》、仇远的《金渊集》和燕南芝庵的《曲论》中记载的金朝北方俗谣俚曲进行对比，得出金朝北方的民间俚曲先后被诸宫调、散曲、北杂剧所吸收的结论。他将杂剧《金童玉女》、史书《金史》中对女真族歌舞的记载和《中原音韵》、《元宫词》、《三朝北盟汇编》中杂剧音韵曲调方面的理论进行比对分析，认为北杂剧吸收了北方少数民族如女真族的某些音乐歌舞，进而否定了《南词叙录》中将北曲尽数归纳为辽金时期北方民族之曲的武断之说，提出北杂剧吸收而非直接传承了北方各个民族的俗谣俚曲的观点。在对《红楼梦》戏曲的研究过程中，徐扶明尤其注重考据，在史料的使用上不人云亦云，不盲从前人的学术成果。他将史识、史料和史论三者结合，力求融会贯通、宏观把握、以史为纲、点面结合。

第二，扎实的古典小说研究和戏曲学知识结构。徐扶明的《红楼梦》研究的基础之一是他扎实的古典小说研究背景，他早期对《西游补》和《水浒》等小说都进行过深入研究。徐扶明的戏曲理论研究，不仅是平面的案头文学的研究，而且是囊括各个剧种和声腔,结合场上演出的综合性研究。他撰写的《元代杂剧艺术》是目前研究元杂剧的较为全面和权威的著作,1984年荣获第一届全国戏剧理论著作奖。他曾选取他认为最有价值的明清戏曲作品集毛晋的《六十种曲》来对明清戏曲的辑录情况与主流审美情趣进行研究。《红楼梦》戏曲涉及弋阳腔和昆腔的"花雅之争",在田野调查的基础上他所写出的昆曲研究的二十一篇论文(后结集为《昆剧史论新探》)成为他论述这一问题的基础。在分析《红楼梦》中《西厢记》时,他辨析南北《西厢》的差异,考证李日华写《南西厢》时期,舞台上盛行用海盐腔、昆山腔表演剧目,在一片贬低《南西厢》的声音中,他肯定了《南西厢》顺应戏曲发展、观众审美变化所进行的创造性改编的艺术贡献。

还比如他提出很多红楼戏为什么红过一阵最后"冷"了这个问题。第一,他指出红楼戏的出现为昆曲注入了新的血液,但昆曲本身的衰落是大势所趋,绝不是红楼戏可以挽救的。第二,舞台上的红楼戏较之原著,难免逊色,一方面戏曲人物很难达到小说形象原有的艺术魅力,另一方面主题意蕴往往只能停留在某一个层面而显得单薄。第三,很多红楼戏,包括孔昭虔的《葬花》、许鸿磐的《三钗梦》、朱凤森的《十二钗》、周宜的《红楼佳话》等,都是案头本,作者重"案头",忽视"场上",不适合舞台搬演,也就没有长久的生命力。第四,传奇作品一向偏累旦角,他脚过稀。清代红楼戏大多是以旦角为主,仲振奎的《红楼梦传奇》有旦角人物十多个;万荣恩的《醒石缘》有旦角二十多个;陈锺麟的《红楼梦》有旦角五十多个,还不包括丫头、仙女、女伶、宫娥、花神等。徐扶明认为无论哪个戏班都不可能有那么多的旦角，红楼戏的改编背离了戏曲艺术的基本规律，这就是其冷下来的根源。正是有赖于扎实的戏曲学知识结构和理论素养，徐扶明才能进行相关研究并发表独到见解。

第三，徐扶明注重文本研究的历史观。从徐扶明的论述中不难看出，他十分强调戏曲作品的现实性和思想性，因此在研究《红楼梦》的时候他也从戏曲角度对《红楼梦》的思想性做了分析和总结。他对《红楼梦》中的家班女伶寄予了深切的同情，他认为："无论是剧作中杂有封建性的糟粕，还是整个剧作思想内容很糟，都是与剧作家的世界观分不开的。"徐扶明十分强调艺术作品的思想意义与社会价值，他认为戏曲作品融入了作者借古喻今的思想性诉求，这是其焕发长久生命力的原因。他说："(《窦娥冤》)这部名著具有强烈的现实性。如果说它仅仅是'取古书中故事敷衍之'，那就抹煞了它的现实性，从而贬低了它的思想意义和社会价值，并贬低了关汉卿的政治热情和艺术才能。"所以在他看来，《红楼梦》中出现的戏曲传奇是叙事的重要组成部分，对于理解《红楼梦》的思想意蕴有特别重要的意义，并具有无限阐释的空间。他说：

> 《红楼梦》中的戏曲描写，不是可有可无的点缀笔墨，而是全书情节不可缺少的有机部分。它丰富了书中所反映的社会生活，更有助于深刻揭示"红楼"由盛而衰的过程、规律和意义，富有艺术美。

第四，独特的戏曲理论研究视角。徐扶明戏曲理论研究的另一特点是，他的研究经常在浩瀚的学术领域中寻找前人所未涉及的角度。《红楼梦与戏曲比较研究》中，首先采用比较研究的方法，一方面力求吃透《红楼梦》，另一方面要对清代的戏曲史料特别熟悉，才能精准把握二者的关系，开拓出有效的比较框架，发现前人所没有发现的问题。此外，在《红楼梦》研究中融入女性主义研究，是继他本人《牡丹亭》的女性主义研究之后，以红楼女伶为对象研究《红楼梦》的又一次尝试，以此透视明清戏曲，管窥社会深层的弊端，在 20 世纪 80 年代的红学研究领域是非常新颖的。

在徐扶明等前辈学者研究的基础上，《红楼梦》的叙事美学和戏曲关系的问题依然有着可拓展和深入的研究空间，比如对于小说中出现的剧目还有待进一步梳理补充，原有的考证还需要进一步辨析和论证，戏曲和小说互文的意义还有待更加精细深入的阐释。特别是叙事美学作为研究《红楼梦》的重要角度，从戏曲的角度研究《红楼梦》这部经典对我们进一步了解《红楼梦》小说的叙事美学有着极为重要的意义，而关注小说与戏曲叙事之间的关系是《红楼梦》研究中一个尤为关键的"美学问题"。对于《红楼梦》和戏曲关系的问题，在前人的丰富学术成果上，如何寻找新的材料、新的角度，从而开拓新的研究路径，徐扶明先生的这部红学研究专著所呈现出的研究方法、治学态度、独到见解、学术热情都值得我们继承和发扬。

辑一 红楼梦与戏曲比较研究

自　序

我在大学读书的青年时代，就爱好《红楼梦》。数十年过去了，我仍然爱好《红楼梦》。究竟看了多少遍，自己也记不清了。我对书中几百人物，并非都了解的，但一个个青年的悲剧，强烈地震动过我的心灵，深深印在我的脑海里。可是，我从来没有打算写一本研究《红楼梦》的书。因为，自这部名著问世以后，红学家们说过千言万语，要另辟蹊径，可不是一件容易的事。

"文化大革命"时期，我重读《红楼梦》。看来看去，就想专从戏曲角度，试作一些探索，写点札记。因为，一则自己从事戏曲工作，比较有点条件；二则还没人在这方面做专门研究，自己不妨试试看。即使自己的探索够不上填平补缺的份儿,那就权当作开场锣鼓,打打闹台,有待于名家登场唱大轴。

可是,在《红楼梦》里,关于戏曲的描写,毕竟有限得很。如果仅仅就此着笔,介绍介绍,那就只有一两篇文章可做了。经过反复考虑,初步拟定三个范围,一是探索《红楼梦》中戏曲活动,二是探索戏曲艺术对《红楼梦》的影响,三是探索《红楼梦》对戏曲创作的影响。这样一来,范围可以广泛些,比较有回旋余地,而又围绕着《红楼梦》与戏曲的核心,不至于离题万里。

那么,又该怎样研究呢?我想,还是运用比较方法。有比较,就有鉴别。从两者比较,可以易于鉴别出同与异,精与粗,新与旧,优与劣。这样,就便于发现问题,分析问题,而不至于东鳞西爪,不得要领。困难在于,用比较方法,研究《红楼梦》与戏曲,既要"钻进去",又要"跳得出",否则,名为比较,实则是把两个不相干的东西硬扯在一起,甚至会困在戏曲资料堆中,变成写戏曲史稿了。所以,用好比较法,对我说来,自然是很吃力的事,但也是很好的锻炼。

故而,我对《红楼梦》与戏曲作比较研究,力求一方面吃透《红楼梦》,另一方面熟悉清代有关的戏曲史料,使自己能够掌握住这两者之间一定的联系性,可以比得上,同时,明确目的性,比一比,到底解决个什么问题。比方说,当我看到"红楼十二官"的活动,便考察一下清代中期家庭戏班的情况,借以研究《红楼梦》怎样在生活基础上进行艺术加工,生动地展现了当时家庭戏班小演员的生活和命运,达到艺术真实。当我看到《红楼梦》中有些情节的处理,近于戏曲艺术的方法,于是,重读一下古典戏曲作品,研究《红楼梦》是否真正受到戏曲艺术的影响,又是怎样借鉴的。由此说来,既有着比较明确的目的,又掌握到相比者之间一定的联系,那么,在作比较研究时,心里就有点数了。

《红楼梦》中的戏曲描写,篇幅虽然不多,但涉及方面却比较广。那么,该抓哪些问题呢?我根据书中戏曲描写,大致确定:在戏曲活动方面,第一,探索清代家庭戏班从风行到衰落的状况、原因和影响;第二,探索清代家庭戏班演员的来源、生活、地位和斗争;第三,探索清代戏曲演出的场所、时间、程序和脚色等等;第四,探索《红楼梦》中戏曲剧目的内容及其作用。在戏曲对《红楼梦》的影响方面,既要探索思想内容的影响,如《西厢记》、《牡丹亭》等等;又要探索戏曲艺术形式的影响,如人物出场、排场调度、背景点染、人物语言和曲调组合等等。在《红楼梦》对戏曲的影响方面,主要是探索"红楼戏"的创作、流行、成就和缺陷。本文所收诸稿,就是对这些方面的问题,试作初步研究。

通过对《红楼梦》与戏曲比较研究,我进一步了解到:《红楼梦》中所描绘的家庭戏班的活动,揭示了清代家庭戏班日益趋于衰落的征兆。贾府诸人对戏曲艺术的爱好和享受,表现了清代中期豪门享乐生活和艺术爱好的特点。《红楼梦》在继承《西厢记》、《牡丹亭》等等优良传统基础上大胆创新,诚然有了出色的发展。这部名著在情节处理上借鉴戏曲艺术,形成了独特的风貌。诸如此类,恕不枚举。总之,《红楼梦》中的戏曲描写,并不是可有可无的点缀笔墨,而是全书情节不可缺少的有机部分。它丰富了书中所反映的社会生活,更有助于深刻揭示"红楼"由盛而衰的过程、规律和意义,富有艺术美。

通过对《红楼梦》与戏曲比较研究,我感到,各种艺术,都有自己的特点和规律,也就各有特长和局限。同时,各种艺术,又有相通之处。就是说,各种艺术,既互相区别,又互相联系。所以,艺术家应该精通本门艺术,又要有比较广泛的艺术修养。只有如此,才可能有新的杰出的艺术创造,对艺术发展作出新的杰出的贡献。曹雪芹是一个多才多艺的艺术家,《红楼梦》是一部丰富多彩的艺术作品。那么,研究《红楼梦》,就需要在更广泛的艺术领域里进行比较分析,这样小说和诗词、戏曲之间的相互关系和影响才能得到揭示,而这无疑的对于文学思潮和文学史研究都会有帮助的。

"四人帮"垮台以后,我把初步完成的这些稿件共十多篇,作了进一步修改,并陆续发表于《红楼梦研究集刊》、《红楼梦学刊》和《红学文丛》。现在收在这本集子里的共十三篇,其中部分内容参考各方面的意见,又作了一些修改,并定名《红楼梦与戏曲比较研究》。

还应该提出,在写这些论稿时,以及小书出版过程中,老师和朋友们对我给以热情的帮助,谨在此致以谢意。尤其感谢赵景深老师长期借给我各种资料。在那时,这些线装书,都被列为"四旧"。所以,当我每次看到这位白发盈头的老教授,细心地用报纸包扎我所需要的资料时,我是深受感动的。我愿意借本书出版的机会再次表示我的敬意和感谢。

徐扶明

一九八四,春,于上海

一、《红楼梦》与家庭戏班

在我国长期的封建社会里,官僚地主家庭自备戏班,称为"家乐",也就是家庭戏班。据《玉泉子》记载:崔公铉在淮南,"尝俾乐工集其家僮,教以诸戏"。那么,早在我国戏曲艺术萌芽时期的唐代,就有了家庭戏班。到宋元时代,才日益完备。再到明清时代,更盛极一时。降至近代,就渐渐衰落了。对此,在前人著作里,大都是一鳞半爪,很难窥其全貌。而在《红楼梦》里,却生动地描绘了家庭戏班的活动,比较全面地反映了我国家庭戏班极盛时期的概况。

(一)

清代贵族、官僚、地主、富商人家,逢年过节以及吉庆喜事,常常雇职业戏班,或者找"玩戏的人"(串客、票友、业余演员),到家里作临时演出。更主要的是,很多人家都自备戏班,随时演出。曹雪芹叙贾府原先有一个戏班,但那些演戏的女人们,皆已皤然老妪了。后来,为了庆祝元春归省,又办了一个新戏班。而李家和薛家,也"都是有戏的人家"。忠靖侯史家,"有一班小戏"。忠顺王府、南安王府、临安伯府以及"各官宦家",也"养有优伶男女"。从中可见当时的社会风气。

我们留心清代初期和中期的历史情况,就可以看出《红楼梦》这些描写是否符合事实。

在那时,除宫廷戏班外,上自王公大臣,下至地方官员,大都"家有梨园,皆极一时之选"。比如,成亲王永瑆、慎靖郡王允禧、平西王吴三桂、靖南王耿精忠、世袭辅国公经照、大学士明珠、大学士和珅、吏部尚书李天馥、吏部尚书宋荦、军机大臣福康安、大司寇张北海、总督伍拉纳、总督吴兴祚、总督毕沅、巡抚浦林、江宁织造曹寅、苏州织造李煦、两淮巡盐御史李陈常、巡盐御史季振宜等等,都有家庭戏班。昭梿《啸亭杂录》说是"诸藩邸皆畜声伎"。礼亲王昭梿自己,也是"素狎优伶",畜有戏班。连一个小小的大名游击,竟然也养优伶数十人。所以,当时民间歌谣加以讽刺说:"芝麻官,养戏班。"[①]

在那时,许多大地主家庭也备有戏班。"华堂杰阁矗空起,梨园选胜日征歌","拟于王侯"。比如:如皋冒襄,"多拥丽人,爱蓄声伎";海陵俞锦泉,家乐"甲江南,粉白黛绿不知数";武进杨荣,家多伎乐,"率善歌舞";海宁查继佐,"家畜女伶,并一时妙选"。不仅经济繁荣地区的大地主家庭如此,就连山乡僻壤地区的大地主家庭也是一样的。湖北鹤峰县,地处万山之中,有个大地主田舜年,每宴客,就命家姬演出《桃花扇》。地主家庭竞畜戏班,遍及全国各地。②

在那时,富商大贾家庭自备戏班,也是很平常的事。"绮席笙歌无朝夕,醉后凭陵若王侯"。山西票号商,安徽典当商,江西茶商,浙江丝商,苏州洞庭山水果商,云南铜商,都以家备戏班炫耀于人。尤其各地盐商,"俳优伎乐,恒舞酣歌,宴客嬉游,殆无虚日"。在江淮地区,季、黄、程、包、汪、洪、张、江、罗、徐几家大盐商,更是以家乐斗靡争妍而驰名。③所以王原《巨估乐》说是:"拥资射时利","娱坐杂倡优","民生日愁苦,唯有巨贾乐"(《寒竽集》)。

当时朱门富户自备戏班,少则有一班,多则有数班。成亲王私邸,竟有"和成"、"庆祥"、"瑞祥"、"太祥"等六个戏班。连一个湖南布政使家里,也有两个戏班(《竹叶亭杂记》)。泰兴盐商季家,与平阳米商亢家,最为奢华,号称"南季北亢"。或有女乐二部,或有梨园数班,多则二三百人,少则数十人,"悉称音姿妙选"(《觚剩》)。乾隆年间两淮盐商,例畜花(乱弹)、雅(昆曲)两部,著名戏班有春台班、老洪班、德音班、百福班等等。

这许多家庭戏班,大都是童伶班,从八九岁到十多岁,一过二十岁,不是被送人作家僮,就是另谋生路,甚至不堪摧残,夭折而亡。如王文治把超龄的家伶素云、宝云,送给毕沅为仆。冒襄的家伶杨枝,年长便退出了舞台。而童伶班之中,又以女班为多,如查继佐家的十些班,朱必抡家的缥缈班,还有俞锦泉、徐懋曙、季振宜诸人的家乐,也都是女班。④这是为了按照封建礼教的教导行事。(女伶可以出入内庭。)

他们不仅畜名班,而且建名园,所谓"二美兼具"。罗人琮《敬陈末议疏》指出:"今(康熙年间)之督抚司道等官,盖造房屋,置买田园,私蓄优人壮丁,不下数百,所在皆有,不可胜责。"地主、富商亦然。明清时代,江南一带是私家园林集中的地方。从清代初期到中期,中国私家园林已发达到了高峰。赵翼《青山庄歌》:"园林成后教歌舞,子弟两班工按谱。"(《国朝诗铎》)像青山庄这样的园林,还有很多哩。如秦家的寄畅园,冒家的水绘园,王家的拙政园,张家的曲江园,郑家的休园,洪家的倚虹园,查家的水西庄,亢家的亢园,乔家的东园,曹寅家的西园,经照家的西园,等等。这类园林大都宏大富丽。如倚虹园内,有桂花书屋、水厅、领芳轩、歌台、看楼等处。张园"广数十亩,中有三层楼,可瞰大江。凡赏梅、赏荷、赏桂、赏菊,皆各有专地。演剧宴客,上下数级如大内式。另有套房三十余间,回环曲折,不知所向,金玉锦绣,四壁皆满"(《水窗春呓》)。他们的家庭戏班,就在园内活动,或演于歌台之上、厅堂之间,也有的演于水榭或暖阁之内。又如休园内有一歌厅,"后二进皆楼,红灯千盏,男女乐各一部,俱十五六岁妙年"。

还应该提出,在清代初期和中期,很多衙门,特别是那些号称"油水衙门",都备有戏班。因为,当时只北京以及少数大城市(如苏州等)才有戏园,而清朝政府又以"有玷官箴"为名禁止官员(尤其旗人)入内看戏。再者,雇职业戏班入衙演唱,毕竟不及自备戏班方便。所以,大小衙门竞畜戏班。这种戏班名曰官家戏班,实则是变相的家庭戏班,专供少数在职官员享受。比如,广州衙署的戏班,"演戏召客,月必数开筵,蜡泪成堆,履舄交错"。厦门海防厅备有梨园两班,除"国忌"外,演唱不辍。清江浦南河厅的戏班,有院班、道班之分,从岁首元旦到岁暮除夕,无日不演戏,"自黎明至夜分,虽观剧无人,而演者自若也"⑤。

由此可见,《红楼梦》中自备戏班的描绘,确实是有着现实依据的。贾府自备的一个新戏班,正是童伶女班,而且是经年在大观园内活动。忠靖侯史家的"一班小戏",即指童伶班⑥。史家也有个花园,水阁叫作枕霞阁。这种水阁,宜于做唱曲的场所。

我们知道,曹寅是曹雪芹的祖父。李煦是曹家的至戚,经照是曹雪芹的好友敦诚、敦敏的祖父。敦诚的《四松堂集》和敦敏的《懋斋诗钞》,都记述了他家"小部梨园"和"西园歌舞"的往事。曹雪芹和曹寅在一起生活过,与敦诚、敦敏交游密切。曹雪芹对当时家庭戏班情况,是有所了解的,因此《红楼梦》中家庭戏班的描写,有实际的生活经验。

(二)

家庭戏班如此兴盛的原因有以下几点:

(1)家庭戏班可供少数人及时享乐。

在《红楼梦》里,"享福人"贾母,"极爱寻快活",最讲究听戏。她说是:她家的戏班,"原是随便的玩意儿,又不出去做买卖"。这说明,贾府之所以要自备戏班,乃是作为寻欢取乐、消闲遣闷的玩意儿。那么,为什么还要自备戏班呢?请看:有一年元宵节,贾母正在兴头上,不管更深夜冷,竟命家伶立即带着彩包来,按照她的所谓"新样儿"的要求,演几出戏瞧瞧。由此可见,自备戏班就能使他们看戏更为方便,能随心所欲地享乐。⑦

在他们看来,"外间优人总不若家伶为佳,且便于传唤",所以自然要竞畜戏班。比如,两淮盐商张家,"梨园数部,承应园中,堂上一呼,歌声响应"。在寄生虫们想来,这是最惬意的事了。何况,有些官僚地主,如岳端、曹寅、尤侗、查继佐、王文治、黄振等,习知歌舞,自教家伶演唱,"朝'班管'(写戏)而夕'氍毹'(演出)",既可以及时上演自己的剧作,又显示自己的才学,自得其乐,甚至"行无远近,必以歌伶自随"。还有些官僚地主、富商大贾,不惜出重金聘请文人、曲师或者老伶工,如朱薁稗、毕子筠、顾彩、王寿熙、王景文等,到家里写戏教曲,时时花样翻新,"惟主人所命"。这都证实,在当时,贵族、官僚、地主、富商之所以竞畜家庭戏班,就是为了要极力满足他们的享乐欲望。⑧

(2)家庭戏班可以成为结纳攀缘的资本。

在《红楼梦》里,那些官宦人家逢有喜事,甚至并没有什么喜事,常常互请看戏,互送戏班演出。如后四十回中,贾政升任郎中,王子胜和众亲戚家立即送一班戏来贺喜。连贾政由江西粮道被参回来,众亲朋也都要送戏接风。临安伯府因有新"名班",伯爷高兴,就请相好的老爷们瞧瞧。这名为日常应酬,礼尚往来,实则是借此在政治上互相勾结、扶持。一句话,他们把家庭戏班作为政治交易的筹码。

清代康熙元年(1662)以前,在北京,官宦请客,一般是"止清席,用单柬"(即席间不演戏);自康熙二年以后,"无席不梨园鼓吹,皆全柬矣"(即席间演戏)。此风日长,外地也盛行"全柬"⑨,甚至把家伶当作礼物,赠送转让。比如,一个云南大吏的幕僚,家有园林戏班,常常请客赴宴看戏,上下拉拢,终于钻得总办各省铜运的"美差"。曾任知府的王文治,把家伶送给湖广总督毕沅,以求博得大力提携。连清朝政府的"上谕",也不得不承认:"外官畜养优伶","送与属员乡绅,多方讨赏,甚至借此交往,夤缘生事"。一个革职总兵,竟异想天开地想把自己的家庭戏班(女乐)进献给皇帝,借以复官(《落金扇》)。扬州盐商也用请看戏、送家伶的方式,"结交士大夫,为干进之阶"。可知,在剥削阶级看来,家庭戏班"同于资财","律比畜产",可以作为自己升官发财的资本,他们也有权把家伶当作礼物,赠送转让,谋求更大的利益。⑩

(3)家庭戏班又可作为斗富争胜的奢侈品。

在《红楼梦》里,贾母在元宵佳节看过那有名"玩戏"家的班子之后,吩咐"把咱们的女孩子们叫了来,就在这台上唱两出,也给他们瞧瞧","咱们好歹别落了褒贬,少不得寻个新样儿的"。她的所谓新样儿,就是演《牡丹亭·寻梦》,只用箫管而不用笙笛;演《西厢记·下书》,扮惠明的净角不用抹脸。⑪她还吹嘘她爷爷的戏班演《西厢记·听琴》和《玉簪记·琴挑》的弹琴新样儿。贾母的自吹自擂,博得薛姨妈等人的赞赏。当然,演《寻梦》用箫管伴奏,多少可以染浓清幽、抑郁的氛围。而净角惠明不抹脸,却缺乏新颖的艺术风趣。贾母的新样儿,也算不了什么"新"。过去演《长生殿·小宴》,按照规定必须由"生"(唐明皇)亲自吹笛,由"旦"(杨贵妃)按板唱。

清代初期和中期,不少贵族、官僚、地主、富商的家庭戏班,较之《红楼梦》中贾、史两家的戏班,在争靡斗奇上,更是大大超过了。有的是以"色艺超群"的家伶为荣,如查继佐的家伶柔些、云些、月些、红些等"十些";冒襄的家伶杨枝、小杨枝、秦箫、紫云、金菊、灵雏等;宋荦的家伶阿陆、阿增等;王文治的家伶素云、宝云、轻云、绿云、鲜云等;黄振的家伶小红、月香、翠竹等。有的是以"拿手好戏"出名,如李天馥家的金斗班长于演《桃花扇》,尤侗的家伶长于演《钧天乐》。有的是以脚色齐备著称,如徐懋曙的家伶,"梨园色目,无不备列,皆妙龄也"。有的是以舞台布置、服装道具争胜,如盐商老徐班演《琵琶记》中《请郎花烛》一出,用"红全堂",另一出《风木余恨》,则用"白全堂";大张班演《长生殿》,用"黄全堂";小程班演《三国志》,用"绿全堂"。有的家庭戏班,据说是剧本、演员俱妙,所谓"九龄十龄解音律,本事家门俱第一",因此,"徐家戏子瞿家园",被有些人吹捧为"二绝"。此外,吴三桂的六燕班,胡中丞的老枣树班,都很有点名气的。⑫

（4）家庭戏班可以适应封建仪制的需要。

在《红楼梦》里，贾府为庆祝元春归省而自备戏班，与修盖省亲别院大观园一样，都是封建王朝的"国体仪制"规定需要的，"违错不得"。当元春归省之日，除悬灯挂彩、燃放烟火、游园赏景、大排筵席之外，还演了戏，因此，就格外显得隆重、奢华、阔气、热闹了。如果没有这种豪华的排场，皇帝妃子就不能归省。封建社会正像一座多级的阶梯，等级不同，身份不同，"礼仪"就不同，排场就不同，条条规定，界限森严。

根据历史记载，康熙、乾隆先后多次南巡时，江南各地官僚、地主、富商为了庆祝"南巡大典"，博取皇帝的欢心，都不惜耗费财力、物力，特聘文人编剧，物色著名演员，精制服装，赶排新戏。⑬很多家庭戏班争出风头，甚至组成实力雄厚的新班，力求首屈一指。如集成班（后改名集秀班），就是"集腋成裘"的意思。所以皇帝所到之处，"沿途供应戏剧献演之风甚炽"，"分工派段，恭设香亭，奏乐演戏"，"笙歌不绝"，"踵事增华"，粉饰升平。浙江西湖行宫特地演出王文治新编的《海宇歌恩》、《献瑞天台》诸戏。扬州盐政、苏州织造也特请沈起凤新编"奉迎供御之戏曲"。在扬州，当"御舟"开行时，二舟前导，戏台即架于二舟之上，演唱《白蛇传》，"高宗辄顾而乐之"。在镇江，江岸上着大桃一枚，烟火大发，桃害然裂开，剧场中峙，上有数百人，演出《寿山福海》新戏。在苏州，官造戏台，转轮可御，绮采华灯，使不风而摇曳，清歌妙舞，若驾雾以飞腾。诸如此类，不胜枚举。因此，官僚、地主、富商，都得到皇帝的嘉奖和赏赐，皆大欢喜。比如,乔莱的家乐,获得康熙皇帝的赞赏,赐以银项圈,"因名其部曰赐金班"。乔莱借此炫耀"殊荣",抬高地位。而"民间疾苦,怨声载道"。由此可知,不仅皇妃归省有"仪制",皇帝出巡更有"仪制"。《红楼梦》脂批:"借省亲事写南巡,出脱心中多少忆昔感今。"家庭戏班,也正适应了这类"仪制"规定的需要。⑭

除了上述四点之外,有些文人,如李渔等,还利用自己的家庭戏班,作为向达官贵人捞取钱财的帮闲工具。《歧路灯》第二十一回、二十二回、七十七回写到,有些"大乡绅"以至"得时衙役",借着自己在地方上有点势力,招收儿童,组成戏班,即所谓"窝子班",或者把投靠自己的江湖班收留下来。这类戏班,有唱昆曲的,也有唱地方戏的。他们伺候堂会戏,赶演庙会戏,图财牟利。如果戏班偶有亏本,那就想方设法地向有钱人家打秋风。老的戏班不行了,便办新班。主人死了,家属便可以把戏班卖掉。

正由于这种种原因,所以当时畜养戏班成风。那些尚未养戏班的知识分子,也痴心妄想着。蒋士铨《空谷香》第二十四出《心梦》写作为教师的吴良,竟对自己学生说:"学生用心读书,将来好中举人进士,做了官,好买田造屋,娶妾养戏。"社会风气对人心的腐蚀可见一斑。

(三)

贾府为了自备戏班,特地派人去姑苏聘请教习,采买女孩子,置办乐器、行头，一次竟花了五万两银子。这笔钱，按照乾隆年间粮价计算，可以买四万石粮，大体相当于一万人全年的口粮。即就《红楼梦》中刘姥姥的计算，二十多两银子，可够庄稼人过一年。那么，五万两银子就可够两千户庄稼人过一年了。此后，贾府这个戏班长期所需的生活费、演出费、教习工资以及其他费用，还不知道花多少银子哩。

　　对此，自有历史事实作证。苏州织造李煦之子与家伶串演《长生殿》，衣装费至数万。扬州盐商小张班演《牡丹亭》，仅扮演十二花神的服饰，就花了一万两。春台、德音两个戏班，单供盐商家宴，岁需三万金。有一次，扬州盐商排演《桃花扇》，花了十六万两。总商黄漋泰家戏班，其戏箱值二三十万两。米商亢家戏班演《长生殿》，一切器用，花了四十余万两。泰兴季家戏班，服饰至值百万。[15]这绝不是无稽的传闻，而是铁的事实。真所谓"侈靡奢华，视金钱如粪土"。

　　即就物资的耗费而言，也是令人惊咋的。黄漋泰家戏班演《浣纱记·采莲》和《琵琶记·赏荷》，满台皆纱縠。苏州王永宁带家伶出游演戏，连十巨舫为戏台，遍围锦绣。百福班演《北饯》，用十一条通天犀玉带。小洪班演灯戏，点三层牌楼二十四灯，大搞灯彩竞赛。江淮大吏某家戏班演《长生殿》，"凡饰歌舞具，金绘锦翠，珠珰犀珀，刻意精丽"，连《哭像》一出中的杨贵妃像，特用沉水香木雕成，"傅以脂粉，饰之如生"。清初宰相李霨的别墅"寄园"，演《桃花扇》，"选优两部"，"不惜物力"，"凡砌末诸物，莫不应手裕如"。[16]

他们认为："妙选人才办装束(买戏子、置服装),千金散尽何足惜。"他们把自备戏班的挥霍浪费,美化成什么"豪举"、"盛事",自骄骄人。如仁和景亭北,"散万金如流水","犹自侈以为豪"(《清稗类钞》)。

还有对自备戏班的挥霍浪费,往往饰词诡辩。湖广总督毕沅自备戏班,过着夜夜元宵的享乐生活。有人觉得太奢华了,提出质问。毕沅却不以为意地说是"自有文章留正气,何曾声伎累忠忱,所谓大德不逾闲,小德出入可也"(《履园丛话》)。这正是剥削阶级腐朽的道德观。毕沅"广纳苞苴",与他的好声妓不无关联。

新安大贾戴姓家族,为修建华丽的戏台,制作精美的服饰,花了很多的钱。可是,"有劝以移此巨费以赈贫乏,则群笑为迂矣"(《寄园寄所寄》)。

(四)

这些贵族、官僚、地主、富商自备戏班所耗费的金钱,究竟是怎样来的呢?主要是利用地租的方式,残酷剥削佃农。在《红楼梦》里,贾府占有大量的土地。宁国府有八九个庄子,乌庄头的一张交租单,就渗透着农民的斑斑血泪。荣国府也有八处庄地,比宁国府的田地多几倍,每年地租庄子银钱出入,也有三五十万。根据历史记载,云间顾威明,邀请一个"名角"参加家里戏班"客串",扮演《牡丹亭》中的杜丽娘,剃胡须一根,赏白米七石,计去须四十三茎,共赏白米三百石。他家占有田地四万八千亩,每年收入的租谷堆积如山。苏州王永宁畜养优伶之所以那么奢华,因为光他岳父吴三桂给的田地,就有三千亩,其全部田产有多少,无从知道。潮阳郑锡彤,"见乡中田土之膏腴者,必谋得之","坐是兼并致富",家中畜有戏班,"张筵演剧,视为寻常"。大量侵占土地,榨取超额地租,成为他们自备戏班而恣意挥霍的主要来源。⑰

封建官僚压榨劳动人民的膏血,更有他们的"诀窍"。如两淮巡盐御史李陈常,打着"清官"的幌子,千方百计地贪污纳贿,任职仅一年,即置有好田四五千亩,又有三处当铺。因此,恃其财势"多畜声伎"。这是一种。福康安带兵打仗,还带着家伶,亲自手操鼓板,引吭高唱,"笙歌一片,彻旦通宵",一切费用由"地方官供给,动逾数万"。这又是一种。当时各省督抚两司署内,凡自备戏班演出和延客盛宴,均由首县承办,首县复敛之于州县,"辗转科派","率皆朘小民之脂膏,供大吏之娱乐"。这又是一种。还有个总兵阎光炜,挖空心思地把家中优伶,都报入兵丁花名册,冒领人民缴纳的军粮、饷银,自己不花分文。这又是一种。略举数例,以见一斑。⑱

那些"油水衙门",自然是大有油水可捞,所以才能特备戏班。那时,海上交通日益繁盛,厦门是个重要口岸,"海舶鳞集,市廛殷赡"。厦门海防厅利用职权,不择手段地敲诈勒索,也就成为福建"第一肥缺"。另一个南河厅,掌管的南部黄河岁修经费,大约有五六百万金,实际上用于修河工程的费用,"不及十分之一"。还有十分之九,都被大小官吏塞进了自己的腰包。⑲

富商大贾,也是一伙穷凶极恶的吸血鬼。即就两淮盐商来说,他们领取部帖,专卖淮盐。据乾隆年间统计,每斤盐,在扬州产地值钱十文,再加上税银七文,成本不过十七文,而转运到汉口等地以后,一斤盐卖五六十文不等,利润高达两三倍以上,"愈远愈贵,盐色愈杂"。[20]

(五)

在《红楼梦》里,忠顺亲王觉得一个家伶"甚合我老人家的心境,断断少不得此人",就不惜恃势压人,争夺优伶。临安伯也只知与相好的老爷们吃吃酒,看看戏,昏聩无能,尸位素餐。那些纨绔子弟,一心羡慕着"谁家的戏子好",今日会酒看戏,明日抹牌掷骰,甚至玩弄"相公"(像姑),眠花宿柳。

贾府的衰落,原因很复杂,其中一个重要因素,就是"安富尊荣者多,运筹画谋者无一,其日用排场费用,又不能将就省俭","出去的多,进来的少",所以"一日难似一日"。自备戏班的挥霍,也是促使贾府经济日渐枯竭的一项。

顾亭林《日知录》:"今日士大夫,才任一官,即以教戏唱曲为事,官方民隐,置之不讲,国安得不亡,身安得不败",说的是明末的情况。再看看清代前期和中期官场怪状:袁晋任荆州知府,衙门内有"三声",棋声、斗牌声、唱曲声;李如毅任武昌知府,溺于声色之好,有一次坐堂审案,竟唱起戏来,隶役百十人,皆屏息而听;山东巡抚国泰与藩司于某合演《长生殿》，国泰扮杨贵妃，媟亵过甚，反而责怪于某头脑冬烘，扮唐明皇不肯尽兴。他们终日以笙歌为事，官场如同戏场，闹得乌烟瘴气。㉑

那些官绅富商人家的子女，在浅斟低唱享乐生活的腐蚀下，也变成了懒散颓丧的废物。仅从米商亢家遣散出的妇女来看，就很有代表性。她们每天"日至高舂，晨睡方起，即索饮人参龙眼等汤，梳盥甫毕，已向午矣。制食必依精庖为之，乃始下箸。食后，辄按牙歌曲"。至夜，"又复理晚妆，寻夜宴"。（《觚剩》）

正由于官绅富商自备戏班的挥霍，"骄奢淫逸，如出一途"，所以，终至"外腴中瘠，愈斫愈深，而敝坏不可为矣"。冒襄家弄得索逋盈门，移居陋巷。顾咸明家巨产全耗尽，欠赋吃官司。名噪一时的青山庄，竟变成"画寝香消落燕泥，空堂气冷飞蝙蝠"。江淮八大盐商，家家资本日绌，亏及公款，终于戏班星散，门庭冷落，处处楼台残破，园林鞠为茂草。他们的子孙，只有无限哀伤地感叹"西园歌舞久荒凉"。㉒

在《红楼梦》中，也有关于遣散戏班的描写。第五十八回："谁知上回所说的那位老太妃已薨，凡诰命等皆入朝随班，按爵守制。敕谕天下，凡有爵之家，一年内不许筵宴音乐"；"又见各官宦家，凡有优伶男女者，一概蠲免遣发。尤氏等便议定待王夫人回家回明，也欲遣发十二个女孩子"。据此，似乎贾府遣散戏班与"国丧"有关。其实不然，试看第五十五回中凤姐的自白："若不趁早料理省俭之计，再几年，就都赔尽了。"第五十六回，探春等人"搜剔小利"，力图"以补不足"。到第五十八回,适有"国丧"机会,便趁机把戏班遣散了。这样,表面上冠冕堂皇,不致损伤官宦之家的颜面。其实归根结底,是在于经济越来越困难。

可是,我们也应该指出,那些士大夫以至官僚地主,玩戏久了,经验多了,自然就具有不同程度的戏曲艺术修养。因此对家伶的训练,要求比较严格,也就能够培养出一些好的演员。比如阮大铖的家伶,经过主人细细讲解剧本,"知其义味,知其指归,故咬嚼吞吐,寻味不尽"。祁豸佳对家伶的训练也很严格,"咬钉嚼铁,一字百磨,口口亲授"。张岱训练家伶,有"过剑门"之称。(均见《陶庵梦忆》)当他们家势败落以后,有些家伶,如朱仙音、阿宝、马小卿、陆子云等,便散在民间职业戏班里,充实了演出阵营。孔尚任《燕台杂兴》中有写艺人李修郎的诗篇,自注:"李修郎声伎擅场,为贵人所宠,人难窥见,后被弃掷,仍到歌场,见者惊为绝艺。"这对民间戏曲的兴盛和发展,也起过一定的促进作用。不过这在《红楼梦》里是看不到的。

(六)

《红楼梦》所写的家庭戏班,乃是清代家庭戏班衰落前夕的回光返照。明清时代是家庭戏班的极盛时期,其发展过程,可以分为前期和后期两个阶段。明代初年到万历年间(1368—1620),算是前期。明代启、祯年间到清代康、乾年间(1621—1795),算是后期。《红楼梦》反映的是康、乾年间家庭戏班的情况。那么,这两个阶段又有什么不同之处呢？

在前期，自备戏班的官僚地主家庭，大都是所谓"衣冠世族"。其中如何良俊、顾璘、徐经、王西园、汪道昆、李开先、申时行、王锡爵、顾大典、沈璟、汤显祖、屠隆、袁宏道、邹迪光、谭公亮等人，又大都对戏曲艺术下过功夫，其中有些人还是著名戏曲家。他们以备有戏班自鸣风雅，甚至有的借写戏演戏发抒幽愤。再者，这类家庭戏班，其规模一般比较小，甚至有些家庭戏班只有演员数人，常常"单弹清唱"。当时富商大贾更是很少有自备戏班，而对"娶妾、宿妓、争讼，则挥金如土"（《五杂俎》）。他们的经济力量无疑可以自备戏班，可是，他们的嗜好却不在此。至于如汪道昆家，先世是经营盐荚发家的徽商，但到汪道昆这一代，做了大官，在当时文坛上又有点名气，也就挤进"名门"行列，自备戏班了。

到后期，不仅官僚地主、士大夫纷纷自备戏班，连"屠沽儿"也竞畜戏班（《识小录》）。《扬州画舫录》比较详细地记载了扬州盐商的家庭戏班。从《儒林外史》中也可以看出，那些盐商、典当商，养戏班，玩古董，附庸风雅，沽名钓誉。这类富商大贾，都是市侩气加上假名士气的混合物。甚至骗功名、刮地皮之徒，也养戏子（《西湖二集》）。还应该指出：在清初顺治年间，清朝政府为了维护满族地主阶级的特殊地位，曾严厉告诫满族新贵，必须"懔遵满洲旧风"，勤学清语、骑射等事，切不可"效汉人（官僚地主）陋习"，畜养优伶戏耍。可是到康熙年间，满族新贵"渐改旧风"，疏于骑射，竞尚畜养优伶，"习于浮靡"。所以自备戏班已由"衣冠世族"渐及富商大贾,由汉族官僚地主渐及满族官僚地主。随着土地兼并日趋剧烈,城市经济日益繁荣,自备戏班也随之数量越来越多,规模越来越大,挥霍浪费越来越惊人了。当时有人说是"梨园肇李唐,近代益披靡"。这是明清时代前期家庭戏班所不及的。

清朝政府曾三令五申地严禁官吏畜养优伶,什么"外官畜养优伶,殊非好事","家有优伶,即非好官","不行驱逐,从重议处","虽养一二人,亦断不可徇隐","若再不知警悟,甘蹈罪愆,非特国法难宽,亦天鉴所不容矣"。其理由,不外是所谓"旷废公事","耗费多金","夤缘生事","败坏风化"。那些封建卫道者们,也大肆叫嚷什么"缙绅家喜畜优伶,大是害事",一则"导启邪淫,败坏门风",再则"浪费资财,废事倾家",三则家伶"在外狐假,易于招非"。其实说穿了,上自清朝政府,下至封建卫道者们,都不过是唯恐自备戏班之风日炽,大小官吏怠惰,公款愈益亏空,封建礼教败坏,从而影响清朝政府的统治,有损地主阶级的长远利益。可是,官僚们对朝廷禁令,大都"虚应故事","始而具文塞责,久而并具文亦忘之"。有的地方大吏,为了保全自己,不惜弹劾"不肖州县豢养戏班,以图自娱,宴会宾客,已非官守所宜,且俾夜作昼,非是肆隆筵以娱嘉宾,实则挂堂帘以悦内眷,张灯悬彩,浆酒藿肉,竟有昏昏达旦者"。其实,小小州县固然如此,地方大吏莫不皆然。丢卒保车,做官诀窍。那些自备戏班的朱门富户,对封建卫道者的呼吁更是听而不闻,我行我素。"恶习锢蔽已深",要改也难。㉓

然而,自乾隆以降,家庭戏班毕竟渐渐衰落了。考其原因,略而言之,第一,官僚地主、富商大贾恣意挥霍,入不敷出,破家者日多。第二,随着城市经济日渐繁荣,从道光年间起,不少城市(如广州、天津等)相继开设戏园。禁止官吏入戏园看戏之令,也渐松弛。特别是乾隆年间严禁妇女入戏园看戏,嘉庆年间只许妇女入戏园看堂会戏(坐于右楼女座,前垂竹帘),到道光年间禁令稍松,再到光绪年间妇女入戏园看戏成风了。[24]第三,明清时代的家庭戏班,大都是昆曲班。"花部"(地方戏)兴起之后,昆曲渐渐不受人们欢迎。第四,地方戏剧种日多,职业戏班日增,著名演员辈出,而家庭戏班好演员有限,比肩不过。第五,随着家庭戏班日减,社会风气亦渐变,不再把自备戏班视为"风雅"。对这几点原因,《清稗类钞》《清代燕都梨园史料》等书里收录了一些资料,不具引。总之,随着近代封建社会日渐崩溃,家庭戏班亦日渐衰落了。

在《红楼梦》里,那些自备戏班的人家,既有官僚地主家庭,又有皇商大贾家庭。贾府的家庭戏班,乃是濒于没落的昆曲班,而他家还时时雇职业戏班,演唱"花部"弋阳腔。这一切都证明,《红楼梦》所写的,确实是清代中叶家庭戏班衰落前夕的回光返照。

【注释】

①见徐珂《清稗类钞》、尤侗《西堂余集》、孔尚任《桃花扇本末》、陈维崧《迦陵词全集》、敦诚《四松堂集》和《鹪鹩庵笔记》、闲斋氏《夜谭随录》、钱泳《履园丛话》、焦循《剧说》、陈其元《庸闲斋笔记》,以及《皇清名臣奏议》《永宪录》《李煦奏摺》《宜兴县志》《小说丛谭》、

《元明清三代禁毁小说戏曲史料》。

　　②见尤侗《西堂曲腋》、孔尚任《湖海集》和《桃花扇本末》、王倬《今世说》、归有光《震川集》,何絜《晴川阁集》、徐珂《清稗类钞》以及《花朝生笔记》。

　　③见李斗《扬州画舫录》、彭而述《读史亭诗集》、宋起凤《大茂山房合稿》以及《清世宗实录》。

　　④见李渔《闲情偶寄》、曹溶《静惕堂诗集》、叶奕苞《经锄堂诗稿》、陈维崧《迦陵词全集》、张潮《虞初新志》。

　　⑤见徐珂《清稗类钞》、裘毓麐《清代轶闻》、梁恭辰《北东园笔录》、薛福成《庸盫笔记》。

　　⑥《红楼梦》第二十二回:"定了一班新出小戏"。第五十三回:"定一班小戏"。第五十四回:"他爷爷有一班小戏"。第七十一回:"有的是小戏子,传了一班"。第八十五回:"送一班新出的小戏儿"。这里小戏、小戏子、小戏儿,都指的是童伶班,人比较小,人数又比较少。在当时,也叫作"小班",或者称为"小部"。史震林《华阳散稿》:"凝华小班二十四伶,昼夜揣摩,旬余演就。"《孔尚任诗文集》有《兰红小部》诗,所谓"小部齐抽玉笋条"。王士禛《带经堂集·秦淮杂诗》:"新歌细字写冰纨,小部君王带笑看。"敦敏《懋斋诗钞》亦有"小部梨园作散场"之句。这种小班是与大班相对而言。所谓大班,即是由成年演员组成,人数往往比较多。《梼杌闲评》第七回:"若要大班,到椿树胡同去。""尽头有一家,写着是王衙苏州小班。"《红楼梦》第十一回:"找了一班小戏儿,并一档子打十番的。"第二十八回:"还有许多

唱曲的小厮们。"第七十六回:"因命人将十番上女孩子传来。"这里,指的是十番档子班和清曲档子班。所谓档子班,即是童伶班。请参阅拙作《红楼梦中曲艺和杂艺》(《红学文丛》第一辑)。

⑦当时士大夫观看家伶演出以为享乐的情况,请参阅焦循《剧说》、梁恭辰《劝戒二录》以及《莲子居词话》。

⑧见袁枚《子不语》、查为仁《莲坡诗话》、黄钧宰《金壶七墨》、吴骞《拜经楼诗话》、徐珂《清稗类钞》、尤侗《钧天乐自序》、黄振《石榴记自题小引》、曹寅《太平乐府》第九出批语以及《今乐考证》、《曲栏闲话》。

⑨张宸《平圃杂记》提到清代康熙二年以后,北京盛行"全柬"(有宴有戏)请客。但此书未记载"全柬"样式。《歧路灯》第二十一回:"过了十来天,只见双庆儿拿了一个全帖,上面写着'九月初十日优觞奉酬雅爱',下面写着'眷弟林腾云顿首拜'。"这里全帖即全柬。所谓优觞,就是有宴有戏。据此,河南地区亦有此风。

⑩见张宸《平圃杂记》、徐珂《清稗类钞》以及《元明清三代禁毁小说戏曲史料》。

⑪《红楼梦》第五十四回中芳官唱《寻梦》的伴奏乐器问题,有三种不同说法。(1)"只要提琴,至于管箫合笙笛一概不用"(《脂砚斋重评石头记》)。(2)"只用箫随着,笙笛一概不用"(戚本)。(3)"只用箫和笙笛,余者一概不用"(程乙本)。我们知道,昆曲的主要乐器是笛。如果戏班有条件的话,演生旦戏,可以加上笙、箫之类,作为辅助乐器。而老生戏、净角戏,则不宜于用笙、箫之类,因为老生、净角的嗓音,高于笙、箫的音量,即使用了,等于不用。《寻梦》是以五旦(杜丽

娘)为主的戏,不用笛伴奏,而用箫管,就可以有助于衬托五旦柔和的唱腔,染浓抑郁的氛围。况且此回下文有"《西楼》〔楚江情〕一支,多有小生吹箫随的"。贾母说这段话,显然是前后呼应的。因此,当以戚本"只用箫随着"为是。

再者,此回中贾母叫葵官演《惠明下书》中的惠明,"不用抹脸",意即不用面部化妆,而不是指脸谱的画法。因为我国戏曲脸谱的画法,有勾、抹、揉三种,惠明乃是揉红脸。扮惠明的"大面"(大花脸),还应有穿戴,头戴大篷头、套金箍,身穿黑快衣、罩蓝布断俗,腰束黄宫绦,着黑彩裤、麻筋草鞋。如果贾母叫葵官扮惠明,不抹脸,却有穿戴,那么,这对于塑造惠明艺术形象说来,则是不伦不类的。

⑫见李斗《扬州画舫录》、孔尚任《长留集》和《桃花扇本末》、陈维崧《迦陵词全集》、叶奕包《经锄堂诗稿》、查为仁《莲坡诗话》、王应奎《柳南随笔》、钱泳《履园丛话》、钮琇《觚剩》、梁绍壬《两般秋雨盦随笔》、谢章铤《赌棋山庄词语》、焦循《剧说》、蒋瑞藻《小说枝谈》。

⑬乾隆南巡时,各地官僚、地主、富商不仅竞办戏班,而且竞建园林。《水窗春呓》卷下"维扬胜地"条:"扬州园林之胜,甲于天下。由于乾隆朝六次南巡,各盐商穷极物力,以供宸赏。计自北门直抵平山,两岸数十里,楼台相接,无一处重复。"

⑭见梁廷柟《曲话》、石韫玉《沈氏四种序》、李斗《扬州画舫录》、龚自珍《定盦续集》、龚炜《巢林笔谈》、徐珂《清稗类钞》以及《香雪亭新编菁英会》题诗、《圣驾五幸江南恭录》、《大清会典》。

⑮见王友亮《双佩斋集》、李斗《扬州画舫录》、金安清《觚哉漫

录》、梁恭辰《北东园笔录》、裘毓麐《清代轶闻》、黄钧宰《金壶七墨》以及《顾丹五笔记》。

⑯见厉鹗《樊榭山房集》、刘献庭《广阳杂记》、李斗《扬州画舫录》、金安清《舩哉漫录》。

⑰见王应奎《柳南随笔》、梁绍壬《两般秋雨盦随笔》、钱泳《履园丛话》、王韬《瓮牖余谈》。

⑱见徐珂《清稗类钞》以及《李煦奏摺》、《元明清三代禁毁小说戏曲史料》。

⑲请参看梁恭辰《北东园笔记》、薛福成《庸盦笔记》、徐珂《清稗类钞》。

⑳请参看黄钧宰《金壶七墨》、王源《寒竽集》、昭梿《啸亭杂录》。

㉑见尤侗《艮斋杂说》、徐珂《清稗类钞》、陈其元《庸闲斋笔记》。

㉒见邹弢《三借庐笔谈》、王应奎《柳南随笔》、梁恭辰《北东园笔记》、黄钧宰《金壶七墨》、敦敏《懋斋诗钞》以及《国朝诗铎》。

㉓见《元明清三代禁毁小说戏曲史料》《歧路灯》。

㉔《歧路灯》第四回，王氏道："那遭山陕庙看戏，甬路西边一大片妇女，只显得这巫家闺女人材出众，有十一二岁了。"孝移道："你不胡说罢，山陕庙里，岂是闺女们看戏地方？"王氏说："他是个小孩子，有何妨？若十七八时，自然不去了。"这里写的是清初河南民间情况。此书作者李绿园，反对妇女看庙戏，所谓"阿娇只合深闺藏，看戏如何说大方。试问梨园未演日，古来闷死几娇娘"。并且说什么"幼女少妇，赶会看戏，弄出的事体，其丑声臭闻，还有不可尽言的"。

二、《红楼梦》中戏曲演员生活

在我国史籍中,有些是专记历代戏曲演员生活的,如《青楼集》《燕兰小谱》之类。但它们都是杂事琐闻,并无条贯,不过偶弄笔墨,聊遣绮怀而已。在我国古典文学作品中,戏曲作品如南戏《错立身》、杂剧《蓝采和》、传奇《比目鱼》之类,小说作品如《金瓶梅》《儒林外史》《歧路灯》《品花宝鉴》之类,或多或少地描绘了古代戏曲演员生活的真实面貌。而曹雪芹在《红楼梦》中,用神妙的笔触,描画出一些戏曲演员栩栩如生的艺术形象。这在我国古典文学作品中是少见的。

(一)

首先,我们要探索的是戏曲演员来源问题。贾府为了隆重迎接元春归省,特地派贾蔷"从姑苏采买了十二个女孩子,并聘了教习",办了一个"女戏"班子,以备届时演戏。这十二个"女戏子"就是:文官、藕官、艾官、葵官、豆官、芳官、玉官、龄官、蕊官、药官、宝官、茄官。①我们姑且把她们称为"红楼十二官"。她们都是"好人家的儿女",有的被父母所卖,有的因父母已亡而被叔伯兄弟所卖。总之都是从江南苏州地区买来的。

我们知道,在清代,戏曲演员的来源不一,如宫廷戏班演员,有来自年轻太监、罪官家属的;家庭戏班演员,有来自"奴产子"(《红楼梦》称为"家生子儿")的;职业戏班演员,有来自演员子女、"票友"(《红楼梦》称为"串客""玩戏的人")"下海"(成为正式演员)的等等。但不论哪一种戏班,都要买青少年做演员。尤其清代初期到中期,民间职业戏班日益增加,买青少年做演员的事就越来越多了。而江南苏州、扬州地区,更成为当时戏曲演员的主要来源地。

清代康熙年间,苏州织造兼两淮巡盐李煦,在苏州买了几个女孩子,教成一个戏班,"报效"给康熙皇帝(《李煦奏摺》)。②乾隆年间,江南织造盐政等官,"指称内廷需要优童秀女,有广购行觅者",并有"勒取强买等事"(乾隆元年五月"上谕")。所以清宫戏班有"苏州优伶"(《清宫史略》),这是不足为怪的。③吴三桂在云南时,特地"买吴伶年十五者四十人",组成戏班(《清代通史》)。吴震方《买吴儿》诗篇也写道:"朱门大道旁,堂高郁嗟哦。问言谁家宅,冠盖相经过。答云作官归,位尊而金多。前堂接宾戚,后堂罗青娥。千金买吴儿,命工诲之歌。广曲传新声,朝夕奏阳阿。"(《国朝诗铎》)

这是家庭戏班。据《燕京杂记》记载,"优童大半是苏、扬小民,从粮艘至天津,老优买之,教歌舞以媚人者"。《品花宝鉴》也写道:"京里有个什么四大名班,请一个教师,到苏州买了十个孩子,都不过十四五岁,还有十二三岁的,用两个太平船,由水路进京。"这是职业戏班。一句话,那时各种戏班都买苏州优童。当然也有从其他地区买青少年做演员的。如李渔的家伶乔复生、王再来,就是从山西、兰州买来的。(《笠翁一家言》)④

为什么他们都要到苏、扬地区买青少年做演员呢?早在宋代到明代,南戏系统的戏曲剧种流行,就有不少苏、扬子弟做演员的。据张炎《山中白云词》记载,南宋末年,演南戏《韫玉》传奇,"惟吴中子弟为第一"。在《金瓶梅》里,一个海盐腔戏班,有四个演员是苏州人;西门庆家一个会演戏的家僮,原是扬州人。及至晚明时期,"争尚苏州戏(昆曲),故苏州鬻身学戏者甚众"(《云间据目钞》)。在明末刊本《荷花荡》传奇里,那些串演《连环记》的演员,都是苏州人。明末清初时期,在河南,不少昆曲班演员多为苏州人。⑤

到清代康、乾年间,昆曲日渐趋向衰落,乱弹(地方戏)日益兴起。可是,官僚、地主、富商仍好昆曲,捧为"雅部",而厌恶乱弹"难供雅人之耳目",贬为"花部"。虽然他们之中也有不少人赶时髦,听听弋阳腔(乱弹的一种),但他们所蓄的家庭戏班,大都是昆曲班,借以自鸣风雅。民间职业戏班,仍有一些昆曲班。所以当时昆曲演员还是以苏州人为多。北京梨园"供奉"(从民间抽调来的宫廷戏班演员)住的地方,叫作苏州巷。扬州梨园总局的所在地,叫作苏唱街。在江西,由"吴儿演《牡丹亭》剧","歌声犹绕画梁尘"。贵阳城中有昆班,"流落天涯卖戏钱"。连海疆的福州、常山,演唱昆曲的演员也是苏州人。甚至"太行西北尽边声,亦有昆山乐部名"。汪琬曾把苏州出戏曲演员,说成是当地的土特产之一。⑥

昆曲之所以要由苏州籍演员演唱,就因为这个剧种兴起于苏州地区,以吴侬软语唱"水磨腔",韵白是中州白(官白),而道白却是苏州白(便白)。潘耒《遂初堂集》:"今吴歈(指昆曲)盛行于天下,而为其谱者皆吴人,吴人之审音固甚精也。"特别是净丑之白,常用苏州方言。李渔《曲话》说:"无论剧中之人生于何地,长于何方,凡系花面脚色,即作吴音。"⑦当然,有时根据剧中人物的籍贯,或者为了突出剧中人物的性格特点,昆丑也用多种方言。如《十五贯》中娄阿鼠念无锡白,《烂柯山》中张木匠念香山白,等等。⑧甚至《双珠记》中山西客人王维章是"老外"应行,也念山西白。除此而外,如果当时演唱昆曲不用吴侬软语,就会遭到官僚士大夫的讥刺。刘献廷观看湖南祁阳戏班唱昆曲,认为:"楚人强作吴歈,丑拙至不可忍,如唱'红'为'横','公'为'庚','东'为'登','通'为'疼'之类。"(《广阳杂记》)显然,在他看来"湘昆"不是昆曲正统,要不得。其实湘昆很有特色,至今仍在湖南地区流行。

故而,徐树丕《识小录》说:"吴中曲调起魏氏良辅(创'水磨腔')","四方歌曲,必宗吴门,不惜千里重资致之,以教其伶伎,然终不及吴人远甚"。《歧路灯》描写河北有家官宦后代,自幼好弄锣鼓,在当地招了些孩子,聘了两位苏州教师,"整串了二年多,才出的场,腔口还不得稳"。总之,那时"选女乐者必自吴门"(李渔《曲话》)。达官贵人们"索得姑苏钱,便买姑苏女。多少北京人,乱学姑苏语"⑨。

当时各种戏班都要到苏、扬地区买青少年做演员,固然与昆曲有一定的关系,但如果当时苏、扬地区的人民衣暖食饱,又有谁家甘愿把子女卖掉,让他们去做备受歧视的优童呢?吴伟业《临顿儿》诗说,苏州临顿地方的贫家子,因"阿爷负官钱",被迫卖给朱门大户,"三年教歌舞,万里离亲戚"(《梅村诗集》)。唐甄在《潜书·存言篇》里也指出:"吴中之民,多鬻男女于远方,男之美者为优,恶者为奴,女之美者为妾,恶者为婢,遍满海内矣。穷困如是,虽年谷屡丰,而无生之乐。"

那时卖子女的身价,幼童,高则十贯钱(一贯千文,十贯合银大约九两多),低则三百文;青少年大约是银四五两到十几两,女子比男子的身价稍高;甚至论斤计算,一斤十文,满百斤者,每斤减二文。而当时米价,平常是一石值银一两到二两之间,有时卖八九百钱;一遇荒年,米价狂涨,一度一石卖到五两。所以"富家卖米贵如珠,贫家鬻女贱如土。米价日增女价贱,鬻女救得几时苦。道逢债主急索钱,归来依旧空腰缠"(岳鸿振《鬻女谣》)。其情况极为悲惨。至于色艺双全且已成名的苏、扬歌女,那是所谓"奇货",身价很高,又当别论。劳动人民卖儿鬻女,往往还要经过中间剥削。"牙人"收留女子,整齐装束,让远方之人观看选购,若得售主,转手之间,牟取暴利,而"卖子女者所得无几"。更有"买人船",流窜乡间,诱买拐骗贫家子女,往外地出卖。⑩

《红楼梦》写贾府从姑苏买女孩子,这与康、乾年间的历史情况恰恰符合。贾府戏班所演的剧目,如《乞巧》、《寻梦》等,都是昆曲剧目,而从未演过乱弹剧目。贾府之所以要买苏州青少年来做演员,演唱昆曲,正因为这是个"钟鸣鼎食之家,翰墨诗书之族"。商务本《增评补图石头记》第十八回写贾府庆祝元春归省时演唱昆曲,有条眉批云:"随意几出戏,咸有关键,若乱弹班一味瞎闹,其谁寓目。"说出了内中关键。虽然贾府偶尔演过几次乱弹的弋阳腔,只不过是调剂一下胃口而已。正如凤姐所说:"咱们家的班子都听熟了,倒是花几个钱,叫一班来听听罢。"况且贾、史、王、薛,都是金陵世家,贾府与姑苏"世禄之家,书香之族"的林府又是至戚,所以都爱好"南昆"。贾府的老太太、老爷从小就接触昆曲,如贾母年轻时看过娘家史府戏班唱的《琴挑》、《听琴》,贾府早先也有个戏班。因此他们耳濡目染,习与性成。办昆曲戏班,正反映了康、乾年间世家大族的生活风尚。

《红楼梦》第一回里,写到苏州地区"水旱不收"、"民不聊生"、"贼盗蜂起"、"抢田夺地",连甄士隐的女儿英莲也在苏州被拐子拐去,到应天府出卖。这些动乱的社会环境的描写,使读者对苏州地区贫家子弟被卖做优童的原因,多少可以有所了解。而书中王夫人却说什么苏州贫家子女"因无能,卖了做这事(指演戏)",显然是阶级偏见,是为他们的享乐生活辩护。

（二）

关于戏曲演员的社会地位问题。在《红楼梦》里，王夫人曾经斥责她家的小演员："唱戏的女孩子，自然更是狐狸精了！"赵姨娘也恶毒地咒骂小演员："是我们家银子钱买了来学戏的，不过娼妇粉头之流，我家里下三等奴才也比你高贵些！"探春更把她家的演员当作"玩意儿"，"如同猫儿狗儿"，根本不以人看待。芳官的干娘，也大肆诬蔑："怪不得人人都说戏子没一个好缠的，凭你什么好的，入了这一行，都学坏了！"甚至林黛玉，对别人把她"比戏子"，看作莫大侮辱。在贾府里，从上到下大都对戏曲演员极为歧视，只有少数人例外，那就是贾宝玉、晴雯等。

在我国奴隶社会的殷周时代，奴隶主占有大量奴隶。奴隶主为了寻开心，还特地找一些身体残废的奴隶做"倡优"。长得矮的，叫作"侏儒"；突胸仰面的，叫作"籧篨"；曲脊俯首的，叫作"戚施"；软若无骨的，叫作"夸毗"。他们毫无人身自由，只是奴隶主私有的娱乐品。所以说："俳优侏儒，周伎之最下且贱者。"（《夷坚志》）奴隶主生前，强迫奴隶用音乐、歌舞供其欢乐享受；死后，还要强迫奴隶殉葬。《墨子·节葬篇》指出："今王公大人之为葬埋"，"舆马女乐皆具"。这正是奴隶制度野蛮性的体现。

到封建社会，地主阶级把"王八、戏子、吹鼓手"都列为最低贱的等级。清代儒学大师钱大昕甚至在留给子孙的格言里说："世间惟倡优两等人,不可亲近。"(《钱竹汀先生行述》)封建优伶制度,可以说是古代奴隶制的残余和变种。唐宣宗曾露骨地对伶人说:"我养汝辈,供戏乐耳。"(《唐语林》)关于我国戏曲艺术发轫时期的宋元时代演员生活,我在《元代杂剧艺术》第三章《论演员》中另有论述。这里,只简略地介绍一下清代初期和中期有关戏曲演员社会地位的情况。

封建时代对演员的服饰规定很严,名之曰优伶"本等服色"。在《比目鱼》传奇里,玉笋班的演员"各穿本等服色"。谭楚玉新入班,班主对他说:"谭兄弟,你既要入班,就该穿我们的服色,这项尊巾,须要换去了。"清代康、乾年间,戏曲演员一般穿青衣,戴小帽,但不得用石青色衣服(《清通礼》)。"南府"学生(宫廷戏班演员)则是例穿一裹圆袍,上加外套,戴大帽,穿双脸子靴,唯帽上无顶,袖口不作马蹄式。官僚地主家庭戏班,有些女演员也能穿绸着缎,那仅仅是为了显示主子斗富摆阔的排场。其所以如此限定,因为衣饰是等级的标志,如果演员不遵规定,那就会遭到讥讽以至惩罚。在《儒林外史》里,鲍文卿,一个深受封建名分思想毒害的老艺人,看到另一个艺人头戴高帽,身穿宝蓝直裰,脚下粉底皂靴,便觉得是"不守本分",立即斥责道:"兄弟,像这衣服、靴子,不是我们行事的人可以穿得的。你穿这样衣裳,叫那读书的人穿甚么?"鲍文卿尚且如此,官僚地主就更不用说了。有个官僚看见艺人演戏,扮显贵,冠上有珊瑚顶,便勃然大怒,立即命令褫去其顶,气势汹汹地叫嚣:"名器何可令优人亵之!"[①]连演戏也不准用官僚的顶戴,等级的森严由此可见一般。

戏曲演员不能与官僚地主平起平坐,也是因为尊卑贵贱有别。周亮工《书影》:"宴客用优人,但当呼之别院;登场赐坐,或尚在通融;呼之同坐角饮,则亵甚矣!"《儒林外史》里的鲍文卿救过安东知县向鼎,但他见了向鼎,还是叩头请安,不敢叙礼,不肯与向鼎同席饮酒,也不要向鼎的亲戚作陪,只坐在管家房里谈话、吃饭,说什么"小的何等人,敢与老爷施礼","这个关系朝廷体统,小的断然不敢"。那时,绅士居乡,可以坐轿,所谓"位望既尊,固当崇以体统"。如果优伶坐轿赴演,那就是"僭滥之极"了(《巢林笔谈》)。

戏曲演员往往不能用真实姓名,而要用艺名(亦称乐名),否则便会受到族规的严惩。封建宗法制度规定,"一入倡优贱行,玷辱家门宗族"。官僚地主买来的家伶,等同奴婢,更不能用原来的姓名,必须"听凭主人改名使用"(《清朝通典》)。《大清会典事例》甚至规定:"凡旗人因贫糊口,登台卖艺,有玷旗籍者,连子孙一并销除旗档。"《扬州画舫录》记载的戏曲演员玉官、金官、喜官、康官等,《燕兰小谱》记载的戏曲演员银官、凤官、桂官、莲官等,都是艺名。富察明义《绿烟琐窗集》的记载,亦可作证:"云蓝者,姑苏之伶官也。"又云:"云郎,姓陆,名笺,字云蓝,又名寿官。"陆笺是真名,寿官为艺名。《红楼梦》中龄官、芳官、文官、艾官等等,亦复如此。我们只知道琪官的真实姓名叫蒋玉菡。芳官与袭人同姓,也姓花。葵官姓韦,又被史湘云改名为韦大英。

戏曲演员只能互通婚姻,或者与低贱等级通婚。等级不能混淆，门户必须相当。明清律规定，凡优伶与"良人"通婚，杖一百。《儒林外史》中鲍廷玺（鲍文卿之子）的前妻，就是向鼎的总管之女；续娶的妻子，原是一个小官的小老婆，嫌鲍廷玺是个戏子，"气成了一个失心疯"。官僚地主的家伶，身份与奴婢相等，"长大成人，听主人婚配"（《清朝通典》）。唐孙华《侯门伎》诗云："侯门锁闭教歌舞，日久飘零配厮竖。"（《国朝诗铎》）在《红楼梦》里，贾府老戏班的女伶，就是由主人做主配了小厮。如果官宦子弟要娶女艺人为正室（嫡妻），就是"玷辱门第"，必然遭到家长的干涉和驱逐。官吏娶优伶为妻，有辱体统，"杖六十"（《清律例》）。而娶女艺人为妾，便可得到封建宗法制度的容许，因为妾媵（庶妻）居于非正统的低下地位。在《醒世姻缘》里，晁大舍将扮正旦的小珍哥娶为妾。她受到各方面的谴责，遭罹种种罪名，长期坐牢，终至被杀头。

  戏曲演员及其子孙不准应考，也不准做官，只能永处下贱地位，而不能升入"高贵"等级。清王朝的法令规定："娼优隶卒，专以本身嫡派为断，本身既经充当贱役，所生子孙，例应永远不准应考，其子孙虽经出继为人后者，终系下贱嫡裔，未便混行收考，致启隐匿冒考等弊。"又规定："娼优隶卒之家"，"变易姓名，侥幸出身，访出，严行究问，黜革"，还照违制律杖一百。只有经报官改业后，越四代，亲友无习优伶贱业者，才准应考出仕。所以叶兰《窃名器》诗说："倡优隶卒有明禁，若辈登仕羞冠缨。"倡优应考做官，被视为盗窃名器，封建士大夫理应羞与为伍。苏州尹兰，其父为儒士，早卒，因家贫母病，入戏班学戏，聊以糊口养家；后弃伶业，习举业，终以

"格于例",不得应考。又有艺人某,捐资为县令,后被巡抚查出,以"流品卑污"为理由,参革,遣戍。⑫因而有才学的艺人们,胸怀抑郁,愤愤不平。艺人陆笺在写给富察明义的信里说:"笺出身薄劣之乡,而习低菲之业,青云疏望,歌舞沿途,频年弹铗于天涯,此生沦落于市井,难图寸进,心甚耿耿。"(见《绿烟琐窗集》)其实当时何止陆笺一人如此!

贾府里这种上自主子、下至奴婢对戏曲演员的歧视,概括地反映了地主阶级的传统观念。《红楼梦》中的以上描写,正是基于现实生活,具有高度的真实性。

(三)

在封建末世,戏曲演员又过着什么样的日常生活呢?我们看《红楼梦》第三十六回:贾蔷买了个雀笼子,上面扎着小戏台,有个雀儿在那戏台上衔着鬼脸儿和旗帜乱串。龄官看了,气愤地说道:"你们家把好好儿的人弄了来,关在这牢坑里,学这劳什子还不算,你这会子又弄个雀儿来,也干这个浪事!你分明弄了来打趣形容我们,还问好不好。"话虽不多,却把演员的满腔愤恨,强烈地倾泻出来了。在家伶看来,富丽的大观园却是个狭窄窒息的牢笼。她们被关在这个牢笼里,过着囚徒式的痛苦生活。"笼中鸟"正是最形象的比喻。

《红楼梦》还通过一系列具体描写,展现了贾府戏班演员日常生活的图景。那些小演员,不但要受大大小小的主子管束,还要受师父们、曾学过戏的女人、干娘们的管束,遭到一层又一层的压制。⑬如果她们不循规蹈矩,那就会被主子看作"成精鼓捣",不是挨这个的臭骂,就是挨那个的耳刮子。她们成年累月只是关在梨香院里学戏,即使大正月里也不能出来逛逛。她们连说话的自由也没有,动不动被主子看成是"口里没轻没重,只会混说"。不论酷热的夏昼,还是严寒的冬夜,只要主子一声吩咐,她们就得赶紧侍候扮演。不论逢年过节,还是喜庆之期,主子们轻松愉快地饮酒看戏,而她们却在戏台上累得精疲力竭。她们仅有的一点月钱,自己没用,竟被干娘克扣去,还要作践她们。龄官累得吐了血,生了病,却"没人照看",后来不知其下落。⑭药官被摧残而死,也没谁放在心上,唯有她的小伙伴,默默哀悼。

《红楼梦》里写到职业戏班演员到贾府去演出,不仅要格外卖力,更要小心谨慎地遵照"礼节"行事,无论"参场"、"点戏"、"领赏",一点也不能大意。连九岁的童伶,也要即兴式地插科打诨,使贾母大悦。有的小演员,还得"打扮的粉妆锦饰",侍候一伙没廉耻的花花公子赌钱饮酒,受尽调笑戏弄。⑮连"好人家子弟"的票友柳湘莲,也被"误认作优伶一类",遭到难以忍受的侮辱,尽管他气愤地把花花公子揍了一顿,但又不得不逃往他乡避祸。显然,职业戏班演员乃至票友,也都过着受气受辱的非人生活。

我们对清代初期到中期戏曲演员的日常生活或多或少地有了些了解,对《红楼梦》中家伶们的日常生活就会理解得更深一些。

在当时,演员学戏都要经受残暴的折磨。"皮鞭抽,棍棒打,痛入骨髓,寝食俱废","兼呕血,伤巨擘,挫腰胯,并喑哑诸累",还有"针刺"、"拶指"类的刑罚。甚至有的更不惜野蛮地摧残青少年演员的肉体和心灵。比如,王文治曾经强迫家伶以男作女,缠足坠髻,忸怩登场(《清稗类钞》)。北京有的戏班把头,择"眉目美好"的少年,"晨以淡肉汁盥面,夜则药敷遍体","三四月后,婉娈如好女"(《虫鸣漫录》)。在这种惨无人道的摧残下,有的演员成为残废,有的演员不堪凌辱,青春夭折。

戏曲演员还到处受尽官僚地主、富商大贾、流氓恶霸的欺凌。北京某班生角,应某官僚家的"堂会",迟到,竟被主人手批其颊。蜀伶陈银官在北京得罪巡城御史,被捕下狱,判充军,经多方营救,才改为逐回四川。著名秦腔演员魏长生,也曾被官府横加罪名,撵出北京,及至六十高龄,又被迫再度登场演出,"下场即气绝","贫无以殓"。诸如此类,举不胜举。尤其当时北京日渐流行"相公"风,"冠绝天下,朝贵名公不相避忌,成为惯俗"。那些"相公"演员,除参加演出外,还被迫"饰以艳服","出外应征侑酒,在家接客陪饮","如营利市",受尽了老爷大人、花花公子、大腹贾的欺侮。在《品花宝鉴》里,有个"相公"演员琴官(据说是以乾隆年间艺人桐仙作模特儿)说道:"自小生在苦人家,又作了唱戏的,受尽了羞辱,我正不知天要叫我怎样,要我的命,就快一点儿,又何必这般糟蹋人哩!"悲愤地控诉了封建势力摧残演员的罪恶。

更令人发指的是,地主阶级竟然任意杀害演员,视人命如草芥。请看他们的罪证。有一次,清宫演出《绣襦记》。一个演员因戏中郑儋是常州刺史,偶问"今常州守为谁"。雍正皇帝大发雷霆,厉声斥责:"汝优伶贱辈,何可擅问官守,其风实不可长。"不容这个演员分辩,"立毙杖下"(《啸亭杂录》)。顺治年间,御史李森先,对著名艺人王紫稼横蛮地加以"淫奢无状"的罪名,"杖数十,肉溃烂,乃押赴(苏州)阊门立枷,顷刻死"(《研堂见闻杂记》)。"三藩"之一的耿精忠,不许家伶珍儿与袁姬发生爱情,暗地弄死袁姬,又借口府中有鬼为厉,竟用珍儿殉袁姬之葬(《夜谭随录》)。他们都用血腥屠杀,严厉镇压演员。演员纵有天大的冤枉,也无处可诉,只落得含冤负屈而死。

根据上述历史记载,不难看出《红楼梦》所描绘的图景,正是清代初期到中期戏曲演员日常生活的缩影。《红楼梦》通过贾府戏班,同时围绕着贾府以及其他家族的享乐活动,勾勒出职业戏班演员和票友的不幸遭遇,从而在广阔的背景上揭露了地主阶级的罪恶,由于形象地再现了生活,感人更深。

无可否认,《红楼梦》对戏曲演员生活的描写,也有令人生疑的地方。比如,龄官与贾蔷之间的关系,就不正常。⑯至于高鹗续的后四十回中,忠顺亲王府家伶蒋玉菡,不仅有房有地,还有两三个铺子,有丫头仆妇,果然"优伶有福"了。其实在当时社会里,即使有蒋玉菡这样的"福伶",也是极个别的。蒋玉菡的形象,缺乏普遍意义。何况蒋玉菡到年纪大了,也不过是"在(王)府里掌班",又怎么会变成暴发户呢?这也令人不解。

（四）

贾府戏班的小演员们，从她们第一次正式演出而开始露面时起，直到离开大观园为止，对封建压迫，从不屈服。

我们看看这些小演员的反抗行动，就会感到激动而快意。元妃归省时，看了龄官的戏，要她再演两出。贾蔷便指定她演《游园惊梦》，而龄官理直气壮地以为"此二出原非本角之戏"，执意不从，定要做《相约》、《相骂》⑰。这表现了她在艺术上的极其倔强的个性。后来，宝玉央她唱《游园惊梦》，她也说："前日娘娘传进我们去，我还没有唱呢！"这些都是作者有意刻画龄官的坚强性格。藕官不受贾府"家规"的束缚，不管大观园是有"尺寸"的地方，焚化纸钱，悼念苦难的同伴。芳官对干娘仗着有主子撑腰的虐待，不甘心于忍受，吵闹不休，使得主子及其爪牙一筹莫展。特别是她们与赵姨娘大闹，更是大观园中从未有过的事。这方面的描绘，确实是《红楼梦》写戏曲演员生活的最精彩的篇章。

小演员们常常采取两种斗争方式。一种是怠演。戚本《红楼梦》第十八回，在写到龄官拒演《游园惊梦》时有条批语："按近之俗语云：'能养千军，不养一戏。'盖其言优伶之不可养之意也。大抵一班之中，此一人技业稍优出众，此一人则拿腔作势，辖众恃能，种种可恶，使主逐之不舍，责之不可"；"我历梨园子弟广矣，各各皆然，亦曾与惯养梨园诸世家兄弟谈议及此"。这显然是封建士大夫歧视戏曲演员的谬论。但"各各皆然"一语恰恰证实了,当时家伶们的怠演,的确普遍得很。另一种是逃跑。潮阳大地主郑锡彤,凶横残暴,摧残家伶。有个家伶不堪摧残,愤而逃跑,即使被捉回弄瞎双目,仍不屈服。后来他流落在汕头行乞,常向人们控诉郑锡彤的罪恶,"历历如绘"。不难想见,他所受的痛苦是多么的深重,反抗又是多么的顽强呵!清宫戏班规定,凡演员逃跑,按次数累加处罚,有杖责、枷号之类,满六次逃跑者,无论被获捉回,或者自行投回,俱永远枷号示惩。尽管如此,据清升平署档案记载,每年仍有多人逃跑。[18]

职业戏班演员,也常常奋不顾身地与封建恶势力搏斗。常熟女伶黄翠儿,"以色艺冠时"。有个官僚欲强买做妾,威胁利诱,甚至"将劫以行"。翠儿"百计辞之",终于闭户截发,宁死不从。(《雪鸿小记》)又如,金陵名旦铭官(男角),有一次被迫到酒楼去,陪纨绔子弟饮酒,不堪凌辱,怒而掷杯掀桌,狠揍纨绔子弟,宁愿吃官司,也不肯赔礼道歉(《金陵琐闻》)。[19]

为什么当时很多戏曲演员敢于反抗封建压迫呢?听听苏州临顿儿的控诉:"我本贫家子,邂逅遭抛掷。一身被驱使,两口无消息。纵赏千黄金,莫救饿死骨。"(《梅村诗集》)他们出身于贫家,本来就过着贫困的痛苦生活。不幸做了优伶,非但不能解救家人的饥寒死亡,而且自身更受尽侮辱和摧残,这就更加重了他们的痛苦和愤懑。他们的反抗性是被封建压迫激发出来的。

在《红楼梦》里,演员的反抗是多种多样的,有拒演、逃跑,也有吵闹、动武；有个人的，也有集体的。龄官倔强忧郁，就采取拒演。芳官天真坦直，敢于与干娘吵，与赵姨娘闹，与王夫人顶嘴。蒋玉菡有谋算，暗地在紫檀堡置了点产业，预先替自己逃跑做了准备。柳湘莲"素性爽侠"，便用拳头、马鞭、脏水，惩戒薛蟠的欺侮。斗争方式各不相同。正由于贾府小演员们过着家庭戏班的集体生活，逐渐养成互爱互助的"情分"，一人受了辱，大伙动义愤，不仅以唇枪舌剑自卫，而且发动"全武行"的围攻。她们之所以会反抗，贾宝玉一语道破了真情，即是"物不平则鸣"。《红楼梦》中的有关描写，真实地展现了一定历史时期的面貌。

《红楼梦》里，芳官、蕊官、藕官三人，到头来都落得个铰发为尼。她们不肯听从主子决定的婚配安排，自己选择出家，固然不失为一种反抗的形式，但这种"斩情归水月"，毕竟是消极的。她们并不能真正得到解脱，只是做了穿上道装的奴婢，陷入另一个痛苦的牢坑。无独有偶，柳湘莲也"一冷入空门"了。《红楼梦》对于大观园内外伶人结局的描写，反映了曹雪芹的同情，同时也反映了当时环境下作者的一种消极思想。

从曹雪芹出生（约康熙五十四年，1715），直到他逝世（约乾隆二十七年，1762），嘉兴、湖州、苏州、宝坻等地区尚有"奴变"；台湾朱一贵率众揭竿荷耰起义，温上贵率领江西棚民起义，福建罗日光、江西李鼎三先后领导佃农展开抗租斗争。曹雪芹的生活圈子，毕竟限制了他的视野。此外，《红楼梦》中的"姽婳将军"诗词，表现了曹雪芹对农民起义的反对态度。所以他虽对戏曲演员的不幸遭遇寄以一定的同情,最终却只能为她们安排了消极地逃避现实的归途。

【注释】

①我们查阅清代初期到中期家庭戏班的史料,发现当时官僚地主家庭的女戏班,往往以十二个演员为一班。如吴伟业《过东山朱氏画楼有感》诗,写的是苏州洞庭东山朱氏女戏班,诗前小序云:"诸姬十二人,艳妆凝眸。"钮琇《觚剩》记载,海宁查继佐"尽出橐中装,买美鬟十二,教之歌舞"。巧得很,《红楼梦》贾府女戏班也是十二人。这是什么缘故呢?陆萼庭同志告诉我:这大概与"金钗十二"之说有联系,而与"江湖十二脚色"无关。我认为,这是可能的。据李斗《扬州画舫录》记载,所谓江湖十二脚色,是指副末、老生、正生、老外、大面、二面、三面、老旦、正旦、小旦、贴、杂。而《红楼梦》中贾府女戏班的脚色,只有小生、老外、大花面、小花面、正旦、小旦、老旦,不足十二色。所以,"红楼十二官"像"金陵十二钗"一样,都是以"十二"为成数。

②清代江南织造、盐政,照例兼管戏曲。第一,替宫廷戏班物色演员。顾禄《清嘉录》:"老郎庙(苏州),梨园总局也。凡隶乐籍者,必先署名于老郎庙,庙属织造府所辖,以南府(清宫戏班)供奉需人,必由织造府选取故也。"康熙年间苏州名净陈明智,乾隆年间苏州名净郁树宝,就是被苏州织造府选入宫廷戏班的,见焦循《剧说》和诸晦香《明斋小识》。第二,替宫廷戏班购买戏曲用品,如行头、乐器之类,见《李煦奏摺》。第三,参与查禁戏曲。比如乾隆年间,"传谕江

苏安徽苏州织造两淮盐政,一体严行查禁"乱弹诸腔,见《织造府禁止演唱淫靡戏曲碑》。又如乾隆年间,谕两淮巡盐于扬州设局修改"古今杂剧传奇之违碍者","苏州织造进呈词曲"若干种,见《扬州画舫录》。这并非始于清代,而是清袭明制。无名氏《烬宫遗录》:"苏州织造局进女乐,上(按指崇祯皇帝)颇惑焉。田贵妃上疏谏曰:'当今中外多事,非皇上燕乐之秋。'批答云:'久不见卿,学问大进。但先朝已有,非自朕焉,卿何虑焉。'"可知,在明代,苏州织造局就管进女乐的事。

③尤侗《看云草堂集·咏史》:"天子瑶池奏玉笙,只教阿母唤双成。闲来海上探仙籍,又问飞琼小玉名。"邓之诚《清诗纪事初编》:"此诗作于顺治十六年,首章言指名索取女优。"再者,杨士凝《芙航诗襭》有《捉伶人》:"江南营造辖百戏,搜春摘艳供天家。贿通捷径冀宠利,自媒勾致姑苏差。"诗作于康熙六十一年,江南营造即指江南织造。此年,李煦任苏州织造,至冬季卸任,由胡凤翚继任。还有,康熙四十六年王鸿绪奏:原任陈州知州范溥,今捐马候补金事道,在常熟县,"强买赵朗玉家之子,并非戏子,因生员严鎏在范溥面前说及,遂令苏州督粮同知姜弘绪出票强要去"(《文献丛编》第三辑)。由此可见,在那时,无论官廷戏班,或者家庭戏班,强索民间子女作优伶的事,屡屡有之。

④从《燕兰小谱》记载的雅部和花部演员籍贯,可以统计出,雅部演员以江苏籍占多数,花部演员以北京籍占多数。

	北京	河北	江苏	四川	浙江	陕西	山西	山东	河南	江西	湖北	湖南	云南	贵州	共计
雅部	—	—	14	—	3	—	—	—	—	—	—	—	—	—	17
花部	13	5	1	12	—	3	2	2	1	1	1	1	1	1	44

⑤胡介祉《侯朝宗公子传》，记载着侯方域家"买童子吴阊，延名师教之"（附在《壮悔堂集》卷首）。汪介人《中州杂俎》："明月清樽足胜游，坐中熟客半苏州。姚家弦管章家曲，听取分明在虎丘。"（自注：姚、章两家皆昆曲戏班，其演员多为苏州人。）陈维崧《迦陵词全集》："作客东京（即开封），寂寥谁侣，西风落叶，闲诣旗亭（即剧场），乃延秋全部与此征歌，中有一人，云曾相识，访之，知吴下之陆郎也。"

⑥本段资料，凡未注明者，引自吴太初《宸垣识略》、李斗《扬州画舫录》、王士禛《渔洋诗话》、钮琇《觚賸》、赵翼《瓯北诗钞》以及《孔尚任诗文集》。王文治在福州观剧诗，有"吴儿一夜销魂曲，振触中原万里心"。钮蕙卜《粤游日记》："至常山……有演剧于关东者，携宾往观，乡音到耳，忽自梨园，差为吾辈破寂。"钮氏为江苏吴江人，他所谓乡音，当指吴语的昆曲。

⑦孔尚任《桃花扇凡例》："洁面花面，若人之妍媸然。"可知，花面脚色与洁面脚色相对而言。前者指开脸的净、丑等脚色，后者指不开脸的生、旦等脚色。一般说来，昆曲净丑念苏白，但也有念官白的。比如，《琵琶记》的拐儿、《牡丹亭》的老跎，均由净扮；《西厢记》的法聪、《水浒记》的张文远，均由付扮。这些净、付脚色，都念苏白。可是《牧羊记》的卫律、《连环记》的董卓，均由净扮；《鸣凤记》的赵文华，《八义记》的钼麑，均由付扮。这些净、付脚色，都念官白。

⑧念扬州白，有《绣襦记·教歌》中的扬州阿二、《儿孙福·势僧》

中的势利和尚、《红梨记·醉皂》中的陆凤萱。念常熟白,有《南楼记》中的许婆。念京白,有《琵琶记》中的李旺,《长生殿》中的高力士、酒保。念徽州白,有《倒鸳鸯》中的徽州朝奉。念句容白,有《一文钱》中的罗和。念福建白,有《寻亲记》中的封丘县主簿。念杭州白,有《占花魁》中的篾片。念绍兴白,有《鸣凤记·吃茶》后半场的赵文华。总的看来,昆曲花脸脚色所念的各地方言,大都是属于江浙地区,这是因为,当时昆曲演员大都是苏州人,长于仿江浙各地方言;再者昆曲主要基地在江南,念方言必须适应江南观众的接受能力。

⑨尤震《玉红草堂集·吴下口号》,见《清诗纪事初编》。

⑩本段资料,凡未注明者,引自张伯行《正谊堂文集》、顾仙根《买人船》(见《国朝诗铎》)、邹弢《三借庐笔谈》。

⑪本段资料,凡未注明者,引自杨懋建《梦华琐簿》、王芷章《清升平署志略》、焦循《剧说》。

⑫本段资料,凡未注明者,引自《清会典》、《清律例》、清代《学政全书》、佚名《松下杂抄》、小横香室主人《清朝野史大观》、沈起凤《谐铎》、张亨甫《金台残泪记》。

⑬在《红楼梦》里,贾府小演员、小丫头之所以要认干娘,其原因大概有三。一是贾府统治者通过干娘之流,可以对小演员、小丫头加强管理。二是干娘收小演员、小丫头做义女,有油水可捞,如克扣月钱之类。三是小演员、小丫头指望生活上有所照顾,如芳官干娘为其洗头。

⑭王希廉《红楼梦总评》:"五十八回将梨园女子分派各房,画蔷

之龄官是死是生,作何着落,并未提及,似有漏笔。"(见《红楼梦卷》)此说甚是。

⑮《红楼梦》第四十七回,柳湘莲诓骗薛蟠说:"我那里还有两个绝好的孩子。"第七十五回,薛蟠、邢德全等人玩弄"两个陪酒的小幺儿"。这里绝好的孩子、小幺儿,都指相公,亦作像姑。《红楼梦》第一百十九回,把玩弄"相公"称为"闹小旦"。《金台残泪记》:"京师梨园旦色曰相公。"《侧帽馀谭》:"雏伶本曰像姑,言其貌似好女子也,今讹为相公。"《怀芳记》:"都中歌者之侍饮,稚子如骄子之戏于前,长者如姬妾共谈衷曲。"《金壶遁墨》:"京师宴集,非优伶不欢,结纳雏伶,徵歌侑酒,则扬扬得意,自鸣于人。"《品花宝鉴》小说,就是描写乾隆年间北京官僚、富商、士大夫玩弄相公的恶劣风气。

⑯胡钦甫《红楼梦摘疑》说,第九回宝玉十岁时,贾蔷已十六岁了。到三十回,宝玉十五岁,则贾蔷当为二十一岁。可是第二十二回,"那做小旦才十一岁"。而这做小旦的便是龄官。同年夏天,宝玉又看见她在蔷薇下"画蔷"(按指第三十回)。二十一岁的贾蔷,"如许大的年龄,竟恋着一个十一岁的女伶吗?"(见《红楼梦研究参考资料选辑》第三辑)其实,胡钦甫搞错了。第二十二回明明写着:"定了一班新出小戏,昆弋两腔皆有。"可见,这不是贾府家庭戏班,而是外边的戏班,所以,班中那个才十一岁的小旦,当然不是龄官。本章原在《红楼梦研究集刊》上发表后,我的一位朋友看了提出,龄官年龄小,又缺乏社会经验,以为贾蔷真个爱她,也就真心待贾蔷,有"画蔷"之事。而贾蔷出于纨绔子弟的劣根性,只图玩弄龄官,并非真心爱她,

至于买鸟,向龄官讨好,不过是一种迷惑手段罢了。附录于此,姑备一说。

⑰《红楼梦》第十八回,元春点演《豪宴》、《乞巧》、《仙缘》、《离魂》。这四出戏,只有《乞巧》、《离魂》是以旦角为主的戏,杨贵妃、杜丽娘都由五旦扮。太监道:"贵妃有谕,说龄官极好,再做两出戏。"那么,龄官曾参加《乞巧》或者《离魂》演出,不是扮杨贵妃,就是扮杜丽娘。从贾蔷要龄官再做《游园惊梦》,可以推知,她大概长于演杜丽娘。所以,尽管龄官是六旦,但她也能兼演五旦的戏。

⑱凡被选入清宫戏班的演员,除极少数人可以请假出宫或告老归里外,都被永远禁闭宫中。乾隆年间,袁枚在苏州虎丘遇到艺人吴文安、陆才官。他们两人,在三十年前与袁枚相识,后来"供奉大内"。这次他们为葬亲请假南归,"自言身比天花坠,一到人间一世终",对清宫戏班长期禁闭,流露出不满和怨恨。(见《小仓山房诗集》)

⑲乾隆年间,果亲王弘瞻曾托织造、税务监督购买优伶、蟒袍、朝衣等项。可见,贵族是通过地方官府来强买优伶的。

三、《红楼梦》中戏曲剧目汇考

《红楼梦》通过描写演戏、人物谈话以及酒令、谜语、礼物之类，提到了不少的戏曲剧目。它们绝不是与情节无关的游离部分，而是借以更好地刻画人物性格，表达主题思想。所以，不论阅读、注释、研究《红楼梦》，都需要对这些剧目有所了解。过去，曾有人作过部分介绍，但有些剧目说对了，而有些剧目则说错了，也有些剧目被认为是"无从查考"。本文尽可能地对《红楼梦》中戏曲剧目，试作比较全面的介绍。按照戏曲剧种，大致把它们分为四类：（一）杂剧剧目，（二）昆曲剧目，（三）弋腔剧目，（四）其他剧目。凡是大家熟悉的剧目，介绍从简；凡是冷僻的剧目，就多说几句。《红楼梦》中的戏曲剧目，思想内容很复杂。本文只是提供一些研究资料，较少涉及对内容的评判。

（一）

《西厢记》

《红楼梦》一再提到写张珙与崔莺莺爱情故事的《西厢记》，计有两种。[①]

一种是元代王实甫的《西厢记》杂剧，通称《北西厢》，即北曲《西厢》。第二十三回贾宝玉看《会真记》(此剧原本唐人元稹的《莺莺传》，亦名《会真记》)，第四十二回薛宝钗说她家姊妹兄弟偷看《西厢》，第三十五回、四十回、四十九回宝玉、黛玉说的《西厢》曲文，第五十一回薛宝琴打的"蒲东寺怀古"诗谜，第五十八回麝月提到的《拷红》，第六十二回探春说的"恭敬不如从命"，第六十三回邢岫烟说的"僧不僧、俗不俗"，第八十七回黛玉说的"惺惺惜惺惺"，都是指的《北西厢》。

另一种是明代李日华的《西厢记》传奇，根据《北西厢》改编成的，通称《南西厢》，即南曲《西厢》。第五十四回贾母说她娘家史府戏班演过《西厢·听琴》，即指的是《南西厢》。但舞台本《听琴》，与《南西厢》第十九出《琴心写恨》又有所不同，见《纳书楹曲谱》正集。此出〔渔灯儿〕，系自创的新曲，在过去算是"名曲"，所以歌场常常演唱。此外，第一百十七回写一个陪酒的揣拳输了，唱"小姐小姐多丰彩"，此句是《南西厢》舞台本《佳期》的唱词，见《缀白裘》二集。

至于第五十四回中葵官唱的《惠明下书》，却不是《南西厢》第十三出《许婚借援》,而是来自《北西厢》第二本楔子,成为昆曲保留的杂剧剧目,见《缀白裘》二集。昆曲"大面"代表剧目,有"七红八黑三和尚",《惠明下书》即是"三和尚"之一。② 清初,吴三桂"微服游江淮间","演《惠明寄柬》一折,声容台步,动中肯要,座客皆相顾愕贻"(《清稗类钞》)。在当时,这出戏很风行。③

《负荆请罪》

《红楼梦》第三十回:"宝钗笑道:'我看的是李逵骂了宋江,后来又赔不是。'宝玉便笑道:'姐姐通今博古,色色都知道,怎样连这一出戏的名儿也不知道,就说了这么一串,这叫《负荆请罪》。'"

据此可知,薛宝钗说的《负荆请罪》,不是廉颇向蔺相如负荆请罪的《完璧记》传奇,而是李逵因错责宋江强抢民女、终于向宋江认罪的《李逵负荆》杂剧。这是元代康进之的作品,见《元曲选》。曹雪芹对《元曲选》是熟悉的,第四十二回里,曾提到《元人百种》,即《元曲选》。但在清代初期和中期,舞台上没有演过《李逵负荆》。到清末,才有皮黄改编本《丁甲山》。

《临潼斗宝》

第七十五回写贾珍居丧,不得外出游乐,便命贾蓉做局家,约一些纨绔子弟到家里聚会寻乐,每日轮流作晚饭之主,天天宰猪割羊,屠鹅杀鸭,好似临潼斗宝一般,都要卖弄自己家里的好厨役,好烹调。

孤本元明杂剧《十八国临潼斗宝》,简称《临潼斗宝》,共四折一楔子。其中第三折,就是写春秋时代,十七国被迫应秦国穆公之约,在临潼会上献宝,名曰斗宝会。明代传奇写这个故事的,有丘浚(一作无名氏)的《举鼎记》,今收入《古本戏曲丛刊》;许自昌的《临潼会》,已失传;无名氏的《临潼会》,见《曲海总目提要续编》。此外,《牡丹亭》第二十一出《谒遇》,也提到这个故事,"(生)但献宝龙宫笑杀他,便斗宝临潼也赛得他"。

明代嘉靖年间余邵鱼编撰的《列国志传》,今存万历刊本,其中有伍子胥鞭伏展雄、十八国临潼斗宝的情节。明末冯梦龙编的《新列国志》,却把这类情节都删掉了。清代乾隆年间蔡元放编《东周列国志》,只是对《新列国志》作了一些删改工作,仍然没有临潼斗宝的情节。

临潼斗宝的故事,在明清时流传颇广。孤本元明杂剧《十八国临潼斗宝》,早于《列国志传》,所以《红楼梦》提到这个故事,可能来自戏曲。但列国诸侯在临潼会上献宝,并非有意卖弄,而是出于不得已;曹雪芹借用这个故事却是讥讽纨绔子弟斗富夸奢,纵情享乐。

(二)

《牡丹亭》

《牡丹亭》传奇是明代剧作家汤显祖的名著,写柳梦梅与杜丽娘的爱情故事。《红楼梦》里一再提到这部传奇。有的是一般提提,如第三十六回。有的是着重描写,如第二十三回林黛玉听小演员唱《游园·惊梦》。有的是提出此剧的折子戏,如第十一回的《还魂》,第十八回的《离魂》和《游园》、《惊梦》,第五十四回的《寻梦》。有的是在酒令中引用此剧唱词,如第四十回。至于第五十一回"梅花观怀古"诗谜,则涉及《牡丹亭》中《写真》、《拾画》、《圆驾》三出戏。

总的算来,《红楼梦》提到《牡丹亭》的折子戏共有七出,即是原著第十出《惊梦》(舞台本分为《游园》、《惊梦》两出,有时还带《堆花》),第十二出《寻梦》,第十四出《写真》,第二十出《闹殇》(舞台本称为《离魂》),第二十四出《拾画》,第三十五出《回生》(舞台本称为《还魂》),第五十五出《圆驾》。如果按照舞台本分出计算,则共八出。④

查《缀白裘》选有《游园》、《惊梦》、《寻梦》、《离魂》、《拾画》、《圆驾》,《扬州画舫录》记载金德辉、金官都长于演《寻梦》,《续秦淮画舫录》记载周玲长于演《寻梦》、四喜长于演《拾画》。可知在乾隆年间,这几出戏很流行。

《乞巧》、《弹词》

《红楼梦》第十一回,写凤姐又点了一出《弹词》。第十八回,写元春点的第二出戏是《乞巧》。

这两出戏,都出于清代剧作家洪昇的名著《长生殿》传奇。原著第二十二出《密誓》,写唐明皇与杨贵妃在七月七日祭牵牛、织女二星,作生死不渝的爱情密誓。舞台本分为《鹊桥》、《密誓》两出,或称《乞巧》,见《昆曲大全》。虽然《昆曲大全》是乾隆以后的戏曲选集,但描写乾隆年间戏曲演员生活的《品花宝鉴》小说,已写了袁宝珠"演《鹊桥》、《密誓》、《惊梦》、《寻梦》等曲,艳夺明霞"(第一回)。可见《乞巧》已在当时舞台上流行。

原著第三十八出《弹词》,写乐工李龟年流落江南卖艺,无限感慨地弹唱天宝遗事。李龟年唱的〔九转货郎儿〕,被清代人誉为"名曲"。所谓"家家收拾起,户户不提防"。"收拾起"是《千忠戮·惨睹》的首句,"不提防"是《长生殿·弹词》的首句。

《双官诰》

《红楼梦》第十一回,写"(凤姐)递过戏单去,说:'现在唱的这《双官诰》,唱完了,再唱这两出(按指《还魂》、《弹词》),也就是时候了'"。

清代剧作家陈二白的《双官诰》传奇,写冯三娘(碧莲)立志守节、教子成名的故事,现存有《古本戏曲丛刊》本。清代舞台上,曾演出过《蒲鞋》(亦称《做鞋》)、《夜课》(亦称《课子》)、《借债》、《见鬼》、《荣归》、《赍诏》、《诰圆》七出,见《缀白裘》四集、八集。

《红楼梦》中贾府演的《双官诰》,乃是折子戏,或者正本戏,而不是全本。第十一回写着:"凤姐儿慢慢的走着,问戏文唱了几出了。那婆子回道:唱了八九出了。"凤姐到时,正在唱《双官诰》。即使这八九出都是《双官诰》的折子戏,也只能算是正本戏,并非全本(今存残本不分出,按分段算,也约有二三十出)。接下去,还要唱《还魂》、《弹词》。

清代富贵之家,把《双官诰》中的《荣归》、《诰圆》视为吉利戏,常常点唱。梁恭辰《劝戒四录》狂热提倡演《双官诰》,认为可以激励寡妇"一意抚孤守志",并举柳江编修之母作证。

《豪宴》

《红楼梦》第十八回,写贾府庆祝元春归省,演戏。元春点了四出戏,第一出是《豪宴》。

明末清初剧作家李玉的《一捧雪》传奇,写明代严世蕃为霸占珍贵古董"一捧雪"玉杯而陷害莫怀古故事,现存有《古本戏曲丛刊》本。此剧第五出《豪宴》,写莫怀古以汤勤精于裱装字画和鉴别古董,便荐给权相严府;严世蕃设宴招待,演出《中山狼》杂剧。戏曲行话,称此为"戏中戏"。乾隆年间戏曲选集,如《缀白裘》、《纳书楹曲谱》,都未选此出,但京剧名演员程砚秋藏有《豪宴》身段谱,系乾隆、嘉庆年间著名伶工曹文澜、龚兰生所编。可见这出戏当时在舞台上演出过。

《扫花》、《仙缘》

《红楼梦》第十八回,写元春点的第三出戏是《仙缘》。第六十三回,众人不要芳官唱《上寿》,"芳官只得细细的唱了一支〔赏花时〕——'翠凤翎毛扎帚权,闲踏天门扫落花'"。

明代剧作家汤显祖的《邯郸记》传奇,写卢生在邯郸店遇吕洞宾,因黄粱一梦而大悟,便从吕洞宾出家学道,现存有《六十种曲》本。此剧第三出《度世》,舞台本分为《扫花》、《三醉》两出。《扫花》写何仙姑在蓬莱仙境扫落花,唱〔北赏宫花〕两支,见《缀白裘》初集。芳官唱的一支曲子,即是此曲第一支。从昆曲唱腔说来,这就是所谓"好听"的"细曲"(曲调宛转细致、适于长套抒情)。脂砚斋重评《石头记》第六十三回,也写着"唱了一支",但所引用的曲文,实际上是两支。《金壶七墨》记载某伶唱《扫花》,"浏离顿挫,曲尽其妙"。

此剧第三十出《合仙》,写吕洞宾度卢生至仙境,与另七个仙人相会。舞台演出本称为《仙圆》,亦称《仙缘》,见《缀白裘》十二集。这出戏的排场,俗称为"八仙度卢",因有八仙出场,排场热闹,所以朱门敬神酬愿、喜庆祝寿,往往点演此出。

《相约》、《相骂》

《红楼梦》第十八回,贾蔷"命龄官做《游园》、《惊梦》二出。龄官自为此二出原非本角之戏,执意不从,定要做《相约》、《相骂》二出"。

明代传奇《钗钏记》,署名月榭主人作,写皇甫吟与史碧桃的婚姻故事,现存有《古本戏曲丛刊》本。此剧第八出《相约》,写史家丫环芸香,请皇甫吟的母亲向其子转达史碧桃的约会。第十三出《相骂》,写芸香又到皇甫家,责其接受碧桃所赠的钗钏金银而仍不娶亲;皇甫老夫人则谓其子未曾赴约,未得到钗钏金银,因此两人争吵不休。舞台本,见《醉怡情》、《六也曲谱》。《相骂》,亦称《愤诋》,或称《讨钗》。

这两出戏,都是以贴旦(俗称六旦、扮芸香)为主的戏,而《游园》、《惊梦》却是以闺门旦(俗称五旦、扮杜丽娘)为主的戏。《红楼梦》中龄官以《游园》、《惊梦》非本角之戏而拒演,定要做《相约》、《相骂》,可知她是演贴旦的。其实,龄官的戏路比较宽,能兼演闺门旦,不仅贾蔷要她唱《游园》、《惊梦》,贾宝玉也央她唱这出戏(第三十六回)。⑤《缀白裘》五集选有这两出戏。《扬州画舫录》记载双清班金官"演《相约》、《相骂》,如出鬼斧神工"。可见当时舞台上,这两出戏确曾流行过。

《西游记》

《红楼梦》第二十二回,写贾母替薛宝钗做生日,演戏。贾母先叫宝钗点戏,"宝钗推让了一遍,无法,只得点了一折《西游记》"。

清代舞台上常演的《西游记》折子戏,大约有三种。第一种是《认子》、《胖姑》、《借扇》,见《缀白裘》、《与众曲谱》。这三出戏,出于元末明初剧作家杨景贤《唐三藏西天取经》杂剧第三出《江流认亲》,第六出《村姑演说》,第十九出《铁扇凶威》,现存有《古本戏曲丛刊》本。第二种是《北饯》、《回回》,见《缀白裘》、《集成曲谱》。《升平宝筏》第十六出《饯送郊关开觉路》,即《北饯》;第十八出《狮蛮国直指前程》,即《回回》。这两出戏,出于元代剧作家吴昌龄《西天取经》杂剧,全本已佚。第三种是《思春》,亦称《狐思》,见《纳书楹曲谱》。这出戏,出于无名氏《俗西游》,全本已佚。⑥所以,算来共有六折,后都成为昆曲演出剧目。

在这六折中,不知薛宝钗点的是哪一折。我想,她在贾母面前,总不会点《思春》吧。那么,就可能在《认子》、《胖姑》、《借扇》、《北饯》、《回回》五折中选一折。《红楼梦》第二十二回:"贾母因问宝钗爱听何戏,爱吃何物等语。宝钗深知贾母年老人,喜热闹戏文,爱甜烂之食,便总依贾母向日所喜者说了出来。贾母更加欢悦。"贾母看了宝钗点的一折《西游记》,"自是欢喜"。据此,我推测可能是点的《胖姑》。这折戏,写一个农村小姑娘,手舞足蹈地叙述自己所见的唐僧出发取经的热闹情景,天真活泼,可爱而又可笑。洪昇题曹寅《太平乐府》云:"传神取景,文思焕然,诙谐笑语,奕奕生动,比之吴昌龄(按:误)《村姑》数折,无以过之。"可知在康熙年间,《胖姑》这折戏已引起了人们的注意。王芷章《清升平署志略》,记载清宫戏班演出剧目,亦有《胖姑》。既然《胖姑》是一折"热闹戏文",贾母看了当然"自是欢喜"。戚本《石头记》第二十二回在"只得点了一折《西游记》"句下,有条夹批:"是顺贾母之心也。"甚是。

《山门》

《红楼梦》第二十二回,"贾母又命宝钗点,宝钗点了一出《鲁智深醉闹五台山》"。

这出戏取材于《水浒》第四回《鲁智深大闹五台山》,通称《山门》,亦称《三门》、《山亭》,见《缀白裘》三集,⑦系明末清初剧作家邱园(或作朱佐朝)的《虎囊弹》传奇中的一出。今未见《虎囊弹》全本,其故事见《曲海总目提要》卷二十七。清升平署本《忠义璇图》,其中第十四出到第十九出,即是写虎囊弹故事,注明"旧有",还保留着六出。第十五出《鲁提辖避难披缁》,注明"旧有《山门》"。这出戏,用〔北点绛唇〕套,共有八支正曲,第七支是〔寄生草〕,另一支〔山歌〕,系插唱小曲,不是套曲。薛宝钗赞赏〔寄生草〕"填的极妙"。梁章钜《浪迹续谈》记载乾隆、嘉庆年间,"有优人以牙牌呈请点戏者,中有《三门》一出"。可知,这出戏在当时常演出。⑧

《装疯》

《红楼梦》第二十二回,林黛玉叫贾宝玉"安静看戏罢,还没唱《山门》,你倒《装疯》了"。

关于唐代尉迟敬德因对朝政不满、不肯挂帅出征而装疯的戏曲剧目,大约有三种。第一种是北杂剧,如《功臣宴敬德不服老》第三折,附录在《金貂记》传奇卷首。第二种是传奇,如《薛平辽金貂记》第三十四出《托疾装疯》,现存有《古本戏曲丛刊》本。第三种是高腔,如《词林一枝》所选《胡敬德诈装魔疯》。

《缀白裘》收有《北诈》一出,亦称《北诈疯》,意即北曲《诈疯》,俗称《装疯》,出于《不伏老》杂剧。⑨这是昆曲"大面"代表剧目"八黑"⑩之一。林黛玉说的《装疯》当是此出,这是清代舞台上常演的昆曲剧目之一。梁章钜《浪迹续谈》:"今(乾隆、嘉庆年间)演剧者,有《打朝》、《装疯》两出,盖《打朝》实,《装疯》虚也。"

《问路》

《红楼梦》第二十七回,王熙凤对李纨笑道:"林之孝两口子,都是锥子扎不出一声来,我成日家说,他们倒是配就了一对夫妻,一个天聋,一个地哑。"

明代王逵《蠡海集》记载:"梓橦文昌君二从者,曰天聋、地哑,盖不欲人之聪明用尽,故假聋哑以寓意。夫天地岂可以聋哑哉?"《后西游》第二十四回,文昌帝君的两个童儿天聋与地哑,被孙小行者称为"两个残疾人"。《后列国》第四十五回,南极仙翁大摆聚仙阵,请天聋、地哑、蒙头三圣,把聚仙阵遮住,使对方看不清阵势,听不见金鼓之声。明末清初时期的戏曲作品,有天聋与地哑的,如沈自晋《望湖亭》第十三出,李渔《凤求凰》第十出等。有时由小丑、旦扮,有时由二旦扮。所谓"因虑聪明太过,韦弦自惕,只教聋哑相随"。

刘廷玑《在园杂志》曾提到《后西游》。《后列国》成书,在冯梦龙《新列国志》之后。可知,这两书大约是清初小说。但在当时,它们不大流行。《望湖亭》、《凤求凰》中的天聋与地哑,都不过是龙套脚色,并且在当时,这两出戏也不大流行。而朱佐朝《九莲灯·问路》,一直在戏曲舞台上流行。《缀白裘》九集选有这出戏。根据《清代伶官传》记载,清宫戏班也演过这出戏。

《问路》写的是富奴听信神道之言,要到莲花山去,寻求九莲宝灯,借以救主。他行至中途三分岔路口,迷失方向,恰好遇着天聋与地哑在这里斗百草。富奴便向他们问路,不料一个是聋子,一个是哑巴。幸而地哑还能在沙地上写字,指引迷途。戏中天聋由"二面"(副)扮,头戴孩儿帽,身穿红花褶子,红彩裤,镶鞋,手执云帚;地哑由"小面"(丑)扮,头戴孩儿帽,身穿绿花褶子,黑彩裤,镶鞋,手执云帚。这两个人物恰好成为一对。凤姐借此打趣取笑,卖弄自己。

《满床笏》

《红楼梦》第二十九回,写神前点的戏,第二本是《满床笏》。第七十一回,贾母八十大寿之日,甄家送一架大屏,"十二扇大红缎刻丝《满床笏》"。

明末清初剧作家范希哲的《满床笏》传奇,写唐代郭子仪一家数代富贵荣华的故事,并穿插着龚敬惧内娶妾的情节。⑪今未见《满床笏》全本,其故事见《曲海总目提要》卷四十。《集成曲谱》收有十二出,即《郊谢》、《龚寿》、《醉荐》、《纳妾》、《跪门》、《求子》、《参谒》、《后纳》、《祭旗》、《卸甲》、《赐婚》、《笏圆》。清代舞台上常演的有四出,即《娶妾》、《跪门》、《卸甲封王》、《笏圆》。前两出系龚敬的故事,见《六也曲谱》;后两出系郭子仪的故事,见《缀白裘》。

俞樾《春在堂随笔》:"(清代)人家有喜庆事,以梨园侑觞,往往以《笏圆》终之。"因为戏中的"喜满门金紫","朝罢回来笏满床",极富贵荣华之盛。《海上花列传》第十九回亦云:"堂戏照例是《跳加官》开场,《跳加官》之后,系点的《满床笏》、《打金枝》两出吉利戏。"甚至连嫁妆上,也绣此剧故事。乾隆俗曲《鸳鸯扣》:"先走的青衣缨帽人两对,拿定那南红帐幔,绣的是《满床笏》。"所以贾母听说神前点了《满床笏》,笑了;甄家把丝织《满床笏》的一架大屏,作为向贾母祝寿的礼物。⑫

《南柯梦》

《红楼梦》第二十九回,写神前点了三本戏。"(贾母)又问第三本。贾珍道:'第三本是《南柯梦》。'贾母听了,便不言语。"

明代剧作家汤显祖的《南柯记》传奇,现存有《六十种曲》本,写淳于棼梦入槐安国,始而极富极贵,权势煊赫,终而家破势败,"一切皆空"。淳于棼醒而大悟,"人间君臣眷属与蝼蚁何殊,一切苦乐兴亡与南柯无二,等是梦境"。所以贾母听说第三本戏是《南柯梦》,"便不言语"。《集成曲谱》选有《花报》(即原著第二十六出《启寇》)、《瑶台》(即原著第二十七出《闺警》)两出。而《缀白裘》、《纳书楹曲谱》都未选此剧。

《看瓜》

《红楼梦》第三十九回,李纨对平儿说道:"刘智远打天下,就有个瓜精来送盔甲;有个凤丫头,就有个你。"

元明戏文《白兔记》第十二出《看瓜》,写李洪一憎嫌妹夫刘知远,设计遣往瓜园看瓜。因瓜园中有铁面瓜精,害人性命。瓜精毕竟斗不过刘知远,钻入地下。刘知远掘地得石匣,藏有头盔衣甲、兵书宝剑。

早在宋元时代,说书、唱曲就有取材于刘知远故事的《五代史平话》、《刘知远诸宫调》。但其中都没有瓜精送盔甲的情节。李纨说的瓜精送盔甲给刘知远,当出于《白兔记》第十二出《看瓜》。

《缀白裘》、《纳书楹曲谱》都未选《看瓜》,而选有《麻地》。它写的是刘知远回到久别的李家庄,遇见牧童。牧童不识其人,大谈刘知远看瓜、斗瓜精的往事,但却没有提到瓜精送盔甲。舞台本《麻地》,乃是根据《白兔记》第三十出《私会》大加发挥。原著《私会》里,根本没有看瓜情节。所以尽管《麻地》在当时舞台上流行,但与《红楼梦》无关。明末清初剧作家张大复的《寒山堂曲谱》,选有《看瓜》的曲子。清初小说《歧路灯》第一百○四回写放烟火,有"刘智远看瓜"。可知当时这出戏已受到人们的注意,《红楼梦》就引用了这出戏的情节。

《**男祭**》

《红楼梦》第四十三回和四十四回,写凤姐生日,演出《荆钗记》。林黛玉看了《男祭》,批评剧中王十朋跑到江边祭其妻钱玉莲,"也不通的很","不管在那里祭一祭罢了,必定跑到江边子上去作什么,俗语说睹物思人,天下水总归一源,不拘那里的水舀一碗,看着哭,也就尽情了"。

元明戏文《荆钗记》,无名氏作,写王十朋与钱玉莲夫妻遭变故的故事。《古本戏曲丛刊》收有《原本王状元荆钗记》,未明写王十朋到江边祭妻。《六十种曲》本《荆钗记》,第三十出《祭江》,系王十朋之母在江边祭其媳,所谓"寻踪觅迹,含泪到江边";第三十五出《时祀》,系王十朋与其母同祭玉莲,但却没有写明是在江边设祭。后都成为昆曲演出剧目,前者称为《女祭》,后者称为《男祭》,见《缀白裘》八集。晚明戏曲选集《醉怡情》所收《祭江》,内容与《时祀》相同,但出目却名为《祭江》,令人不解。

明代万历元年刊本《新刻京板青阳时调词林一枝》,选有《王十朋南北祭江》,其中〔江儿水〕曲云:"俺这里招告江神","江神呵,你是有感有灵,早赐我玉莲的灵魂,出离了波心,早早向江边听祭"。可见,当时青阳腔《祭江》,王十朋就是在江边祭妻。⑬清代顺治年间,李渔《比目鱼》第二十八出《巧合》,谭楚玉点唱《王十朋祭江》。这出戏有〔折桂令〕曲云:"我那妻呵,你当初在此投江,我今日还在此设祭。"乾隆年间,黄正维《觳音集》卷二《观演荆钗记男祭有感》诗云:"听残江上招魂曲,末座应知有十朋";"望风拟奠盈杯酒,冉冉行云隔水滨"。

在明清时代,《祭江》很流行,除了上面所引材料可以作证外,还有冯梦龙《醒世恒言》,收有《张廷秀逃生救父》,其中写到众亲戚"将廷秀推入戏房中,把纱帽圆领穿起,就顶王十朋《祭江》这一折"。余怀《板桥杂记》记载尹春扮王十朋,演《见娘》、《祭江》,"悲壮淋漓,声泪俱迸,老梨园自叹弗及"。《清代伶官传》记载升平署所藏曲本,有《男祭》一册,《十朋祭江》四册。

由此说来,《荆钗记》演王十朋祭妻,有两种戏路子,一在江边,一不在江边。曹雪芹安排贾府演《荆钗记》,用的是前一种。所以林黛玉看了《祭江》,才影射贾宝玉跑到水仙庵去祭金钏儿,发了一通议论。庚辰本第四十四回,原作《男祭》,后圈去"男"字,改作《祭江》。戚本、程乙本都作《男祭》。但《祭江》之名早,《男祭》之名晚。

《楼会》

《红楼梦》第五十三回,贾府元宵家宴,演出《西楼·楼会》,"这出将终,于叔夜因赌气去了",文豹吊场发科打诨。

《西楼记》传奇,系明末清初剧作家袁于令的代表作,现存有《六十种曲》本。此剧第八出《病晤》,写名妓穆素徽患病,初次与于叔夜在西楼相会。书童文豹来,催叔夜速去会文。叔夜与素徽依依不舍,怏怏而别。舞台本称为《楼会》,见《缀白裘》五集。此出中〔楚江情〕曲,在当时有"名曲"之称,传唱不衰,所以俗称这出戏为《楚江情》。吴伟业《梅村诗集》赠袁于令诗云:"击筑悲歌燕市恨,弹丝法曲楚江情(原注:袁西楼乐府中,有楚江情一出)。"冯梦龙更把自己改的《西楼记》称为《楚江情》。《红楼梦》中贾母也提到"方才西楼楚江情一支,多有小生吹箫随的,这大套的实在少,这也在主人讲究不讲究罢了"。

《八义记》

《红楼梦》第五十四回:"当下天未二鼓,戏演的是《八义》中《观灯》八出,正在热闹之际"。"(贾母道)才刚八出《八义》,闹得我头疼,咱们清淡些好"。

明代剧作家徐元的《八义记》传奇,写赵氏孤儿故事,现存有《六十种曲》本。《醉怡情》选有《赊饮》、《赏灯》(即《观灯》)、《评话》、《闹朝》四出。《缀白裘》选有《翳桑》、《闹朝》、《遣鉏》、《上朝》、《扑犬》、《吓痴》、《盗孤》、《观画》八出。《纳书楹曲谱》选有《翳桑》、《闹朝》、《观画》三出。上述三种戏曲选集共选十五出,除《翳桑》、《闹朝》、《观画》重复三出外,实选十二出。⑭贾府演的《八义》八出,除说明有《观灯》外,其他七出当在另十一出中。

其实,所谓"《八义》八出",只是当时戏班行业语,而不是专指固定的八出戏。比如,"《昆山》八出",即是泛指昆曲《昆山记》(演顾鼎臣事)中的八个散折戏。大概从明末到乾隆中期,演《八义》八出,带有《观灯》,如《红楼梦》;而在乾隆中期以后,演《八义》八出,则有《劝农》、《翳桑》、《评话》、《闹朝》、《扑犬》、《付孤》、《盗孤》、《观画》,与《缀白裘》的《八义》八出有所不同,但不带《观灯》。⑮

之所以演八出,这与当时演出时间有关系。潘荣升《帝京岁时纪胜》:"帝京(北京)园馆居楼,演戏最盛。酬人宴客,冠盖如云,车马盈门,欢呼竟日。霜降节后,则设夜座","俗谓听夜八出,酒阑更尽乃归"(此书作于乾隆年间)。简言之,当时夜戏演八出。《红楼梦》中贾府演《八义》八出,正演的是夜戏,"当下天有二鼓",戏还在演出。

《琴挑》

《红楼梦》第五十四回,贾母说她娘家史府戏班,曾演过《玉簪记》的《琴挑》。

明代剧作家高濂的《玉簪记》传奇,写潘必正与陈妙常的爱情故事,现存有《六十种曲》本。此剧第十六出《寄弄》,写必正与妙常通过弹琴,互通心意。舞台本称为《琴挑》,见《纳书楹曲谱》续集。这出戏中的〔朝元歌〕,过去有"名曲"之称,其中"长情短情那管人离恨"一句,只有九个字,唱起来却要三十二拍,仅在"恨"字下面,就拖三拍,叫作"宕三眼",最具有昆曲宛转绵延的特点,所谓"水磨腔"。

《琵琶记》

在《红楼梦》里,有一般提到《琵琶记》的,如第四十二回、第六十二回;也有提到此剧折子戏的,如第八十五回的《吃糠》。

元末明初剧作家高明(则诚)的《琵琶记》戏文写的是蔡伯喈与赵五娘夫妻悲欢离合故事。《六十种曲》本第二十一出《糟糠自厌》,写赵五娘在荒年以淡饭进翁姑,自己以糠团充饥。后成为昆曲演出剧目,称为《吃糠》,见《纳书楹曲谱》正集。

过去这出戏很有名。传说高明夜坐高楼,点两绛烛,"作《吃糠》一出,至'糠和米本是一处飞'之句,双烛花交为一"(焦循《剧说》)。意思就是说,这是神来之笔。梁恭辰《劝戒录五篇》,极力提倡"点戏者,务要点忠孝节义等,如《吃糠》"之类,"见之者每多感泣,比寻常劝化之功,胜过百倍,此真潜移默化,莫大阴功"。

《续琵琶记》

《红楼梦》第五十四回,贾母说她娘家史府戏班,又演过《续琵琶记》。

按曹寅写有《后琵琶记》传奇,见刘廷玑《在园杂志》。高宗元(伯扬)亦有《续琵琶记》传奇,见王昶《国朝词综》、梁廷枏《曲话》、姚燮《今乐考证》。今存有《续琵琶记》传奇一种,全本共三十五出,未署作者姓名,见卢前《读曲小识》,北京图书馆藏有残本。据《今乐考证》引沈赤然说:高宗元的《续琵琶记》,其中有"迷局"、"拐儿"之类的情节。而今存本无此情节。又据刘廷玑《在园杂志》说:曹寅作《后琵琶》,"用证前《琵琶》(按指高明《琵琶记》)之不经,故题词云:'琵琶不是那琵琶',以便观者着眼"。今存本第一出〔西江月〕:"千古是非难定,人情颠倒堪嗟,琵琶不是这琵琶,到底有关风化。"语近似。再者,《在园杂志》所述曹本《后琵琶》的剧情大意,与今存本《却聘》、《别友》、《陷狱》、《被掠》、《制拍》、《胜房》、《台宴》诸出的情节亦相符合。因此今存本可能是曹本。

《红楼梦》提到的《续琵琶》,也极可能是曹本,因为曹寅是曹雪芹的祖父。况且《在园杂志》提到曹本有"(蔡)文姬被掳,作胡笳十八拍"。《红楼梦》中贾母说她娘家史府戏班演《续琵琶》,弹胡笳十八拍。今存本《制拍》一出,即演蔡文姬作胡笳十八拍。可是,清代各种戏曲选集都没有选这个戏。

《上寿》

《红楼梦》第六十三回,写宝玉生日,在怡红院开夜宴,"大家吃酒,芳官便唱:'寿筵开处风光好'。众人都道:'快打回去,这会子不用你来上寿,拣你极好的唱来!'"

元明戏文《苏武牧羊记》,无名氏作,现存有《古本戏曲丛刊》本。此剧第二出《庆寿》,写苏武在出使之前,偕其妻向母亲祝寿。《缀白裘》初集选有此出。后昆曲改编本,改掉《庆寿》中有关苏武的情节,变成八仙祝寿戏,出场脚色,有老旦、净、生、丑、付、正旦、小生、外,称为《八仙上寿》,简称《上寿》,见《缀白裘》八集。芳官所唱"寿筵开处风光好",即是此出第二支曲子〔山花子〕的首句。她在宝玉生辰唱这支曲子,乃是借以向宝玉祝寿。但这支曲子是"粗曲"(曲调粗直噍杀、用于过场短剧),不耐听,所以众人不要她唱,要她拣极好的唱来。

《打围》

《红楼梦》第七十回,林黛玉作《柳絮词》,开头两句云:"粉堕百花洲,香残燕子楼。"燕子楼用的是唐代女子关盼盼的典故。百花洲呢?需要探索。

百花洲,在南昌、济南、苏州等处都有。林黛玉是苏州人,她对故乡的风物自然是怀念的。《红楼梦》第六十六回就有"见土仪颦卿思故里"的描写。因此这个百花洲应在苏州。《大清一统志》:

"百花洲在姑苏山上"。这条记载,引人怀疑。百花洲怎么会在姑苏山上呢?再看《古今图书集成·坤舆典·苏州部》:"姑苏驿,即宋姑苏馆旧址,在胥门内河下,傍百花洲。"据此,这个洲是在苏州胥门附近河中。其说甚是。

明代剧作家梁辰鱼《浣纱记》第十四出《打围》,写吴王夫差(净扮)在春天带着女侍、将官,前往城内外问柳寻花,以图欢乐。"(净)此去前面是那里?(众)前面是锦帆泾百花洲。(净)传下号令,暂停鞍马,同上兰舟,就往锦帆泾百花洲去。(旦贴)〔普天乐〕锦帆开,牙樯动,百花洲,清波涌,兰舟渡,兰舟渡,万紫千红,闹花枝浪蝶狂蜂。(合)呀,看前遮后拥,欢情似酒浓,拾翠寻芳来往,来往游遍春风。"此出还提到,由锦帆泾、百花洲,经斗鸡陂、走狗塘,才到达姑苏山、姑苏台。可见百花洲确在苏州城附近河中,为春游胜地,而不在姑苏山上。梁辰鱼是昆山(属苏州府)人,《浣纱记》中提到的这些苏州地名当然是有根据的。

再看《东周列国志》第八十一回《美人计吴宫宠西施》:吴王夫差宠幸西施,"又于城中开凿大濠,自南直北,作锦帆以游,号锦帆泾。高启诗云:'吴王在日百花开,画船载乐洲边来。吴王去后百花落,歌吹无闻洲寂寞。'"此书乃是蔡元放对冯梦龙(苏州人)《新列国志》有所删改而成。可是在当时,昆曲《打围》更有影响。比如,苏州中秋,群众在虎丘赛曲,"丝管繁兴,杂以歌唱,皆'锦帆开'、'澄湖万顷'同场大曲"(张岱《虎丘中秋夜》)。《打围》的"同场曲"(旦贴齐声合唱),很有气派。长期以来,这出戏一直是作为学习昆曲的打基础剧目之一。

如上所述,林黛玉《柳絮词》中"粉堕百花洲",大概用的是西施的典故,恰好与第二句关盼盼的典故相对。她借美女西施"漂泊"的"终身遭际",寄寓着对自己不幸身世的哀伤和感叹。

《渡江》

《红楼梦》第八十五回,写贾府演戏,"第五出是达摩带着徒弟过江回去"。

明代剧作家张凤翼《祝发记》传奇,现存有《古本戏曲丛刊》本。此剧第二十四折《达摩折芦渡江》,写高僧达摩大师折芦苇作舟,渡过江去。舞台本称为《渡江》,见《纳书楹曲谱》正集。这折戏也是昆曲"大面"代表剧目"三和尚"之一。但它是个独角戏,达摩并没有带着徒弟过江回去。

《红楼梦》提到的《渡江》,可能是续作者高鹗另有寓意,所以就改为达摩带着徒弟过江回去。吴镐《红楼梦散套》第九《犟诞》,写林黛玉生辰演《达摩渡江》祝寿,也是"女乐扮达摩带徒弟"渡江,宣扬"法航可渡","觉岸非遥";宝玉看了这出戏,大悟"禅宗心印","笑红尘真海蜃"。作者借剧中人物之口,点出"这也是新谱的",显然是发挥了高鹗的寓意,暗示宝玉将随高僧出家的归宿。

《受吐》

《红楼梦》第九十三回,写蒋玉菡演《占花魁》,"扮了秦小官,伏侍花魁醉后神情,把那一种怜香惜玉的意思,做得极情尽致,以后对饮对唱,缠绵缱绻"。

《占花魁》传奇,系明末清初剧作家李玉的作品,写卖油郎秦锺赢得名妓花魁女(莘瑶琴)爱情的故事,现存有《古本戏曲丛刊》本。蒋玉菡演的一出,是《占花魁》第二十二出《种缘》。舞台本称为《受吐》,亦称《种情》、《醉归》,见《缀白裘》十集。演秦锺初次入妓院,深夜照料酒醉的花魁。

(三)

《刘二当衣》

《红楼梦》第二十二回,"凤姐亦知贾母喜热闹,更喜谑笑科诨,便点了一出《刘二当衣》"。

明代传奇《裴度香山还带记》,沈采撰,现存有《古本戏曲丛刊》本。此剧第十三出《刘二勒债》,写闻喜城中第一个财主刘二官人,只因他姐姐刘一娘嫁给穷秀才裴度,曾将几件首饰抵押在他家,不来取赎,所以他就把裴家家人裴旺再次送来的几件衣服扣了下来,抵偿利息。

后来,《刘二勒债》被改编为弋阳腔演出剧目,但有两种不同的戏路子。一种是沿用《刘二勒债》,叫作《扣当》,亦作《叩当》,讽刺富豪为富不仁,今存有升平署、车王府、百本张抄本。一种是写没落的刘二官人到当铺去当衣,叫作《叩当》,亦名《刘二当衣》,今存有车王府抄本。

《刘二当衣》一开场,就写明"丑刘二官人当旧衣,诨戏"。刘二官人到当铺去当衣,而当铺尚未开门。他等在门前,"连个当当赎当的也没有,闷的慌",便唱戏解闷。唱一段《祭姬》,又唱一段《玉簪记》,再唱一段《目连救母》,甚至剧中注明"唱《搬兵》,或别的,俱可"。南腔北调,东扯西拉,发科打诨,诙谐滑稽。可知这是个玩笑小戏,类似京剧《十八扯》,临时任意插唱各种戏曲段子。因此,贾母自然更喜这出戏。

在清代戏曲舞台上,弋阳腔《扣当》和《叩当》都很流行。瓮斋老人(李光庭)《乡言解颐》卷三优伶条云:"王成子之《刘二官扣当》,稍逊熊儿;尹多儿之《乡里婆探亲》,不输鱼子。"此书卷首有道光二十九年"自识",书中所记大都是乾隆末年到道光年间北京流行的高腔剧目。《清代伶官传》记载昆丑范增福,兼工弋阳腔,在道光三年曾演过《刘二叩当》。《升平署志略》记载清宫戏班"花朝承应"戏,亦有《叩当》(文丑戏)。我们见到的车王府抄本《叩当》,插唱着晚清时期流行的西皮、二黄,显然不是《红楼梦》时代的乾隆年间本子,而是晚清时期的演出本。

《黄伯央大摆阴魂阵》

《红楼梦》第十九回,写东府贾珍家里演出《黄伯央大摆阴魂阵》、《丁郎认父》、《孙行者大闹天宫》、《姜子牙斩将封神》,"倏尔神鬼乱出,忽又妖魔毕露,甚至于扬幡过会,号佛行香,锣鼓喊叫之声,远闻巷外"。

庚辰本《红楼梦》批语指出这个戏是弋阳腔剧目,甚是。王芷章《弋腔考原》记载:"《阴兵阵》,黄伯英大摆阴兵阵事"(按:"英"字当是"央"字之误)。其实,应作黄伯扬大摆迷魂阵。此剧取材于《七国春秋平话》,这本平话今存。略谓:燕国乐毅带兵攻打齐国,屡为齐国孙膑所败,便请师父黄伯扬下山相助。黄伯扬大摆迷魂阵,将孙膑困在阵中。齐国只得派人到云梦山去,请孙膑的师父鬼谷子下山援救。鬼谷子大破迷魂阵,擒黄伯扬、乐毅。燕国愿尊齐国为上国,齐国便将黄伯扬、乐毅释放。鬼谷子、黄伯扬各自回山。

此剧清宫戏班演过,名为《黄伯扬大摆迷魂阵》,见《升平署志略》。今存有车王府抄本和碧蕖馆抄本,均作《黄伯央大摆迷魂阵》。江西高腔也有这个戏,叫作《黄伯英大摆阴兵阵》。一九五四年我往福建调查地方戏曲,曾看过上杭木偶戏高腔班演出此剧《破阵》一场,即演鬼谷子破阵。木偶出场入场,冲来冲去,忙得团团转,配以锣鼓齐鸣,喊声不绝,显得很热闹。内容无可取,但木偶射箭、飞刀、吐火之类的技术,却很有特点。

《丁郎认父》

《红楼梦》第十九回提到的四个剧目,其中有《丁郎认父》。庚辰本《红楼梦》批语指出这个戏是弋阳腔剧目,甚是。

此剧取材于《升仙传》小说。⑯这本小说今存,写的是明代嘉靖年间济小塘云游四海、济困扶危的故事,共八卷五十六回。其中第三十一回到第五十六回,插写高仲举偕妻于月英往东岳庙烧香,遇严嵩相府管家严七;严七垂涎于月英的美色,便设计陷害高仲举;仲举被充军,经过武昌,遇其父的同年胡尚书,留居胡家,改名胡继业,娶乡宦张秉忠之女凤英为妻;后来,仲举原配妻之子丁郎(官名再兴)中状元,约会同年邹应龙等,揭发严嵩以及严七的罪恶,才报了仇,雪了冤。第四十回《徽承光护送孤子,小神童辞母脱逃》,即是写丁郎出外寻父,做土工,替武昌胡尚书修花园,巧遇其父;而父已娶张凤英,恐凤英吵闹,故不肯认子;后丁郎终于得到凤英的同情,以镜作证,父子相认;丁郎留居胡家读书,以待应试考状元。

我看到的高腔本《丁郎寻父》共有六出,即是《辞母》、《落难》、《夯工》、《巧遇》、《诉情》、《镜圆》,剧情与《升仙传》小说大致相同。但丁郎唱的夯歌,有些唱词取自《丁郎寻父》夯歌唱本。丁郎做土工打夯时,唱夯歌,叙家难,诉衷情,从正月唱到十二月。丁郎领唱,众工帮腔。想来舞台演出众工高亢的帮腔,当如《红楼梦》第十九回所说:"喊叫之声,远闻巷外。"这种帮腔,正表现了弋阳腔的艺术特点。

《孙行者大闹天宫》

《红楼梦》第十九回提到的四个剧目,其中"更有《孙行者大闹天宫》"。

庚辰本《红楼梦》批语指出这个戏是弋阳腔剧目,甚是。《明代弋阳腔剧录》所录《西游记》,共分七本,即是《安天会》、《闹天宫》、《分金钱》、《斩妖龙》、《沙桥别》、《收三妖》(又名《五行山》)、《八宝山》(又名《火焰山》)。清代弋阳腔《闹天宫》当从此本而来。王芷章《弋腔考原》录有《安天会》剧目,谓即孙悟空大闹天宫。这可能是后来把《安天会》和《闹天宫》合而为一,总名《安天会》。⑰明崇祯本《鼓掌绝尘》第三十三回,写董尚书府在正月上元佳节,张挂花灯,大门上挂着一盏走马灯,扮二十八个戏文故事,其中有《姜太公渭水神交》(《封神榜》)、《孙猴子大闹灵霄》(《西游记》)。

《姜子牙斩将封神》

《红楼梦》第十九回提到的四个剧目,还有《姜子牙斩将封神》。

庚辰本《红楼梦》批语指出这个戏也是弋阳腔剧目,甚是。《明代弋阳腔剧录》所录《封神榜》,共分七本,即是《九锡荣》、《枯木岭》、《下昆仑》、《龙凤剑》、《二上昆仑》、《绝龙岭》(亦名《万仙镇》,又名《九龙柱》)、《五岳图》(亦名《斩三妖》)。清代弋阳腔《封神榜》当从此本而来。李斗《扬州画舫录》录乾隆年间戏曲剧目,就有《封神榜》。王芷章《清升平署志略》记载清宫戏班"朔望承应戏",有《封神天榜》,"即《封神演义》事"。梁章钜《浪迹续谈》:"余于剧筵,颇喜演《封神榜》。"可知在清代舞台上盛行《封神榜》。

《混元盒》

《红楼梦》第五十四回:"麝月等问:'手里拿的是什么?'媳妇们道:'是老太太赏金花二位姑娘吃的。'秋纹笑道:'外头唱的是《八义》,没唱《混元盒》,那里又跑出金花娘娘来了。'"按:金、花二位姑娘,系指鸳鸯(姓金)、袭人(姓花)。

清代无名氏(或题张照撰)《混元盒》传奇,今存抄本三种。⑱剧情大意是:大孤山下水神金花娘娘,与张真人(捷)有仇,聚妖作乱,欲使张真人无法应付。老真人张道陵,授捷以如意盒(即混元盒)降妖伏怪。金花娘娘与捷斗法,困捷于水府。张道陵请孙大圣、二郎神以及天兵天将来,才将金花娘娘打败。全剧以金花娘娘与张捷之间的矛盾作为贯串线,每本演一个妖精兴妖的小故事,这些妖精都是受金花娘娘之命,散在各处,与张捷作对。

此剧有弋阳腔本,见《国剧学会图书馆书目》。焦循《曲录》录有此剧剧目。周明泰《清升平署存档事例漫抄》、王芷章《清升平署志略》都记载清宫端午节应时戏,有《混元盒》,亦名《阐道除妖》。其中《金花聚妖》、《金花奋勇》诸出,都是以金花娘娘为主的戏。京剧《混元盒》,据说是俞润仙借内廷本排演的,包括《金针刺蟒》、《琵琶缘》、《白莲寺》等,但与内廷本有所不同。《曲海总目提要》卷四十亦有《混元盒》故事提要,与抄本又有所不同。因为这种连台本戏常常变动情节,追求新奇,借以吸引观众。

(四)

《白蛇记》

《红楼梦》第二十九回,"贾珍一时来回:'神前点了戏,头一本《白蛇记》'"。贾母问这是什么故事,"贾珍道:'是汉高祖斩蛇方起首的故事'"。

据此可知,这个《白蛇记》,既不是写许仙与白娘娘爱情故事的《白蛇传》(亦名《雷峰塔》),也不是写刘汉卿救白蛇放生因致显贵的《白蛇记》,而是取材于《史记·高祖本纪》。刘邦酒醉,夜行泽中,见大蛇当道,拔剑斩之。后有人闻老妪夜哭,因其子系白帝子,化为蛇,被赤帝子所斩。

早在元代,白朴写过《斩白蛇》杂剧,已佚。马廉《录鬼簿新校注》:"按曹本作《汉高祖斩白蛇》"。曹即曹雪芹的祖父曹寅。曹本《录鬼簿》,今存有曹寅在扬州刻本。明末清初剧作家朱素臣《聚宝盆》传奇第二十二出《观灯》:"锣鼓介,前四男持故事灯上。""(丑)这个人手拿一剑,又有一条大蛇,张牙舞爪,是什么故事?(末)这是汉高祖芒砀山将白帝来诛。(丑)那些百姓也巧做的,多是开国君王的故事。"这里只说是戏文故事,却没说明是哪个剧种的剧目。

在《红楼梦》第二十九回里,写这个戏与昆曲《满床笏》《南柯梦》一道演出。那么,它是否也是昆曲剧目呢?查明清两代昆曲曲录和选集,都没有这个戏。至今我还搞不清这是哪个剧种的剧目。连贾母看了几十年的戏竟也不知道这个戏的故事,足见其是个很冷僻的戏。我猜想,曹雪芹可能看到他祖父刻的《录鬼簿》记载白朴有《汉高祖斩白蛇》杂剧,便借用在《红楼梦》里,凑成神前点的三本戏,《白蛇记》、《满床笏》、《南柯梦》,暗示贾府的由盛而衰。当然这只是猜测,不足为据。

《霸王举鼎》

《红楼梦》第三十九回,李纨说道:"凤丫头就是个楚霸王,也得两只膀子,好举千斤鼎,他不是这丫头(指平儿),就得这么周到了。"

《史记·项羽本纪》:"籍长八尺余,力能扛鼎。"这句"力能扛鼎",仅仅是形容项羽力气大,而不是记载这个历史人物真有过举鼎的事。后世文学家却编写出霸王举鼎故事,盛传于世。元代锺嗣成《录鬼簿》著录高文秀有《禹王庙霸王举鼎》杂剧。此剧早已失传。明清两代戏曲剧目尚未见有写这个故事的。那么，《红楼梦》引用的霸王举鼎，大概不是来自戏曲作品。

明代《西汉演义》（题袁宏道序、锺伯敬评）第十一则《会稽城项良起义》，就写有项羽在会稽涂山禹王庙举鼎的故事。略谓：项羽奉项良之命，前往涂山招桓楚、于英二将，共襄义举。这两人俱有万夫不当之勇，且养有精兵。项羽再三向他们劝说，他们犹恐义军力量不足以对抗强秦。项羽愿与他们比武，以试自己的勇力。桓楚却提出，禹王庙有鼎，可试勇力。鼎高七尺，围圆五尺，约有五千余斤。项羽将鼎一连三推三起，复又举起，绕殿连走三次，面不改色，气不喘息，才将鼎放在原处。桓、于二将一见，大呼："公非凡人"，"真天神也，吾辈愿随鞭镫"。从此以后两人便成了项羽的有力助手。《西汉演义》由明代传到清代，至今尚存。因此，我以为《红楼梦》引用的霸王举鼎故事，当来自《西汉演义》。

在明清戏曲作品中，多有写伍员（子胥）举鼎故事，如孤本元明杂剧《临潼斗宝》，丘浚（一作无名氏）《举鼎记》传奇，许自昌《临潼会》传奇，无名氏《临潼会》传奇。在临潼会上，不仅有十八国斗宝，而且有伍员举鼎。曹雪芹对这个故事，也是知道的。《红楼梦》第七十五回，就提到临潼斗宝。那么，为什么曹雪芹在第三十九回里要用霸王举鼎故事，而不用伍员举鼎故事呢？我想，大概因为前者恰可比喻凤姐收服平儿，成为有力的臂膀；后者只是说明伍员勇冠秦将，威震列国。

《五鬼闹钟馗》

《红楼梦》第四十回,写史太君两宴大观园,金鸳鸯三宣牙牌令。鸳鸯道:"凑成便是个蓬头鬼"。贾母道:"这鬼抱住钟馗腿"。人民文学出版社一九八二年版《红楼梦》此回注释:"昆曲《嫁妹》中有五个小鬼扯衣抱腿同钟馗闹玩的情节"。我以为,这条注释值得商榷。

诚然,昆曲《天下乐·钟馗嫁妹》(明末清初剧作家张大复的作品)中有五鬼。演出时,他们都戴"蓬头"(用假发做成,戴在头上,毛发蓬蓬,表示鬼怪的奇形怪状)。大鬼捧花瓶(瓶内插连升三级),小鬼甲手提长柄灯笼,小鬼乙挑书、琴、剑担子,小鬼丙手执长柄油纸伞,小鬼丁手拿驴鞭。他们都是钟馗的亲随,陪同钟馗在嫁妹途中,载歌载舞,喜气洋洋。但他们却没有与钟馗闹玩,更没有抱住钟馗腿。只有一个镜头,一小鬼屈一腿,跪于地上,双手托着钟馗抬起的右脚的靴底。

我们知道,早在唐代,就有钟馗舞。周繇《梦舞钟馗赋》:"奋长髯于阔臆,斜领全开;搔短发于圆颅,危冠欲坠";"曳蓝衫而飒缅,挥竹简以蹁跹","万灵沮气以悼惶,一鬼傍随而奋踯"(见《文苑英华》)。可知,钟馗已是辟鬼之神。这里只说有一个小鬼傍随而起舞。宋代"舞判","有假面,长髯,展裹绿袍,靴、简,如钟馗像"(见《东京梦华录》)。这里没提到是否有鬼卒一同起舞。

到明代,在孤本元明杂剧《庆丰年五鬼闹钟馗》里,有了五鬼同钟馗闹玩的情节。钟馗上京应试途中,宿于五道将军庙,遇着青、黄、赤、白、黑五方鬼偷唐巾和襕衫。这五鬼的妆扮是：五色鬼头、锦袄、项帕、法墨趄、直缠、裙膊。清初无名氏（一作烟霞散人）《斩鬼传》第七回《献美酒五鬼闹钟馗》，钟馗酒醉，被五鬼戏弄。浇虚鬼、伶俐鬼分别脱去钟馗的两靴，滴料鬼偷了钟馗的宝剑，轻薄鬼偷了钟馗的笏板，撩桥鬼取掉钟馗的纱帽，弄得钟馗露顶赤脚，不成模样。既然浇虚鬼、伶俐鬼脱钟馗的靴，他们当然要抱住钟馗的腿。由此看来，贾母说的"这鬼抱住钟馗腿"，应来自《庆丰年五鬼闹钟馗》杂剧或者《斩鬼传》小说，而不是来自昆曲《嫁妹》。

《百寿图》

《红楼梦》第七十一回，贾母八十大寿，甄家送的祝寿礼物，有一架大屏，十二扇大红缎子刻丝《满床笏》，一面泥金百寿图。

清代翟灏《通俗篇》："《涌幢小品》云：'御史张敉之，家藏大寿字一幅，自其始祖所遗，字高四尺有七寸，楷体黑文，其点画中，皆小寿字，白文作别体，满百，无一同者。昔庾之威书十牒屏风，作百体书。今寿字百体多晚出，而鲜古体，然非精书者不能。'据此，则百寿图亦自明以来，始行于世。"简言之，所谓百寿图，就是在一个大寿字中，布置一百个小寿字。

可是，在甄家送的这架大屏上，《满床笏》是戏曲故事，那么百寿图会不会也是戏曲故事呢？因为明清戏曲确有《百寿图》剧目。据我所知，《曹大本》、《九锡宫》、《赵颜求寿》三剧，都亦名《百寿图》。《曹大本》写的是国舅曹大本失去百寿图一幅，以致引起一件冤案。《九锡宫》写的是程咬金百岁寿辰，百官往贺，薛刚酒醉闯祸。《赵颜求寿》写的是赵颜求北斗、南斗两星君增寿,竟活到九十九岁。

《曹大本》写的是冤案,《九锡宫》写的是祸事,都是当时朱门所忌讳的,看来都不适于绘在祝寿的礼物上。只有《赵颜求寿》最有可能。在明清时代,朱门祝寿用的都是一百个寿字的百寿图;《红楼梦》中甄家送的百寿图,也应是这种礼品。

《冥升》

《红楼梦》第八十五回写贾府演戏,演的是《蕊珠宫》里的《冥升》。

蕊珠宫,系道家的所谓天上宫阙。《十洲记》:"玉晨大道君治蕊珠贝阙"。我国古典戏曲作品,常提到蕊珠宫。如朱有燉《八仙庆寿》杂剧中,吕洞宾唱:"则今日同赴蕊珠宫"。刘东生《娇红记》杂剧中,金童玉女唱:"俺家住在瑶池","这的是天上蕊珠宫"。蒋士铨《空谷香》第三十出《香圆》,姚梦兰临死时说:"蒙花神命我仍回蕊珠宫去"。

元代庾吉甫写过《蕊珠宫》杂剧,见《录鬼簿》,早佚。明清两代戏曲剧目中,尚未见有《蕊珠宫》。《红楼梦》演的《蕊珠宫》,乃是续作者高鹗杜撰的,暗示林黛玉未嫁而逝,超脱升天。对此,高鹗在这回书里有所交代:"及至第三出","众皆不知。听见外面人说:'这是新打的'"。说穿了,是高鹗新打的。

吴镐《红楼梦散套》第九《颦诞》,写林黛玉生辰,也演《蕊珠记·冥升》,"女乐扮二仙姬用翠节引嫦娥上"。此剧第十四《冥升》,又写林黛玉死后,绛珠宫女史迎接绛珠娘娘,重返绛珠宫。作者一再借剧中人物王熙凤、史湘云之口,点明这是"新演的","新出"的。显然这是根据高鹗续著大加发挥,全是子虚乌有。

【注释】

①《红楼梦》引用《西厢记》词句表:

《红楼梦》第二十三回	我就是个多愁多病的身,你就是那倾国倾城的貌。(原著作"小子多愁多病身,怎当他倾国倾城貌"。)	《西厢记》第一本第四折
第二十三回	原来也是个银样镴枪头。(原著作"你是个"。)	第四本第二折
第二十三回	花落水流红,闲愁万种。	第一本楔子
第二十六回	每日家(原著作"价",语词尾音)情思睡昏昏。	第二本第一折
第二十六回	若共你(原著作"他")多情小姐同鸳帐,怎舍得叫你(原著作"他")叠被铺床。	第一本第二折
第三十五回	幽僻处可有人行,点苍苔白露泠泠。	第二本第二折
第四十回	纱窗也没有红娘报。(原著作"纱窗外定有红娘报"。)	第一本第四折
第四十九回	孟光接了梁鸿案。	第三本第二折
第四十九回	孩儿口没遮拦。(原著作"小孩儿"。)	第三本第二折
第六十二回	恭敬不如从命。	第二本第二折
第六十三回	僧不僧,俗不俗,女不女,男不男。	第二本楔子
第八十七回	惺惺惜惺惺。(原著作"惺惺的自古惜惺惺"。)	第一本第三折
第一百十七回	小姐小姐多丰彩。	《南西厢·佳期》舞台本(《缀白裘》)

②关于昆曲"大面"的"三和尚",有两种说法。一说是包括《下书》中的惠明,《渡江》中的达摩,《山门》中的鲁智深。一说是有惠明、达摩,再加《五台》中的杨五郎。

③《歧路灯》第四十八回:"恰值戏台上惠明出来,一声号头响,谭绍闻只顾看惠明舞跳身法,错把热茶倾了半盏在身上。"《审音鉴古录》所选《西厢·惠明》的尾批特别指出:"俗云'跳惠明'。此剧最忌混跳。初上作意懒声低,走动形若病体;后被激,声厉目怒,出手起脚,俱用降龙伏虎之势。莫犯无赖绿林身段。"这出戏,无论在思想内容上,或者在唱腔、身段上,都很有特色,所以在当时很流行。

④明清传奇作品的舞台本,有时把原本一出戏分为两出,这是因为剧情发生转折变化。在它们之中,有的一出之中用两个套曲,有的并非如此。前者,如《牡丹亭·惊梦》,分为《游园》、《惊梦》;后者,如《长生殿·惊变》,分为《小宴》、《惊变》。

⑤《红楼梦》第十八回,元春点《豪宴》、《乞巧》、《仙缘》、《离魂》,其中仅《乞巧》、《离魂》为旦角主演的戏,杨贵妃、杜丽娘均由五旦扮。"贵妃有谕,说龄官极好。"可见龄官虽是六旦,但她也能兼演五旦的戏,戏曲行语称为"跨行"。

⑥关于《北饯》出处,《最娱情》题作《北唐僧·饯行》,《缀白裘》题作《安天会·北饯》,《纳书楹曲谱》题作《莲花宝筏·北饯》,皆误。据专家考证,《北饯》实出于吴昌龄《西天取经》。《缀白裘》把《认子》《回回》两出,题作出于《慈悲愿》,亦误。《纳书楹曲谱》外集收有《思春》,题作出于《俗西游》。而《缀白裘》所收《思春》,其内容却与《纳书楹曲

谱》所收"时剧"的《小妹子》相同,与《俗西游》的《思春》不同。

⑦舞台上,只演到鲁智深在山亭酒醉,唱〔天下乐〕下场为止,称为《山亭》。

⑧梁章钜《浪迹续谈》:"《释氏要览》云:'寺门开三门者佛地。'注云:'谓空门、无相门、无作门,故名三门。'"杨恩寿《词余丛话》:"是出结尾〔寄生草〕……声情激越,可泣可歌。《红楼梦》曾引是曲,虽为宝玉出家,借作楔子,而于传奇中独拣是折,可见作《红楼梦》者,洵此中解人也。"

赵景深师赠给我的《忠义璇图》抄本,第一本第十五出《鲁达挥拳除市虎》,写鲁智深拳打镇关西;第十七出《七宝村留宾构祸》,写赵员外劝鲁智深出家避祸;第十八出《鲁提辖避难披缁》,写鲁智深在五台山出家;第二十出《长老修书遣醉客》,即《山门》,与通行舞台本同;第二十二出《小霸王鸳帏被打》,写鲁智深拳打周通;第二十三出《花和尚虎寨怀金》,写鲁智深大闹桃花山。这个抄本,与本文所述的本子,又有所不同。

⑨《古本戏曲丛刊》本《薛平辽金貂记》卷首,附有《功臣宴敬德不服老》四折。其中第三折共有〔斗鹌鹑〕、〔紫花儿序〕、〔小桃红〕、〔金蕉叶〕、〔调笑令〕、〔秃厮儿〕、〔圣药王〕、〔麻郎儿〕、〔络丝娘〕、〔耍三台〕、〔么篇〕、〔尾声〕十二支曲子。《缀白裘》所收《北诈疯》,较之《不伏老》杂剧,除删掉〔耍三台〕一曲,又对〔么篇〕、〔尾声〕的唱词有所压缩之外,余全同。(舞台本有时精简若干曲子,以适合演员歌唱)。由此可知,《北诈疯》是出于《不伏老》杂剧,而《缀白裘》题作出于《金貂

记》传奇,误。

⑩所谓八黑,就是项羽(《千金记》)、张飞(《三国志》)、阎浮天山(《人兽关》)、尉迟恭(《北诈疯》)、铁勒奴(《宵光剑》)、牛成虎(《铁冠图》)、胡判官(《牡丹亭》)、钟馗(《天下乐》)。

⑪满床笏,原为唐代崔义元家事。《旧唐书·崔义元传》:义元子神庆,"神庆子琳等,皆至大官,群众数十人,趋奏省闼。每岁时家宴,组佩辉映,以一榻置笏,重叠于其上。开元、天宝之间,中外族属,无缌麻之丧,其福履昌盛如此"。苏轼《寄诸子侄》诗云:"他年汝曹笏满床,中夜起舞踏破瓮。"南宋施元之注,即引崔琳事。而新、旧《唐书·郭子仪传》,都无满床笏事的记载。

⑫《红楼梦补》第八回,宝玉中举,演戏。宝钗点《笏圆》,"因这是一出团圆戏,要取个吉利"。"只听得戏台上笙箫细奏,冠佩趋跄,来与汾阳王(郭子仪)庆寿的公侯卿相,叫儿孙们分班陪宴,果然显赫非常。"

⑬赵景深师藏绍兴高腔抄本《荆钗记》,其中《祭江》:"(生唱)再拜告东方神祇,又拜别西方佛舍菩提,啊呀,河泊水宫,水母娘娘,信官王十朋,在此伏地而拜,不为着别的而来,只为亡妻钱氏玉莲,不从母命改嫁,前来投江身死,她的尸骸,不知落在那个鱼腹之中?她的灵魂,不知落在那个千丈深潭?望尊神相护转,释放玉莲妻,又脱离了波心浪里,早早向江边听祭。"这与明代青阳腔《祭江》,同一戏路。

⑭《八义记》第三出《周坚沽酒》(即舞台折子戏《赊饮》,下同)、第五出《宴赏元宵》(《赏灯》亦作《观灯》)、第九出《翳桑救辙》(《翳桑》)、

第十出《张维评话》(《评话》)、第十三出《宣子争朝》(《闹朝》)、第十四出《决策害盾》(《遣鉏》)、第十九出《犬扑宣子》(分为《上朝》、《扑犬》两出)、第二十出《灵辄负盾》(《吓痴》)、第三十一出《孤儿出宫》(《付孤》)、第三十二出《韩厥死义》(《盗孤》)、第四十一出《报复团圆》(《观画》)。

⑮据陆萼庭同志的《清末苏州四大昆班演出剧目志》,此文尚未发表。承萼庭同志借阅,谨此致谢。

⑯我看到的《升仙传》小说,共八卷五十六回,有光绪二十八年息游馆主的弁言,说明这部小说是把"裨官野史所载济仙诸人"的事迹,"集为编"。可是《红楼梦》是乾隆年间的作品,已写着演出弋阳腔《丁郎认父》,那么至迟在乾隆年间,已应有《升仙传》。另一种《升仙传》小说,共六卷五十三回,未见。此外,还有《丁郎寻父》夯歌,《升仙传》鼓儿词。我看到的《丁郎寻父》夯歌,与我看到的《升仙传》小说有所不同。第一,丁郎的父亲原名杜景隆,改名高仲举。第二,高仲举留居襄阳,而不是武昌。第三,高仲举的第二个妻子,名叫胡秀英。静因《夯歌源于杵歌说》(《剧学月刊》五卷六期)提到"《升仙传》编有剧本",但未介绍是什么剧本。

⑰京剧《闹天宫》,原名《安天会》,见《京剧剧目初探》。

⑱孔德图书馆藏《混元盒》抄本,共八十五出,题清张照等奉敕撰。据昭梿《啸亭杂录》记载:"乾隆初,纯皇帝以海内升平,命张文敏照制诸院本进呈,以备乐部演习,凡各节令,皆奏演。"《混元盒》即是端午节应时戏。可知此剧撰于乾隆初年。另一种《混元盒》抄本,残存四本,共五十出。第一本十一出,即是遥庆、家门、点化、行路、行

智、首告、辩明、奏事、赐宝、吞丹、聚妖。第二本十二出，即是巡天、嗟叹、设计、游园、不幸、被害、托梦、起程、盗印、问卜、求印、鸣冤。第三本十四出，即是诬奏、诏取、诏侦、求配、洞房、辞家、染病、投庵、叹子、阻水、缚妖、诉苦、刺蟒、叩谢。第四本十三出，即是家宴、闹庙、泽扇、问子、求画、下画、被责、负礼、除妖、分身、□救、□牒、大战。周明泰《清升平署存档事例漫钞》：《混元盒》，亦名《阐道除妖》。头本十六出，即是金花聚妖、降生自叹、月下摄韩、五夜吞丹、全节剖腹、起程失篆、二妖献印、谒师生衅、拘魂辩明、蟒怪思春、渔郎获偶、渔户忧儿、摄水阻舟、遭冤泣诉、金针刺蟒、大悲救难。二本十六出，即是渔色逢妖、狂狐作祟、灵判闹邪、拦街控诉、白氏施威、金花奋勇、彭泽斗法、蝎虎吞儿、投井幻形、献伎投充、端阳闻信、妖奴锁拿、哭尸露目、议盗同心、诸神预召、四怪全除。《清代伶官传》记载升平署曲本，"《阐道除邪》，清内府撰"，"高腔用本"。

戴不凡《小说见闻录》，录他曾见到的无名氏《混元盒》（全名作《混元盒五毒全传》），二十回，同治十年新镌。据他考证，这部小说是明代作品。但它只写了张天师在端午节收五毒的故事，与《混元盒》传奇大不同。

四、《红楼梦》中戏曲剧目的作用

在《红楼梦》里,一再描写了演戏。可是,有些演出根本没有点明剧目,如第十七回贾政生日演戏,第五十七回薛姨妈生日演戏等。有些演出,只点出一部分剧目,如第十一回宁国府演戏,第二十二回宝钗生日演戏等。有些演出,则全部点出,如第十八回元春归省演戏,第五十四回荣国府新年演戏等。由此看来,曹雪芹对《红楼梦》中演戏,在剧目安排上分别作了不同处理。这显然是作者经过一番斟酌的。这究竟有何用意和作用呢?值得探索。

(一)

早在曹雪芹写《红楼梦》时,脂砚斋就已指出小说中元春归省所点的四出戏，《乞巧》伏元妃之死，《豪宴》伏贾家之败，《仙缘》伏宝玉送玉，《离魂》伏黛玉之死。在脂砚斋之后，沈煐《石头记分评》，话石主人《红楼梦精义》，解盦居士《石头臆说》等，更大加发挥，指出小说中很多戏曲剧目全有"应"的作用，如《双官诰》应两府全局，《还魂》应可卿托梦。所谓"伏"或者"应"，都是预示的意思。今天有些人又提出种种新的"伏"说。

《红楼梦》中某些戏曲剧目确有"伏"的作用。比如《白蛇记》是贾府初封国公已往之事，《满床笏》是贾府现在情形，《南柯梦》是贾府后来结局（《石头记分评》）。这种说法的可以成立是因为第一，从演出时间来看，如果一次演出，不可能连演三本大戏。而曹雪芹如此安排，显然是别有寓意。第二，清代演出神戏的惯例，都要演吉利戏，当时富贵之家更是如此。《南柯梦》是不吉利的，不宜于在演敬神戏时演出。因此这三个戏依次安排，就寓有由吉而凶的意思。第三，从贾母对这三个剧目不同的反应，由喜悦、发笑而沉默，也可证实是有"伏"意。

可是，有些人对《红楼梦》中很多剧目的安排，却是拆字、猜谜式的瞎猜。第一，有些人把前八十回的剧目，与后四十回的情节相"伏"，如《西游》应贾母寿终，《寻梦》应重游幻境，《双官诰》应两府全局。这种说法就很有问题。因为宝钗点唱《西游》一折见于第二十二回，贾母点唱《寻梦》见于第五十四回，而贾母寿终归地府见于一百十回，贾宝玉重游太虚幻境见于一百十六回。前两回是曹雪芹原著，后两回是程、高续本。续作者是无法相伏的。第二，有的人只抓住一点即做出论断。如说《丁郎认父》等四剧暗照宁府一派邪乱行为,《当衣》应凤姐典当。这大概是因为,第十九回宁国府演《丁郎认父》等四剧,"倏尔神鬼乱出,忽又妖魔毕露";第二十二回贾母命凤姐点戏,凤姐点了《刘二当衣》。至于这是一些什么内容的戏,他们是不管的。第三,有人离开具体剧目另找"伏"因。如说《钗钏记》是预示宝、黛关系不幸,"颇疑黛玉之死与沉水相关"。其实《红楼梦》里只演了《相约相骂》,而未演《钗钏记》全本。论者对《相约相骂》避而不谈,硬要从《钗钏记》全本中找出沉水的情节,借以推断"黛玉之死与沉水有关"。这未免太牵强附会了。如果曹雪芹果真要用《钗钏记》伏黛玉沉水而死,那他为什么不用此剧中沉水的一出戏,却用了没有沉水情节的《相约相骂》呢?

他们提出种种"伏"说,还往往各执己见。脂批说《离魂》伏黛玉之死,沈煌却说《离魂》是元春谶兆。脂批说归省四出伏元春、黛玉、宝玉诸人之事,话石主人却说归省四出应元妃全局。脂批说《相约相骂》总隐后文不尽风月等文,话石主人却说《相约相骂》应宝玉背约。沈煌说《寻梦》是黛玉病死之由,话石主人却说《寻梦》应重游幻境。有人说《扫花》预示凤姐扫雪,又有人说《扫花》预示芳官出家。当然,研究《红楼梦》可以各抒己见。问题在于,他们都没有讲出令人信服的道理。又如话石主人一会说《西游》应贾母寿终,一会又说《西游》应易嫁。这一类拆字和猜谜式的研究并不能显示原书的主题意旨。

（二）

我们要探索《红楼梦》中戏曲剧目的作用，就应对这些剧目的思想内容和艺术特点，对清代戏曲演出的惯例和风尚，都要有所了解。只有如此，才可能比较恰当地探索出曹雪芹安排这些剧目的用意和作用。否则，就难免是拆字、猜谜式的瞎猜。从《红楼梦》前八十回来考察，全部剧目的安排，并非只有预示作用，而是具有多种作用。

（1）**预示作用**

这就是通过某个或者某些剧目，暗示出一种征兆，使读者可以预先知道后文将要发生的事情。这种预示，是基于两者之间有相近之点，可以由此及彼，引人深思。

《红楼梦》第十八回，贾府庆祝元春归省，演戏，剧目有《豪宴》、《乞巧》、《仙缘》、《离魂》。按照清代戏曲演出惯例，这四个剧目安排得很别扭。为什么呢？当时富贵之家往往以《邯郸梦》为"不祥"，"遇吉事，不敢演"。[①]《离魂》，敷演宦门小姐杜丽娘之死，更是吉事时所不敢演的。此其一。即使平时演出《仙缘》，因其出八仙而排场热闹，一般作为"压台戏"。此其二。清代戏曲演出，对一台折子戏的搭配很讲究，生旦净丑，文武冷热，搭配均匀，丰富多彩。此其三。而元春归省，竟然毫无顾忌地点了《仙缘》、《离魂》，又把《仙缘》安排在倒第二出，而以《离魂》压台，并且《乞巧》和《离魂》都是昆曲五旦的主戏。元春出身大家，身为贵妃，对堂会戏点戏的普通规矩，总会知道的吧，何况又是归省大礼的演戏，绝不可能随意乱点。由此可见曹雪芹安排这四个剧目，显然是别有寓意。虽然脂砚斋和其他人都曾指出这四出戏有"伏"，但我对他们的说法，不能完全赞同。

我把这四个剧目排来排去，几经思考才恍然大悟。原来《豪宴》与《仙缘》，交错地成为一组；《乞巧》与《离魂》，也交错地成为一组。前一组以昆曲老生为重，后一组以昆曲五旦为重。② 这两组剧目之间，互相有联系。通过《豪宴》中严府子孙恃势豪奢，"中山狼"之徒负义反噬，到《仙缘》中范阳卢姓大族一败涂地，子孙没落，就预示着贾府必将由盛而衰。而"中山狼"之徒负义反噬，对贾府之败起了一定的加速作用。③ 通过《乞巧》中杨玉环身为贵妃，与唐明皇乞巧订盟的爱情生活，到《离魂》中杜丽娘受着封建礼法的束缚，憔悴而死，就预示着元春必将由得宠而夭折。而元春的得宠与夭折，又与贾府的盛衰息息相关。所以，曹雪芹才在元春归省的关键时刻，特地安排了这四个剧目，对元春和贾府的命运变化，作了必要的预示。此外，第二十九回清虚观打醮演戏的三个剧目，也具有预示作用。由此可见，曹雪芹在这部巨著里，并没有滥用预示手法，而是很有分寸。

（2）揭示人物性格

《红楼梦》从生活出发，精心地运用了种种手法，塑造成千姿百态的艺术形象。有趣的是，作者通过书中人物扮演剧目，或者点演剧目,或者评论剧目,起着揭示人物性格的作用。不同的剧目,就可以把不同人物的性格特点,更好地揭示出来。这种艺术方法,可以说别具一格。

《红楼梦》第二十二回,宝钗生日,演戏。贾母叫宝钗点戏,宝钗便点了一折《西游记》。贾母又叫凤姐点戏,凤姐便点了《刘二当衣》。据我考证,宝钗点的这个折子戏可能是《胖姑》。它描绘农村小姑娘天真活泼之态,惟妙惟肖,逗人发笑。宝钗之所以要点这折戏,正因为她"深知贾母年老人,喜热闹戏文"。果然贾母看了这折戏,"自是欢喜"。《刘二当衣》乃是一出玩笑戏。凤姐"亦知贾母喜热闹,更喜谑笑科诨"。果然贾母看了这出戏"更又加喜欢"。虽然宝钗和凤姐的点戏都是"顺贾母之心",但宝钗点的《胖姑》比较隽永有趣,而凤姐点的《刘二当衣》不过是南腔北调的插科打诨而已。很明显,凤姐较之宝钗更善于迎合贾母的心理。

贾母又命宝钗点戏,宝钗点了《山门》。在宝钗看来这出戏"排场又好,词藻更妙","一套〔北点绛唇〕,铿锵顿挫"。宝玉听说点了《山门》,便说自己从来怕这些热闹戏。宝钗笑道:"要说这一出热闹,还算你不知戏呢!"很清楚,宝钗对于戏曲欣赏的是排场、词藻、音律,并不喜欢热闹戏。这就更证明她刚才点的《西游记》一折热闹戏文,确确实实是"顺贾母之心",而非她所好。再看第十一回,宁国府家宴,演戏。邢夫人、王夫人叫凤姐"点几出好的我们听",凤姐便点了《还魂》和《弹词》。《还魂》是昆曲五旦的唱工戏,《弹词》是昆曲老生的唱工戏,都是所谓"名曲"。此刻,凤姐却没有点科诨打趣的玩笑戏。试把第十一回与第二十二回对照一下,便可看出这个琏二奶奶见长辈喜欢什么戏,就点什么戏,是个善于逢迎的人物。

(3)点染环境氛围

《红楼梦》很重视环境的渲染。因为,人物的活动,总离不开环境,就是说,活动在一定的环境中。所以,作者多方面地运用环境、氛围的描写,为映照人物服务,把外在的"景"、"境"描写,同表达人物内在的"情"、"意"统一起来,借以表现典型环境中的典型人物。有些戏曲剧目经过作者巧妙安排,也能起着点染环境而映照人物的作用。

第十九回,宁国府过新年,演戏,剧目是弋阳腔《丁郎寻父》、《黄伯央大摆阴魂阵》、《孙行者大闹天宫》、《姜子牙斩将封神》。第五十四回,荣国府过新年,也演戏,剧目是昆曲《八义·观灯》八出。虽然这两次都是热闹戏,但各有特色,互不相犯。前者是"倏尔神鬼乱出,忽又妖魔毕露,内中扬幡过会,号佛行香,锣鼓喊叫之声,远闻巷外"。后者多为忠臣义士与奸党展开激烈斗争的场面,尤其《观灯》(即《宴赏元宵》),戏中有灯彩、太平鼓等,名为"应时戏",亦称"节令戏"。④这就点染出豪门欢度新年的热闹气氛和繁华势派。

当然,曹雪芹写这两次新年演出,并非仅仅为了点染环境氛围,而是借以映照人物。宁国府演出弋阳腔《丁郎寻父》等戏,"满街上个个都赞好热闹戏,别人家断不能有的"。唯有贾宝玉"见繁华热闹到如此不堪的田地,只略坐了一坐,便走往各处闲耍"。经过如此映照,宝玉的性格特点就一清二楚了。荣国府演出昆曲《八义·观灯》,贾母说道:"才刚八出《八义》,闹的我头疼,咱们清淡些好。"如前所述,贾母最喜欢热闹,也最爱看热闹戏,但她却不喜欢《八义》这种热闹戏,闹得她头疼。由此可知,贾母和贾宝玉,对贾府新年演出的热闹戏都无好感,但其原因,大不相同。

(4)表现豪门的艺术爱好

贾府常常演戏,每次演出,安排了不同的剧目。虽然这些剧目有着不同的思想内容,又各有艺术特点,但它们在思想上,或者在艺术上,毕竟有着某些相同的地方。因此,读者一看这些剧目,就能知道贾府诸人对于戏曲艺术爱些什么。这种艺术爱好,并非少数人的癖嗜,而是反映了当时豪门的风尚。

第十一回宁府家宴,演了《双官诰》。这是个宣扬立志守节、教子成名的戏,以《荣归》、《诰圆》圆满结束全剧。所以,清代富贵之家,常演这个戏,不仅把它作为灌输封建道德的教材,而且把它作为祈求富贵日隆的吉兆。第六十三回宝玉生日,芳官唱《上寿》,借以向宝玉祝寿。因为,在当时,富贵之家,每逢寿戏,总演《上寿》开场,也为的是要图个延年益寿的吉利。那么,芳官此时唱《上寿》,这正是反映了当时豪门的风尚。⑤此外,贾母八十大寿开场演"吉庆戏文",亦是如此(第七十一回)。

可是,邢夫人、王夫人等,看了《双官诰》,还让凤姐点了《还魂》、《弹词》。芳官唱《上寿》,却遭到众人的反对。她们说是:"这会子狠不用你来上寿,拣你极好的唱来。"芳官便改唱《扫花》中〔赏花时〕,而且"细细的唱"来。尽管《还魂》、《弹词》、《扫花》,都不算是所谓吉利戏,尤其《弹词》中李龟年唱的〔九转货郎儿〕,多为悲怆伤感之音,但这些戏都有耐听的细曲,都算是昆曲的"名曲",所以贾府中人喜欢听。显然,她们对昆曲那些文雅、冷静、纡缓的唱工戏实在爱好,并非只喜吉利戏。连贾母也赞赏《楼会》中〔楚江情〕曲,"这大套的实在少"(第五十三回)。由此可见,贾府演戏,既要图吉利,又要图享受。

(5) 推动情节发展

小说中有些戏曲剧目的安排,有助于引起人物与人物之间的矛盾和冲突,推动情节发展。

第二十二回,宝玉听了宝钗介绍《山门》,喜得拍膝摇头,称赏不已,又赞宝钗无书不知。为什么宝玉如此高兴呢?书中卖了个"关子",没有立即交代,使读者悬念在心。作者却另写了黛玉讥刺宝玉"妆疯",说得湘云也笑了。因为宝玉赞扬宝钗,引起了黛玉的忌妒。这是情节发展的第一次波澜。接着,宝玉由于黛玉、宝钗、湘云之间的一场纠葛,产生了烦恼,因而对《山门》中"赤条条来去无牵挂"唱词,更深有感触,不禁也填了一支〔寄生草〕。这就是所谓"听曲文宝玉悟禅机"。到这里,读者方知宝玉听了《山门》之所以那么高兴,是因为从中领悟到"禅机",而不是欣赏这出戏的排场、词藻和音律,与宝钗有同好。这是情节发展的第二次波澜。再接下去,宝钗、黛玉看过宝玉填的〔寄生草〕,采取了不同的态度。宝钗虽然后悔自己介绍的〔寄生草〕曲竟惹出宝玉"悟禅"的念头,但她只求把字帖儿撕碎，了却此事。黛玉却要质问得宝玉无词可对，务求使其收了痴心邪说。两人对待宝玉之情，就深浅立见。这是情节发展的第三次波澜。由此可见，一出《山门》的影响，不断引发了人物与人物之间的矛盾和冲突，推动情节步步向前发展，波澜迭起，并且深化了宝玉、黛玉、宝钗三人的性格表现。

如上所述，根据塑造人物的需要，在书中进行某些戏曲演出场面的描写，确实发挥了多种作用。这就表现了曹雪芹杰出的艺术才能，显示了《红楼梦》的小说艺术特色。

（三）

我国戏曲历史悠久，剧目繁多，有"曲海"之称。如果曹雪芹对戏曲剧目不熟悉，要想找到适当可用的剧目那就简直是"海底捞针"。五十四回荣国府过新年，鸳鸯、袭人没有参加宴会。贾母叫两个媳妇把上等果品茶点，送给鸳鸯和袭人。麝月等人遇见这两个媳妇，问她们手里拿着什么。媳妇答道："是老太太赏金花二位姑娘吃的东西。"麝月笑道："外头唱的是《八义》，没唱《混元盒》，那里又跑出金花娘娘来了。"⑥《混元盒》中女主角金花娘娘的名字，正切合着鸳鸯（姓金）、袭人（姓花）。正因为曹雪芹对《混元盒》熟悉，才能用得恰到好处。

然而，有时即使同一剧目，又有不同的戏路子。比如《叩当》，有的演刘二官人扣押别人的物品，有的演刘二官人到当铺去当衣。

又如《男祭》,有的演王十朋在家祭其妻钱玉莲,有的演王十朋在江滨祭其妻钱玉莲。而曹雪芹能根据书中情节的需要,对剧目加以选择。第二十二回和第四十四回,凤姐点戏,要迎合贾母"更喜谑笑科诨"的心理,曹雪芹便选择了刘二当衣的《叩当》。贾宝玉在凤姐生日跑到水仙庵井台边去祭金钏儿,曹雪芹便选择了王十朋在江滨祭其妻钱玉莲的《男祭》,让凤姐生日演这个戏。这才引起林黛玉对薛宝钗说:"这王十朋也不通的很,不管在那里祭一祭罢了,必定跑到江边子上去做什么,俗话说,睹物思人,天下水总归一源,不拘那里的水,舀一碗,看着哭,也就尽情了。"显然是借题发挥,话中有话。而宝钗不答,宝玉回头要热酒敬凤姐。此刻,这三人各自心领神会,关系微妙。

剧目不仅要选择得好,还要安排得好。曹雪芹把《西厢记》和《牡丹亭》两部名著都安排在第二十三回里。先让贾宝玉和林黛玉同看《西厢记》,互相用《西厢》妙词打动各自的心灵,充满了喜悦的情趣。然后让林黛玉独听小演员歌唱《游园惊梦》。正由于她的爱情心弦被宝玉的《西厢》妙词振动了,所以杜丽娘追求爱情,叹惜青春的歌唱,更激起了她强烈的共鸣,使她"心痛神驰,眼中落泪"。可见,这一回《西厢记妙词通戏语　牡丹亭艳曲警芳心》,安排这两部名著,既有联系,前者促进后者,后者回顾前者,而又互不相犯。这两部名著恰好成了宝、黛爱情的催化剂。

（四）

　　我国古典小说描写演戏，并非始于《红楼梦》。早在明代，《金瓶梅》就有不少描写演戏的情节。如第六十三回，李瓶儿之丧，西门庆招待宾客搬演戏文，演的是韦皋、玉箫女两世姻缘《玉环记》。西门庆看到贴旦扮玉箫，唱到"今生难会面，因此上寄丹青"曲词，"忽想起李瓶儿病时模样，不觉心中感触起来"。第三十一回，西门庆的儿子满月，自己又加官，便请客看戏。刘太监点唱"叹世"戏文，夏提刑认为唱不得，吩咐改唱"吉利"戏文〔十三腔〕，借以迎合西门庆祈求吉利的心理。⑦应该承认，这对曹雪芹写《红楼梦》，也有过影响。因为，在《红楼梦》之前，描写演戏最早而又有成就的小说作品，当推《金瓶梅》。曹雪芹写《红楼梦》，对于前面的作品必然有所借鉴。可是，《金瓶梅》中安排的戏曲剧目，还未能很好地发挥多种作用，时常全文引录在书中，因此就未免成为赘瘤。但《红楼梦》在此基础上，又有了很多新的创造，对剧目的安排，能发挥多种作用，更有助于刻画人物性格，表达主题思想，较之《金瓶梅》是大大提高了。

　　《红楼梦》后四十回中也有演戏的情节，剧目是《吃糠》、《渡江》、《受吐》、《冥升》。但全是预示，意义不大，且又单调乏味。后四十回作者采用了几种办法。第一，改动原剧目的内容。《渡江》，原是达摩一人的独角戏，改成达摩带着徒弟过江，借以预示宝玉后来跟着和尚出家。⑧第二,改动《红楼梦》原著中的人物。艺人蒋玉菡原是小旦行,在后四十回里却改成小生行。当然,戏曲可以改换行当(脚色),问题在于,后四十回作者之所以把蒋玉菡改为小生行,乃是要他扮《受吐》中的卖油郎,借以预示蒋玉菡后来娶袭人。第三,杜撰剧目。在我国戏曲传统剧目中,根本没有《冥升》这出戏,后四十回作者就交代说是"新打"的,借以预示黛玉死后升天,归位蕊珠宫。由此看来,后四十回作者要在书中全借戏曲剧目作预示,却又戏曲知识贫乏,想不出适当的剧目,便采用这些办法,其手法极为拙劣。近年,有人认为后四十回中用剧目作预示和前八十回一样,于是便推测这些都是曹雪芹的残稿。这种推测也不科学,不尽可靠。因为一些《红楼梦》续书,如《后红楼梦》、《红楼梦补》之类,也有用剧目作预示,难道这也都是曹雪芹的残稿吗?

一些《红楼梦》续书也模仿《红楼梦》描写演戏。此外,《品花宝鉴》、《青楼梦》之类的小说,都写了演戏。在剧目安排上,也往往模仿《红楼梦》。这对读者说来,可以了解到当时演戏生活和社会风尚。可是,这些小说有着共同的缺陷,就是自然主义倾向比较严重。

绾结说来,由于《红楼梦》描写演戏具有显著的特色,引起人们的兴趣和赞赏,所以一些《红楼梦》续书以及其他小说纷纷模仿。可见《红楼梦》在这方面的成就,对后来小说创作也有过一定的影响。可是这些模仿,之所以没有超过《红楼梦》,归根结底是与作者思想水平和艺术水平有着密切关系。⑨

【注释】

①墨憨斋定本《邯郸梦》总评："世俗以黄粱梦为不祥语,遇吉事,不敢演。夫梦则为宰相,醒则为神仙,事孰有吉祥于此者。"墨憨斋,即是明末冯梦龙。可知那时世俗以《邯郸梦》为不祥,而冯梦龙不以为然。《红楼梦补》第八回,贾宝玉中举,演戏,点《仙缘》。薛宝钗对贾母说:"《仙缘》不如《笏圆》好,因这一出是个团圆戏,要取个吉利。"贾母听了,叫改唱《笏圆》。而宝玉认为:"那卢生悟得五十年状元宰相美妾姣妻,只在邯郸枕上黄粱饭熟时的风流富贵,这《仙缘》才是正经团圆戏文呢。"

②《豪宴》,出场人物有严世藩(大面)、莫怀古(老生)、汤勤(二面)等,但这出戏是戏中串戏,串演《中山狼》,以东郭先生(老生)为主。《仙缘》,虽出八仙,脚色众多,但以卢生(老生)为主。《乞巧》为生旦戏,唐明皇(官生)与杨贵妃(五旦)并重。《离魂》,出场人物有春香(贴)、杜宝(外)、杜夫人(老旦)等,但以杜丽娘(五旦)为主。

③《红楼梦》中"中山狼"人物,经作者明点出的有孙绍祖,所谓"贾迎春误嫁中山狼","子系中山狼,得志便猖狂"。可是,贾雨村也是个"中山狼"人物。这个人物,在情节结构上往往起着穿针引线、推波助澜的作用。因原著八十回以后的情节已佚,无从考察,姑且存疑。

④应时戏,亦名节令戏,适应节日而演出的戏,如春节演《洛阳桥》,端午演《白蛇传》,七夕演《牛郎织女》,中秋演《唐明皇游月宫》,等等。

⑤《坚瓠五集》记官府祝寿,《后红楼梦》第九回,《红楼梦补》第二十四回和第三十五回,《青楼梦》第五十回,都是以《上寿》作为寿戏的开场戏。

⑥这几句话,在百二十回本里是麝月说的;在戚本里却是秋纹说的。按:当以麝月为是。因为,第五十八回,芳官被干娘打了,麝月笑道:"把个莺莺小姐,反弄成了拷打红娘了。"(百二十回本、戚本均同)可见麝月不仅对戏文很熟悉,而且会用戏文打趣。

⑦《雍熙乐府》有〔三十腔〕,题目是《庆寿》。《词林摘艳》亦有〔三十腔〕,题目是《庆寿兼生子》,此套曲文开头云:"喜遇吉人,长庚现,彩云缥缈,看庭前玉树又生瑶。"这就点出庆寿兼贺生子之意。所以在《金瓶梅》里,正值"西门老爹加官进爵","又是弄璋之喜"的时候,夏提刑就点唱了此曲。

⑧沈煃、话石主人和解盦居士都认为《山门》应宝玉出家,因为剧中主角鲁智深是个和尚。其实,程、高本后四十回倒是以和尚戏《渡江》应宝玉出家。而《山门》是否如此,还值得商榷。此剧中鲁智深不甘于忍受佛教清规戒律的禁锢,大闹五台山,终于离开"佛教圣地"而去。难道曹雪芹会用此剧应宝玉出家吗?

⑨清代张道《梅花梦》传奇第二十三折亦题作《豪宴》,写冯府邀请官员文士赴宴,赏菊看戏,表现豪富之家的"豪举"。这部传奇还有些情节也学《红楼梦》,如第二十二折《听雨》,第三十折《天圆》,甚至第二十四折《感稗》,通过唱弹词,大段大段地叙述《红楼梦》中贾琏娶尤二姐的故事,以及《续红楼梦》中王熙凤游地府、浸醋缸的故事。

五、《红楼梦》中戏曲演出

在封建社会里,戏曲演出是多种多样的,有在民间广场上演出的,也有在寺观神庙戏台上演出的,也有在城市戏园演出的,还有在大户家庭演出的。一般官僚地主家庭戏曲演出,与贵族、大官僚、大地主家庭戏曲演出,又有所不同。至于宫廷戏曲演出,更是与众不同。《红楼梦》中戏曲演出,究竟属于哪一种呢?又说明了什么问题呢?对此,以下试作初步探索,以求对这部巨著所反映的广泛的社会生活,获得比较深入的理解。

(一)

《红楼梦》中的贾府,常有戏曲演出。就其演出场所说来,不外是演于戏台之上，或者演于氍毹之上。前者，如第十一回贾敬生日，第十八回元春归省，第二十二回宝钗生日，第五十四回贾府过年，第七十一回贾母生日，都演于戏台之上。后者，如第四十回，贾母吩咐凤姐把红毡子铺排在藕香榭的水亭子上，由家伶演唱几出戏听听。随时随地，铺上氍毹，即可演出。①这只是官僚地主家庭戏曲演出的一般情况，并无特殊的地方。

引人注意的是，在贾府里，竟有几个戏台。除宁国府会芳园中有一个戏台（太太小姐们坐在天香楼上看戏）外，荣国府大观园中正楼大观楼有一个戏台，荣庆堂又有一个戏台，大花厅又有一个戏台。这都是固定的戏台。②还有临时搭成的戏台。如宝钗生日，在贾母内院搭了家常小巧戏台演戏。③

为什么贾府需要几个戏台呢？姑以荣国府来说，大观楼戏台，只供元春归省大典演戏用的。元春只归省过一次，所以这个戏台也只用过一次。荣庆堂戏台，专供大的礼节演戏，招待外来宾客。大花厅戏台，一般是供过年过节、吉庆喜事自家人看戏用的，但在大礼节时，有两台戏同时演出，也用这个戏台。如贾母八十大寿，一台戏在荣庆堂演出，宾客有南安太妃、北静王妃等；一台戏在大花厅演出，由众小姐陪着薛姨妈看戏。（连荣国府大管家赖大的儿子做了官，也有两台戏同时演出。赖嬷嬷说道："头一日，在我们破花园子里，摆几席酒，一台戏，请老太太、太太们、奶奶、姑娘们，去散一日闷；外头大厅上，一台戏，几席酒，请老爷们、爷们增增光。"其排场也颇不平常。）至于家常演出，可临时搭个戏台。戚本《石头记》第二十二回,在"搭了家常小巧戏台"句下,有条夹批:"另有大礼所用之戏台也,侯门风俗,断不可少。"贾府大礼所用的戏台,就是荣庆堂戏台。而大观楼戏台,却不是一般侯门所能有的。由此可知,贾府戏台之所以如此之多,正因为有的是遵照"国体仪制"而特建的,有的是按照贵族官僚家庭应酬礼节所需要的,有的是只供家常演戏用的,各有各的用场,这正是显示了贵族官僚家庭特殊的排场和奢靡的风习。

根据历史记载,明末清初时期,苏州拙政园,曾是达官贵人的园林。园中大厅前,有一座大礼所用的戏台;中进小天井后,又有一个小戏台,小天井,即明代文徵明手植藤处。传说,此园初为曹雪芹的祖父曹寅购得,后归雪芹的舅祖李煦,雪芹也曾在此园中生活过。④不仅拙政园如此,还有一些豪门也备着两个戏台。甚至有些大官僚家的演戏场所更为奢华。比如,嘉兴鸳鸯湖(即今南湖)中鸳鸯楼,曾是明末清初时期吴昌时家的演戏楼台。家伶在楼台上演唱,宾客在湖船上观听。吴伟业《鸳湖曲》:"主人爱客锦筵开,水阁风吹笑语来,画鼓队催桃叶伎,玉箫声出柘枝台","云鬟子弟按霓裳,雪面参军舞鸲鹆,酒尽移船曲榭西,满湖灯火醉人归"。这描绘了当时鸳鸯楼戏曲演出的盛况。连富商大贾的园林戏台,也是很奢华的。比如,扬州盐商洪家倚虹园,在领芳轩后"筑歌台二十余楹,台旁松柏杉槠,郁然浓阴",而且沿着水湾,又建看楼二十余楹,可以临水听曲,借水扩音,因此,博得乾隆皇帝的赞赏,所谓"闹处笙歌宜远听"(《扬州画舫录》)。⑤尽管这些官僚、富商家的演戏场所都很奢华,但戏台的数量,一般是只有一个,最多不超过两个。按照封建等级,何等等级,就享有何等排场,不可"违制"。

再看清宫戏台,较之《红楼梦》中贾府的戏台,就更多了,一种是大戏台,如宁寿宫畅音阁大戏台、颐和园熙乐殿大戏台,皆分三层,极为壮丽,供演连台大戏之用。一种是一般戏台,如重华宫漱芳斋院中戏台、漪澜堂东侧晴栏花韵院中戏台,和民间戏台构造一样,供日常演戏之用。还有季节性的戏台,如南海纯一斋,名曰"水座",供夏天演戏之用;颐和园听鹂馆,也是夏天演戏的场所;南海丰泽园,名曰"暖台",供冬天演戏之用。此外,大内寿皇殿、皇极殿也常演戏,但都无戏台,临时搭设。清宫众多的演戏场所,自然是显示了皇家的特等排场和气派。⑥

《红楼梦》中贾府戏台,虽不及清宫戏台之多,但却超过一般官僚地主、富商大贾家庭。他家位列"八公",又是皇亲国戚,所谓"上领皇上的恩,下托祖宗的福"。贾母等人也很会利用自家条件"享福"。在"秋老虎"犹热的时候,他们便在缀锦阁下吃酒,听家伶在藕香榭水亭子上唱曲;当冬夜"寒浸浸起来",他们便坐在暖阁里,往外看戏。这也决非"平常仕宦之家"所能享受得到的。

贾府诸人,还曾到清虚观去看过一次戏。观内的演戏场所,除戏台外,又有正面楼和两边东楼、西楼。这种戏台,称为"神庙戏台",也叫作"万年台"。清虚观的神庙戏台,并无特殊之处。《续红楼梦》卷二十七:三贤祠,"前边盖了乐楼,除演神戏之外,客商们有事,亦可摆酒演戏"。这里的乐楼,即是一般神庙戏台。当然,神庙戏台也有建在庙外的。如扬州重宁寺、报丰祠等处戏台,即是如此(《扬州画舫录》)。江南有些神庙戏台,还建在水滨。清代顺治年间刊本《比目鱼》传奇,有一幅插图,画的是江南农村演戏祀神,戏台一半搭在岸上,一半搭在水中,观众可以在岸上看戏,也可以在船上看戏。这种戏台,又叫作"河台"。鲁迅《社戏》:"最惹眼的是屹立在庄外临河的空地上的一座戏台","近台的河里一望乌黑的是看戏的人家的船篷",写的正是富有江南水乡特色的河台。《红楼梦》没写河台。

（二）

《红楼梦》中贾府演戏,大都在日间。这类日场戏,分为两种。一种是早日场,大约从上午九时左右演到傍晚。如第八回宁国府演戏,晌午前开锣,"至晚而罢"。一种是正日场,大约从下午一时左右演到傍晚。如第二十二回宝钗生日演戏,"吃了饭,点戏","到晚方散"。贾府在特殊情况下,也演过三次夜戏。一次是第十四回,秦可卿出殡前夕,有两班小戏演出,招待通宵伴宿的亲朋堂客看。一次是第十八回,元春归省演戏,到"丑正三刻"(夜半一点钟到三点钟为丑时)止。一次是第五十四回,贾府元宵开夜宴演戏,"已经四更多了",还要叫小戏子打莲花落。显然,第十八回夜戏乃是正夜场,演到半夜收场;第十四回、五十四回两次夜戏都是全夜场,一直演到天亮。无论早日场或者全夜场,演到中间,总要歇一会儿,然后继续演下去。比如第七十一回贾母寿诞次日演戏,演的是早日场,"直到歇了中台,贾母方进来歇息"。又如第五十四回演全夜场,演到中间,"贾母便命将戏暂歇",演员吃过点心,再唱下去。这种暂歇,俗称"中间煞锣",简称"煞中锣",或者称为"煞中台"、"歇中台"。《红楼梦补》第二十五回:"各处戏文,煞了中台,不多时,重又排场。"

为什么贾府演戏大都是日场呢?这是因为,在清代雍正、乾隆年间,朝廷法令规定,城市乡村"止许白昼演戏,如深夜悬灯唱戏,男女拥挤,混杂喧哗,恐致生斗殴、赌博、奸窃等事",倘违禁演夜戏,将为首之人杖一百,不行查拿之地方保甲杖八十,地方文武各官不实力奉行罚俸一年。封建卫道者们也大肆提倡朱门富户勿演夜戏,因为,演夜戏一则"宵小滋事,乘机奸盗";二则"子弟放荡,风俗极陋";三则灯烛不慎,易起火灾。⑦很明显,就是力图维护封建礼教和秩序而已。其实在那时,城市乡村仍常演夜戏。如京师戏园,在霜降节后,特设夜座(《帝京岁时纪胜》)。朱门富户,更过着夜夜元宵的享乐生活,"蜡泪成堆更爇膏,酒瓶卧壁仍倾酿,笙歌酣倚赏花亭,锥火醉归邀月舫"(赵翼《青山庄歌》)。

再来看贾府。第六十三回写着:这夜,怡红院里"群芳开夜宴",替宝玉祝寿闹到"二更以后",李纨、探春等人都说:"夜太深了不象,这已是破格了。"第二天宝玉还要在夜间还席,袭人笑道:"罢罢罢,今日可别闹了,再闹,就有人说话了。"可知贾府为了要维护"大家风范",是不许夜间游乐的。

其次谈一下演戏出(齣)数问题,这与演出时间有着密切关系。贾府每次演戏,往往多达十余出。比如第十一回演戏,"唱了八九出了",凤姐又点了两出。第二十二回演戏,宝钗点两出,凤姐、黛玉各点一出,宝玉、湘云、迎春、探春、惜春、李纨等俱各点了,"按出扮演"。第五十四回,唱过《八义》八出,贾母又点两出。只有第十八回元春归省演戏,先点四出,又加两出,算是少的了。这大概是因为,在归省大典中,演戏只作为一项礼仪活动,点缀点缀。今天的读者,对《红楼梦》中贾府演戏往往多达十余出,也许会感到惊奇,可是在清代,却是很平常的事。根据《京尘杂录》、《金台残泪记》诸书记载,清代北京戏园演日戏,照例是三轴子,早轴子草草开场,先散演三四出;接着中轴子,演三四出,又散演一二出;再接着大轴子,复演三四出,或者演全本新戏,分日接演。又据《帝京岁时纪胜》记载,乾隆年间,北京戏园在霜降节后演夜戏,照例八出,"俗谓听夜八出"。在《儒林外史》里,有两次堂会戏,一次是正夜戏,开场唱了四出,又演正本戏;另一次是全夜场,先演三个散出,接演正本戏,再加演别的戏(俗称"找戏"⑧)。所以,无论一个正夜场,或者一个全夜场,散出戏和正本戏加在一起,出数也是很多的。《品花宝鉴》第六回写一场演出,"头几出是《扫花》、《三醉》、《议剑》、《谒师》、《赏荷》,都已唱过,以下是《功宴》、《瑶台》、《舞盘》、《偷诗》、《题曲》、《山门》、《出猎》、《回猎》、《游园》、《惊梦》,末后是《明珠记》上的《侠隐》",一场戏竟演了十六出,写的也是乾隆年间戏曲演出情况。康熙年间亦复如此。根据姚廷遴《上浦经历笔记》记载,康熙二十三年十月二十六日,皇帝南巡到苏州观剧,"演《前访》、《后访》、《借茶》等二十出,已是半夜矣"。

那时一场戏的演出时间长。根据包世臣《都剧赋序》:北京戏园演正日场,"午后开场,至酉而散"(下午五点钟到七点钟为酉时);堂会戏,一般是早日场,"辰开酉散"(上午七点钟到九点钟为辰时)。正日场的演出时间,大约五个小时左右;早日场的演出时间,大约八个小时左右。至于堂会戏全夜场的演出时间,则多达十个小时左右。清宫演戏时间,据升平署"日记档"所载,大都是卯正或辰初(上午六点钟到七点钟)开戏,未正或申正(下午两点钟到四点钟)散戏,偶尔也有延长到酉时或戌时(下午五点钟到八点钟)。就是说,一般八小时左右,长则十多个小时。⑨

那时戏园的上等观众,所谓"豪客",每"交中轴子始来","未交大轴子已去",只听中轴子名角唱的三四出散戏。堂会戏的观众,都是达官贵人、富商大贾,反正饱食终日,即使演出时间长,他们也不在乎。何况看得吃力了,或者见到不爱看的戏,还可以去歇一会儿再看。清代北京俗曲《阔大奶奶出善会》,写一个阔奶奶看一场戏,歇息了数次(见后文所引)。再者,堂会戏"煞中锣"的休息时间也比较长。不过,有时豪门大礼堂会戏,也使得看客拘于礼节,不能随意行动,久坐看戏,疲倦不堪。"赵瓯北诗曰:'绝顶楼台人倦后,满场袍笏戏阑时。'此实无可奈何之境。"(《梨园旧话》)

贾府太太、小姐们看戏,都有丫头伺候,尤其贾母,还可"歪在榻上",由丫头捶腿。兴头高,就多看看;不高兴看,就歇息去。脂砚斋重评《石头记》第八回夹批:"若只管写看戏,便是一无见世面之暴发贫婆矣,写随便二字,兴高则往,兴败则回,方是世代封君正传。"这正是当时社会生活的真实反映。今天读者了解到这个历史情况,对《红楼梦》中的贾府演戏,就不会感到惊奇了。

（三）

《红楼梦》写贾府演戏,并非照搬实际演出的全过程,而是根据书中所要反映的生活内容,对演出程序有所选择和安排。因此,这里只介绍一下书中所提到的演出程序的几个名目,借以了解贾府演戏的规矩和排场。

(1)**参场**

《红楼梦》第七十一回,贾母八十大寿,贾府演戏祝寿。当演出开始,"一时台上参了场"（戚本）。什么叫作参场呢？书中未作解说。请看《儒林外史》第四十九回:"到了二厅,看见做戏的场口,已经铺设的齐整,两边放了五把围椅,上面都是大红盘金椅搭。依次坐下。长班带着全班的戏子,都穿了脚色的衣裳,上来禀参了全场。"可知所谓参场,就是在开演前,掌班率领全班演员,穿着各行脚色的行头,整整齐齐地排站在戏台口,或者排站在厅堂红地毯上,向观众致敬,同时也是显示演出阵容。

有时演堂会戏,则用"参堂"。《儒林外史》第十回,众客"入席坐了,戏子上来参了堂"。《后红楼梦》第九回:"戏班里参了堂"。

根据《宁波昆剧老艺人回忆录》记载,"艺人到官府、衙门里去演戏,向例在开锣之前要参堂"。"副末头戴方巾,身穿宝蓝褶子;老外头戴员外巾,身穿黄褶子;老生头戴老生巾,身穿玄色褶子;小生头戴小生巾,身穿月白褶子;小花脸头戴什子巾,身穿湖绿褶子。一起走到官员面前,叩头打扦,称为参堂。"虽然这是晚清时期浙江宁波地区的情况,但毕竟是沿袭已久的旧例。从这里就可以知道,参场与参堂的区别主要在于,前者由全班演员参加,规模比较大,而后者只有几个演员(副末、老外、老生、小生、小花脸)参加,规模比较小。

《红楼梦》第七十一回的祝寿演戏,乃是一次隆重的演出,所以戏班就行参场。如果在这种场合戏班采用人数少的参堂,就可能会得罪豪门,招来灾祸。《红楼梦》常写贾府演戏,但只有这次才提到参场,其隆重情景,可以想见。

(2)点戏

根据《教坊记》记载,"凡欲出戏,所司先进曲名,上以墨点者即舞,不点者否,谓之进点"。可知,早在唐代,宫廷演出就已有点演节目的事了。到元代,职业剧团在"勾阑"(剧场)演出,也盛行点戏。有时观众要求主要演员把拿手戏报出来,任其选点(《蓝采和》);有时把主要演员会演的剧目写在招子上,贴在剧场四周梁上,任观众拣选(《青楼集》)。降至明清时代,凡堂会戏都要点戏的。如《金瓶梅》第六十四回:"子弟鼓板响动,递上关目揭帖,两位内相看了一回,拣了一段《刘智远红袍记》。"又如《儒林外史》第四十九回:"一个穿花衣的末脚,拿着一本戏目走上来,打了抢跪,说道:'请老爷先赏两出。'万中书让过了高翰林、施御史,就点了一出《请宴》,一出《饯别》。施御史又点了一出《五台》。高翰林又点了一出《追信》。末脚拿笏板在旁边写了,拿到戏房里去扮。"⑩

《红楼梦》写贾府演戏的点戏更引人注目,因为在前人著作中,这还是罕见的。兹依次排列于下:

(第十一回)尤氏拿戏单来,让凤姐点戏。凤姐道:"太太们在上,如何敢点。"邢夫人、王夫人说道:"我们和亲家太太点了好几出了,你点几出好的我们听。"凤姐儿立起身来答应了,接过戏单来,从头一看,点了一出《还魂》,一出《弹词》。

(第十八回)贾蔷带领一班女戏子在楼下,正等得不耐烦,只见一个太监飞跑下来,说:"做完了诗了,快拿戏目来。"贾蔷忙将戏目呈上,并十二个人的花名册子。少时,点了四出戏。

(第二十二回)点戏时,贾母一定先叫宝钗点。宝钗推让一遍,无法,只得点了一出《西游记》。然后命凤姐点,凤姐……便点了一出《刘二当衣》。然后命黛玉,黛玉因让薛姨妈、王夫人等……方点了一出。然后宝玉、史湘云、迎、探、惜、李纨等俱各点了,按出扮演。至上酒时,贾母又命宝钗点,宝钗点了一出《鲁智深醉闹五台山》。

(第七十一回)台下一色十二个未留发的小丫头,都是小厮打扮,垂手伺候。须臾,一个捧了戏单,至阶下,先递与回事的媳妇。这媳妇接了，才递与林之孝家的。林之孝家的，用小茶盘托上，挨身入帘来，递与尤氏的侍妾佩凤。佩凤接了，才奉与尤氏。尤氏托着，走至上席，南安太妃谦让了一回，点了一出吉庆戏文。然后又让北静王妃，也点了一出。众人又让一回，命随便拣好的唱罢了。

以上所引，可以归纳为以下几点。第一，贾府演戏，在不同的场合，就有不同的点戏方式。比如，元春归省演戏的点戏，必须由贾蔷、太监呈递戏目。贾母寿辰演戏的点戏，则由丫头、回事媳妇、女管家、侍妾直到太太，一级一级呈递戏单。第二，贾府演戏时，严格按照地位高低、辈分大小，依次点戏。如第七十一回，先是南安太妃，再次北静王妃，然后众人。第十一回，邢夫人、王夫人都已点过，凤姐才敢点。第三，贾府家常宴会演戏，长辈叫谁点戏，谁就点，可以不拘礼节，不论辈分。如第二十二回，贾母叫宝钗、凤姐先点，然后叫黛玉、宝玉等人点，而薛姨妈、王夫人都未点戏。戚本这回有条夹批："此篇是贾母取乐，非礼筵大典，故如此写。"其说甚是。第四，贾府演戏，一人可点一出，或点两出亦可（俗称"点双出"）；点过一次，还可再点一次（俗称"加点"）。前者如第十一回，凤姐点了一出《还魂》和一出《弹词》。后者如第二十二回，宝钗先点了一折《西游记》，后来又点了一出《山门》。第五，凡吉庆大典演戏，首席点戏应点"吉庆戏文"。家常宴会演戏，则可随便点戏。如第七十一回，贾母八十大寿，首席南安太妃便"点了一出吉庆戏文"。第二十二回,虽是宝钗生日,但毕竟是家常取乐,所以由宝钗先点了一出"顺贾母之心"的《西游记》。总之,贾府点戏,除特殊情况外,一般是礼节大,规矩多,讲排场,显气派。靖本《红楼梦》第二十二回有条批语:"凤姐点戏,脂砚执笔事,今知者聊聊(寥寥)矣。"可见,此书所写的点戏有一定的生活根据。

在那时,堂会戏之所以盛行点戏,正因为一则可以适合主家敬客礼节的需要,二则可以任观众自由选择爱看的戏。当然,所谓自由选择并不是可以乱点鸳鸯谱。因为,婚丧喜庆的堂会戏,点戏者不能不有所忌讳。何况点戏也并不是一件很容易的事。如果点戏的人只看剧目名称,而不了解剧目内容,那就可能会在喜事时,点了悲剧,在丧事时,点了喜剧,使得主客双方都很难堪。陈维崧《迦陵词》卷二十七《贺新郎自嘲用赠苏昆生韵同杜于皇赋小序》,曾提到点戏是一件苦事。"余常坐寿诞首席,见新戏有《寿春图》,名甚吉利,亟点之。不知其斩杀到底,终坐不安。其年云:亦常坐寿诞首席,见新戏有《寿荣华》,以为吉利,亟点之。不知其哭泣到底,满堂不乐。"⑪有时宾客点戏,因意见分歧,闹得不欢而散。在《照世盃》里,阮江兰点《浣纱记》,认为西施"绝无儿女子气,岂是寻常脂粉"。而乐多闻却以为"西施不过一没廉耻女子,何足羡慕"。等到乐多闻点《单刀会》,阮江兰认为这是"亵渎圣贤(关夫子)",而乐多闻却笑他"迂夫子过了气"。因此,阮江兰气得不等席终,拂袖而去。甚至点戏不当,容易闯祸。在《清稗类钞》里就有例证,如"将军难免阵前亡"之类,不具引。

在《红楼梦》里,除贾母外,宝钗、凤姐都是点戏的行家。她们点的戏,如《还魂》、《弹词》、《山门》、《叩当》之类,既是当时流行的剧目,又投合贾府众人的胃口。管理贾府戏班的贾蔷,倒是个外行。元春叫龄官再做两出戏,贾蔷便命龄官做《游园惊梦》。这种派戏,违反了当时戏班的行规。第一,他点的是"非本色之戏"。龄官是小旦(六旦),却要她演闺门旦(五旦)的《游园惊梦》。第二,他点的是"倒戏"。《牡丹亭》里,《游园惊梦》在前,《离魂》在后。元春已点了《离魂》,贾蔷又点《游园惊梦》,前后颠倒,就算是"倒戏"了。管理戏班的人根本不懂戏,所以凤姐说:派贾蔷管这事,"原不过是个坐纛旗儿"(第十六回)。

(3) 开场戏

《红楼梦》第七十一回,贾母八十大寿之日演戏,南安太妃先"点了一出吉庆戏文"。第八十五回,贾政升任郎中时演戏,"开场自然是一两出吉庆戏文"。这种开场演的吉庆戏文,通称"开场戏",亦称"吉祥戏",也叫作"吉利戏"。《儒林外史》第十回:"戏子上来参了堂,磕头下去,打动锣鼓,跳了一出《加官》,演了一出《张仙送子》,一出《封赠》。"这开场"三出头",就是吉庆戏文。《海上花列传》第十九回:"堂戏照例是《跳加官》开场,《跳加官》之后,系点的《满床笏》、《打金枝》两出吉利戏。"《红楼梦补》一再提到开场演吉利戏,如《张仙送子》、《八仙上寿》、《满堂福》之类。其实,吉利戏既有一般的,如《赐福》(《天官赐福》)、《加官》之类;也有特定的,如祝寿,就演《上寿》(八仙上寿)、《偷桃》(东方朔偷桃献寿)、《封王》

（《满床笏》中拜寿封王）；考试得中，就《跳魁星》，演《指日高升》、《封赠》（《金印记》中苏秦封相）；生子，就演《张仙送子》、《五子登科》，等等。虽然《红楼梦》对贾府演的开场吉庆戏文未点明剧目，但也不外是上述这些吉利戏。

第二十九回写贾府在清虚观打醮演戏，神前点了三本戏，头一本《白蛇记》和第二本《满床笏》，都是吉利戏，而第三本《南柯记》，却是不吉利的戏。[12]其实那时神前演"愿心戏"，开场"三出头"都应是吉利戏。清代北京俗曲《票把上台》："吹台（即打闹台）已毕开了戏，敬神的三出吉庆戏文，热闹非凡，不过是《封相》、《赐福》、《点魁》、《五代》、《遐龄》、《献岁》、《报喜》、《八仙》。"《续红楼梦》卷二十九：贾府演的三出神戏，头一出是《满床笏》，第二出是《儿孙福》，第三出是《蟠桃宴》。这正是按照当时愿心戏的惯例。那么为什么《红楼梦》中敬神的三本戏并非全是吉利戏呢？这就在于，曹雪芹乃是借神前点戏，暗示贾府将由盛而衰。从这类细节，可看出作者的巧思。

（4）正场戏

一般说来，在开场戏之后演出的戏，就称为"正场戏"，简称"正戏"。有时是散出戏，如第八十五回，演过吉庆戏文，接演正戏《吃糠》、《渡江》等出。有时是正本戏，如第五十四回演《八义》八出。有时正戏由看客点演，如第十一回。有时正戏由戏班拣好的唱，如第七十一回。所以，正场戏并非像开场戏那样，而是多种多样，不拘一格的。

《歧路灯》第二十一回："戏班上讨了点戏，先演了《指日高升》，奉承了席上老爷；次演了《八仙庆寿》，奉承了后宅寿母；又演了《天官赐福》，奉承了席上主人。然后开了正本，先说关目，次扮脚色，唱的乃是《十美图》全部。"这对清初堂会戏演出程序交代得比较清楚。可是，有时在开场戏和正场戏之间也可加演小戏。按照清代社会风习，堂会戏的早日场，要等吃午饭时才演正场戏。如果午前演毕开场戏，尚未到演正场戏的时候，这中间就可加演小戏。清代北京俗曲《阔大奶奶出善会》："出来归座安席，三出神戏听毕。早饭吃些，不过是点景而已。漱口喝茶，听几出戏，又到屋里去更衣。略养一会儿精神，又要梳妆整理。从新入座，摆酒安席。小尼姑带着小孩子（即童伶），呈上戏单"，"（大奶奶）叫他们唱一出《戏凤》，一出《救主》，一出《佳期》"。开头"三出神戏"，即是开场戏；早饭后听的几出戏，即是加演的戏；午间正式摆酒安席时唱的《佳期》等出，即是正场戏。在《红楼梦》里，却没有明确地指点出这种加演的戏。

总的看来，贾府演戏的演出程序，与一般朱门富户演戏的演出程序大体上是相同的。可是，在相同之中，又有所不同，如第十八回、第七十一回的点戏，繁文缛节，最为突出。这种不同之处，正显示了作者所写的贾府的特殊地位。

（四）

在《红楼梦》里，贾府戏班共有十二个女演员。她们扮演的脚色行当,计有小生两人,文官、藕官;老外一人,艾官;大花脸一人,葵官;小花脸一人,豆官;正旦两人,芳官、玉官;小旦四人,龄官、蕊官、药官、宝官;老旦一人,茄官。所谓脚色,原是宋代"履历"的名称,后借用为戏曲人物分类的总称。按照剧中人物不同性别、年龄、身份、性格等等,划分成不同人物类型,如生、旦、净、丑,使观众一看便可以知道是哪类人物了。用各行脚色扮演剧中人物,这是我国戏曲艺术的特点之一。那么《红楼梦》中贾府戏班的脚色行当,又有什么值得研究的地方呢?

李斗《扬州画舫录》记载乾隆年间"江湖十二脚色",计有副末、老生、正生、老外、大面、二面、三面、老旦、正旦、小旦、贴旦、杂。一般说法,昆曲有十门脚色,即是生、小生、外、末、老、旦、贴、净、副、丑。细分之,如下所列。

生——老生(正生)、小生(包括冠生,巾生,鸡尾生即雉尾生,鞋皮生即苦生、穷生)、外(老外)、末(副末)。

旦——老旦、正旦、作旦、刺杀旦(四旦)、闺门旦(五旦)、贴旦(小旦、六旦)。

净——大面(正净)、白面(副净)。

丑——副(二面)、丑(小面)。

《红楼梦》中贾府戏班为昆曲班,生行,只有小生、老外;旦行,只有老旦、正旦、小旦;净行,只有大面(大花脸);丑行,只有小面

（小花脸）。显而易见，贾府戏班，脚色不全，行当残缺。此其一。

贾府戏班各门行当的人数，又有多有少。老外、老旦、大花脸、小花脸四门，各有一人。小生、正旦两门，各有二人。小旦一门，却多达四人。可知，小旦最突出，其次是小生、正旦，而老外、老旦、大花脸、小花脸，不过是聊备一格。简言之，旦行居于重要的地位。此其二。

昆曲脚色行当的规定，本是严格的，每一行当只能扮演某类人物，不可乱扮。行当不全，而又突出旦行，势必使得有些戏不能演出。当然，扮演脚色也有特殊的情况。比如，个别演员可以容许以一个行当为主，兼演另一行当，戏曲行语称为"跨行"。贾府戏班的龄官，本行是小旦，长于演《相约相骂》，但她的戏路比较宽，也能兼演闺门旦的《游园惊梦》。[13]但这种跨行毕竟只有少数人，何况也不能漫无界限地乱跨。有时因剧团人手不够，某一行当可代其他行当。昆曲作旦，间或可代正旦、刺杀旦、贴旦。可是这只是个别补救办法。有时花样翻新，一个戏可全由旦角扮演。《缀白裘》九集所选的《西厢记·长亭》，俗称《女长亭》。此书编者按语云："此出，时下（乾隆年间）新兴俱用旦脚装，不用生丑名目。《女长亭》，正旦扮张生，小旦扮莺莺，贴旦扮红娘，作旦扮琴童，老旦扮车夫。"由此说来，尽管戏曲扮演脚色有这样或那样的特殊情况，但脚色分行还是不能搞得很紊乱的。

那么，贾府戏班行当既不全，而又突出旦行，究竟是什么缘故呢？

昆曲传统剧目以爱情戏居多,所谓"十部传奇九相思"。在爱情戏中,有不少是庸俗的公式化的,但也有一些好的或者比较好的,如《红楼梦》中所提到的《牡丹亭》、《玉簪记》之类。这类爱情戏,以生、旦排场为主,而且出场脚色往往不多,有的折子戏甚至还是"独脚戏"。如《楼会》、《乞巧》,系小生、小旦戏;《游园》、《寻梦》,系闺门旦、小旦戏(以闺门旦为主),所以场上演出,就显得很"文雅"、"冷静"。《燕兰小谱》专录乾隆年间著名旦角及其剧目,《消寒新咏》也以著录乾隆年间著名旦角及其剧目为主,正反映了当时上层社会捧旦角的风尚。

再者,昆曲唱腔称为"水磨腔",大致分为"细曲"和"粗曲"两类。细曲亦名"慢曲",就是字少腔多,所谓"一字数息",节奏宛转缓慢。粗曲亦名"急曲",一般字多腔少,节奏平直而快。按照昆曲体制,生、旦主要是唱细曲,讲究"雅致",而且常常是多支细曲,连成一串。如《乞巧》、《楼会》,情节很简单,曲子却是多,唱起来又慢,音调的高低变化很小。《红楼梦》还提到《琴挑》,其中〔朝元歌〕的"长情短情那管人离恨"一句,只有九个字,唱起来却要三十二拍,仅在"恨"字下面,就拖三拍,叫作"宕三眼"。这种悠忽忽慢吞吞的节奏,正适合有闲阶级的生活情调和趣味。

在清代初期和中期,朱门富户"养优班者极多","笙歌清宴,达旦不息"(《云自在龛随笔》)。他们"最尚昆腔戏",尤其讲究听曲。比如,无锡锡山邹家自备家乐两班,极为讲究昆曲唱口。所以李渔《闲情偶寄·演习部》指出:对于"选剧","方今(清初)贵戚通侯,恶谈杂技,单重声音"。在这种社会风气影响下,就出现了多种昆曲曲谱(供演唱用的"宫谱")。现存最早的昆曲工尺谱,见于康熙五十九年(1720)编刊的《南词定律》中。乾隆十一年(1746)编成的《新定九宫大成南北词宫谱》,替南北曲所有的曲牌订立了乐曲。乾隆五十四年(1789),冯起凤刊行《吟香堂曲谱》。乾隆五十七年(1792),叶堂完成《纳书楹曲谱》。此外,乾隆年间徐大椿的《乐府传声》,乃是以文字论述昆曲唱腔的专著。当然,这类昆曲曲谱对于保存昆曲乐曲说来,有着一定的价值。可是,士大夫们所制定的昆曲曲谱越严格,越琐细,就越使得昆曲变成了"困曲"(催眠曲)。

我们对上述情况有所了解之后,再来看《红楼梦》就可以看出,贾府诸人最欣赏昆曲那些文雅、冷静的生旦戏,如《楼会》、《寻梦》、《离魂》之类,而不喜欢热闹戏,如《八义》。贾母说是:"才刚八出《八义》,闹得我头疼,咱们清淡些好。"他们爱听细曲,而不爱听粗曲。所以芳官唱《上寿》的粗曲,便遭到众人反对,只好改唱《扫花》的细曲。贾母赞赏《楼会》中〔楚江情〕细曲,"这大套的实在少"。文官对李婶、薛姨妈说道:"我们的戏,自然不能入姨太太和亲家太太、姑娘们的眼,不过听我们一个发脱口齿,再听一个喉咙罢了"(按指咬字吐音)。贾母笑道:"正是这话了。"其实,文官的说法不过是反映了贾母喜欢"听曲"的要求。有一次,贾府戏班在藕香榭的水亭子上唱曲,而贾母等人却在与藕香榭相距颇远的缀锦阁底下吃酒听曲,只求"借着水音更好听"。"不一时,只听得箫管悠扬,笙笛并发,正值风清气爽之时,那乐声穿林度水而来,自然使人神怡心旷。"很明显,他们重在"听曲",而不是重在"看戏"。

既然贾府诸人最欣赏昆曲生旦戏,讲究听昆曲的细曲,那么戏班的脚色行当自然突出生旦两门,旦行更占着重要的地位。而老外、老旦、大花脸、小花脸,只聊备一格而已。至于还缺些行当,也没多大关系。归根到底,贾府戏班的脚色行当,乃是与贾府的生活情调和追求"雅致"的艺术趣味有着密切关系的。在明清时期,女子家庭戏班,就是重视"正色"生旦,忽视"杂色"外末净丑,因而成为比较严重的弱点。比如宜兴徐懋曙家的女子戏班,以脚色齐备著称,实际上还是突出生旦,如湘月、凝香、花想等;而外末净丑,如贞玉、寻秋、雪菰、来红、慧兰、润玉、拾缘等,却处于次要地位。这个"脚色齐备"的戏班尚且如此,其他戏班更可想而知的了。

(五)

第五十三回,荣国府元宵开夜宴,在大花厅演戏。我们知道,清代富贵之家往往有这种花厅,以拱斗抬梁,不用柱子,四周装上精雕的长窗,厅内极其宽敞。所以贾府夜宴时,"窗槅门户,一齐摘下,全挂彩穗各种宫灯"。值得注意的是,贾府花厅建有戏台。而清代一般富贵之家,花厅内往往不建戏台,只在中间铺上氍毹,便可演出。三面设宴席,坐宾客;一面通外厢,两侧供乐队和扮戏用。《品花宝鉴》第三十回:"这恩庆堂极为壮丽,崇轮巍奂,峻宇雕墙,铺设得华美庄严,五色成采。堂基深敞,中间靠外是三面阑干,上挂彩幔,下铺绒毯,便是戏台,两边退室,通着戏房(后台)。"《歧路灯》第十九回:"把箱筒抬在(盛宅)东院对厅,满相公叫把槅子去了,果然像现成戏台。"写的是清代富贵之家的演出大厅。⑬《后红楼梦》第九回:燕来堂,大宽展五间,"正中间亮槅全下了,戏台儿便即在院子里,一色的五彩漫天帏地,院子通遮满了"。这里,燕来堂正中间作为看戏厅,而戏台却在院子里。

再看《红楼梦》,贾府戏班曾在大观园中藕香榭演唱过。《园冶》:"榭者,藉也,藉景而成者也。或水边,或花畔,制亦随态。"贾府藕香榭,就是"盖在池中,四面有窗,左右有曲廊可通,亦是跨水接岸,后面又有曲折竹桥暗接"。所以在这种水阁演唱,自然能"借着水音更好听"。史善长《秋树读书楼遗集》有《梁家水榭听诸女郎度曲》诗。《续板桥杂记》亦记载着:"余于王氏水阁,观演《寻亲记·跌包》。"可见在那时,水阁演出是很风行的。后来,如苏州怡园藕香榭、网师园濯缨水阁等,也常作为唱曲的地方。至于清代富贵之家,对不建在水滨的戏台,往往用数只大瓮装水,埋于戏台之下,也可起着扩音的作用。

可是,在《红楼梦》里却没有描写船舫演出。当时的江南,富贵之家常用船舫载家乐,出游各地,随时演唱。比如,吴珍所蓄倩美歌儿,制华丽楼舫,每年春季往游杭州、苏州、阳羡诸胜地(《味水轩日记》)。包涵所创大小三号楼船,"置歌筵,储歌童","乘兴一出,住必浃旬,观者相逐"(《陶庵梦忆》)。贾府戏班只限于在大观园中活动,从未外出演唱。

在《红楼梦》里,贾府妇女外出看戏,仅有一次。她们在清虚观看戏,竟不许"一个闲人"进去,而且在女眷看戏的楼上"挂起帘子来"。《金瓶梅》中西门庆家演戏,也要"厅上垂下帘",堂客在帘内看戏。贾府比西门庆家的社会地位更高,又是出外看戏,当然更要讲究"大家规矩"。在明清时代,朱门妇女即使在家里垂帘看戏,规矩也很严格。《四松堂集》有《先祖妣瓜尔佳氏太夫人行述》:"每徵歌时,即戒群下曰:'内言不出于阃,礼也,况咫尺间皆优伶耶。'垂下青丝帐,虽侍妾数十,寂若无人,其严肃类是。"然而在当时封建卫道者们看来,妇女垂帘看戏仍是"殊乖礼教",因为"粉气发香,依依帘中,罗袜弓鞋,隐隐屏下,甚至品评坐客,击节歌声,无所不至;优人之目,直透其中,坐客之心,回光其后,可耻孰甚"(周亮工《书影》)。⑮这就无怪乎贾府太太、小姐们到清虚观看戏,防范如此之严了。有个十二三岁的小道士,剪烛花来不及躲闪出去,竟被王熙凤一个耳光打得跌了一个筋斗,以至于吓得跪在地下乱颤,连话也说不出来。

《红楼梦》第八十五回,贾政升任郎中时,贾府在正厅前搭起行台演戏,"里面为着是新戏,又见贾母高兴,便将琉璃屏隔在后层,里面也摆下酒席"。这里,女眷看戏不是垂帘,而是用琉璃屏隔着。虽是后四十回的情节,但确系当时风习。《聊斋志异·神女》:"未几,女乐作于堂下。座后设琉璃屏,以障内眷。鼓吹大作,座客无哗。"可证。再者女眷看戏,还有用"戏格"(即什锦空窗、砖框)的。林兰痴《邗江三百吟·戏格》:"坐挨瞩几眼,行遣闷千回。"扬州何园(寄啸山庄)就有这种"戏格"。⑯

引人注意的还有,第五十三回贾府元宵演戏。"每一席前,竖一柄漆干倒垂荷叶,叶上有烛信,插着彩烛,这荷叶乃是錾珐琅的活信,可以扭转。如今皆将荷叶扭转向外,将灯影逼住,全向外照,看戏分外真切。"这种荷叶形反射镜的"洋货",在清代乾隆年间还是时髦的,从这里也可看出贾府的极度豪华阔绰。

在《红楼梦》里,还写到对演员演出的"赏赐"。这种风习在明代就已有了,到清代愈益风行。⑰第一,这种赏赐不外两种,一种是给全班的,一种是给个别演员的。如元春既赏了贾府戏班全班演员,又对龄官格外给赏。第二,这种赏赐有时是在演出告一段落后发放,有时却可打断演出而给赏⑱。《红楼梦》里只写了演出结束的赏赐。第三,凡贵宾看堂会戏,或者朱门雇职业戏班演出,都要给演员赏钱。前者如南安太妃、北静王妃等贵宾,点了戏,"跟来的人拿出赏来,各家放了赏";后者如贾母在宝钗生日,对外来的昆弋班给以赏钱。第四,演员得到赏赐,必须立即"叩谢"。如贾蔷接到元春赐龄官之物,连忙命龄官叩头。第五十三回、五十四回,写贾府元宵演出的赏赐很精彩,文颇长,不具引。你看,三张炕桌的红毡上,都堆着大的新的铜钱;贾珍、贾琏还命小厮们暗暗预备着大簸箩的钱,借以博取贾母的欢心。果然,"满台钱响,贾母大悦"。这就生动地勾画出当时贵族豪门特殊方式的摆阔和取乐。表面看来,演员可以得到很多赏赐,实际上却是全归入班主、师傅们的口袋了。

上述几个方面的探讨,可以使我们获得一个总的认识:在这部巨著里,许多具体的戏曲演出场面,富有变化地展示了贾府烦琐的规矩、铺张的排场和烜赫的气派,"较之平常仕宦之家,到底气象不同"。对这些演出细节的了解,对于我们欣赏原作也有很益处。

【注释】

①明末刊本《荷花荡》传奇,附有官僚地主家庭演出《连环记》插图。明末刊本《金瓶梅》,附有西门庆家在大厅氍毹上演戏的插图,而且图中绘出妇女垂帘看戏。这都可供我们形象地了解明清时代官僚地主家庭的戏曲演出情景。

②在《红楼梦》里,写明荣国府有两个固定戏台。一为荣庆堂,贾母八十大寿在此演戏,"台下一色未留发的小丫头,都是小厮打扮,垂手伺候"(第七十一回)。一为大花厅,荣国府元宵在此演戏,贾母自取眼镜向戏台上照一回(第五十三回)。省亲别墅,虽未写明有戏台,但元春等人在大观楼上看戏(第十八回),那么,贾府戏班自应在升高的戏台上演出;何况,按照封建仪制,省亲别墅应有固定戏台,正如皇帝行宫有固定戏台和看戏厅。照此算来,荣国府共有三个固定戏台。

③《红楼梦》第八十五回:"就在贾母正厅前,搭起行台。"这种临时搭的戏台,较之临时搭的家常小巧戏台,要大得多。有的叫作行台,有的叫作亭子台。《明代南都繁会图》(现藏中国历史博物馆)中有一座用席棚搭成的卷角戏台,台上演出《天官赐福》。这个戏台,正

是行台。

④见徐恭时《芹红新语》(《红楼梦学刊》一九八〇年第一辑)。

⑤《戏剧论丛》一九五七年第一辑,载有《合肥相国七十赐寿图》的开演寿戏图(按:合肥相国即李鸿章),大厅上方为戏台,台比较矮。台上两个演员,正在跳双"加官"。大厅里,排列着一行行方桌,每桌坐六人,空着靠戏台的一方,以便看戏。楼上,也有宾客看戏。从这幅图,可以看出清代豪门在大厅戏台上演戏祝寿的情景。再者,上海豫园点春堂前,今存有一个小巧戏台,建在水池上。据专家鉴定,这是清代文物。我推想,《红楼梦》中贾府大花厅戏台,可能与豫园小巧戏台相似。

⑥见赵翼《檐曝杂记》、沈宗畴《便佳簃杂抄》、陈夔龙《梦蕉亭笔记》、曹心泉《前清内廷演戏回忆录》、朱家溍《清代内廷演戏情况杂谈》。至今保存的完整的早期清宫戏台,计有纯一斋水池中戏台(康熙年间建成)、宁寿宫畅音阁大戏台、倦勤斋室内小戏台、重华宫漱芳斋院中戏台和室内小戏台、西苑漪澜堂东侧晴栏花韵院中戏台、听鹂馆中戏台(以上均在乾隆年间建成)。《故宫博物院院刊》一九七九年第二期载有三种清宫戏台(大戏台、一般戏台、小戏台)的照片。

⑦见《元明清三代禁毁小说戏曲史料》。

⑧《梼杌闲评》(明末清初时期小说)第四十二回:"正戏完了,又点找戏。"《醒世姻缘传》第六十九回:"首席的点了一本《荆钗》,找了一出《月下斩貂蝉》,一出《独行千里》,方各散席回房。"同书第八十六回:"唱完了《鱼篮记》整戏,又找了一出《十面埋伏》、《独行千里》、《五

关斩将》,然后烧纸送神。"可知,当时有"找戏"名称。再者,当时所谓正本戏,并非演出全本,而是只演其中一些重要场子。因为明清传奇全本都是长达几十出,不可能一次演毕。《红楼梦》第五十四回演《八义》八出,就可算是正本戏。

⑨乾隆内廷精写本《江流记》(弋腔)和《进瓜记》(昆腔),都是十八出,都要演"两个时辰零四刻",即五个小时左右。

⑩根据《比目鱼》传奇第二十八出,《歧路灯》第七十八回,《儒林外史》第四十九回可以知道,清代初期到中期,由末角抱笏请点戏。到晚清时期,则由旦角抱笏请点戏。《青楼梦》第五十回:"两个小旦,穿了绿袄,走下来,请了一个安,呈上戏目请点。"《清稗类钞》:"客至点戏,有贴(旦)执笏至坐客前为礼,谓之抱牙笏(原注:演剧时,贴执朝笏及戏名册,呈请选择,择意所欲者一二出,令演之,曰点戏)。"为什么要改为小旦抱牙笏呢?据说是:"唱小旦者,谓之司坊,品格最低,凡戏场中之谢赏及抱笏请点戏诸事,皆以旦角为主,以其可陪酒侍座也。"(《梨园轶闻》)可知,这与当时"相公"(像姑)风日炽有着密切关系。《红楼梦》第九十三回,蒋玉菡"拿着一本戏单,一个牙笏,向上打了一个千儿,说道:'求各位老爷赏戏。'"虽然他"向来是唱小旦的",但这时他是以掌班身份请点戏,况且已改唱小生,主演《占花魁》中的秦小官。

⑪《寿春图》,待考。《寿荣华》,清初朱佐朝的剧作。寿、荣、华是三块美玉的名称,前两种在富室蓝田璧家,后一种归武将公孙瓒所有。通过这三块美玉的聚散,演成悲欢离合的故事。

⑫《红楼梦》第二十九回,所谓"神前拈了戏","神佛要这样"(戚

本),即是在神座前的香案上拈阄,用几张小纸,写上剧目,做成纸团,由有关的人拈取,借以决定演出剧目,这便算神道点戏。实际上,纸片上写的剧目,都是吉利戏。《醒世姻缘传》第八十六回,金龙四大王行宫唱戏乐神,"会首呈上戏单,阄了一本《鱼篮记》"。这里"阄",即是神前拈戏。

⑬《扬州画舫录》:"小旦谓之闺门旦,贴旦谓之风月旦,又名作旦,兼跳打,谓之武小旦。"又云:许天福,"改作小旦,'三杀'、'三刺',世无其比"。这与一般说法有所不同。按照一般说法,昆曲刺杀旦不是小旦,闺门旦也不是小旦,贴旦倒是小旦,但不是作旦,作旦是娃娃生(不分男女),如《白兔记》中的咬脐郎。《红楼梦》中龄官是小旦,不肯演《游园惊梦》,"自为此二出,原非本色之戏,执意不从,定要做《相约相骂》"。乾隆年间铁桥山人《消寒新咏》,就记载着昆曲小旦扮演《独占》、《相骂》之类的剧目。乾隆年间戏曲选集《缀白裘》第五集,选有《相约相骂》,老旦扮老安人,贴旦扮芸香。至今,《游园惊梦》由闺门旦扮演主角杜丽娘,《相约相骂》由贴旦(小旦)扮主角芸香。由此可见,《红楼梦》中昆曲脚色,与一般说法相近。如果按照《扬州画舫录》的说法,"小旦谓之闺门旦",那么,《游园惊梦》应是龄官主演的戏,根本谈不上"原非本色之戏"。

⑭陈从周《园林谈丛》:苏州拙政园中卅六鸳鸯馆与十八曼陀罗花馆,系鸳鸯厅,"此厅为主人宴会与顾曲之处,因此,在房屋结构上,除运用卷棚顶以增加演奏效果外,其四隅之暖阁,既解决进出时风击问题,复可利用为宴会时仆从听候之处,演奏时暂作后台之用,设想

上是相当周到"。

⑮《歧路灯》第二十一回:"戏主又点了几出酸耍戏儿,奉承谭绍闻。绍闻急欲起身,说道:'帘后有女眷看戏,恐不雅观。'"可知,当时堂会戏如帘后有女眷看戏,就不宜于点不雅观的戏。

⑯陈从周《园林谈丛》:扬州寄啸山庄(何园),园中为大池,"池东筑水亭,四角卧波,为纳凉拍曲的地方。此戏亭利用水面的回音,增加音响效果,又利用回廊,作为观剧的看台。在封建社会,女宾只能坐在宅内贴园的复道廊中,通过疏帘,从墙上的什锦空窗(砖框)中观看"。按:这种什锦空窗,就叫作"戏格"。

⑰《金瓶梅》第四十三回:"乔太太和乔大户娘子,叫上戏子,赏了两包,一两银子,四个唱的,每人二钱。"《歧路灯》第九十五回:"学台门役,打了一个四两的赏封。抚台、司、道手下,亦各打了赏封。六个如花似玉的旦脚,拾起赏封,磕了几个袅娜头。"《品花宝鉴》第二十五回:"开了场,加官出来,献上世受国恩。那林珊枝就走上来,拿出一个赏封,望台上一抛,文泽等亦各赏了。""子云向跟班说了几句,少顷,两人抬上两个盘子上来,席前放下,却是五十两的元宝,一盘四个,两盘共八个。徐府家人对着珊枝道:'一份是三位客赏的,一份是我们老爷赏的。'八龄班当台叩谢了赏。"

⑱在清代,在堂会戏演出过程中,只要有贵宾来,就立即暂停演出,场上演员面向台里站,让"加官"上场,打过"加官",贵宾给"赏封",然后场上才继续演出。贵宾借此"礼遇"来炫耀自己的身份和地位,戏班班主可乘机捞取"外快"。

六、《红楼梦》中戏曲二三事

《红楼梦》第一回一开头就郑重声明:这部小说,"朝代年纪,地舆邦国,却反失落无考","只取其事体情理罢了,又何必拘拘于朝代年纪哉"。另一方面却又说:"细按",则"其间离合悲欢,兴衰际遇,俱是按迹循踪,不敢稍加穿凿,至失其真"。[①]这好像是自相矛盾,其实却是可以理解的。曹雪芹处在封建高压的雍正、乾隆年间写作《红楼梦》,所以不得不采用"假语村言"、"真事隐去"的艺术手法,煞费苦心地布置烟幕,掩人耳目。本文姑就《红楼梦》中有关戏曲的二三事,"按迹循踪",试作初步探索。

(一)

《红楼梦》第十九回有这样一段描写:"贾珍这边唱的是《丁郎

认父》《黄伯央大摆阴魂阵》,更有《孙行者大闹天宫》《姜子牙斩将封神》等类的戏文。倏尔神鬼乱出,忽又妖魔毕露,甚至于扬幡过会,号佛行香,锣鼓喊叫之声,远闻巷外。满街之人,个个都赞好热闹戏。"脂批道:"形容刻薄之至,弋阳腔能事毕矣。"再看第二十二回:贾母替薛宝钗做生日,演戏,就"在贾母内院中,搭了家常小巧戏台,定了一班新出的小戏,昆弋两腔皆有"。"凤姐亦知贾母喜热闹,更喜谑笑科诨,便点了一出《刘二当衣》,贾母果真更又加喜欢。"这出戏,即弋阳腔《叩当》,俗称《刘二当衣》。由此可知,弋阳腔戏班一再在贾府中演出,不仅为那些老太太、老爷、太太、少爷、小姐们所喜爱,而且得到"满街之人"个个赞好。那么,这到底反映的是弋阳腔在什么年代的盛况呢?意义又何在呢?

  弋阳腔原是明代四大声腔之一。大约在明代万历年间(1573—1620),海盐腔和余姚腔都先后衰落了,只有弋阳腔和昆山腔形成对峙局面。由于弋阳腔具有通俗、粗犷、热闹的特点,"野调山声别是腔",所以"四方土客(按指农民、市民群众)喜闻之"。龙膺《纶隐全集》说:"何物最娱庸俗耳,敲锣打鼓闹青阳。"青阳腔即是弋阳腔支派。《梼杌闲评》第十四回:"七官问印月要甚么班子。印月道:昆腔好。七官道:蛮声汰气的,甚么好,倒是新来的弋阳腔甚好。"在士大夫们的眼中,弋阳腔当然是"俗唱"、"恶声"、"淫哇妖靡,不分调名,亦无板眼",简直要算"郑声之最","曲之屯"(鄙陋的意思)。[②]他们赞美昆山腔是"雅音",鼓吹"惟昆腔为正声"。因此,在当时上层社会的宴会上,如果用弋阳腔戏班招待客人,客人便认为是"不敬",可以向主人提出抗议,或者离席而去。

清初,农业和手工业逐渐恢复,城市经济逐渐繁荣,弋阳腔本身又作了进一步改革,这都使得弋阳腔更向全国各地迅猛扩展。大约在康熙三十五年到四十五年间(1696—1706),北京的查楼戏园盛演弋阳腔。李声振《百戏竹枝词》咏弋阳腔:"查楼倚和几人同?高唱喧阗震耳聋。正恐被他南部笑,红牙槌碎大江东。"尽管有些人如李渔、刘廷玑、杜浚等,仍用士大夫的眼光憎恶弋阳腔"愈趋愈卑",鼓吹"终以昆腔为正音"③,这毕竟压抑不了弋阳腔的兴盛,也挽救不了昆曲的没落。弋阳腔"文字虽欠文雅,倒也热闹可喜",而"昆山腔板,觉道冷静"。士大夫们不断按照他们的"文雅"胃口,"提高"昆曲,使得广大观众越来越不懂了。正是在这种戏曲艺术发展大势的影响下,用弋阳腔戏班招待客人,不再算是"不敬"了。比如康熙三十五年王士禛奉命去祭江渎,京官设宴饯行,演弋阳腔《摆花张四姐》(即《天缘记》)。连苏州织造李煦,也要向康熙皇帝进献一个弋阳腔戏班,"以博皇上一笑",从而巩固自己的权势和地位。

特别是乾隆初年,弋阳腔在北京,对武戏表演艺术更有所提高。戏班有六大名班,演员有"十三绝",极一时之盛。杨静亭《都门纪略·词场序》:"我朝(清朝)开国伊始,都人尽尚高腔(弋阳腔别名)。延及乾隆年,六大名班,九门轮转,称极盛焉。"张坚《梦中缘序》也说:"长安(按指北京)梨园称盛",都人"所好,惟秦声(秦腔)、罗(罗罗腔)、弋(弋阳腔),厌听吴骚,闻歌昆曲,辄哄然散去"。

所谓"艳说长安佳子弟,熏衣犹唱弋阳腔"(《拜经楼诗话》),可见一时风尚。《品花宝鉴》第三回:"蓉官又对那人道:大老爷是不爱听昆腔的,爱听高腔杂耍儿?那人道:不是我不爱听,我实在不懂,不晓得唱些什么,高腔倒有滋味儿。"甚至乾隆皇帝的宫廷戏班也大唱弋阳腔,如《升平宝筏》、《鼎峙春秋》之类的大戏,"俱高腔用本",或者昆、弋曲文间用。张坚的《梦中缘序》,作于乾隆九年(1744)。由此可知,弋阳腔在北京的极盛时期,大约就在这前后。当然,这时有些人还是厌恶弋阳腔的。伍拉纳之子某某,嘲笑弋阳腔:"脸涨筋红唱未全,后场锣鼓闹喧天。主人倾耳摇头赞,今日来听戏有缘。"(批本《随园诗话》)昭梿《啸亭杂录》也认为:弋阳腔"其铙钹喧阗,唱口嚣杂,实难供雅人之耳目"。其实,锣鼓干唱带帮腔,不用吹弹乐器伴奏,"其调喧"正是弋阳腔的艺术特点。《红楼梦》第十九回所写"锣鼓喊叫之声,远闻巷外",即是指此。

《红楼梦》描写弋阳腔戏班一再在贾府中演出,正是反映了弋阳腔于乾隆初年在北京的极盛情景。凤姐说过:"咱们家的班子都听熟了,倒是花几个钱,叫一班来听听罢。"黛玉生日演戏,雇了一个新出的小班,"昆弋两腔皆有"。乾隆年间,这称为"昆弋班",所谓"两下锅"。有些演员,如王五儿、吴大保、张发官等,"昆乱不挡",所谓"两头蛮"(《燕兰小谱》)。东府那次"别人家断不能有的"演唱弋阳腔,连贾宝玉也觉得"繁华热闹到如此不堪的田地"。

及至乾隆三十九年(1774)左右,弋阳腔在北京渐衰。再到乾隆四十四年(1779),秦腔在北京兴盛起来,终于代替了弋阳腔。[④]得硕亭《草珠一串》:"班中昆弋两蹉跎,新到秦腔粉戏多(自注:近时班中每写新到秦腔)。"又说:"闲谈不说《红楼梦》(自注:此书脍炙人口),读尽诗书是枉然。"可知到《红楼梦》成书风行时,弋阳腔在北京早已不盛行了。但它在全国各地仍拥有众多的观众。比如乾隆四十五年,江西巡抚郝硕奏复查办戏曲折,就提到江西有弋阳腔,即高腔,因其腔调高亢。乾隆五十五年,松江府县庆祝乾隆皇帝八旬大寿,"搭台唱戏,一式高腔"(钱学纶《语新》)。

(二)

贾府戏班有十二个女演员,文官、藕官、艾官、葵官、豆官,芳官、玉官、龄官、蕊官、药官、宝官、茄官。这都是艺名(亦称乐名),而不是真名。她们的艺名,各自有着一定的意思。比如,豆官,"身量年纪皆极小,又鬼灵,故曰豆官",园中人,也有唤她作阿豆、豆童、炒豆子的。只有忠顺亲王府的琪官,知道他的真名叫作蒋玉菡。为什么演员都要用艺名呢?为什么艺名中都有一个"官"字呢?其中自有缘由。

前已述及,平民子弟只要做了戏曲演员,就会被宗法势力视为"甘居下贱"的"不肖子孙",因而不准再用族姓,否则就会受到族规的严惩。他们只得隐姓埋名,流浪江湖。尤其卖身到封建官僚地主家庭中的家庭戏班演员,其生活和地位更如同奴隶一样,"听凭主人改名使用"(《清朝通典》)。《红楼梦》里的葵官、芳官,都是改过的艺名。葵官又被改名韦大英,芳官又被改名耶律雄奴(讹成野驴子)、温都里纳(译成汉名叫玻璃)。主人高兴叫她们什么名字,就叫什么名字。

从我国戏曲史来看,一定时期戏曲演员的艺名,往往反映了那个时期的社会风气。只要一个或者几个演员出了名,就会有很多演员采用其艺名中的某字,嵌成自己的艺名,借以号召观众。当然,也有出于师徒、师兄弟之间的师承关系,或者出于亲属之间的继承关系。家庭戏班往往会受到职业戏班的影响,但有时,职业戏班也会受到家庭戏班的影响。比如,早在元代,许多戏曲演员的艺名,往往用"秀"字。据《青楼集》记载,有珠帘秀、赛帘秀、帘前秀、曹娥秀、小娥秀、顺时秀、小顺时秀、天然秀、天锡秀等等。赛帘秀是珠帘秀的徒弟,天然秀是天锡秀的女儿。荆坚坚因表演艺术风格与顺时秀相近,故"人呼为小顺时秀"。又如清代康熙年间,不少戏曲演员的艺名,都有一个"云"字。冒襄的家伶紫云,朱必抡的家伶也叫紫云,山阴祁家的家伶有鲜云,等等。

有些家庭戏班,或者职业戏班,故意将其演员的艺名标新立异。如康熙年间,查继佐家伶的艺名,都有一个"些"字,云些、月些、柔些等,称为"十些班","并一时妙选","著名于世"。当然,也有些戏曲演员是不用艺名的,一检《扬州画舫录》便可知道。但以职业戏班演员为多,而家庭戏班演员很少如此。因为按照封建王朝法律规定,家庭戏班演员等同奴婢,要受更多更严的拘束。

值得注意的是,清代乾隆年间,许多戏曲演员的艺名,都有一个"官"字。根据《燕兰小谱》记载,北京戏曲演员,"花部"(亦称乱弹,包括弋阳腔和其他地方戏)计有陈银官、王桂官、刘三官、郑三官、彭万官等十多人;"雅部"(昆曲)计有四喜官、周四官、姚兰官、锡龄官、李琴官等十多人。根据《扬州画舫录》记载,江南顾阿夷双清班,计有喜官、玉官、巧官、金官、二官、秀官、康官、申官、酉官、六官。此外,《都门纪略》、《弋腔考原》记载北京高腔艺人"十三绝",其中有池才官、大头官。在《品花宝鉴》里,有蓉官、琴官、琪官。此类记载颇多,可见当时演员用"官"字做艺名,风行一时。

据《燕兰小谱》说,"余叙列诸伶,以甲午为限,而前此名优之可采者,于斯附见焉"。可知,这书记载的是乾隆三十九年(1774)以前北京戏曲演员。但前到何年,还不够明确。再看《檐曝杂记》记载:"京师梨园中有色艺者","庚午、辛未间,庆成班有方俊官,颇韶靓";"宝和班有李桂官者,亦波峭可喜"。庚午、辛未,即是乾隆十五、十六年(1750、1751)。据此可知,至迟在乾隆十五年,北京戏曲演员就已有用"官"字作艺名的了。还有,曹雪芹的好友敦诚在《鹪鹩庵杂志》里,提到允禧的家伶有蝉官。根据敦诚、允禧两人的生卒年考之,允禧家伶用"官"字作艺名,也当在乾隆初年。⑤由此说来,从乾隆初年到中期,这种以"官"字作艺名的风气,至少长达三四十年之久。

曹雪芹生活在这个历史时期,对当时的社会风气,显然是有所了解的。据说,曹雪芹"不得志,遂放浪形骸,杂优伶中,时演剧以为乐,如杨升庵所为者"(善因楼版《批评新大奇书红楼梦》上过录乾隆年间人批语）。杨升庵，即明代戏曲家杨慎（用修）⑥。如果此说可靠，那就更有证据了。所以《红楼梦》中戏曲演员的艺名，正是来自当时社会生活。

及至乾隆末年、嘉庆初年，北京戏曲演员，有些还用"官"字作艺名，更多的却是用"林"字作艺名。仅在《日下看花记》里，就有二十多人，如桂林、凤林、宝林、翠林、双林等等。这书作于嘉庆六年（1801），书中所记的北京戏曲演员，当在此年之前。距曹雪芹逝死（乾隆二十七年），大约已二三十年了。因此可知，《红楼梦》中戏曲演员的艺名，既不同于乾隆之前的情况，也不同于乾隆之后的情况，从而有助于考证《红楼梦》著作年代。

（三）

舒元炜序本《红楼梦》第十四回，写秦可卿出殡的前一天，"这日伴宿之夕，里面两班小戏，并要百戏的，与亲朋堂客伴宿的看"。而在1973年人民文学出版社本《红楼梦》第十四回里，却是"这日伴宿之夕，亲朋满座"。就是说，根本没提演戏的事。粗粗看来，前者只多两三句话，写的又是细枝末节，好像可有可无。其实，倒是不可少的。我试讲点道理，不知说得对不对。

在我国旧社会里，丧家出殡前夕，亲朋伴灵，称为"伴宿"，亦称"坐夜"。福格《听雨丛谈》："京师有丧之家，殡期前一夕，举家不寐，谓之伴宿，俗称坐夜，即古人终夜燎之礼也。"在这时，还要演戏或者唱曲,称为"闹丧"。这种演出,叫作"唱佛戏",也叫作"唱围鼓戏"。名义上是"敬神"、"慰亡",实则是"娱宾",讲排场,使伴宿不眠的宾客,看看戏,听听曲,以消长夜寂寥。

这种风俗由来已久。据说宋代就已有了。《通俗篇》:"《咫闻录》:杭俗出殡前一夕,大家则唱戏宴客,谓之暖孝。吴中小民家亦用鼓乐竟夜,亲邻毕集,谓之伴大夜。《在阁知新录》:暖孝之说,最为无礼,不意宋时已有此言。宣仁太后上仙,有旨下光禄,供羊酒若干,为太后妃皇后暖孝。东坡上疏,以暖孝出于俚俗,王后之举,当化天下,不敢奉诏。有旨,遂罢。"到明代仍有这种风俗。姚旅《露书》:"青州俗原奢侈,其流于不情,如初丧之家,里社群集,开筵演戏,以与孝子破闷,名之曰伴坐。"《金瓶梅》第六十三回,写李瓶儿的丧事:"晚夕,亲朋夥计来伴宿,叫了一起海盐子弟搬演戏文(按:即演海盐腔)。""点起十数枝高㮍大烛来,厅上垂下帘,堂客(按:即女客)便在灵前围着围屏,放桌席,往外观戏。当时众人祭奠毕,西门庆与(陈)经济回毕礼,安席上坐,下边戏子打动锣鼓,搬演的是韦皋、玉箫女两世姻缘《玉环记》。"对明代官僚地主、富商大贾家庭伴宿演戏的风俗,作了比较详细的描绘。

到清代雍正、乾隆年间,社会上伴宿演戏的风俗,不但相沿未改,而且愈演愈烈。在北京,"满洲、蒙古、汉军以及包衣佐领发送灵柩,效汉人于出殡前一日唱戏及一切戏耍"。在江南,"苏俗丧葬经忏之外,复用僧道唱曲演戏,谓死者乐观戏文,谓生前确有罪孽,飞铙舞钹,吹竹弹丝"。在西北,"陕省更有丧中演戏之事,或亲友送戏,或本家自演","恒舞酣歌,男女聚观"。在西南,"粤西恶俗,一遇丧事,每夜聚众丧家,名曰闹丧","置酒款待,每三五成群,通宵歌唱"。⑦总而言之,从北方到江南,广泛地流行着伴宿演戏的风俗。

但在雍正、乾隆年间,清王朝曾经一再颁布"谕旨",严禁伴宿演戏。从《大清世宗宪皇帝实录》、《大清高宗纯皇帝实录》、《钦定吏部处分则例》中,可以一再看到这些谕文。官吏"违制","革职"。"地方官不严行禁止,照失察夜戏例议处"。民间违者,"按律究处"。"保甲邻人,不行举首,一体坐罪"。当时各地封疆大吏,如李绂、陈宏谋、裕谦等,分别在雍正三年、十三年和乾隆十年、十一年、十三年、二十四年,接二连三地发布严禁民间闹丧的告示。这是为什么呢?其理由主要有三点。第一,"以悲哀之地,竟为欢乐之场","男女混杂,荡礼忘哀","伤风败俗,莫此为甚"。第二,"多务虚文,侈靡过费","徒尚奢华"。第三,"宵小之辈,乘间穿窬,借为支饰"。说穿了,就是力图维护封建礼教,巩固封建统治。

(四)

第六十七回写薛蟠从江南带回土物,"除笔、墨、砚、各色笺纸、香袋、香珠、扇子、扇套、花粉、胭脂、头油等物外,还有虎丘带来的自行人酒令儿,水银灌的打筋斗的小小子,砂子灯,一出一出的泥人儿的戏,用青纱罩的匣子装着"。"宝钗一见,满心欢喜。""惟有黛玉，他见江南家乡之物，反自触物伤情。"为什么曹雪芹在这回书里写江南土特产，特地挑选了苏州泥塑戏偶呢？这是个很有趣的问题。

苏州出产泥人，历史悠久。宋代陈元靓《岁时广记》："今行在（杭州）中瓦子后市街、众安街，卖磨喝乐最为旺盛。惟苏州极巧，为天下第一。"⑧又据顾禄《桐桥倚棹录》说，苏州塑泥人，"其法始于宋时袁遇昌"。可知早在宋代，苏州泥人已很著名的了。

到清代乾隆年间，苏州泥人又出现了新产品，就是一出一出的泥人儿的戏。李斗《扬州画舫录》："小丑滕苍洲，短而肥，戴乌纱，衣皂袍，着朝靴，绝类虎丘山扳不倒。"所谓扳不倒，就是不倒翁玩具。实际上，虎丘泥人是仿照戏剧人物塑成的。《扬州画舫录》又云："雕绘土偶，本苏州扳不倒做法，二人为对，三人以上为台，争新斗奇，多春台班新戏，如《倒马子》、《打盏饭》、《杀皮匠》、《打花鼓》之类。"对此，还可用《桐桥倚棹录》的记载作点补充："头等泥货在（虎丘）山门以内"，"专做泥美人、泥婴孩及人物故事，以十六只为一堂，高只三五寸，彩画鲜妍，备居人供神攒盒之用"。

乾隆年间春台班，原是扬州本地乱弹戏班，后来因不能自立门户，便征聘四方名旦，如苏州杨八官、安庆郝天秀等人，扩大演出阵营，招徕观众。他们演出的新戏，实则是花部其他剧种演过的剧目，如苏州滩簧的《打盏饭》（至今苏剧传统剧目有《打斋饭》），梆子腔的《打花鼓》（见《缀白裘》六集）等。⑨当时，有些花部剧种在江南各地流行。比如，苏州滩簧（苏滩）号称"新腔"，"观者益众"。⑩这些花部剧种大都长于演出小型闹剧,以小丑小旦为重,所谓"二小戏","备极局骗俗态,拙妇骏男,商贾刁赖,楚休齐语,闻者绝倒";"皆街谈巷议之语","其词质直,虽妇孺亦能解";"故趋附日众,亦一时习尚然也"。⑪就是说,这类民间小戏对当时社会上种种恶习丑态具有一定的讽刺作用,而又语言质直,通俗易懂,所以受到观众欢迎。

那时,苏州泥人行业为了迎合群众的爱好,"争新斗奇",便采用花部时剧作题材,塑成一出一出的泥人儿的戏。如《打盏饭》、《打花鼓》之类。这种泥人戏,取材新鲜。此其一。《桐桥倚棹录》:"虎丘有一处,泥土最滋润,俗称滋泥。凡为上细泥人、大小绢人塑头,必此处之泥,谓之虎丘头。"《红兰逸乘》:"尝闻工人云:(虎丘泥人)用井底金沙泥和蜜丸之,则肥瘠美丑,得心应手矣。"《兰舫笔记》亦云:"泥细如面,颜色深浅不一。"这都说明,泥土质量很好。此其二。在塑造方法上,有绝技。"虎丘捏相,老少男女,神气宛然,固绝技也","但未知始于何时,曹雪芹《红楼梦》有之,想国初(清初)已有之,《德门随录》云:吴趋坊有取虞山泥塑相,近日京师已有之,而吴人之独得精妙耳"(《红兰逸乘》)。"形神逼肖,即画手传神,无以过也,真绝技矣"(《兰舫笔记》)。"乾隆时,苏州虎丘有泥人者,老少男女,惟妙惟肖,不必借经于绘事也"(《清稗类钞》)。此其三。在装式上,也很美观。一出戏一台,"用碧纱罩笼之"(与《红楼梦》所说"用青纱罩的匣子装着"正合),或者"多以红木紫檀镶嵌玻璃"。此其四。正因为苏州泥人戏有这四个优点,也就成为

"时髦"泥货。

根据戴延年《吴语》记载:"虎丘山塘,自酒务、茶棚、花房、竹坞之外,大半以纱橱檀匣,粉饰土偶,翦缯缀采,光艳如生,四方争购,殆无虚日。"顾禄《桐桥倚棹录》亦云:"外省州县多贩鬻如是,又游人之来虎丘者亦买之归悦儿曹,谓之土宜,真名称其实矣。"所以《红楼梦》中的薛蟠,到苏州也要去虎丘争购了。又据《扬州画舫录》记载,"扬州盐务,竞尚奢丽",有某姓者,用"三千金,尽买苏州不倒翁,流于水中,波为之塞"。可以想见,苏州泥人的产量真是多得惊人!

今天我们阅读《红楼梦》,对这段情节也许不会感到新奇有趣。因为今天我们只知道无锡惠山泥人,驰名中外。[12]而苏州虎丘泥人行业,早已湮没无闻了。只是在江南有的博物馆里,还能偶尔看到苏州泥人戏,但也很少有人知道它在清代乾隆、嘉庆、道光年间,曾随着花部时剧的风行,盛极一时。

(五)

第三十六回,写贾蔷花了一两八钱银子,买了一个会衔旗串戏的雀儿,那雀笼上扎着小戏台。只要拿些谷子,就哄得那雀儿在小戏台上乱串,衔鬼脸旗帜。贾蔷送给龄官玩,心想省得她天天闷的无个开心的。不料,反引起龄官的反感和愤慨。

雀戏,乃是我国传统百戏的一种。田汝成《西湖游览志余》:

"余近见杭州禽戏,有曰灵禽演剧者,其法以蜡嘴鸟作傀儡,唱戏曲以导之,拜跪起立,俨若人状。或使之衔旗而舞,或写八卦名帖,指使衔之,纵横不差。"可知,明代已有雀戏。到清代初期和中期,无论北方或者南方,仍有雀戏。李声振《百戏竹枝词》:"麻雀衔旗,取麻雀雏教之,能于樊笼衔五色旗向人前。"富察敦崇《燕京岁时记》:"交嘴者,长四五寸,嘴左右交,以别雌雄,有红黄二色,驯而优者,能开锁衔旗。"顾铁卿《清嘉录》:"(苏州地区)八九月间,弋人罗黄雀,立铁竿颠,教之衔旗啄铃为戏。"总之,麻雀、交嘴鸟、黄雀,都能衔旗而舞,但这只是一般的雀戏。

更巧的是,雀儿能演戏。清代甘熙《白下琐言》:"贡院前有卖雀戏者,蓄鸠数头,设高桌,旁列五色纸旗,中设一小木笥。放鸠出,呼曰:'开场。'鸠以嘴启笥,戴假脸,绕笥而走。少顷,又呼曰:'转场。'鸠纳假脸于笥,衔纸旗四面,跳跃作舞状,红绿互易,无一讹舛。旗各衔毕,呼曰:'退场。'鸠遂入笼。"整个演出程序从开场、转场到退场,井然有序。徐珂《清稗类钞》:"嘉庆己卯秋,江宁市上有豢蜡嘴鸟以鬻技者。鸟有六,其四自能开箱,衔面具,登小台演剧。"四鸟同时演出,更为新奇有趣。

在清代初期和中期,不仅民间盛行雀戏,而且富贵之家亦有此风。《醒世姻缘传》第七十一回:"陈公在厦檐底下,看着小小厮拿着两个黄雀,叫他那里含旗儿哩。"这部小说假托明代,实际上写的是清初社会生活。作者西周生,不知是谁。清人杨复吉《梦阑琐笔》,最初提出这部小说的作者是蒲松龄。但此说尚待进一步考证。

由此看来,曹雪芹选取当时寻常的雀戏,精心地予以艺术加工,创造成第三十六回中一段生动的雀儿串戏而引起龄官愤慨的情节,引人注目。它反映了当时家庭戏班艺人的痛苦生活和不幸遭遇,因而富有深刻的思想意义和强烈的艺术感染力。

(六)

上面从《红楼梦》中有关戏曲的情节,选出二三细事,作了初步探索。从这些细节中可以考察出,在清代康、乾年间,弋阳腔正盛于北京,艺人的艺名大都有个"官"字,伴宿演戏之风日炽,虎丘泥人戏风行一时,雀戏也很流行。这些细节在《红楼梦》中都构成了它艺术上的特色。

【注释】

①本节所引《红楼梦》原文,除说明者外,均引自戚蓼生序本《石头记》。

②见王骥德《曲律》、袁宏道《袁中郎全集》、袁中道《游居柿集》。苏元俊《吕真人黄粱梦境记》:"唱弋阳腔曲儿,就如打砖头的教化一般,他若肯住子声,就该多把几文钱赏他。""吴下人曾说,若是拿着强盗,不要把刑具拷问,只唱一台青阳腔戏与他看,他就直直招了,盖由吴下人最怕的这样曲文。"

③见李渔《闲情偶寄》、刘廷玑《在园杂志》。杜浚《变雅堂集》："青红五色旧衣裳,唱价声高老弋阳,客子忍寒无不可,十分难忍这般腔!"

④关于秦腔在北京兴起的年代,《啸亭杂录》所记甲午说不确,当以《燕兰小谱》所记己亥说为是,见周贻白《中国戏剧史》。

⑤允禧,生于康熙五十年(1711),卒于乾隆二十三年(1758)。若以允禧二十岁左右自蓄戏班推算,其事当在乾隆初年。敦诚,生于雍正十二年(1734),卒于乾隆五十六年(1791)。若以敦诚十余岁见允禧有戏班推算,其事亦在乾隆初年。

⑥杨慎(1488—1559),历官翰林院修撰等职,因反对皇帝加封帝父称号事,被贬云南,不得志,纵情诗酒戏曲,所作杂剧有《洞天玄记》,散曲有《陶情乐府》。沈自徵的《簪花髻》杂剧,就是取材于杨慎被贬云南的"狂放"生活。

⑦见李绂《穆堂别稿》,陈宏谋《培远堂偶存稿》、《吴县志》等。

⑧磨喝乐,一作摩侯罗、魔合罗,即佛典中"摩睺逻迦"的略语,泥塑娃娃。宋元时代,七月七夕,陈磨喝乐,乞巧。见《东京梦华录》、《梦粱录》、《武林旧事》、《析津志》、《张孔目智勘魔合罗》杂剧。

⑨《扬州画舫录》："长州杨八官,作盛夏妇人私室宴息,迫于强暴和尚,几为所污,谓之《打盏饭》。"

⑩嘉庆十八年《都门竹枝词》："太平锣鼓滩簧调。"既然此年滩簧已传入北京,那么,它兴起于苏州当在乾隆年间。再者,乾隆六十年刻本《霓裳续谱》选有"弹黄调",即滩簧调。更可知,它兴起于苏州当

在此年以前。

⑪见《扬州画舫录》、《花部农谭》。

⑫无锡惠山泥人,创始于明代成化、弘治年间(见《中国戏曲曲艺词典》)。但不知此说何所据。《陶庵梦忆》谓惠山有店,卖泥人等货。据此,至迟在明末清初时期,惠山已制作泥人。《清稗类钞》:"高宗南巡,驾至无锡惠泉山。山下有王春林者,卖泥人铺也。工作精妙,技巧万端。至此命作泥孩儿数盘,饰以锦片金叶之类。进御时,大称赏。"可知在清代乾隆年间,惠山泥人已很精妙。承无锡市文化局钱惠荣同志函告:惠山手捏戏文,却是盛于清代末期。丁阿金是当时手捏戏文的能手,民间有过"要戏文,找阿金"的话。他的作品,如《借靴》、《连环记》等,至今流传。手捏戏文称为"细货",而"耍货"(儿童玩具,如大阿福之类)称为"粗货"。泥人戏文的制作方法,过去有两种,最初为"捏段镶手",就是将泥人身体的各个部分,分别捏出,然后粘在一起;后来发展为"印段镶手",就是将泥人的头部和身段,用印模翻印,四肢另外捏出,然后镶上。

【作者补记】

近承孟繁树同志来函云:"我在《保定府志》和《清苑县志》上,发现了有关李声振的材料。略云:李声振,号鹤皋,河北清苑人,乾隆三十一年三甲四十八名进士。此材料完全可以证实《百戏竹枝词》是乾隆时作品。"我在本章中认为《百戏竹枝词》是康熙年间的作品,系据路工同志的推测,应予更正,并向繁树同志致谢。

七、论《红楼梦曲》

第五回,甲戌本题作《开生面梦演红楼梦　立新场情传幻境情》,庚辰本题作《游幻境指迷十二钗　饮仙醪曲演红楼梦》,程、高本题作《贾宝玉神游太虚境　警幻仙曲演红楼梦》。从这三种版本回目看来,它们都标明演唱《红楼梦曲》是这一回的重点关目。这部小说名为《红楼梦》,又名《金陵十二钗》,显然与第五回有着一定的关系。《脂砚斋重评石头记·凡例》:"宝玉作梦,梦中有曲名曰《红楼梦》十二支,此则《红楼梦》之点睛。"脂批:"雪芹题曰《金陵十二钗》,盖本宗《红楼梦》十二支曲之意。"由此可见,《红楼梦》第五回安排主要人物贾宝玉游太虚幻境,听唱《红楼梦曲》,绝不是可有可无的情节,值得我们探索。①

（一）

在我国古典文学作品里,有些就写了主要人物梦游仙境,听唱仙曲。如尤侗《钧天乐》传奇第十九出《天宴》,写沈白梦游天界,听奏钧天乐;洪昇《长生殿》传奇第十一出《闻乐》,写杨贵妃梦游月宫,听奏霓裳羽衣曲。这都并非驰骋幻想,徒传其奇,而是各自在幻想的情节之中,寓有深意。前者借以抨击腐朽的科举制度,发泄对人才埋没的愤慨;后者借讽喻此曲"非人间所有"的"奇音",谴责宫廷荒淫的享乐生活。《钧天乐》和《长生殿》,都是清初有名的戏曲作品;尤侗、洪昇两位剧作家,都与曹雪芹的祖父曹寅有交情,那么,《红楼梦》第五回中宝玉听唱《红楼梦曲》,是否受过《钧天乐》、《长生殿》的影响呢? 因无确证,尚难断定。问题在于,《红楼梦曲》是否自有新意。

我们试从《红楼梦》开头几回谈起。在这几回里,先通过冷子兴与贾雨村闲谈贾府的光景,对元春、迎春、探春、惜春、凤姐、黛玉,作了简略的介绍,使读者对这些人物先有个印象。当然,这种第三者叙述性的简略介绍,比较平淡、模糊。所以,接着,通过黛玉到贾府探亲,让迎、探、惜、凤姐、李纨正式出场了。再接着,薛宝钗、秦可卿也陆续出场了。只有湘云、妙玉、巧姐,尚未出场。简言之,这时金钗十二人中已有九人直接或者间接地给读者留下了初步的印象。②这诚如《脂砚斋重评石头记》第二回开头批语所说:

"(贾府)族大人多,若从作者笔下,一一叙出,尽一二回不能得明,则成何文字。故借冷字(戚本作'子')一人,略出其大半,使阅者心中已有一荣府隐隐在心。然后用黛玉、宝钗等两三次皴染,则耀然于心中眼中矣"。总之,作者运用一再"皴染"的手法,已使读者逐步加深了对这些人物的认识。那么,为什么在第五回里,还要通过贾宝玉听唱《红楼梦曲》,对金陵十二钗再作介绍呢?

王雪香《红楼梦评赞》:"一回至四回,已将贾、王、史、薛亲戚家世,大略叙明,黛玉、宝钗已与宝玉合并一处,入后应细叙居恒情事。然十二钗尚未点明,若逐人另叙,文章便平芜琐碎,故以画册、歌曲,将各人一生因果,逐一暗暗点出,后来便都有根蒂。但又不便如贾氏宗支,可借冷子兴口中细说,所以撰出一梦,在虚无缥缈之境。"这说得有点道理,但还没有说透。

要知道,冷子兴演说荣国府,乃是介绍贾府目前的光景,"如今虽说不似先年那样兴盛,较之平常仕宦之家,到底气象不同"。他和贾雨村谈到的十二钗中的几个女子,也是目前的情况,"个个不错","不与近日女子相同"。而贾府和这些女子的未来命运,却不是冷子兴所能先知的。她们这时都处在青少年时期,来日方长,吉凶祸福,也难以预料。何况还有几个名列十二钗的女子,既未出场,又无介绍。所以,作者就在第四回后的"小收煞"处,楔入第五回,安排贾宝玉梦游太虚幻境,警幻仙姑指引迷津。因为,警幻仙姑"司人间之风情月债,掌人世之女怨男痴",不仅她新制了《红楼梦》仙曲,而且太虚幻境还藏着各种仙册,都暗示着"天机",注定了贾府和很多女子的未来命运。这就使得读者在开卷之后,既可了解到书中很多女子和朱门大族的目前光景,又能预知这些人物和朱门大族的未来命运,同时吸引着读者急于了解后边故事情节的变化、发展和结局,以收前后互相印证之妙。

  第五回宝玉梦游太虚幻境,先看了有关自己家乡女子的仙册。这些仙册,分为金陵十二钗正册、副册、又副册。在正册里,就已写着对黛玉、宝钗、元春、探春、湘云、妙玉、迎春、惜春、凤姐、巧姐、李纨、可卿十二人的判词,分别暗示了她们的身世和命运。那么,为什么警幻仙姑还要让宝玉听唱《红楼梦曲》呢?这就在于,这些仙册是按照人物的身份和地位,分成上、中、下三等。入正册的,都是小姐、奶奶;入副册的,系出身于官宦之家而沦落为妾者,如香菱;入又副册的,都是丫头,如晴雯、袭人等;至于"庸愚之辈,则无册可录矣"。及至警幻仙姑见宝玉看了这些仙册,"尚未觉悟",于是再让他听唱《红楼梦曲》,以图他"或可将来一悟"。但宝玉只听了正曲,不听副曲。这十二支正曲,可以说是十二钗正册判词的深化,也就是从更广阔的背景,预示十二钗的身世和命运。况且,十二钗的判词和正曲,在着重点上又有所不同。比如,探春的判词着重在从第三者的角度,赞赏探春的才能和志气,并同情其不幸结局;而探春的正曲则着重在用探春的口吻,悲痛骨肉分离和安慰年老双亲,从而揭示出"家亡人散各奔腾"的凄惨景象。所以如此,就是为了要突出"十二冠首女子",因为她们不仅与贾府"命根子"宝玉,有着不同程度的密切关系,而且与以贾府为首的四大家族的盛衰,也息息相关。

不难看出,曹雪芹对第五回的安排,确实费了一番心血。它预示后边故事情节的发展和变化,暗寓封建末世社会中朱门女子的不幸命运,从而点出世家大族由盛而衰的必然结局。宝玉在太虚幻境听唱《红楼梦曲》,固然是虚构的幻想情节,但它却是"寓真于幻",借天上之幻,寓人间之真。第十七回写宝玉在大观园题对额,看到一座玉石牌坊,"心中忽有所动,倒像那儿见过一般"。其实,这就是宝玉在太虚幻境看到的那座玉石牌坊。大观园中的石牌坊,本名"天仙宝境",后元妃命换了"省亲别墅"四字。第十六回脂批:"大观园系玉兄与十二钗之太虚玄境。"一语道破。当然,要了解《红楼梦曲》的重要性,还应对此曲的思想内容和艺术形式,作进一步的探索。[③]

(二)

对于《红楼梦曲》的具体内容,已有一些同志作了逐字逐句的注释和解说。这里我所要谈的是,《红楼梦曲》怎样表达主题思想的问题。

《红楼梦曲》共有十四支曲子,首曲简要地说明作曲的缘由,尾曲点明结局。中间十二曲,分咏十二钗,都是一曲咏一人,指点出人物的性格、身世和结局,也对人物给以评论。

《红楼梦曲》中间十二曲并非彼此孤立,而是互相有着一定的联系。按照这十二曲的排列,十二钗好像传统戏曲舞台上人物"排对"出场,一对一对地出现在读者的眼前。黛玉与宝钗一对,一个是反封建的叛逆者,"心事终虚话","枉自嗟呀";一个是封建卫道者,也免不了空闺独守,度着寂寞凄凉的生涯。元春与探春一对,一个是身享荣华,成为贾府的大靠山,可"恨无常又到","把万事全抛";一个是精明能干,力图挽救贾府的颓势,无奈生于末世,终于"把骨肉家园齐来抛闪"。湘云与妙玉一对,一个是豪爽开朗,心直口快,纵然配得才郎,毕竟好景不长;一个是清高"好洁",甚至有点矫情,"到头来,依旧是风尘肮脏违心愿"。迎春与惜春一对,一个是逆来顺受,被"无情兽"吃掉,做了封建婚姻的殉葬俑;一个是孤僻冷漠,"勘破三春",独伴古佛青灯了一生。凤姐与巧姐一对,一个是聪明反被聪明累,枉费心机,自食恶果;一个是从侯门小姐沦落为荒村农妇,社会地位虽然下降,结局却还算幸福。李纨与秦可卿一对,一个是安分顺时,谨守封建礼教,"晚韶华","也只是虚名儿";一个是"擅风情,秉月貌",夭折而亡,成为贵族家庭腐化糜烂生活的牺牲品。总之,十二钗恰好排成六对。

　　为什么曹雪芹写《红楼梦曲》,要让十二钗排成对呢?这就在于,各种事物经过有选择的排对,形成对比、对照,可以使事物的特征更显得鲜明。十二钗正是在对比、对照中,鲜明地显示出她们各自的个性。每一个人物,都成为区别于其他人物的"这一个"。"世外仙姝"的黛玉与"山中高士"的宝钗,"英豪阔大宽宏量"的湘云与"天生成孤癖人皆罕"的妙玉,等等,如果把她们一个个孤立起来,那就不容易看出每个人物有什么特殊的地方。在对与对之间,也形成对比和对照。即就贾府四春来看,"贤德"的元春不同于"玫瑰花"的探春,"二木头"的迎春不同于"心冷嘴冷"的惜春,但元春与探春都算是贾府有"才能"的小姐,迎春与惜春则是懦弱无能的人物,四个姊妹,两两对比。所以,十二钗错综交叉,形成连锁关系。

再看看十二曲的排列,不难发现,十二钗"排对"出场,大致可以分成两队。前队八人四对,除妙玉外,都是贾府小姐及其外戚。出场次序,开头黛玉与宝钗(贾府外戚),接着元春与探春(贾府小姐),再接着湘云与妙玉(贾府外戚和"槛外人"),然后迎春与惜春(贾府小姐)。这里,贾府外戚与贾府小姐,交替安排。贾府四春,两两拆开,三小姐探春,却居于二小姐迎春之前。后队四人两对,除巧姐外,都是贾府奶奶。出场次序,开头凤姐与巧姐,殿后李纨与秦可卿。这里,年轻的琏二奶奶凤姐,却居于年长的大嫂子李纨之前。巧姐虽也是贾府小姐,但她要与其母凤姐排成对,显示因果关系,所以就列入后队。这两队,前队以黛玉为首,后队以凤姐为首。如此排列,究竟是什么道理呢?

看来,这两队人物出场次序,既不是先贾府亲属(包括小姐和奶奶)而后外戚,也不是论年龄长幼和辈分大小,而是以她们与宝玉的关系如何,作为基本原则。黛玉、宝钗和宝玉之间,形成"木石姻缘"和"金玉姻缘"的矛盾,与宝玉切身利害有关,自然居于首位。元春是宝玉的嫡亲姐姐,对宝玉"独爱怜之"。探春有着强烈的封建正统观念,"只管认得老爷(贾政)、太太(王夫人)两个人",不管

"什么偏的庶的",因此与宝玉显得是嫡亲兄妹一般。起初,湘云与宝玉很接近,后来宝玉因与湘云"谈经济"思想不合,渐渐比较疏些。妙玉与宝玉的关系,也不寻常,从吃茶茶杯、折红梅、送贺寿帖之事,可以证明。迎春与惜春,都是宝玉的从姊妹,对待宝玉,不及元春、探春亲密。凤姐是宝玉的表姐,又是宝玉的堂嫂,可是,她只是为了讨好贾母和王夫人,才表现得喜欢这个"不是这里头的货"的兄弟。李纨是宝玉的亲嫂子,但她"青春丧偶","竟如槁木死灰一般","惟知侍亲养子外,则陪侍小姑等针黹诵读而已"。巧姐年龄尚小,与宝玉关系不详。秦可卿作为全队的殿后人物,那是因为涉及所谓"败家的根本"问题。在作者看来,朱门生活腐化以至乱伦,道德败坏已达极点,势必造成"箕裘颓堕"。很清楚,十二钗出场次序的安排,除可卿另有原因外,大都是与宝玉关系密者在前,疏者在后。

为什么在《红楼梦曲》里,要以宝玉与十二钗的关系,作为排队次序的基本原则呢?这就在于,警幻仙姑新制《红楼梦曲》,力图使宝玉这个"痴顽"的"情种""将来一悟",所以,此曲是从宝玉的角度,预示十二钗的身世和结局。虽然宝玉听唱此曲时"甚无趣味","意尚未悟",但他在日后现实生活不断推动下,毕竟渐渐成为一个朦胧的觉悟者。正因为,许多妇女的不幸命运,越来越使得宝玉"羞辱惊恐","凄惶不尽"。他面对着许多妇女悲剧,寄以亲切的同情,怀着深沉的哀痛,甚至倾泻出强烈的愤慨。"悲凉之雾,遍被华林,然呼吸而领会之者,独宝玉而已"(鲁迅《中国小说史略》)。就是说,在宝玉的心目中,逐渐把许多妇女的不幸命运,视为悲剧了。

绾结说来,《红楼梦曲》主要是预示十二钗的身世和结局,以及作者对她们的态度和评论。所谓"千红一窟(哭)","万艳同杯(悲)",到头来,"好一似食尽鸟投林,落了片白茫茫大地真干净"。所以,《红楼梦曲》可以说是建筑这座"红楼"的重要蓝图。当然,在作者的预示和评论中,也杂有比较严重的宿命论思想的解说,流露出比较浓厚的悲观主义的情调。精华与糟粕,纠缠在一起。

应当指出,《红楼梦曲》毕竟只是个简要的预示提纲,不能代替有关人物的具体描写。虽然我们不能忽视《红楼梦曲》的重要性,但更应重视书中艺术形象的描绘。因为,《红楼梦》中丰富的思想内容,乃是通过众多的艺术人物的活动而表现出来的。何况,作者在写作过程中还会对这个预示提纲有所删改和变动。比如,秦可卿由"画梁春尽落香尘"(悬梁自缢)改为患病而亡,就是个证明。

(三)

第五回借警幻仙姑之口说道:《红楼梦曲》"不比尘世中所填传奇之曲,必有生旦净末丑之则,又有南北九宫之限,此或咏一人,或感怀一事,偶成一曲,即可谱入管弦"。《红楼梦曲》第一支曲子,又有一条脂批:"读此几句,反厌近之传奇中必用开场副末等套,累赘太甚。"这两者都说明,《红楼梦曲》不用传奇副末开场,不用脚色,不用曲牌,在艺术形式上有所创新。

按照传奇体制，一部剧本的第一出称为"副末开场"，亦称"家门"。一般由一个非剧中人物的副末上场，唱两支曲子（词二阕），一支曲子交代作者作曲的意旨，另一支曲子报告剧情提要。但也有只用一支曲子（词一阕），直截了当地报告剧情。而《红楼梦曲》首曲用一支〔引子〕，所谓引子，即是引起下文的意思。按照传奇体制，从第二出开始，凡剧中人物出场，先念引子，借眼前之景，略抒胸中之情，作个笼统的交代，然后接唱正曲，抒发特定的情景。《红楼梦曲》首曲引子，却是交代作曲缘由。显然，这是用引子代替副末开场。因此，既可省掉副末开场，又明确地交代了作曲缘由，笔墨非常经济。

太虚幻境演唱《红楼梦曲》，不用生旦净末丑诸脚色，而是由十二个舞女"合唱"（同声齐唱）。这在形式上近似《长生殿》第十一出《闻乐》，众仙女合唱〔锦中拍〕曲。为什么要这样呢？从具体的内容来看，有些曲子用第一人称，如第二曲，从宝玉婚后仍念念不忘死去的林黛玉，写薛宝钗的终身寂寞；第四曲和第五曲，分写曲中人元春和探春自感自叹；第十曲，用巧姐的口吻诉说着"留余庆"。这些曲子，可由生角或旦角演唱。有些曲子却用第三人称，如第七、第八、第九曲等等。这些曲子如果用脚色演唱，那么演员扮的是曲中某个人物，唱的却是第三者的叙述和议论，未免牛头不对马嘴。所以，《红楼梦曲》采用十二个舞女合唱，有时作为曲中人自感自叹，有时用第三者身份来叙述和议论，即作者所谓"或咏一人，或感怀一事"，就灵活得多了。

《红楼梦曲》用的是传奇曲牌体,但这十四支曲子都不用曲牌,而是"自度曲"。因为,每个曲牌,句有定数,字有定数,往往容易束缚内容。所谓自度曲,就是自制新曲,不受旧谱限制,也就可以自由发挥,充分表达出作者所要表达的思想内容。当然,戏曲作品用自度曲,不便播之于管弦。比如,万树《念八翻》传奇中有两个"第一出",一为用自度曲的《翻案》,一为用常见曲牌的《改定开场》。因为前者不便于梨园歌唱,便改用后者。孔尚任说自己写《桃花扇》传奇,"曲名不取新奇,其套数皆时流谙习者,无烦探讨,入口成歌"。黄振说自己作《石榴记》传奇,"惟取时曲熟牌,处处通习,上口即唱者用之"。这说的是一个道理,即戏曲作品的曲调要便于歌唱。《红楼梦曲》系小说中插曲,不涉及歌唱问题,所以用自度曲不但无妨,而且可以充分发挥作者所要发挥的思想感情。既然是自度曲,那么这十四支曲子自然不必沿用旧有曲牌名称,如〔探春令〕、〔惜春令〕等,而是根据每支曲子的内容,新撰了十四个题目,如"终身误"、"枉凝眉"等,使读者一看曲目,便可知道这支曲子的主旨。

从十四支曲子的组合来看,开头是〔红楼梦·引子〕,最后是〔收尾·飞鸟各投林〕,中间是分咏十二钗的十二曲。显然,这是传奇套曲组合的形式。按照传奇体制,正场戏,每个套曲一般是由〔引子〕、〔过曲〕、〔尾声〕三个部分组成。当然,在某些情况下,也可以不用引子,或者不用尾声。所谓过曲,即是由引子转过到正曲的意思,也就是套曲主体的正曲部分。如《牡丹亭·游园》,以〔绕地游〕、〔步步娇〕、〔醉扶归〕、〔皂罗袍〕、〔好姐姐〕、〔隔尾〕六曲,组成一个套曲,除引子〔绕地游〕、末曲〔隔尾〕外,中间四支曲子,即是过曲。④《红楼梦曲》除开头引子、最后收尾外,中间十二曲正是过曲。由于此曲不用曲牌,所以曲子的组合,就可以摆脱传奇曲牌联套的限制,不必严守某曲联某曲的种种规定。

《红楼梦曲》的组成,用的是南北合套。何以见得?第一,首曲用引子。引子属于南曲,常用曲牌有〔满庭芳〕、〔瑞鹤仙〕等,一般干唱,音节舒缓。而北曲无引子,仅只曲、尾声两类。北曲联套开头所用一二曲,如仙吕〔点绛唇〕、大石〔青杏儿〕,大都是"散板"曲,音节亦多舒缓,所谓"声多字少",其用法,相当于南曲引子。再者,这支〔红楼梦·引子〕,用"衬字"比较少。请看:

开辟鸿蒙,谁为情种?都只为风月情浓,趁着这奈何天,伤怀日,寂寥时,试遣愚衷,因此上演出这怀金悼玉的红楼梦。⑤

看来,这支〔引子〕(大字为正字,小字为衬字),有两句(第三、第四句),各用三个衬字;有一句(第八句),用五个衬字。传奇中,南曲用衬字较少,甚至有"衬不过三"的说法。而北曲用衬字可以不拘多少,稍多也无妨。关于南北曲用衬字问题,不是三言两语说得清楚的,这里姑且从简。(请参阅拙著《元代杂剧艺术》第十三章《论衬字》)。第二,《红楼梦曲》第二曲,有脂批:"语句泼撒,不负自创北曲。"第六曲,又有脂批:"悲壮之极,北曲中不能多得。"可知这两曲都是北曲。既然有南曲又有北曲,那么无疑是南北合套。首曲用南曲引子,音节舒缓,宜于叙述作者作曲缘由。第二曲"终身误"和第六曲"乐中悲"都用北曲,音节悲怆,更能倾泻出对曲中人物不幸命运的感慨。可见曹雪芹写《红楼梦曲》,是从内容出发,运用南北合套。⑥

当然,在明清时代,对传奇形式的突破并非自曹雪芹始。有些人已在他之前做过种种尝试。比如,李玉在明末崇祯年间写成的《人兽关》,取消了非剧中人物副末开场"报幕",把第一出《慈引》变成正戏的"序幕",通过观音宣讲因果,交代剧情提要。清代蒋士铨的《空谷香》传奇,干脆不用副末开场。明代张景的《飞丸记》传奇,在第一出里只用"散漫词"(不用曲牌)报告剧情提要。清代万树的《念八翻》传奇,第一出有"念八翻曲",全用自度曲,从"第一翻"到"念八翻",报告剧情提要。诸如此类,不一一枚举。可是,曹雪芹写《红楼梦曲》,对传奇形式的突破表现得更为大胆些。他力求用新的传奇形式,表达复杂的思想内容,使其成为有机的整体。事实证明,曹雪芹借警幻仙姑之口说此曲"不比尘世中所填传奇之曲",洵非虚语。

(四)

由于曹雪芹未完成《红楼梦》这部巨著便不幸早逝,第八十回以后的情节无从知道,这是无可弥补的损失。幸而有《十二钗图册判词》和《红楼梦曲》,提供了一些主要人物的"薄命"结局,如黛玉、元春、凤姐的夭折,宝钗、湘云的守寡,探春的远嫁,妙玉的流落,等等。这对了解八十回以后的情节具有重要的价值。高鹗、程伟元续《红楼梦》,就是以此作为根据。关于后四十回的功过问题,尚在争论中。照我看,后四十回的悲剧结局,基本上忠实于《十二钗图册判词》和《红楼梦曲》。其中有些情节,也有写得感人的地方。四十回续书有利于《红楼梦》比较完整地广泛流传,长期以来在群众中产生了一定的影响。要写成这样的续书,可不是一件容易的事。不怕不识货,只怕货比货。试把后四十回与《后红楼梦》、《续红楼梦》之类的续书比较一下,就会高下立见。应该肯定,高、程续后四十回,功大于过。有些人把后四十回骂得不值一钱,全部否定,笔者不敢苟同。

阿英编的《红楼梦戏曲集》,共收十种作品。除孔昭虔《葬花》和周宜《红楼佳话》外,有八种都写了贾宝玉梦游太虚幻境。石韫玉《红楼梦》传奇第一出《梦游》,只写了宝玉看《十二钗图册》。其他七种,都写了宝玉听唱《红楼梦曲》。有的是对原著十四支曲子全文引用,未作改动,如万荣恩《潇湘怨》第五出《神游》。更多是用一支或者五支曲子,概括地提到《红楼梦曲》的内容,并渗入剧作者之意,如仲振奎《红楼梦》传奇第二出《前梦》,吴兰徵《绛蘅秋》第六出《幻现》,许鸿磐《三钗梦》第四折《醒梦》,朱凤森《十二钗》第二出《入梦》,吴镐《红楼梦散套》第十六出《觉梦》,陈锺麟《红楼梦》传奇第六出《游仙》。可见,当时不少剧作家已注意到《红楼梦曲》的重要性。虽然在这些"红楼戏"中,改作的《红楼梦曲》并非完全符合原著,但它们基本上未与原著唱反调。

可是,当时也有人唱反调。清代嘉庆年间,秦子忱《续红楼梦》第三十卷《警幻女增修补恨天　悼红轩总结红楼梦》,在太虚幻境,十二个仙女唱新《红楼梦曲》。这十四支新曲子都用曲牌,如〔皂罗袍〕、〔北新水令〕等,每支新曲的内容,都与原著《红楼梦曲》相反。这里姑引两支〔收尾〕曲作一比较。

飞鸟各投林

为官的,家业凋零;富贵的,金银散尽;有恩的,死里逃生;无情的,分明报应;欠命的,命已还;欠泪的,泪已尽。冤冤相报实非轻,分离聚合皆前定。欲知命短问前生,老来富贵也真侥幸。看破的,遁入空门;痴迷的,枉送了性命。好一似食尽鸟投林,落了片白茫茫大地真干净。
(曹雪芹《红楼梦》)

拟改飞鸟各投林

从今后,痴情幽怨各相捐,人间天上皆如愿,完结了三生公案。死的又还魂,在生的享富贵,有情的成姻眷。把夙债尽皆偿,看天道何曾远,方始信报应昭然。请看他黄泉路巧相逢,青埂峰奇遇合,太虚境庆团圆,螽斯欣蛰蛰,瓜瓞庆绵绵。我将那旧谱新翻,编一套《续红楼》,任他人笑掉了颔。
(秦子忱《续红楼梦》)

看来，秦子忱对原著《红楼梦曲》中宿命论思想，并不反对。他反对的是原著中十二钗皆遭不幸，朱门大族家破势败。所以他作新《红楼梦曲》，替十二钗"补恨"而谱团圆曲，为朱门大族"复兴"唱赞歌。

秦子忱在《续红楼梦》第三十卷里，还对原著《红楼梦曲》予以指责和歪曲。宝玉、黛玉和宝钗，一面听新曲，一面看旧曲。黛玉笑道："这旧曲上说的也太过了，我何曾把恨泪秋流到冬，春流到夏呢！"宝钗笑道："这十二支曲子里头，怎么又没有我呢？"宝玉笑道："你生来就是福人儿，这上头如何该有你呢。"看来，这部《鬼红楼》鬼话连篇，荒唐不经。⑦其实，秦子忱的态度是很鲜明的。他指责原著《红楼梦曲》把黛玉的不幸和痛苦说得太过分了；同时他又不惜歪曲原著，把"终身误"的宝钗赞为"生来就是福人儿"。他力图使宝玉、黛玉和宝钗三人"婚姻遂愿"，"人圆月圆"。这种虚假的团圆曲，是对现实主义巨著《红楼梦》的歪曲。

《红楼梦曲》在艺术形式上，也对后世戏曲创作有过影响。清代道光年间，范元亨（字直侯）"感聚散之无常，伤美人之零落"，作《空山梦》传奇八出：《情慨》、《梅遇》、《游春》、《巧夕》、《断梳》、《诀阁》、《入胡》、《想梦》。这部传奇"不用古宫调"，全系自度曲，在明清传奇中极为罕见。范履福（元亨之子）在《空山梦跋》里提到范元亨著有《红楼梦评批》三十卷。可惜这部"红学"著作已经失传。范淑（元亨之妹）的《忆秋轩诗钞》，有《题直侯所评红楼梦传奇》诗（这里所谓《红楼梦传奇》，即指小说《红楼梦》）。兹录于下，以供参考。

独立苍茫愁里住,古今一个情回护,别抒悲愤入稗官,先生热泪无倾处。潇湘水上发蘅芜,香草情怀屈大夫,天名离恨无由补,泪洒苍梧竹欲枯。繁华馨艳传千载,买椟还珠可胜慨,作者当年具苦心,那知竟有知音在。天机云锦妙无痕,指月拈花与细论,情里夺来南董笔,梦中吟醒石头魂。说部可怜谁敢伍,庄骚左史同千古,纷纷说梦几痴人,请君一听鲸鱼声。

姑不论范元亨是否算得曹雪芹的知音,但他确实酷好《红楼梦》,曾"细论"过,并著有《红楼梦评批》三十卷。可见他对这部小说下过功夫。明清传奇中全本用自度曲的,除《空山梦》外,我还未见过。由此说来,范元亨的《空山梦》,极有可能是受《红楼梦曲》的影响。但该书思想和文采都很差,而且是个案头本,所以从未引起人们的重视。⑧

香港中文大学《红楼梦研究专刊》第七辑,发表了蒋凤的《红楼警幻曲之研究》。蒋先生认为:《警幻曲》"每支曲子均各有其原来之牌名,但作者显然故意避免这些原来的牌名,而另起一新名以作代替,所谓〔红楼梦引〕、〔终身悟〕等名称,其性质不过等于全书发展上的关目而已"。又说:"警幻各曲之原本牌词,虽或见于南北曲的谱律中,但原作之词格,实与词曲中所用者大不相同,与地方杂词所用者相吻合。"一句话,《红楼梦曲》是用曲牌的。

那么,蒋先生又是怎样确定《红楼梦曲》的曲牌呢?其方法,就

是先确定曲中衬字,然后套南北曲曲牌,如果套不上,就套俚曲。我们且看看蒋先生对〔红楼梦引子〕中衬字的确定:

开辟鸿蒙。谁为情种。都只为风月情浓。奈何天。伤怀日。寂寥时。试遣愚衷。因此上。演出这。悲金悼玉的红楼梦。(照蒋先生原文引录,"·"是衬字符号。)

这样,蒋先生便认为此曲为〔村里迓鼓〕的格式。在我看来,蒋先生对南北曲用衬字的规律的理解,是值得怀疑的。蒋先生据以套上的曲牌是否可靠,也很成问题。其实,曹雪芹本人已交代得很清楚,《红楼梦曲》"不比尘世中所填传奇之曲","又有南北九宫之限"。就是说,它不受曲牌限制,而全是自度曲。

更令人惊奇的是,蒋先生说:"今《红楼》十四曲显然是符合于康熙前或康熙初年之各俚调而非乾嘉左右杂曲,更与道咸以降之杂曲有异,前文所引各杂曲及太平歌词的词句,早不唱于乾嘉时代,今曹氏为雍乾文人,未必耐心依各前代俚曲填词(其中复用之曲牌而词格并不一致,尤似非作于应有之习惯),当系本诸成作,最多加以润色工夫,倘由此推论,则《红楼梦》全书是否为曹氏创作,也是值得我们凭此线索加以分断的。"言下之意,《红楼梦》是否是曹雪芹创作的,大可怀疑。蒋先生说《红楼梦曲》用的是康熙前或康熙初年的俚调曲调,其结论,原来是要否定曹雪芹对《红楼梦》的创作权。我以为这一新奇的说法,实在难以成立。

【注释】

①金嗣芬《板桥杂记补》引《静志居诗话》:"今燕,张幼于所狎,名冠北里。时曲中有刘、董、葛、段、赵、何、蒋、王、马、褚先后齐名,所谓十二钗也。"今燕,即赵彩姬,与马湘兰齐名,见《列朝诗集》。这十二钗,都是明末南京(金陵)秦淮名妓。所以,《板桥杂记补》说是"此殆俗传小说《金陵十二钗》之所本欤"。此所谓《金陵十二钗》小说,不知是否指《红楼梦》。

②戚本《石头记》第十八回脂批:"妙卿出现,至此细数十二钗。以贾家四艳,再加林、薛二冠有六,添可卿有七,熙凤有八,李纨有九,今又加妙玉,仅得十人矣。后有史湘云与熙凤之女巧姐儿者,共十二人。"此说甚是。周春《阅红楼梦随笔》,竟把十二钗变成十三钗,无探春,而有史太君、鸳鸯。按照《金陵十二钗图册》,史太君根本不在十二钗之列,鸳鸯是丫头,应列入又副册。

③《红楼梦》第五回脂批:"警幻是个极会看戏人。近之大老观戏,必先翻阅角本,目睹其词,彼听彼歌,却从警幻处学来。"脂批所云,确是当时世态,所谓从警幻处学来,乃俏皮话,金埴《巾箱说》:曹寅"集江南江北名士为高会,独让昉思(即洪昇)居上座,置《长生殿》本于其席。又自置一本于席。每优人演出一折,公(指曹寅)与昉思雠对其本,以合节奏。凡三昼夜始阕"。梁章钜《浪迹续谈》:"在京师日,有京官专嗜昆曲者,每观剧,必摊《缀白裘》于几,以手按板拍节,群目之为专门名家,我最笑之。"此二者,可证。

④〔绕地游〕为〔商调引子〕。〔步步娇〕、〔醉扶归〕、〔皂罗袍〕、〔好姐姐〕组成〔仙吕过曲〕。虽然〔步步娇〕、〔好姐姐〕都原入〔仙吕入双调〕内,而〔醉扶归〕、〔皂罗袍〕却是〔仙吕宫〕的曲牌,但〔仙吕入双调〕即同〔仙吕〕,所以,它们可以组成〔仙吕过曲〕。

⑤每一个曲牌,都有固定的句数和字数。在规定字数以内,填曲时不可少的字,叫作"正字"。在规定字数以外,由填曲者自由增入的字,叫作"衬字"。凡曲文中的衬字,都用小字体,以示区别。戚本《石头记》第五回《红楼梦曲》第一支曲子,有"趁着这奈何天"句,其中"趁着这"三字,用小字体,即是衬字(程高本无"趁着这"三个衬字,词意不贯串)。其实,这支曲子还有两句也用衬字。只要知道南北曲用衬字的规律,便可辨别出来。

⑥在秦子忱《续红楼梦》卷三十里,太虚幻境十二个仙女唱的新《红楼梦曲》也是用的南北合套,曲牌为〔皂罗袍〕、〔北新水令〕、〔玉交枝〕、〔沉醉东风〕、〔黄莺儿〕、〔太平令〕、〔甘州歌〕、〔折桂令〕、〔懒画眉〕、〔解三醒〕、〔沽美酒〕、〔北耍孩儿〕、〔北一半儿〕、〔亭宴带歇拍煞〕。

⑦鲁迅《中国小说史略》谈到《红楼梦》续书,其中有《续红楼梦》、《鬼红楼》。按:《续红楼梦》,同名者有三种。一为秦子忱撰,三十卷。一为海圃主人撰,四十回。一为张曜孙撰,二十回。所谓《鬼红楼》,即秦子忱《续红楼梦》。据《忏玉楼丛书提要》:"是书(指秦书)作于《后红楼梦》之后,人以其说鬼也,戏呼为《鬼红楼》。"

⑧问园主人《空山梦序》谈此剧全用自度曲问题,说是:"若以为不便梨园,则名家依谱循声,可被之管弦者,亦无几也,《离骚》、《九

歌》，随情成音，壮夫握管，何暇为氍毹计哉。"我们知道，作传奇（剧本）全本用自度曲，就必须谱新曲，方可演唱。但这样做，对当时一般职业戏班来说，确实不便。《念八翻》传奇有两个"第一出"，可以证明。如果作传奇，不考虑场上演出，所谓"何暇为氍毹计"，那就只有摆设在案头上，供文人学士欣赏。这样的传奇，便失去了戏曲艺术应当具有的舞台性和集体性。

八、谈串客柳湘莲

《红楼梦》不仅描写了戏曲专业演员的生活,同时也描写了戏曲业余演员的生活,所谓"玩戏的人",如第四十七回和第六十六回中的柳湘莲。张大受《清溪集·赠曹荔轩司农》诗云:"有时自傅粉,拍袒舞纵横。"可知,曹雪芹的祖父曹寅就是个玩戏的人。曹雪芹自己也曾"杂优伶中,时演剧以为乐"。他对当时社会玩戏的人的生活,应当是熟悉的。可是,《红楼梦》里的柳湘莲毕竟居于次要的地位,因此就不可能用较多的篇幅加以描写。以下就有关柳湘莲的几个问题,略述浅见。

(一)

第六十六回,尤二姐谈到"五年前,我们老娘家做生日,妈妈和我们到那里与老娘拜寿,他家请一起玩戏的人,也都是好人家子弟,里头有个妆小生的,叫作柳湘莲"(百二十回本)。据此可知,柳湘莲只是个业余玩戏的人。明清时代所谓玩戏的人有两种,一是串客,二是清客。柳湘莲究竟是串客还是清客呢?

早在我国戏曲艺术发轫时期的宋元,已有业余演员了。元代杰出的戏曲家关汉卿,就是"躬践排场,面敷粉墨,以为我家生活,偶倡优而不辞"。大约在明代中期,戏曲业余演员才有了"串客"的专名。"串"即"爨"的省文,也就是扮演的意思。①所谓串客,一方面,如同戏曲专业演员一样,粉墨登场扮演;另一方面,却又处于业余的宾客地位,有别于戏曲专业演员。串客组成的团体,叫作"串客班",简称"串班"。明代马佶人的《荷花荡》传奇,就有串客串戏的情节。到清代乾隆年间,仍沿用串客、串班名称。翟灏《通俗编》:"今(乾隆年间)学搬演者,流俗谓之串客。"李斗《扬州画舫录》记载了当时一些著名的串客和串班。潘际云《清芬堂诗集》有《串客班》诗篇。《缀白裘》第十集《占花魁·串戏》和第十一集梆子腔《串戏》,也都有串客串戏的情节。大约在清代中期以后,戏曲业余演员便称为"票友"。票友演戏,叫作"玩票"。票友组成的团体叫作"票班",或者"票房"。②

明清时代还有一种玩戏的人称为"清客"。马佶人《荷花荡》第八出,写清客都满到苏州虎丘山千人石去赛清曲。王钺《秋虎丘》第十三出,丑扮钱兴邦云:"今岁这些唱时曲的清客,比往年更多十倍。"乾隆末年出版的《后红楼梦》第十四回:"缀锦楼,便是一班清客清曲。"由此可知,所谓清客只是清唱曲子,而不登场扮演。这种清唱,"谓之冷唱",不借锣鼓之势,不打身段,不用白口,但"全要闲雅整肃,清俊温润",讲究音韵唱法,"有生熟口之别"。③"戏曲紧,清唱缓",所以,两者"至严不相犯"。④《红楼梦补》第三十九回也提到清客唱曲,"字面辨得真,板眼按得准,清音高似戏班,却不知道场步(台步)"。这都有别于串客串戏。清客常常赛曲,谓之"曲局"。赛曲有一定的地方,如苏州虎丘千人石、凤凰台、水映庵等。凡春秋佳日,"张灯设宴,赌曲征歌,技之劣者,不敢与也"。⑤有时他们也被有喜事的人家请去清唱。后世清唱昆曲的人,称为"曲友"。曲友组成的团体,称为"曲社"。当然,清客也有兼串客的,如《扬州画舫录》记载苏州僧离幻,"幼好音乐,长为串客"。清客偶尔登场扮演,便叫作"清客串"(《官场现形记》第四回),简称"清串"(《蕉窗随笔》)。

《红楼梦》中贾府清客又称为"篾片相公",有卜固修、单聘仁、詹光之流。这种清客即门客,依附豪门,凑趣扯淡,而又自命清高,实际上是帮闲人物,与上述清客含义不同。林黛玉说刘姥姥是个"女清客",就含有嘲笑帮闲人物的意味。曹雪芹把贾府中的一些清客,命名为卜固修(谐音"不顾羞")、单聘仁(谐音"善骗人")、詹光(谐音"沾光"),也正表现了对这类帮闲人物的鄙视。可是,在这类清客之中,有些人也会串戏,或者会唱清曲。

柳湘莲"原是世家子弟","最喜串戏",长于扮演小生,常和一些好人家的子弟参加堂会戏的演出。他不仅在二尤的老娘家做生日时串过戏,而且在庆贺赖大的儿子赖尚荣做官时,经贾珍等人要求也串过两出戏。显然,柳湘莲是串客而不是清客。戚本《石头记》第六十六回作"请了一起串客,里头有个做小生的,叫柳湘莲"。这里称为串客,甚是。商务本《石头记》、人民文学出版社本《红楼梦》都作"请了一起玩戏的人",把"串客"(专称)改为"玩戏的人"(通称),反而不明确。我们之所以要确定柳湘莲是串客,并非仅仅为了证明有的《红楼梦》版本改得不恰当,而是因为这与《红楼梦》所描写的柳湘莲的社会地位和生活遭遇,有着密切的关系。

(二)

明清政府曾一再颁布禁令,禁止串客串戏,凡违禁者,严拿究办,官员参处,兵丁责革,平民从重惩治,并追取箱笼衣物乐器等件入官。理由是:"为官则不以政事报国为先,为士则不以多文明理为道,逞逞风流,偏贪声色。"这是指官僚、士大夫而言。"官家子弟,骄养纵性","甘与优伶下贱为伍","恬不为怪","浪费资财为杰,势不至极处不知止也"。这是指世家子弟而言。城乡"串戏一项,本系游闲无耻之徒,专习淫亵词调","败坏风化,莫此为甚"。这是指平民而言。⑥总而言之,力图维护封建秩序。

柳湘莲是世家子弟,为什么他"最喜串戏",竟要做个"甘与优伶下贱为伍"的串客呢?要弄清这个问题,我们就必须先对明清两代串客的情况再作些介绍。

明清时代,世家子弟很多人不仅蓄有家庭戏班,而且自己也会串戏,妆点风雅,恣意享乐。乾隆年间,山东巡抚国泰自以为"在官言官,在戏言戏",串戏系风雅韵事(《清稗类钞》)。在《金钿盒》第八出里,帮闲许四恭维贡公子串得好戏,乃是个风流人物。《醉醒石》第七回:吕主事的第四个儿子,人矮小,面孔搊搜,喉咙又不好,妆生旦不风流,妆外不冠冕,妆净不魁伟,于是他情愿妆丑,做个招商店酒保,帮衬帮衬,也自觉有趣得很。乾隆年间,扬州凌云浦"本世家子",工诗善画,串小丑,"一经粉墨登场,喝采不绝"(《扬州画舫录》)。他们之所以能够串戏取乐,正是因为他们有钱有势。《石榴记》第七出《惊春》:"(副净)学生,现任湖北提刑辛子雅的公子,叫做辛友笃的便是,家父积得薄薄宦囊,颇够我挥洒,这些斗鸡、踏鞠、呼卢杂耍,那一件儿不精。"他们为了串戏,往往不惜大肆挥霍,甚至倾家荡产。彭天锡"串戏妙天下","曾以一出戏,延其人至家,费数十金者,家业十万,缘手而尽"(《陶庵梦忆》)。扬州汪某以串戏倾其家,沦为乞儿,便用五色笺纸为戏具,立招曰太平一人班,有召演者,辄出戏简牌,每出戏,价一钱(《扬州画舫录》)。伴花斋主人《都门杂咏》:"缘何玩票异江湖,车笼当年自备储,为问近来诸子弟,轻财还似昔时无。"因此,不少人卒至一生潦倒,贫困而死。

　　可是,在好串戏的士大夫、世家子弟之中,也有些人是由于不得意借串戏以发泄。彭天锡有"一肚皮书史,一肚皮山川,一肚皮机械,一肚皮磊砢不平之气,无地发泄,特于是(串戏)发泄之耳"。祁豸佳"数入春明不得志,常自为新剧,按红牙,教诸童子,或自度曲,或令客度曲,自倚洞箫和之,借以抒其愤郁"(周亮工《读画录》)。还有乾隆年间著名诗人黄仲则(景仁),失意居京师(北京),"时或竟于红氍毹上现种种身说法,粉墨淋漓,登场歌哭,谑浪笑傲,旁若无人"(杨懋建《京尘杂录》)。据说曹雪芹也是因"不得志,遂放浪形骸,杂优伶中,时演剧以为乐"。不过,有些人终于消沉在声歌之中,陷入颓废的泥坑。世家子弟张岱、祁豸佳的生活道路,就是证明。

文人在豪门做清客,也要有点本领。梁章钜《归田琐记》云:"都下清客最多,然亦须才品稍兼者,方能自立。有编为十字令者,曰:一笔好字,二等才情,三斤酒量,四季衣服,五子围棋,六出昆曲,七字歪诗,八张马吊,九品头衔,十分和气。"尤其是朱门多蓄戏班,故门下清客也多有会串戏的。李渔《闲情偶寄》云:"教歌习舞之家,主人必多冗事,且恐未必知音,势必委诸门客,询之优师。"比如替《桃花扇》谱曲的王寿熙,曾在贵族岳端门下做清客;《南桃花扇》作者顾彩,曾在曲阜孔府做过清客;《南曲九宫正始》著者钮格,几乎一生都在官绅之家做清客。《李煦奏摺》提到自己为康熙皇帝采办做乐器的竹子,俱由"老清客周万谟经手"。《红楼梦》中贾府清客,詹光善画工细楼台,程日兴会鉴别古董和善画美女,王作梅善下棋,稽好古善琴,山子野善于园林设计,单聘仁和卜固修大概懂点戏曲,曾陪同贾蔷到苏州去买女戏子以及置办乐器行头。各有一技之长。

另一类串客,地位很低,包括书吏、皂隶以至贩夫走卒。他们爱好戏曲,参加各地串班。苏州著名串班,有海府串班、石搭头串班等。扬州著名串班,有王家串班、邵伯串班等。其数甚多,"各占一时之胜"。其中有些人经过长期串戏,各有专长,而又生活"落魄",于是便加入职业戏班成为专业演员,即后来所谓"票友下海"。根据《扬州画舫录》记载,老徐班副末余维琛,老张班小丑张颖士,大洪班老生陈应如和老旦费奎元等,都是串客出身。他们充实了职业戏班的阵营,对当时戏曲艺术的繁荣和发展起过一定的作用。在这类串客中,还应包括女妓串客。《陶庵梦忆》云:"南曲中,伎以串戏为韵事,性命以之。"如顾湄、董小宛、尹春等,都是明末南京著名女妓串客(《板桥杂记》)。清代乾隆年间,秦淮名妓也有善串戏的,如凤儿、双福、周伶、四喜等(《续板桥杂记》)。正由于她们"以串戏为韵事",所以往往"以登场演剧为耻,若知音密席,推奖再三,强而后可"。

当时串戏成风。清代北京俗曲《票把上台》:"子弟消闲特好玩,出奇制胜效梨园","虽分生旦净末丑,尽是兵民旗汉官"。串客情况很复杂,以士大夫、世家子弟串戏最为突出。钱泳《履园丛话》:"近士大夫皆能唱昆曲,即三弦、笙笛、鼓板,亦娴熟异常。"潘际云《串客班》诗亦云:"旁人莫言工不工,即非公子亦富翁。"因为他们既要妆点风雅,追求享乐,又具备着做串客的优越条件,有钱,有闲,有文化,交游比较广。

我们对上述历史情况有所了解以后,就可以知道:作为世家子弟的柳湘莲,"读书不成,父母早丧","酷好耍枪舞剑,赌博吃酒,以至眠花卧柳,吹笛弹筝,无所不为",与当时浮荡的世家子弟没有什么两样,也许与《陶庵梦忆》记载的彭天锡更为相似,而与一般庸俗串客则有所不同。

(三)

第四十七回写着:柳湘莲"年纪又轻,生得又美,不知他身份的人,都误认作优伶一类"。薛蟠打听得柳湘莲"串的是生旦风月戏文,不免错会了意,误认了他是风月子弟",所以就向柳湘莲"调情"。⑦这里两个"误认",其实是曹雪芹对这个问题还缺乏深刻认识。因为,这涉及当时串客的社会地位问题。

在那时,有些官僚、士大夫常在家里同亲属串戏。比如包耕农与家人共串《西厢记》,儿子、女儿和媳妇,分扮张生、莺莺、红娘;季女率婢仆扮孙飞虎和兵卒;自己僧衣短裈,扮惠明。尽管他们是在家里串戏,仍使得戚友大为惊讶骇异,指责这是"家风不正"(《三借庐笔谈》)。陈春晓《串戏》诗云:"衣冠辈,优孟伎,学梨园,夸彼美,踏红氍,着翠屣,态轻盈,飞燕比,忘却是须眉,巾帼聊复尔,朱门海样深,丝竹中宵起,堂中夫婿舞腰柔,帘底佳人笑脸喜,弟兄戏谑已堪嗤,更有尔翁狎其子,荡湖船,唱不止,问是谁家好乔梓,调笑当场至于此,不知人间有羞耻。"(《国朝诗铎》)对这类串客的串戏活动,也大加讥刺。

不少士大夫、世家子弟,还常到豪门贵第去参加堂会戏的串戏。潘际云《串客班》诗云:"兽环深掩密不通,三更堂上蜡炬红,弟子传呼曲师至,登场未唱笙歌浓。始拍子母调,继学优孟冠,姑苏织袍千金值,一夕买至眉眼欢。生旦净丑兼末外,曼声阔口随分派,有时主仆或倒呼,不然叔侄同交拜。"(《清芬堂诗集》)在封建卫道者们看来,主仆倒呼,叔侄交拜,更是"有忤名教",不成体统。所以,有的官僚、士大夫在外串戏往往不暴露自己真实姓名。如吴三桂游江南,乘兴在富商家串戏,演毕"下场一笑,连称献丑而去",而主人以为他是"村老",众宾客亦不知其为何许人(《清稗类钞》)。

有些世家子弟更与倡优在一起串戏。比如李葵官翰林,好串戏,替自己所狎的女优持鼓板,按其节(《列朝诗集》)。在《荷花荡》传奇里,世家子弟李素,与女妓刘谷香合串《连环记》。两者地位悬殊,竟然混在一起串戏,当然要被斥为"与倡优为伍,甘居下贱"。

平民串客,越发为封建统治阶级及其帮闲所鄙视。如丁继之擅串净丑戏,扮《金锁记》中张驴儿娘和《水浒记》中赤发鬼刘唐,妙绝一时。朱维章扮《义侠记》中武大郎也很有名。他们都被称为"狎客",地位比豪门清客还要等而下之。⑧

清初戏曲家李渔会串戏,"人以俳优目之",为"士林所不齿"。他为了表示自己的愤慨,就"额其寓庐曰:'贱者居'"⑨。乾隆时,京师陈半山"素串风月之剧","然性好侠,尚义气","惟以爱串戏,人皆诋其无耻耳"(《清稗类钞》)。至于那些皇亲国戚、封疆大吏之流,如和恭王弘画、质格郡王绵庆、平西王吴三桂、军机大臣福康安等人,都好串戏,实际上都是串客,只因他们位尊势大,炙手可热,所以趋炎附势之徒才不把他们视同串客。尤其如乾隆皇帝精音律，曾演《渭水访贤》、《羯鼓催花》、《花子拾金》诸剧，更没有人敢把皇帝视同串客。

柳湘莲本是世家子弟，做了公子哥儿的串客，已算是"堕箕裘"的"不肖"子孙，为人们所轻视。⑩等到弄得"一贫如洗"，变成个破落子弟的串客，就更为人们看不起了。这样他被人们"以俳优目之"，就绝不是偶然的了。

正由于柳湘莲身为串客，过着漂泊的生活，到处遭受轻视和侮辱，所以他才"最是冷面冷心的，差不多的人，他都没情没义"。显然，这正是冷酷的社会所造成的。可是柳湘莲毕竟不是对一切人都冷面冷心的。"他最和宝玉合的来"，因为宝玉尊重他。尽管他已"一贫如洗"，但却要弄几百钱，把被雨水冲坏的秦钟坟墓收拾好了，还打算趁空儿留下一份钱，作为上坟的花销。"一死一生，乃见交情"。柳湘莲对待尊重自己的知交，无论在世者，或者逝世者，都满怀热情。因此不能笼统地把柳湘莲称为"冷郎君"。

曹雪芹之所以腾出第四十七回和第六十六回的篇幅，描写柳湘莲这个人物，我想大概有三个作用。第一，除写了家庭戏班演员和职业戏班演员的活动外，又增入串客业余演员的活动，三种不同的戏曲演员都有描写，就使《红楼梦》人物画廊更加多姿多彩，比较广阔地反映了当时社会生活。第二，通过柳湘莲身为串客，别具一格地展现了没落的世家子弟的生活遭遇。因为，在当时社会里，没落的世家子弟有各种类型,柳湘莲只是其中一种类型的代表人物。第三,作者让柳湘莲出现在《红楼梦》中,乃是为了要这个人物扮演一出爱情悲剧的重要脚色。虽然《红楼梦》写了好几出爱情悲剧,但串客柳湘莲与尤三姐的爱情悲剧,则具有独特的悲剧意义,在这三个作用之中,后者居于最主要的地位。

【注释】

①翟灏《通俗编》:"今(乾隆年间)学搬演者,流俗谓之串客,当是爨字。"其说甚是。朱有燉《悟真如》杂剧有"花爨"名称,而在他的《牡丹品》杂剧里,作"花串"。显然,"串"是"爨"的省文。所谓爨,本指唐代爨国进贡歌舞,引申为爨弄、爨演,也就是扮演的意思。比如汤显祖《邯郸梦·仙缘》,蓝采和唱"高歌踏踏春,爨弄的随时诨"。厉鹗《吴可堂十二种传奇序》:"方舆圆盖,都为爨演之场。"

②见芝兰室主人《都门新竹枝词》、伴花斋主人《都门杂咏·玩票》、樊增祥《湘筠曲序》、无名氏《时尚新谈·玩票》、清代北京俗曲《票把上台》。

③见魏良辅《南词引正》、李斗《扬州画舫录》、《品花宝鉴》第五十回。

④龚自珍《龚定盦全集·书金伶》记载,乾隆年间著名艺人金德辉,曾从叶堂的弟子钮树玉学清客唱法。可是演唱时,"座客茫然不省",尽散去。德辉大悔,愤而把清客唱法的曲谱烧掉。这证明当时戏曲演员的唱法和清客的唱法,"至严不相犯"。

⑤见顾禄(铁卿)的《桐桥倚棹录》和《清嘉录》。

⑥见孙丹书《定例成案合钞》、《大清世宗宪皇帝实录》、《大清仁宗睿

皇帝实录》、余治《得一录》、管志道《从先维俗议》、爱新觉罗绵愉《爱日斋随笔》。

⑦串客柳湘莲扮小生，串的是生旦风月戏文。所谓风月，即"风晨月夕"，本指美好景色，引申为男女风情。《红楼梦曲·引子》，"风月情浓"。在《香囊怨》杂剧里，把《玉盒记》称为风月戏文，与《西厢记》、《东墙记》、《金线池》、《银筝怨》、《留鞋记》、《贩茶船》诸剧，同列为一类。嘉庆四年出版的《续红楼梦》卷二十七：薛蟠叫蒋玉菡来，"点了几出风月戏文，无非《买胭脂》、《送枕》等类"。《买胭脂》，即《郭华买胭脂》；《送枕》，即《樊梨花送枕》，都是乾隆年间流行的戏曲剧目，见《燕兰小谱》。由此可见，所谓风月戏文，即风情剧，也就是由生、旦主演的爱情剧。

⑧见余怀《板桥杂记》、焦循《剧说》、余治《得一录》。

⑨见《在园杂志》、《娜如山房说尤》、《曲海总目提要》。

⑩《醉醒石》第七回写吕公子串戏，这回回目作"堕箕裘不肖惟后"。意即世家子弟做了串客，就是不肖子孙。这正反映了明末清初时期封建统治阶级的看法。

【作者附记】

本章原分五节。其四、五节关于串客柳湘莲的爱情悲剧及其结局，另文论述。

九、《西厢记》、《牡丹亭》和《红楼梦》

自《红楼梦》问世以后,有些人就把这部小说和《西厢记》、《牡丹亭》两部剧作联在一起评论。裕瑞《枣窗闲笔》指出,《西厢》与《红楼》,都是"言情"之作,而《红楼》较《西厢》为更胜。刘鹗《老残游记自序》:"王实甫寄哭泣于《西厢记》,曹雪芹寄哭泣于《红楼梦》"。王希廉《红楼梦总评》:"从来传奇小说,多托言于梦,如《西厢》之草桥惊梦",《牡丹亭》之"因梦而死,死而复生","《红楼梦》也是说梦,而立意作法,别开生面"。可见前人早已注意到《西厢记》、《牡丹亭》和《红楼梦》之间的关联。

（一）

在贾府中,上自主子,下至丫头,熟悉《西厢记》和《牡丹亭》的,颇不乏人。然而,最爱好这两部剧作的,应当是贾宝玉和林黛玉。对此,第二十三回、二十六回、三十五回、三十六回、四十回、五十一回都有描写。

请看:有一天,贾宝玉坐在沁芳闸桥畔的一块石上,展开《会真记》(按即《西厢记》)①从头细看,连桃花花片落得满身满书满地,也分散不了他高度集中的注意力。林黛玉看《会真记》,"越看越爱,不到一顿饭工夫,将十六出俱已看完","只管出神,心内还默默记词"。显然,他们都被这部剧作吸引住了。他们对于《牡丹亭》又是怎样的呢?黛玉听唱《牡丹亭》,从"不觉点头自叹",到"不觉心动神摇",再到"越发如醉如痴",受到强烈的感染。宝玉对《牡丹亭》,"自己看了两遍,犹不惬怀",还去找龄官歌唱。在他们看来,《西厢记》"词句警人","果然有趣","真真这是好文章","看了,连饭也不想吃";《牡丹亭》"也有好文章,可惜世人只知看戏,未必能领略到戏中的趣味"。他们对这两部剧作都给予高度赞美。此后还常常借用这两部剧作中的妙词,巧妙地表达自己的感情。他们到底赞赏的是什么呢?心内默默记住哪些妙词呢?又领略到戏中什么趣味呢?

先谈宝玉。当黛玉在沁芳闸桥畔看完《西厢记》,宝玉禁不住向她说道:"我就是个多愁多病的身,你就是那倾国倾城貌。"这原是《西厢记》中张生在普救寺道场再度见到莺莺,倾诉自己对莺莺的钟情时的话。显然,宝玉是借此传达爱情的弦音。又一次,宝玉在黛玉面前,借着紫鹃殷勤招待自己笑说道:"若共你多情小姐同鸳帐,怎舍得叫你叠被铺床。"这原是《西厢记》中张生通过赞美红娘,进一步表示了自己对莺莺一往情深的追求。宝玉不仅以红娘比紫鹃,而且再次以莺莺比黛玉,表达出更加炽烈的爱情。总之,宝玉一再借用《西厢》妙词,透露自己内心深处的隐秘,试探黛玉的反应。至于宝玉对《牡丹亭》,最喜欢的是"袅晴丝一套",即是《游园惊梦》中〔绕地游〕、〔步步娇〕、〔醉扶归〕、〔皂罗袍〕、〔好姐姐〕、〔隔尾〕所组成的套曲。这个套曲,生动地描写了杜丽娘在良辰美景的自然环境里抒发的对闺阁寂寞的愁苦,对礼教束缚的幽怨,对自由生活的渴望,对美好理想的向往。可知宝玉不满于封建家庭的种种束缚,要求个性解放的愿望。

再谈黛玉。这个大家闺秀,寄人篱下,比宝玉背负着更沉重的压力,所以对《西厢记》、《牡丹亭》产生的共鸣,就比较复杂。这主要有三点。

第一,黛玉对《游园惊梦》中的"良辰美景奈何天,赏心乐事谁家院","如花美眷,似水流年",感受最深。她联想到《西厢记》中的"花落水流红,闲愁万种",更加"心痛神痴,眼中落泪"。为什么呢?因为这些妙词正是表现了大家闺秀对自由婚姻的追求,对礼教束缚的不满,对耽误美好青春的叹惜。诚如杜丽娘所说:"吾生于宦族,长在名门,年已及笄,不得早成佳配,诚为虚度青春,光阴如过隙耳,可惜妾身颜色如花,岂料命如一叶乎!"(《牡丹亭·惊梦》)黛玉和杜丽娘、崔莺莺一样,出身于宦族,有着相似的遭遇,所以自然深有同感,不禁伤心落泪。鹤睐《红楼本事诗》:"隔墙人唱《牡丹亭》,曲中写出侬心事。"其说甚是。

第二,《牡丹亭》中的"在幽闺自怜",《西厢记》中的"每日价情思睡昏昏",也打动了黛玉的心弦。她与宝玉相爱,却又不能由他们做主。她渴望婚姻自由,却又不能冲破封建势力的束缚。她不甘心于忍受痛苦生活的折磨,却又无法改变自己的处境。宝玉借《西厢》妙词,向她传达爱情的弦音,而她却顿时发怒生嗔。她的内心里,充满着剪不断、理还乱的矛盾。这是别人不了解的,也是她不能向别人倾诉的。即使宝玉、紫鹃对她有所了解,她也不会把自己内心复杂的矛盾向他们坦白出来。她只有在潇湘馆的幽闺内,自叹自怜,陷入"情思不快"的苦闷境地。所以,《西厢记》、《牡丹亭》的这些妙词,才打动了她的心弦。她自然要借《西厢》妙词,发出自己的春困幽情。

第三,《西厢记》中有"幽僻处可有人行,点苍苍白露泠泠"之句。这原是写红娘奉老夫人之命,请张生赴宴,目睹西厢冷落的情景,寄以同情。林黛玉看到很多人一起一起地到怡红院去,探望养伤的宝玉,气氛很热烈,而自己的潇湘馆,却是"地下竹影参差,苔痕浓淡",于是触景伤情,不觉想起《西厢》的这两句妙词。又联想到"双文(莺莺)虽然命薄,尚有孀母弱弟,今日我黛玉之薄命,一并连孀母俱无"。显然,在她内心深处埋藏着隐痛,很容易受到外来刺激,引起深沉的思考和惙惙的哀愁,所谓"多愁善感"。

不难了解,《西厢记》和《牡丹亭》这两个爱情剧,都抨击了封建礼教对青年婚姻的约束,同时歌颂青年争取婚姻自由的斗争,反映出"普天下有情的都成了眷属"的愿望。这就必然唤起了宝玉和黛玉的青春觉醒,揭开了他们蕴藏着爱情的心扉,启发他们要挣脱封建礼教桎梏的愿望。简言之,这两个爱情剧恰好成了宝、黛爱情的催化剂。这就是所谓"《西厢记》妙词通戏语,《牡丹亭》艳曲警芳心"。从此,宝、黛的感情,由"两小无猜"阶段,飞跃到纯挚恋爱阶段。

由于宝玉和黛玉都是封建官僚家庭的儿女,又是在礼教森严的贾府中谈恋爱,所以他们不能用坦率的语言直接表达,而是采用曲折的方式掩护他们的爱情。宝玉对黛玉"早存了一段心事,只是不好说出来,故每或喜或怒,变尽法子,暗中试探";黛玉也是"每用假情试探","将真心真意瞒了起来"。而《西厢记》、《牡丹亭》的一些妙词,恰好适于表达他们的情意。当然,《西厢记》、《牡丹亭》中表现大家闺秀忧郁情绪的言辞,也使黛玉受到一定的影响。这就加重了黛玉的伤感情绪,表现出特有的缠绵、哀怨情调。

(二)

在贾府中,对《西厢记》和《牡丹亭》也有反对的,薛宝钗就是代表。

有一次,"史太君两宴大观园,金鸳鸯三宣牙牌令"。轮到黛玉接令,第一句引用《牡丹亭》的"良辰美景奈何天",第二句引用《西厢记》的"纱窗也没有红娘报"(原著作"纱窗外定有红娘报")。显然,这两部剧作的妙词一直萦回在她的心灵里,因此即使在大庭广众之中,也自然而然地脱口而出。当时众人并未留意,唯独"宝钗听了,回头看着她"。事后,宝钗"审"问黛玉在行令时"满嘴说些什么","只实说便罢",而且一本正经地教导黛玉,不要看《西厢记》和《牡丹亭》。又一次,薛宝琴新编了十首《怀古诗》,后两首《蒲东寺》和《梅花观》,提到《西厢记》和《牡丹亭》的故事情节。众人都感到"新巧",唯独宝钗抢先说道:"前八首是史鉴上有据的,后二首却无考,我们也不大懂得,不如另做两首为是。"明明宝钗对这两部剧作是熟知的,却装作"不大懂得",竟然大谈考据,好像有考据癖似的。其实,她不过是以此作为借口,反对作诗采用这两部剧作的故事情节。很清楚,宝钗对《西厢记》和《牡丹亭》的态度,是很鲜明的。所不同的是,她与黛玉谈心时,就把自己反对这两部剧作的大道理,毫无掩饰地直讲了出来,而在宝琴编《怀古诗》的人多场合,她却转弯抹角地找点借口,反对这两部剧作。

还应该提出,宝钗劝导黛玉不要看《西厢记》和《牡丹亭》的说教,竟然说得黛玉"垂头吃茶,心下暗服"。为什么呢?因为黛玉寄居在贾府中,过着形单影孤的凄凉生活,因而对宝钗的关怀就感到一些温暖。况且她是个不出闺门的女孩儿,一时辨不清这种关怀的实质,反觉得自己确实"失于检点"。所以,直到"金兰契互剖金兰语"时,黛玉对宝钗的关怀还"竟大感激"。直到宝琴作《怀古诗》时,黛玉才和宝钗的看法不一致。她批评宝钗"忒胶柱鼓瑟,矫揉造作了"。②这说明,宝钗的封建说教,对于黛玉这个纯洁的少女,到底失效了。

薛宝钗平时处处"装愚守拙","不干己事不张口,一问摇头三不知","安分随时","端庄稳重"。可是,当黛玉和宝琴引用《西厢记》和《牡丹亭》的故事情节时,她却一反平时"罕言寡语"的常态,一再大发议论,大加教训,深恶痛绝之情溢于言表。

据薛宝钗说,她家也是"读书人家",兄弟姊妹"都怕看正经书",却爱看《西厢记》之类的"杂书"。她又说,后来"大人知道了,打的打,骂的骂,烧的烧,丢开了"。从此,她"不以书字为念,只留心针黹家计等事"。这说明她不仅自己身体力行,而且诚诚恳恳地规劝别人信奉,所谓"蘅芜君兰言解疑癖",正是如此。

（三）

宝、黛和宝钗,对待《西厢记》和《牡丹亭》的态度,显然是对立的。这是一个历史的现象。

《西厢记》在元代问世以后,"人皆争诵","几于家置一编",诚所谓"《西厢记》,天下夺魁"。在《范张鸡黍》杂剧里,王仲略说:"小生不曾读《春秋》,敢是《西厢记》。"青年书生竟不知"四书""五经"中有《春秋》,而对《西厢记》则是熟知的。金圣叹说自己在青年时,读了《西厢记》,"悄然废书而卧者三四日",因为这部剧作具有"勾魂摄魄之气力"。张坚说自己"昔从父师受业时,偷看《西厢》、《拜月》诸传奇,偶一游戏,背作《梦中缘》填词"。杨恩寿也说自己年轻时,读《西厢记》,顿觉"先得我心,不禁狂喜"。可见这部剧作真个是"疯魔"了青年人。③

《牡丹亭》在明代问世以后,"家传户诵,几令《西厢》减价"。这部剧作对妇女的影响更大。世传吴山三妇评本《牡丹亭》,就是由陈、钱、谈三个妇女评点的,"杪芒微会,若出一手"。俞三娘酷爱《牡丹亭》,"密圈旁注,往往自写所见,出人意表",终于痛感封建婚姻不自由,"断肠而死"。其实,"自有临川此记,闺人评跋,不知凡几"。女伶商小玲,演《牡丹亭》尤擅场,每扮杜丽娘,"真若身其事者,缠绵凄惋,泪痕盈目"。她终于在一次演《寻梦》时,伤感仆地而死。冯小青女士因遭受封建婚姻的折磨,写下了沉痛的诗篇:"冷雨幽窗不可听,挑灯闲看《牡丹亭》,人间亦有痴如我,岂独伤心是小青。"未几,忧郁而卒。三妇评本《牡丹亭》批语:"今人以选择门第及聘财,嫁装不备,耽搁良缘者,不知凡几,风移俗易,何时见桃夭之化也!"这正说明《牡丹亭》引起回响的社会原因。④

可是封建统治阶级却极力反对《西厢记》和《牡丹亭》。比如,乾隆十八年上谕:《水浒》、《西厢》等"秽恶之书,非惟无益,而满洲等习俗之偷,皆由于此","所关甚重,不可不严行禁止"。封建卫道者们也叫嚣"邪戏如《西厢记》、《牡丹亭》之类,恐有眷属窥视,故不点耳。致邪衷,演邪戏,皆以一人而败两人之行,一日而启无穷之奸,故君子恶之"。此等邪戏,"亟宜放绝,禁书坊不得鬻,禁优人不得学,违者则痛惩之,亦厚风俗、正人心之一助也"。"《西厢记》以极灵巧之文笔,诱极聪俊之文人,又为淫书之尤者,不可不毁。"他们指责汤显祖作《牡丹亭》,"误他多少痴儿女,博得风流玉茗名"。他们大骂"王家(实甫)好忙,沽名钓誉,续短添长","将没作有编成戏","一派胡言","改婚姻,败坏尽纲常","旷夫怨女何须论,成甚人伦","既没有朱文公(朱熹)肚肠,又没有程夫子(程颐、程颢)行藏,忒狂荡"!他们还假托"玉茗堂主人(汤显祖)"之名,批点《续西厢升仙记》(现存有《古本戏曲丛刊》本),大肆渲染庸俗的低级趣味,大力鼓吹悟道成仙的出世思想,力图抵消《西厢》在群众中的积极影响。他们甚至诅咒王实甫、汤显祖"口孽深重,罪干阴谴","嚼舌而死",在阿鼻地狱中受苦,"永不超生"。⑤简直是一犬吠影,百犬吠声。

爱好《西厢记》和《牡丹亭》的人们,对此当然是不能容忍的。封建卫道者造谣说:《牡丹亭》一出,"不知多少妇女失节","世上演《牡丹亭》一本,若士(按汤显祖号若士)在地下受苦一日","直待此世界中,更无一人唱此曲者,彼乃得解脱耳"。有个妇女听了,愤愤不平地说:"当由临川(指汤显祖)不幸,遇着杜太守、陈教授一班人作冥判耳!"杜太守即杜宝(杜丽娘之父),陈教授即陈最良(杜丽娘之师),都是《牡丹亭》中保守、陈腐的人物。这句话一针见血地指出,他们不过是杜太守、陈教授之流的老顽固。⑥

另一类型的封建卫道者,则与正统派的枪法路数不同。金圣叹就是个代表人物。他在青年时,曾是《西厢记》的爱好者,后来却转而变成反对者。他一方面煞有介事地提倡读《西厢》,指责冬烘先生把《西厢》说成是淫书,另一方面把原本《西厢》改成宣扬封建礼教的《第六才子书》。由于《西厢》脍炙人口,所以金圣叹没法大动其中主要关目,而是往往篡改一些关键性的字句,特别是有关莺莺的。他也歌颂莺莺,但这个相国小姐已不是违反礼教的人物,而是秉礼守法的佳人。金圣叹自诩:"子弟至十四五岁,如日在东,何书不见,必无独不见《西厢》之事,今若不急将圣叹此本与读,便是真被他偷看了《西厢记》也。"显然,金圣叹所谓另有一副"手眼",就是妄图以假充真,鱼目混珠。

在那时,有些人主张看《西厢》,只是为了学《西厢》文法。《歧路灯》第十一回,塾师侯冠玉叫学生看《西厢》,"这《西厢》文法,各色俱备。莺莺是题神,忽而寺内见面,忽而白马解围,忽而传书,忽而赖柬,这个反正开合,虚实浅深之法,离奇变化不测"。其实这不过是跟着金圣叹学舌罢了。金圣叹认为,读《西厢记》"敢疗子弟笔下雅驯不透脱、透脱不雅驯之病"(《六才子·读法》)。

但是禁止、辱骂、篡改、续作等各种伎俩,仍然阻止不了《西厢记》之类"杂书"的盛传。⑦李岛《东厢记序》:"近时院本写男女私媒之事,十居八九,而《西厢》一书,尤梨园惯熟之剧,其事淫谑亵秽,备极丑态","虽有一二先正起而排之、驳之、改作而翻新之,然口众我寡,反唇相讥,牢不可破"。汤鹤汀《东厢记复序》亦云:王实甫《西厢》,"其淫佚之处,人皆共信为实录,欲天下舍旧曲而歌新调,亦綦难矣"!这都招供出封建文人的无可奈何心理。他们所谓的新调《东厢记》,早已被人们唾弃了。

由此可见,宝玉和黛玉以及薛宝钗对这两部剧作的截然相反的立场和看法,决非仅仅个人爱好不同,而是概括地反映了两种对立思想的冲突,因而具有典型意义。

（四）

在贾府中,熟知《西厢记》、《牡丹亭》的人,还有探春、李纨、麝月等。探春引用过《西厢》中"恭敬不如从命"的曲词,李纨、探春还自认知道《西厢记》、《牡丹亭》的故事,麝月说芳官被弄成"才拷打完的红娘"。探春是个封建正统观念很强的小姐,李纨是个谨守封建礼教的寡妇,麝月是个丫头,更不能偷看这类书。那么她们又怎么会熟知《西厢记》、《牡丹亭》呢? 李纨说过:"凡说书、唱戏,甚至求的签上都有,老少男女,俗语口头,人人皆知皆说的,况且,又并不是看了《西厢记》、《牡丹亭》的词,怕看了邪书了。"贾府中就曾演过《下书》、《寻梦》等折子戏。她们熟知《西厢记》和《牡丹亭》,当是来自看戏。至于贾母,早在娘家史府,就已看过《西厢·听琴》的演出。此外,薛宝琴也熟知《西厢记》、《牡丹亭》故事,因为她从小儿跟着父亲四山五岳都走遍了,见的名胜古迹不少,如蒲东寺、梅花观等等。邢岫烟也用过《西厢》词句,说妙玉是"僧不僧,俗不俗,女不女,男不男"。她只知这是"俗语说的",却不知这是《西厢》词句。如果她知道的话,以岫烟为人的稳重,决不会当着宝玉面前说了出来。岫烟家原本"寒素","赁房居住",漂泊无定,自然易于熟知民间俗语。而《西厢》词句在民间流传,渐渐成为俗语。⑧

在明清时代,《西厢记》和《牡丹亭》都被视为"邪戏"而反对演出,以防"启无穷之奸"。有些官僚地主"家庭之间,犹相戒演,此恶其导淫也,且以为鄙陋而羞见之也"(汤来贺《梨园说》)。为什么贾府却容许演出呢?

这就在于,从明代中期到清代中期,戏曲舞台上盛行折子戏,称为"摘锦"⑨。很多折子戏经过艺人和文人的加工而不断丰富和提高。如《牡丹亭》的《学堂》(即原本第七出《闺塾》,俗称《春香闹学》)突出以春香为主;《游园惊梦》增入十二花神的"堆花";乾隆年间《纳书楹曲谱》和《吟香堂曲谱》,对《游园惊梦》的唱法又有所不同。不少演员各有拿手戏。如陈圆圆扮演红娘,"体态倾靡,说白便巧";王紫稼扮演红娘,"人人叹绝";蔡茂根扮演法聪,"瞪目缩臂,纵脯埋肩,搔首踟蹰,兴会飙举,不觉至僧帽欲坠";金德辉扮演杜丽娘,"冷淡处别饶一种哀艳","为南部绝调",尤其唱《寻梦》,人称金派唱口,风靡一时。有些串客,如王怡庵、赵必达、云间道人等,都长于演唱《西厢记》和《牡丹亭》。甚至女妓串客,如周玲的《寻梦》,四喜的《拾画》、《叫画》,"含态腾芳,传神阿堵,能使观者感心娱目,回肠荡气,虽老技师,自叹弗如"。连《桃花扇》中苏昆生教李香君唱《游园惊梦》,也很讲究板式和"务头"。《歧路灯》中河南庙戏,演出《张生游殿》、《惠明下书》诸出,"看戏的人,挤挤挨挨,好不热闹"。所以,不仅民间常演《西厢记》和《牡丹亭》的折子戏,而且官僚地主家庭也纷纷演出,只有少数官宦之家例外。如江宁织造曹寅,曾召著名演员朱仙音演"玉茗堂四梦",赞赏"汤家残梦偏好;"王长安(永宁)在自己府第拙政园里,由家伶演《游园惊梦》,招待宾客;相国李湘北(天馥)的家伶(金斗班),演《牡丹亭·题画》"尤得神解"。连《儒林外史》写秦中书宴客,也演《西厢记》的《请宴》《饯别》。苏州官绅把《西厢·游殿》,作为"南巡大典"的演出剧目。有趣的是,乾隆年间"西洋贡铜伶十八人,能演《西厢》一部","张生、莺莺、红娘、惠明、法聪诸人,能自行开箱着衣服,俨然如生","一出演毕,自脱衣卧倒箱中,临值场时,自行起立,仍上戏毯"。⑩

宁国府演戏,凤姐就曾点过《还魂》。这是《牡丹亭》的重点关目之一,"自汤若士杜丽娘还魂后,顿使排场一新"(《顾曲尘谈》)。元春归省,点唱《离魂》。这是女伶商小玲的拿手戏之一。贾母点的《寻梦》,更有金派唱口,传唱不衰。她又点《下书》,这是昆曲"三和尚"的代表戏之一。这正反映了朱门务求雅致的艺术趣味。

很明显,贾府一方面为了标榜"大家风范",禁止子女看《西厢记》、《牡丹亭》;另一方面为了满足自己的享乐欲望,自鸣风雅,却又要观看。

贾府诸人看了《西厢记》、《牡丹亭》的折子戏之后,又有什么影响呢?姑以探春、李纨为例:探春这个少女,并没有因此"怀春"而追求婚姻自由,根据《红楼梦曲·分骨肉》预示,她后来还是遵照"父母之命"而远嫁了;李纨这个寡妇,也并没有因此"失节",仍然"如槁木死灰一般","惟知侍亲养子外,则陪侍小姑等针黹诵读而已"。虽然她们赞赏薛宝琴新编的《怀古诗》,但这不过是觉得"新巧"有趣罢了。她们长期受着封建礼教的教养,那些《女四书》、《列女传》、《贤媛集》的毒素,蚀透了她们的心灵,头脑僵化了。只有林黛玉要求婚姻自由,才会对听唱《游园惊梦》产生了共鸣。即使如此,林黛玉毕竟没有变成崔莺莺、杜丽娘,用大胆的叛逆行动冲破封建礼教的樊篱。她始终拘于"男女大防",在人前,对自己和宝玉的相爱讳莫如深,暗暗悲叹"父母早逝,无人为我主张",焦急地等待着贾母的决定,经受着苦痛的煎熬。紫鹃一片真心地为她着急,她却说"这丫头今日可疯了"。其实,她"口内虽如此说,心内未尝不感伤"。炽烈的愿望和软弱的行动自相矛盾。所以黛玉毕竟是黛玉,而不是崔莺莺,也不是杜丽娘。⑪

对《西厢记》、《牡丹亭》的各种反应,说明生活本来就是复杂的,《红楼梦》就像生活本身一样具有复杂性。

(五)

在围绕着《西厢记》、《牡丹亭》而展开的斗争中,曹雪芹用自己的巨著《红楼梦》表明他是站在进步的一边。端木蕻良同志说是:曹雪芹"在十首《怀古诗》里,以《西厢记》为二轴,以《牡丹亭》为压卷,也可见他对《西厢记》、《牡丹亭》心许之深,向往之重了"!(长篇小说《曹雪芹》前言)这说得很对。

曹雪芹在《红楼梦》第一回里提出,在历来野史中,"更有一种风月笔墨,其淫污秽臭,屠毒笔墨,坏人子弟,又不可胜数,至若佳人才子等书,则又千部共出一套,且其中终不能不涉淫滥,以致满纸潘安、子建、西子、文君"。可知,他对淫秽的公式化的风月笔墨、佳人才子等书,是厌恶而鄙弃的。而《红楼梦》则是"令世人换新眼目,不比那些胡牵乱扯,忽离忽遇,满纸才子淑女,子建、文君、红娘、小玉等,通共熟套之旧稿"。可见他并没有把《西厢记》列入淫秽的公式化的风月笔墨、佳人才子等书之内,而是反对有些人沿袭"熟套",这里有红娘,那里又有红娘。曹雪芹对《西厢记》是赞赏的,但他的《红楼梦》确实另出机杼,力避沿袭。曹雪芹还在第二回里借贾雨村之口,赞许卓文君、红拂、薛涛、崔莺莺等人,都是禀有"聪俊灵秀之气"的人物。这也足以证实曹雪芹对《西厢记》的肯定。⑫而高鹗续书在最后一回里,又把甄士隐拉出来大发议论,说是:"大凡古今女子,那'淫'字固不可犯,只这'情'字也是沾染不得的。所以,崔莺、苏小,无非仙子尘心,宋玉、相如,大是文人口孽。凡是情思缠绵的,那结果就不可问了。"这显然与曹雪芹对《西厢记》的肯定背道而驰。

有一点很有意思,这就是在第二十三回里,林黛玉看《西厢记》,"不到一顿饭工夫,将十六出俱已看完"。据我所知,《西厢记》从未有十六出的本子。⑬在清代初期和中期,风行一时的《西厢记》就是金圣叹的《第六才子书》,五本二十折,每本四折。有人以为曹雪芹搞错了,便把"十六出"改为"好几出",如1979年人民文学出版社本《红楼梦》就是如此。这一改,反而改得不对头。要知道,就在这一回里,黛玉说宝玉"是个银样镴枪头"。这句话见《西厢记》

第四本第二折。据此可知，黛玉在这时已看过十多折了，而不是"好几出"。其实，曹雪芹并没有搞错。

我们还可以更进一步探讨，从明代中期到清代中期，不少人认为《西厢记》前四本十六折到《草桥惊梦》为止是王实甫的原著，而后一本四折，却是关汉卿的续作。可是他们的理由各不相同。比如，徐复祚说：王实甫之《西厢》"则十六折"，"骨力更陡，此其所以胜也"，"且《西厢》之妙，正在草桥一梦，似假疑真，乍离乍合，情尽而意无穷，何必金榜题名，而后乃愉快也"，"后四出，定为关汉卿所补，其笔力迥出二手"（《三家村老委谈》）。这一说，主要是反对大团圆结尾。李楩说："《西厢记》乃元王实甫撰，始于创见，终于梦思，其委曲蕴藉，靡丽华藻，为古今绝唱，继而关汉卿再续四折于末，词虽不逮，而意自足。"（李校刊本《北西厢记》附录短文）就是说，他认为在词曲传情上，前十六折胜过后四折，所以非出一人之手。金圣叹说："人生世上，真乃不用邯郸授枕，大槐落叶，而后乃令歇担吃饭，洗脚上床也已，吾闻周礼，岁终，掌梦之官献梦于王，夫梦可以掌，又可以献，此岂非《西厢》第十六章（即《惊梦》）立言之志也。"又说："原来是一场大梦"，"何处有《西厢》一十五章所谓惊艳、借厢、酬韵、闹斋、寺警、请宴、赖婚、听琴、前候、闹简、赖简、后候、酬简、拷艳、哭宴等事哉"！（《第六才子书》批语）这是从虚无主义的"人生如梦"的观点出发，主张《西厢》应止于草桥一梦。潘廷章的看法，与金圣叹的论调一脉相通。他说："今观《草桥》一篇，而凡西厢之地，西厢之事，与西厢之人，俱以一梦销之。及其既觉，而俱无复有存焉者。夫古今,一逆旅也;大地,一空王也;人生,一梦觉也。以旅店始,即以旅店终,来去之无常也,此《西厢》所终始也。"(《西来意》批语)这里略举数家之说,以见其分歧。至于《西厢》后一本四折是否为关汉卿所续,《西厢》是否应止于《草桥惊梦》,这都不是本文所要讨论的问题。⑭

曹雪芹让黛玉看十六出的《西厢记》,显然表明他也赞同《西厢》是到草桥惊梦为止。这在《红楼梦》的构思中,可以做出可信的解说。因为《红楼梦》中宝、黛的爱情,最后就是悲剧结束。在《红楼梦曲·枉凝眉》里已有了预示,所谓"心事终虚话"。明义《题红楼梦》诗第十八首云:"伤心一首《葬花词》,似谶成真自不知,安得返魂香一缕,起卿沉痼续红丝。"可知明义看到的《红楼梦》原稿,就是黛玉病死,宝、黛爱情落个悲剧结局。另外,脂砚斋有一条批语:"二玉事在贾府上下诸人,即看书人、批书人皆信定一对好夫妻,书中常常每每道及。岂其不然!叹叹!"这正是对宝、黛没能成为好夫妻的悲剧命运发出感叹。根据《红楼梦》前八十回的描写,宝、黛热烈追求婚姻自由的爱情,必将遭到封建势力的摧毁。而《西厢记》中张生和莺莺的爱情,从隔墙联吟、跳墙相会以至约佳期于西厢,更触犯了封建礼教,被视为是没廉耻的"私情苟合"。张生和莺莺的爱情,按理就不可能得到美满结局。曹雪芹之所以主张《西厢》止于惊梦,其理由可能在于此。这就是曹雪芹对自由爱情的悲剧观。⑮

（六）

《红楼梦》继承和发扬了《西厢记》、《牡丹亭》反封建的优良传统。然而，曹雪芹并没有在王实甫、汤显祖开辟的道路上停步不前，而是基于现实生活，对封建社会中男女青年的爱情生活的描绘又开创了一个新的世界。

《西厢记》中张生与莺莺，乃是一见钟情。《牡丹亭》中柳梦梅与杜丽娘，也是在梦中一见钟情。从当时历史条件来说，未可非议。在《西厢记》里，崔老夫人"治家严肃"，"内无应门五尺之童，年至十二三者，非呼召不得辄入中堂"。有一次莺莺潜出闺房散步，便受到老夫人的严责。在《牡丹亭》里，杜丽娘比崔莺莺所生活的环境更令人窒息，父母教她"女孩儿只合香闺坐，拈花翦朵"，而不许她游花园，连白天瞌睡也不容许。所以张生与莺莺一见钟情，正是对封建礼教的挑战。杜丽娘与柳梦梅在梦中一见钟情，也表现了摆脱家庭礼教束缚的倾向。再看《红楼梦》，宝玉与黛玉从小生活在一起，在长期亲密的接近中，互相了解，互相关怀，从而培育出纯洁真挚的爱情。这种爱情，不仅是自由选择对象，而且是建立在坚固的思想基础上。因此，就比一见钟情更合理想。

张生与莺莺，柳梦梅与杜丽娘，他们的爱情基础都是郎才女貌，再加上"多情"、"志诚"。尤其《西厢》中的莺莺，又看出张生"性儿温克情儿顺"，才使她"不由人口儿里作念心儿里印"。张生与莺莺之间,还有音律、吟诗等爱好相投之处和轻视功名富贵的共同特征。再看《红楼梦》,宝玉与黛玉除了相互倾慕才华和容貌,还有宝玉坚决鄙弃功名利禄,蔑视封建传统,所谓"行为偏僻性乖张";黛玉对宝玉许多反封建的"偏僻"行为,往往予以同情和支持。因此,他们相爱有着更明确的生活理想。由于他们的爱情基础是坚固的,所以纵遭封建势力严重摧残,宝玉还是"终不忘世外仙姝寂寞林"。

张君瑞和柳梦梅,都关心功名和爱情。这两个人物出场的述志或者"言怀",表现了才气横溢,汲汲于功名。等到他们遇到莺莺或者杜丽娘,便把科举考试置于脑后,一心一意地追求爱情。最后,他们为了与有情人成为眷属,又不能不踏上求取功名富贵的道路。而《红楼梦》中的贾宝玉,根本轻视功名利禄。他不仅关心自己的爱情,而且关心别人的不幸命运。这些人,如金钏、晴雯、香菱、平儿、迎春、蒋玉菡等,有的是被贱视的丫头、优伶,有的是受礼法压制的姊妹。他表示,"我便为这些人死了,也是心甘情愿的"。这宣示了他叛逆的决心,誓不屈服于封建势力的鞭笞。看来,这个贵公子较之张君瑞或者柳梦梅,已经感觉到他那一时代的一些社会痼疾,表现了比较广泛的关心。

崔莺莺和杜丽娘,都是受着母亲或者父母的严格管束,终于觉醒,达到自由婚姻的目的。可是这种礼教环境比较狭隘,矛盾冲突比较单纯。因为,毕竟只是局限在爱情事件本身来表现其反封建性。再看《红楼梦》,声势煊赫的"诗礼之家"的贾府,虽然在重帷绣幕的背后，不知隐藏着多少见不得人的荒淫无耻的丑事，但那些老爷、太太们，对青年男女的婚姻却是横加干涉。况且，在宝玉婚姻上，又有着"金玉良缘"和"木石姻缘"的纠葛。宝玉属意于黛玉，而"金玉良缘"却得到贾府、薛府的全力支持，形成对"木石姻缘"的强大压力，这是"借一种新的联姻来扩大自己势力的机会"。所以，围绕着宝玉婚姻问题，矛盾错综复杂，斗争异常激烈。不难想见，宝、黛的斗争要比崔莺莺、杜丽娘艰难得多了。

在《西厢记》里，通过张、崔的曲折的恋爱过程，微妙地表现了这两个人物烦恼、苦闷的复杂心情。在《牡丹亭》里，杜丽娘为情忧郁而生，为情憔悴而死。这都揭露了封建礼教冷酷的折磨和摧残。可是，无论崔莺莺或者杜丽娘，她们的心灵却未经受过黛玉那么多的辛酸。林黛玉一方面"孤高自许"，誓不放弃爱情要求；另一方面她自叹比莺莺更命薄，常常通过"哭"，倾泻出胸中的苦痛和悲哀，泪珠儿"秋流到冬，春流到夏"。她的短短一生，就是辛酸痛苦的一生。前人说过，"《红楼梦》为记恨书，与《西厢》等，顾读者不附崔、张酸鼻，而咸为宝、黛拊心"（郑传靖《续红楼梦序》）。长期以来，黛玉的苦痛境遇博得了广大读者的深切同情。

《西厢记》和《牡丹亭》都是喜剧性的"大团圆"结局。虽然这种一夫一妻的团圆，表现了爱情的专一和坚贞，较之那些庸俗的一夫多妻大团圆要强得多，但恰如鲁迅曾经指出的：古典戏曲或小说中的"私订终身"，"尚不失为美谈"，"实际却不容于天下的，仍然免不了要离开"（《论睁了眼看》）。在这两个爱情剧中，都是以男方考取状元,满足了封建势力的要求,才得以团圆。同时,这种团圆又是经过皇帝批准的"合法"婚姻。简言之,都调和了矛盾,以妥协而获得团圆。⑯再看《红楼梦》,现存的前八十回情节发展到第三十二回,袭人听宝玉在她面前表白爱黛玉的心意,就感到这是"令人可惊可畏"的"丑祸"。到第五十七回,又发生了紫鹃情辞试宝玉的事,闹得宝、黛爱情人人皆知。不仅湘云打趣宝玉,连薛姨妈也向黛玉说出"老没正经的话来"。再到第七十六回,经过抄检大观园,黛玉在中秋夜联吟,发出"冷月葬花魂"的悲音,预兆着她的青春和生命将终。由此推断,宝、黛的生活理想和反抗行为,和他们所处的卑污恶劣环境之间的冲突,必将愈趋激烈,他们的爱情,只能趋向"历史的必然要求与这个要求实际上不可能实现之间的悲剧冲突"的归宿。高鹗后四十回,基本上保持了宝、黛爱情悲剧结局,这正是那个时代的悲剧!

上面几点比较可以证明,《红楼梦》,较之《西厢记》、《牡丹亭》确实是开创了一个新的世界,大大突破了过去"言情"之作狭窄陈旧的框框。

《红楼梦》问世之后,"家家喜阅,处处争购","妇竖皆知",所谓"闲谈不说《红楼梦》,读尽诗书是枉然"。当时青年男女,曾被感动得"中夜常为隐泣"。杨掌生说他"自幼酷嗜《红楼梦》,寝馈以之"。高玉英、金袖珠女士,"嗜读《红楼梦》至废饮食,海棠、柳絮诸诗词,皆一一背诵如流"。月卿女士也喜阅《红楼梦》,"眠食俱忘,读至葬花、听曲诸则,往往默坐无言,泪如霰集"。有个常州书生看《红楼梦》,"每到入情处,必掩卷瞑想,或发声长叹,或挥泪悲啼,寝食俱废,匝月间连看七遍,遂致神思恍惚,心血耗尽而死"。又有个杭州女青年酷爱《红楼梦》,"废寝食读之,读至佳处,往往辍卷冥想",卒至"呕血而死"。那时赞赏《红楼梦》而题诗作词的,颇多女性。她们"挑灯看尽《红楼梦》,泪湿罗巾不忍题"。"今古茫茫同此恨,人天何处问颦儿?"《红楼梦》对当时读者精神上的影响之大,于此可见,以至于有人发出这样的赞叹:"一自《红楼》传艳曲,不教'四梦'擅临川。"不过说《红楼》传的是"艳曲",却并不恰当。⑰

曹雪芹也和王实甫、汤显祖一样,遭到封建卫道者们的恶毒攻击。什么"最可厌者,莫如近世之《红楼梦》,蝇鸣蚓唱,动辄万言,汗漫不收,味同嚼蜡,世顾盛称之,或又从而续之,亦不可怪矣"。什么"淫书以《红楼梦》为最,盖描摹痴男女情性,其字面绝不露一淫字,令人目想神游,而意为之移,所谓大盗不操干戈也"。他们甚至编造曹雪芹因著《红楼梦》,"伤风化","诱坏身心性命",以致"身后萧条",还在地狱中受罚甚苦,得到"灭族"的"显报"的鬼话。《红楼梦》和《西厢记》、《牡丹亭》都被一并列入永禁"淫书"。他们认为"误尽青年是此书",禁止青年子弟阅读。他们还捐资收毁,自赞"功德不小"。这一切都是徒劳的。比如,丁雨生任江苏巡抚,"严行禁止,而卒不能绝"。玉麟说他任安徽学政,也曾出示严禁,仍禁不了,"徒唤奈何"。汪堃也说是,"虽屡经查禁,迄今终未绝迹"。⑱人民群众自有他们自己的爱好,这样《西厢记》、《牡丹亭》和《红楼梦》作为我国古典文学名著,才一直流传到今天。

【注释】

①唐代元稹写的崔张恋爱故事，篇名不一。《太平广记》题为《莺莺传》，明人刻本多题为《会真记》（因这篇小说中有《会真诗》），《异闻记》题为《传奇》（见曾慥《类说》）。元代杂剧《西厢记》，就是根据这个故事和金代董解元《西厢记》诸宫调而改编成的。在傅惜华《元代杂剧全目》里，列有这个杂剧剧本的多种版本，都称为《西厢记》。直到现在，还没有发现称为《会真记》的杂剧剧本。北京图书馆藏明代顾玄炜辑《增编会真记》四卷，实际上只是顾刻本《西厢记》的附录部分，包括元稹《会真记》和其他人有关这个故事的诗词和考证文章。可是，在清代确实也有把《西厢记》称为《会真记》的。如无名氏《研堂见闻记》："子玠（按指王紫稼）所演《会真》红娘，人人叹绝。"张英《南巡扈从纪略》：在苏州，"演《会真记》，法聪、红娘方出"。杨恩寿《词余丛话》："夏初始读《会真记》，忽睹'隔花人远天涯近'七字（按：见《西厢记》第二本第一折），先得我心，不禁狂喜。"其实早在明末，《娇红记》第四十九出《合冢》眉批，有此剧"上逼《会真记》，下压《牡丹亭》"（此剧卷首有明崇祯十一年序）。这里《会真记》即指《西厢记》。可见《红楼梦》第二十三回把宝玉、黛玉看的《西厢记》称为《会真记》，亦有所本，这可能是当时的通称。

②刘操南同志在《红楼梦中新编怀古诗意义何在》（《杭大学报》一九七九年第三期）一文中提出："《红楼梦》创造这一情节（按指薛宝琴新编《蒲东寺怀古》和《梅花观怀古》），就是为黛玉撑腰，让她便于

对薛宝钗反击一掌,让她可以继续战斗下去。"他对有些人把《怀古诗》作为"诗谜"来猜,不以为然。可是,《红楼梦》中宝琴说:"诗虽粗鄙,却怀往事,又暗隐俗物十件,姐姐们请猜一猜。"对此,操南同志尚未做出应有的恰当的解说。

③本段所用资料,见贾仲名《凌波仙》吊词、宫天挺《范张鸡黍》杂剧、金圣叹《第六才子书》批语、张坚《玉狮坠序》、杨恩寿《词余丛话》。

④本段所用资料,见沈德符《顾曲杂言》、石韫玉《吟香堂曲谱序》、杨恩寿《词余丛话》、张大复《梅花草堂集》、焦循《剧说》、蒋瑞藻《小说考证》、李淑跋《牡丹亭》三妇评本。

⑤本段所用资料,见《大清高宗纯皇帝实录》、乾隆刊本《远色编》、《萤窗异草》、《雍熙乐府·西厢十咏》、《绿漪室曲话》、陶奭龄《喃喃录》、何契《晴川阁集》、顾公燮《消夏闲记摘抄》、梁恭辰《劝戒录四编》。

⑥本段所用资料,见《重订福寿金鉴》、汤传楹《闲余笔话》。

⑦从明代到清代,《西厢》续书甚多,大概有五种类型。一是丑化张生,美化郑恒,赞扬莺莺不越礼,因而郑、崔结成美满夫妇,如《翻西厢》、《锦西厢》、《不了缘》。二是为莺莺"洗垢",把越礼"丑行"归于红娘,如《西厢印》。三是把嫁给张生的莺莺,丑化成妒妇,极力予以诋毁,如《续西厢升仙记》。四是照搬元稹《会真记》,谴责莺莺为"天之尤物",如《新西厢》。五是让张生、莺莺悔罪改过,重新做人,如《东厢记》。尽管它们五花八门,但都不外是为了所谓"惩淫劝善","为世道持风化"。

⑧《西厢记》中有些词句,本是来自俗语。如第一本第三折:"惺惺的自古惜惺惺"。王季思校注:"闵遇五曰:'元乐府有葫芦提怜懵懂,惺惺的惜惺惺。'盖当时成语。"《红楼梦》第八十七回,作"惺惺惜惺惺"。

⑨"摘锦"之名,始于明代。现存万历三十九年刻本《摘锦奇音》,就是选有《同窗记》、《和戎记》、《长城记》诸传奇的折子戏。乾隆年间戏曲选集《缀白裘》,保留着"摘锦"这一名称。黄振《石榴记·凡例》:"牌名虽多,今人解唱者,不过俗所谓江湖十八本与摘锦诸杂剧耳。"在《后红楼梦》第三十一回(林黛玉初演《碧落缘》,曹雪芹再结《红楼梦》)里,林黛玉说是:新戏中有一本《碧落缘》,戏班里通没有唱出来,"倒是咱们这些女孩儿学会了,今日摘锦做几折,好不好"?这里,"摘锦"之意甚明。《碧落缘》,系乾隆年间钱维乔(1739—1806)的剧作,取材于《孔雀东南飞》故事。

⑩本段所用资料,见邹柢《十美枢记》、无名氏《研堂见闻记》、李斗《扬州画舫录》、余怀《玉琴斋词》、沈起凤《谐铎》、彭兆荪《扬州郡斋杂诗》、曹寅《楝亭集》、孔尚任《桃花扇本末》、珠泉居士《续板桥杂记》、张大复《梅花草堂集》、钱谦益《有学集》、冯梦龙《墨憨斋重定双雄传奇》眉批、张英《南巡扈从纪略》、焦循《剧说》。

⑪《续红楼梦》卷十一:"林公嗐了一声道:'夫人,我想才子佳人之事,从古有之,后世相传为美谈。若像《西厢记》上的故事,可就不通之至了。我常和崔判官玩笑,说他治家不严,不想如今竟轮到我头上来了。'贾夫人道:'老爷不必胡思乱想的,只管放心,我们再也养不

出那样的女儿来。你想,黛玉如果像了崔莺莺,她又如何会死呢。''她既然没有什么伤风败化的事,我就放了心了。'"在这里,作者从维护封建礼教出发,借黛玉之父母的这番"鬼话",否定了《西厢记》中的崔莺莺,宣扬黛玉没有"伤风败化",大大不同于莺莺。这与我们论黛玉不同于莺莺,完全是两码事。

⑫本段引句,见戚本《石头记》。

⑬有人认为,《红楼梦》中宝、黛看的《西厢记》十六出本,就是《六幻西厢》中的《剧幻·王实甫西厢记》,因为这部《西厢》共四本十六出。其实,所谓《六幻西厢》,包括《幻因·元才子会真记》、《挡幻·董解元西厢记》、《剧幻·王实甫西厢记》、《赓幻·关汉卿续西厢记》、《更幻·李日华南西厢记》、《幻住·陆天池西厢记》。其中《剧幻·王实甫西厢记》和《赓幻·关汉卿续西厢记》,乃是将一部北曲《西厢记》杂剧(五本二十折)分刊的。所以,《剧幻·王实甫西厢记》从"佛殿奇逢"到"草桥惊梦",并不是一部真正具有独立性的十六出本。

⑭祁彪佳《远山堂剧品》中《崔氏春秋补传》条云:"实甫之以《惊梦》终《西厢》,不欲境之尽也。至汉卿补五曲,已虞其尽矣。田叔(即屠峻)再补《出阁》、《催妆》、《迎奁》、《归宁》四曲,俱是合欢之境,故曲虽逼元人之神,而情致终逊于谱离别者。"可知,屠峻认为原本《西厢》的"大团圆"结局,还不足以表现欢乐之情,于是再补《出阁》等四折,加强合欢之境。祁彪佳却认为原本《西厢》之所以终于《惊梦》,乃是因为"不欲境之尽"。这正是两种截然不同的看法。

⑮万玉卿《潇湘怨》传奇中《惊曲》一出,写林黛玉看《西厢》,说

是:"最妙是《惊梦》一出,恨风光不成,恨风光不成,把别离愁整,只落得梦魂厮应。"这大概是借黛玉欣赏《惊梦》,暗示宝、黛爱情的悲剧结局,所谓"只落得梦魂厮应"。如果我的这个揣测还能站得住的话,那么前人是有把《西厢记·惊梦》和《红楼梦》中宝、黛爱情悲剧联系在一起的。否则,为什么万玉卿要让黛玉独独赞赏《惊梦》最妙呢?

⑯在《东厢记》里,作者让张生、莺莺甚至红娘,都悔了过,才得以团圆。所谓悔过,就是这些剧中人物对他们在普救寺的越礼行为,表示"痛改前非",今后自当谨守礼教。很清楚,这种大团圆赤裸裸地宣扬叛逆者"悔过自新",力图维护封建礼教。

⑰本段所用资料,见梦痴学人《梦痴说梦》、得硕亭《草珠一串》、邹弢《三借庐笔谈》、蕊珠旧史《梦华琐簿》、捧花生《秦淮画舫录》、乐钧《耳食录》、陈镛《樗散轩丛谈》、畹香留梦室主《淞南梦影录》、陈其元《庸闲斋笔记》、一粟《红楼梦卷》。

⑱本段所用资料,见毛庆臻《一亭考古杂记》、汪堃《寄蜗残赘》、陈其元《庸闲斋笔记》、伊园主人(陈六舟)《谈异录》、梁恭辰《劝戒录四编》、周永保《瑶华传》跋、余治《得一录》、同治七年《江苏省例藩政》。

十、《邯郸梦》与《红楼梦》

有些人评论《红楼梦》，往往把这部小说与《邯郸梦》传奇作类比。比如，二知道人《红楼梦说梦》："《邯郸梦》、《红楼梦》同是一片婆心，玉茗先生（按即汤显祖）为飞黄腾达者写照，雪芹先生为公子风流写照，其语虽殊，然其归一也。"娜嬛山樵《增补红楼梦自序》："《红楼梦》一书，原有《邯郸》遗意，补之者要不失《邯郸》本旨，庶不失本来面目，倘有类于《南柯》，则画蛇添足矣。"这类评论到底对不对呢？

（一）

首先，这两部作品显然有着很多不同之处。

《邯郸梦》写的是穷困的卢生,在梦中意外地娶了世代荣华的崔姓之女,利用金钱广行贿赂,居然中了状元。由于官僚之间争权夺利,排斥异己,使得卢生一再遭到陷害,历经困境,险些送掉性命。可是卢生毕竟靠着莫名其妙的开河功和开边功,侥幸博得皇帝的恩宠,位至宰相。一旦权大势大,便恣意享乐,他直到临死时,还贪嗜名利,念念不忘自己加官赠谥,子孙封荫。作品通过卢生的梦境,无情地揭露了科举的荒唐腐败,宦途的变化无常,官僚的奢侈荒淫,反映的生活内容正是明代中期的黑暗政治。①《红楼梦》围绕着贾宝玉和林黛玉的爱情波折展开了复杂的冲突,概括地反映了封建势力与反封建势力之间的斗争,深刻地揭示了贵族豪门由盛而衰的必然规律。两部作品反映的生活内容,各不相同。

《邯郸梦》中的主人公卢生,先世原是范阳大族,后来迁居邯郸,渐渐破落了,唯赖数亩荒田度日。他已二十六岁,尚未娶妻,也没有攫得功名,因而闷闷不乐,感叹不已。在他想来,"大丈夫当建功树名,出将入相,列鼎而食,选声而听,使宗族茂盛而家用肥饶,然后可以言得意也"。这种炽烈的欲望,便滋生了枕中一梦。娶的妻子,出自清河崔氏,名门大族,有财有势。②仕宦六十年,出将入相,真个是"列鼎而食,选声而听","亲戚俱是王侯,子孙无非恩荫"。卢生的头脑里,充满了肮脏、陈腐的臭气,是一个标准的利欲熏心之徒。《红楼梦》中的贾宝玉,"生在侯门公府之家",过着养尊处优的生活。可是,这个贵族公子,由于种种影响,"行为偏僻性乖张",厌弃功名富贵,厌读"四书",坚决不走"仕途经济"的生活道路。这个贵族公子的身上,具有一定的反封建的叛逆性。由此可见,这两部作品中的主人公,其精神面貌迥然不同。

　　出现在《邯郸梦》中的重要人物,无论卢生、宇文融,或者萧嵩、裴光庭,都是反面人物。反面人物与反面人物之间,展开了矛盾冲突。卢生拼命向上爬,弄得三起三落。宇文融费尽心机地排斥异己,反而搬起石头打自己脚。萧嵩脚踏两只船,投机取巧。裴光庭乘卢生病重,急于"大拜"夺权。通过这些丑类人物喜剧性的自我揭露,便"把无价值的东西撕破给人看"(鲁迅语),从而否定了丑恶的事物,肯定了进步的理想。如果作者对于反面东西没有满腔愤慨,那就没有讽刺的烈火;如果作者缺乏进步的理想,那就不可能对丑恶事物投以轻蔑和唾弃。所以,卢生、宇文融之流的丑态,看来滑稽可笑,实则含有严肃的意义,所谓"寓庄于谐"。从这里,我们联想到孙仁孺的《东郭记》传奇,但《东郭记》更多闹剧色彩。出现在《红楼梦》中的人物,为数更多,有反面人物,也有正面人物;他们之间的冲突,既有公开的,又有隐蔽的。由于贾政、王夫人之流暂时还是强暴的,而贾宝玉、林黛玉等人又得不到有力的支持,就使得他们终于遭受不幸的摧残。这正是"将人生的有价值的东西毁灭给人看"(鲁迅语),激起人们的悲愤,使人们对封建罪恶投以憎恶,一喜剧,一悲剧,风格全然不同。

　　《邯郸梦》全剧共三十出。从第四出《入梦》到第二十九出《生寤》,整整二十六出都是描写卢生的梦境,名为"黄粱美梦",巧妙地暴露了封建政治的腐败和官场的丑态。《红楼梦》描写了以贾府为首的四大家族由盛而衰的过程。当然,在这部作品里也有一些梦境,如甄士隐梦幻识通灵,贾宝玉梦游太虚境,秦可卿死后向凤姐托梦,小红梦见贾芸还手帕,香菱梦中作诗等。但这些梦,只是穿插在全书情节发展中,或预示故事情节的发展,或阐述因果关系,或反映人物的心理状态。由此可见,这两部作品虽然都名为"梦",但并非都是通过一场离奇的梦境折光地反映现实。

《邯郸梦》情节的发展,大起大落,忽悲忽喜,频频"突转",令人莫测。祁彪佳《曲品》说:"炎冷、合离,如浪翻波叠,不可捉摸,乃肖梦境,《邯郸》之妙,亦正在此。"有些细节描写,更为离奇。墨憨斋(按即冯梦龙)定本《邯郸梦总评》指出:"贵女(按指崔氏)安得独处,花诰岂可偷填,招贤榜非一人可袖,千片叶非一人可制,记中种种俱碍理,然不如此,不肖梦境。"此外,如用盐蒸醋煮方法来开凿河道之类,也是很荒唐的。这一切不仅仅是为了"肖梦境",而且为了突出宦海风波的变化和怪状。乍看好像是远离生活,荒诞不经,其实是让人们从中看出政治腐败的怪状。《红楼梦》反映的生活图景,却是精雕细刻,自然逼真。由此可见,《邯郸梦》的写法富有浪漫主义色彩,《红楼梦》则是现实主义的作品。

(二)

我国古典戏曲作品有不少是写梦的,如《蝴蝶梦》、《鸳鸯梦》、《南楼梦》、《升仙梦》等等。汤显祖的《牡丹亭》、《邯郸梦》、《南柯梦》、《紫钗记》，就是著名的"临川四梦"。车任远亦有"四梦"，包括《高唐梦》、《邯郸梦》、《南柯梦》、《蕉鹿梦》。③ 即就取材于黄粱梦故事的剧作而言，也有马致远的《邯郸道省悟黄粱梦》，苏汉英的《吕真人黄粱梦境记》，汤显祖的《邯郸梦》等。④ 如果《邯郸梦》与《红楼梦》毫无共同之处，有些人怎么会把这两部作品类比呢？因此，我们对二者的相同之处，也试作初步探索。

首先，它们在不同程度上揭露了封建社会的丑恶面目，如官场互相勾结而又互相倾轧，钻刺之徒靠着婚姻、金钱种种关系而飞黄腾达，豪门生活奢侈荒淫，以至皇帝游幸，等等。再看另一些写梦的剧作。虽然《黄粱梦》杂剧和《黄粱梦境记》传奇对社会矛盾也多少有点揭露，但这类"神仙道化"剧的主要特点，就是狂热地鼓吹道教的"度脱"和"飞升"，严重地宣扬了宗教迷信。⑤ 等而下之，《升仙梦》之类更很少接触社会矛盾，只是为了鼓吹度脱飞升而已。前人曾把《南柯梦》和《邯郸梦》并称，其实，《南柯梦》写淳于棼与瑶芳公主的爱情，只是热衷于提倡礼佛谈禅，阐述情痴因缘，把人生一切归结为虚空，所谓"浮世纷纷蚁子群"，与"南柯无二"，"一切苦乐兴衰"，"等为梦境"，尤其《禅请》、《情著》、《转情》诸出，简直成了佛教教义的宣传，虽然剧中写淳于棼的交欢贵戚，槐安国右相对淳于棼的排挤，也多少曲折地反映了当时政治的丑恶面目，但远没有《邯郸梦》深刻。⑥

汤显祖把《邯郸梦》故事发生的年代，仍安排在唐代"开元盛世"。⑦ 曹雪芹虽然自称《红楼梦》的故事"无朝代年纪可考"，不"假借汉唐等年纪添缀",实际上也是写的一个"盛世",即"昌明隆盛之邦"。《邯郸梦》是明代万历年间(1573—1620)的作品⑧,《红楼梦》是清代乾隆年间(1736—1795)的作品。万历、乾隆都曾被歌颂为"盛世"。他们又都把自己的时代,熔铸在自己的作品里。对此,近人作过一些考证,不赘。⑨人们通过解剖这两部作品,可以看出,所谓"盛世",原来虚有其表,实际上是一幅腐朽、黑暗的图景。

《邯郸梦》中的卢生在黄粱美梦破灭之后,觉悟到"宠辱之数,得丧之理,生死之情",所以他顿时厌弃功名富贵,"再不想金玉拖身",跟随吕洞宾出家去了。《红楼梦》中的贾宝玉,在封建势力不断摧残下,满怀愤懑,终于"悬崖撒手",出家为僧。都是出家,汤显祖对卢生非但没有批判,反而予以肯定。从《红楼梦》前八十回可考察出,曹雪芹写宝玉参禅悟道,也没有采取批判的态度。这是两者相同之处。但应当提出,宝玉出家较之卢生出家,还是有所不同。宝玉出家,既表现了消极厌世,对当时社会绝望,也表示了对封建势力的反抗,拒绝走封建家庭安排的生活道路。卢生的出家,则是由梦而悟道,彻底看穿"死生情空",无爱也无憎,超然尘世之外。然而,不论卢生的出家还是宝玉的出家,都反映了作者对现实社会矛盾无法解决的苦闷情绪,表现了作者对人生的消极态度。

在《邯郸梦》和《红楼梦》里,还通过其他人物散布了出世思想和色空观念。比如,《邯郸梦》中"八仙",一再宣扬普度世人,修行成仙。《红楼梦》中僧道二人,宣扬"到头一梦,万境皆空";林黛玉等人,常常感叹"人生如梦,世事无常"。甚至通过作者自白,宣扬

"因空见色,由色生情,传情入色,自色悟空";"悲喜千般同幻渺,古今一梦尽荒唐";"一觉黄粱犹未熟,百年富贵已成空"⑩。《邯郸梦》第三十出《合仙》中六个仙人唱的〔浪淘沙〕曲,与《红楼梦》第一回中跛脚道人唱的〔好了歌〕,如出一辙,都是鼓吹神仙好,"不学仙真是蠢",劝世人断绝功名富贵之念、家室儿女之恋,及早悟道学仙,跳出红尘。这一切,越发加浓了这两部作品的出世思想。

由此看来,《邯郸梦》和《红楼梦》无论在积极方面,或者在消极方面,确实是有着不少相同之点。

有些人认为《邯郸梦》与《红楼梦》这两部作品可以"劝人醒世","其归一也";它们的作者,都有"一片婆心"。这种"劝人醒世"的功用,可以使世人警觉到"人生如梦","一切皆空",值不得争夺功名利禄,贪恋富贵荣华。"饭熟可怜人已醒,回头空说旧年华";"看到酒阑筵席散,醒来依旧可怜身";"梦觉邯郸万念灰,愿将筇屩去蓬莱"。⑪这就是佛家所谓"当头棒喝","功德不浅"。这就是所谓作者有"一片婆心","提醒普天下措大"。娜嬛山樵《增补红楼梦自序》说《红楼》类《邯郸》,不类《南柯》,其意亦正在此。二知道人《红楼梦说梦》:"大观园与吕仙之枕窍等耳。宝玉入乎其中,纵意所为,穷欢极娱者,十有九年,卒之石破天惊,推枕而起,既从来处来,仍从去处去,何其暇也。"把《红楼梦》与《邯郸梦》相等之意,说得更为露骨。万荣恩《醒石缘自序》:"幼阅临川先生'四梦',心甚乐之,窃叹浮生一度,不过梦境中耳,戏剧中耳。功名靡定,无非幻境浮沤;富贵何常,不啻电光石火。""世之睹斯编(指《醒石缘》,清代《红楼》戏之一)者,演斯剧者,琼筵绮席之间,檀板金尊之际,仅以为逢场之游戏也可,直以为尽人之点化也可。"言下之意,"临川四梦"与《红楼梦》都不过是借以"点化"世人而已。他们只是抓住两部作品中的消极思想加以类比,给以赞赏,而把它们的积极意义都一笔勾销了。

（三）

《邯郸梦》与《红楼梦》的异同,需要从它们的作者去寻求解答。

汤显祖出身于世代书香门第,万历八年(1580)赴北京应试,因不依附宰相张居正,落第,而张居正的长子敬修、三子懋修,都攫得高魁,人称懋修为"关节状元"。直到万历十一年(1583)张居正逝世后,汤显祖才踏入仕途。这时皇帝昏庸,大官僚申时行、张四维等人擅权,宦官特务到处横行,政治极为黑暗腐败。汤显祖坚持开明的政治要求,与邹元标、顾宪臣等人站在一起,向权奸、阉党展开斗争。他曾写了有名的《论辅臣科臣疏》,揭露政治的黑暗,斥责大官僚们的专横,抨击社会道德的窳败,因此被贬官。他在广东徐闻、浙江遂昌任职时,又打击恶势力,更遭到统治集团的嫉恨,终于在万历二十六年(1598)被劾辞职回家。三年后,正式被免职。正由于汤显祖在宦途上经历了一次又一次风波,所以他渐渐认清了政治的黑暗和宦途的丑恶,也就愈益加强了不满和蔑视。从此他绝意仕进,隐居家中从事写作,"自踏新词教歌舞"。他在政治上找不到出路，对现实社会矛盾无法解决，陷于苦闷的境地，于是，与吴用先、袁世振等人为禅友，沉溺于礼佛谈禅之中，以求解脱精神上的苦闷。

汤显祖曾对丁长孺说道："弟传奇多梦语，那堪与兄醒眼人着目。""多梦语"，富有浪漫主义色彩，正说明了他的剧作最主要的特点。汤显祖曾对他的老师张位说："师讲性，某讲情。"他又答罗注湖道："谓弟著作过耽绮语"，"二梦（指《邯郸》、《南柯》）已完，绮语都尽"。所谓绮语，即是情语。他还在给甘义麓信里说道："因情成梦，因梦成戏"。可知"四梦"乃是汤显祖出于一定的情感而写成的。他又在《牡丹亭题词》里说道："梦中之情，何必非真？天下岂少梦中之人耶！"诚然，"四梦"，大都是有着生活根据的，而不是任意捏造的荒唐梦，但又不是机械地追求生活的真实，而是在生活的基础上驰骋想象，虚构成离奇的梦境。他在《邯郸梦记题词》里就曾指出，"卢生遇仙旅舍，授枕而得妇遇主"，"于中宠辱得丧生死之情甚具"。他对当时黑暗政治怀着不满，所以就力求借剧中梦境，揭露现实，寄托理想。他评点《枕中记》："举世方熟邯郸一梦，予故演付伶人歌舞之。"正是这个意思。在"四梦"之中，《邯郸》是别具一格。[12]

汤显祖在给朋友们的信里一再说道："谓世如梦，南柯、黄粱转为明显耳。""兄以二梦破梦，梦竟得破耶？""二梦记殊觉恍惚，惟此恍惚，令人怅然。"在他看来，人世不过是南柯一梦或者黄粱一梦。他又在《邯郸梦记题词》里说道："独叹枕中生于世法影中，沉酣喑呓,以至于死,一哭而醒。梦死可醒,真死何及。"就是说,人生大梦,尚有悟道可醒之时,莫待真死,来不及了。可见,《南柯梦》和《邯郸梦》中的"人生如梦"思想,也是与汤显祖复杂的世界观分不开的。所谓"半学侬歌小梵天,宜伶相伴酒中禅","可怜解得《南柯》曲,不及淳郎睡醒时"。"弟之爱宜伶学二梦,道学也"。[13]梁廷枏《曲话》:"汤若士《邯郸梦》末折《合仙》,俗呼为'八仙度卢',为一部之总汇,排场大有可观,而不知实从元曲学步。"这不仅是沿袭元代"神仙道化"剧排场的旧套,而且在出世思想上也是合拍的,试把元代杂剧《竹叶舟》、《岳阳楼》、《铁拐李》等与《邯郸梦》比较一下,就可得到证明。

曹雪芹出身于"百年望族"的贵族家庭。他在少年时代,曾经历过一段"锦衣纨绔"、"饫甘餍肥"的富贵豪华生活。后来,他的家庭一再受到政治牵连,遭到抄家处分。到他成年以后,住在北京西郊,过着"举家食粥酒常赊"的贫困日子。他的生活境遇的巨大变化,使他亲身体察到政治的险恶、世态的炎凉。他宁愿在"茅椽蓬牖、瓦灶绳床"的生活环境中"著书黄叶村","醉余奋扫如椽笔,写出胸中磈礧时"。可是,他对自己家庭的昔日繁华,又怀着温情的"美梦"破灭的眷恋、哀伤和惋惜,所谓"秦淮风月忆繁华","废馆颓楼梦旧家"。[14]

曹雪芹曾经表明:他写《红楼梦》,乃是根据"我这半世亲见亲闻的","实录其事","只取其事体情理罢了","其间离合悲欢,兴衰际遇,则又追踪蹑迹,不敢稍加穿凿,徒为哄人之目,而反失其真传者"。由此可知,第一,他写《红楼梦》,力求对自己所熟悉的生活,作现实主义的描绘,所谓"实录其事",使书中反映的生活内容,合情合理,具有真实性,而不穿凿附会,"大不近情理",反失其真。第二,他写《红楼梦》,决不沿袭旧套,因为,一切"皆蹈一辙"的旧套,都是"千部一腔,千人一面",陈陈相因,生搬硬套。第三,他写《红楼梦》,力求创新,所谓"洗旧翻新",使自己的作品"新奇别致",令人耳目一新,但这种新奇,乃是基于生活,独出心裁地创造出奇特的艺术世界,而不是一味追求离奇的情节,任其怪诞荒唐,"徒为哄人之目"。

曹雪芹对汤显祖的剧作,确实是熟知的。他在《红楼梦》里,提到了"四梦"的《牡丹亭》、《邯郸梦》和《南柯梦》,尤其一再提到《游园惊梦》,赞扬这个戏里"有好文章"。他用《游园惊梦》唤醒黛玉的青春觉醒,作为宝、黛爱情的催化剂,鼓舞他们争取自由婚姻的幸福生活。可是,他也用《南柯梦》和《邯郸梦》中的《仙缘》(即《合仙》),预示贾府必将由盛而衰,子孙没落,"富贵一场空"。

从上面所述,不难察见:汤显祖和曹雪芹,各自有着不同的生活经历,一个经历了宦海风波,一个经历了家庭变故,因此,各人有着自己熟悉的生活,有着自己对生活的感受和认识,因而他们又各自有着不同的创作意图。

（四）

然而，也有人认为，《邯郸梦》好，《红楼梦》不好。

清代咸丰年间（1851—1861），有一个邯郸梦醒人，写了一部《梦中缘》传奇。他在自序里说道："尝读《红楼梦》一书，豪华奢侈，怨女痴男，亦不过石崇金谷之梦而已，何必续梦之，而复梦之，且大书特书之，既不足以为儆世之辞，适以开纨绔之渐耳。""《邯郸》、《南柯》、《蝴蝶》亦梦，梦中醒世之缘也。"言下之意，《红楼梦》无益于世道人心，而《邯郸梦》却足以醒世。

邯郸梦醒人之所以要写《梦中缘》，就是力图"比拟《邯郸》"胜过《红楼》。这从他的一些朋友的捧场话里，也可以得到证明。徐玉芬《梦中缘跋》说："吾因知作者之忧深思远，感于物而动，将欲大以为教，而恐不能，不得已，而欲托之管弦，以期有俾于世，一如鲁漆室之女倚柱而哭，意将大有所在，以视《红楼梦》之不轨，《镜花缘》之不经，奚啻霄壤。"王培瑞《梦中缘题词》也说："读罢《红楼》倚剑叹，雪芹才调出骚坛，那知妙笔凭君得，又写新词与世看，天使神仙归浩劫，人能忠厚不高官，我生也有千秋泪，敢对瑶琴一浪弹。"那么，我们就要看看这部《梦中缘》传奇，到底是什么样的货色。

《梦中缘》，全剧四十出。[15]这是一部难得的反面教材，所以我们就介绍一下它的剧情提要。当王母寿诞之期，麻姑仙子与百花仙子发生争执，荷、兰、梅、菊四花神被谪降尘世，麻姑仙子便约百恶洞主艾叶豹等下凡,与四花神作对。何华(荷)、朱兰(兰)、梅占魁(梅)、金钱菊(菊)四人日渐长成,结为兄弟,"勉为忠臣义士"。艾叶豹在广西发难,带兵直下江南。朝廷派榛帅督师,到江南剿"贼"。何华等人从军,屡战屡胜,终于平定"叛乱",大功告成。可是,何华目睹"清官不到头","忠良没下场",因而深感"人世犹如梦一场",也就辞官访道。百花仙子接引何华等人重返天宫,同享仙福。这种"神仙历劫"的套子,在我国明清戏曲作品中,要算是最陈腐的旧套,如《帝女花》、《空谷香》之类,莫不如此。《梦中缘》,并非新剧,而是"老僧碎补之衲衣,医士合成之汤药"(李渔《曲话》)。

从这部传奇来看,主要表现在:第一,恶毒地咒骂"贼寇"的罪恶。第二,严厉地斥责朝廷逃官降将贪生怕死,懦弱无能,不忠不义,出乖露丑。第三,狂热歌颂"忠臣义士"平定"叛乱","拯救苍生","从此重登衽席乐羲皇","功德巍巍"。第四,对统治集团内部矛盾,大发牢骚,埋怨将士"起义杀贼,血染征袍,不过授皇家微末之官,再看那些坐在家内,未见一贼,未经一战,靠着亲眷,荣封荫子,身授美官,能不令人气杀也"。第五,把"贼寇"的"叛乱",解释为"天意"早已注定的一场"浩劫","在劫难逃",因而用宿命论的烟幕掩盖了社会矛盾。第六,大肆鼓吹"缘中一梦醒黄粱","富贵英雄一笔消";赞美访道成仙,超脱尘世。其实,这不过是表现了封建统治集团内部争权夺利失败而灰心丧气罢了。由此看来,这部传奇沿袭了旧套,而其倾向性却是很鲜明的。

邯郸梦醒人在《梦中缘凡例》里说道:"是书借以儆世,一如海市蜃楼,望人回头是岸,共醒此梦,斯作者之苦心耳。"又说:"是书无年月,无实在地方,其朝代人名,无所考据,所以别之为梦,取其恍惚、记忆不清之意,读者勿穿凿求之。"难道这部传奇果真是"一如海市蜃楼"而"无所考据"吗?不是的。作者写这部传奇,对现实是有针对性的。这并不是我们"穿凿求之",而是作者自己在这部传奇里露出了马脚。

无可争论,《梦中缘》传奇,显然是一部反对农民起义、维护封建统治的作品,与杨恩寿反对太平天国革命的《姽婳封》传奇,同样货色。对此,我在《从〈林四娘〉、〈姽婳词〉到〈姽婳封〉》里,还要谈到的。而邯郸梦醒人却在《梦中缘凡例》里说道:这部传奇,"不敢杂以淫辞艳语,有伤风化,专以忠孝节义之事,慷慨悲歌,不独使正士知所奋勉,且使奸佞知所儆惧"。又说:这部传奇,"结局仍归一梦,俾读者听者均知四大皆空,何必使尽机谋,终无结果耶"!所以,他自称邯郸梦醒人,自以为《梦中缘》可与《邯郸梦》比美。同时,在他看来,《红楼梦》写怨女痴男,淫辞艳语,有伤风化,当然比不上《梦中缘》。无怪乎徐玉芬也大骂"《红楼梦》之不轨",大捧《梦中缘》"有俾于世"。其实,《邯郸梦》和《红楼梦》,都在不同程度上揭露了当时社会矛盾,抨击了腐朽的封建统治,而《梦中缘》却歪曲了现实矛盾,力图维护封建统治,因此,《梦中缘》根本不能与《邯郸梦》比美,更胜不过《红楼梦》。邯郸梦醒人贬斥《红楼梦》,正是"蚍蜉撼大树,可笑不自量"。

【注释】

①汤显祖的《邯郸梦》传奇系根据唐人小说《枕中记》改编而成。但此剧情节有很多不见于《枕中记》,如揭露科举考试的腐败,宇文融一再排斥卢生等。这都是汤显祖从明代万历年间社会生活中提炼出来,融铸在《邯郸梦》里。明代沈际飞《题邯郸梦》云:"临川公能以笔毫墨沈,绘梦境为真境,绘驿使、番儿、织女辈之真境为卢生之梦境。临川之笔梦花矣。"再者,汤显祖在此剧《题词》中,也提到自己写《邯郸梦》"大率推广焦湖祝枕事为之耳"。焦湖祝枕事,见《古小说钩沉》引《幽明录》。

②范阳卢、清河崔,都是唐代名门大族。唐文宗曾说:"我家二百年天子,顾不及崔、卢耶!"(《新唐书》)。清河崔比博陵崔尤贵。《西厢记》中的崔莺莺出身于博陵崔,所以不及《邯郸梦》中清河崔氏高贵。

③车任远的"四梦",现仅存《蕉鹿梦》,见《盛明杂剧》,其他三种均失传。

④我国古典戏曲作品,取材于黄粱梦故事的有两种。一种是以卢生为主人公,如谷子敬《邯郸道卢生枕中记》杂剧(佚),汤显祖《邯郸梦》传奇。一种是以吕洞宾为主人公,如马致远《邯郸道省悟黄粱梦》(亦作《开坛阐教黄粱梦》)杂剧,苏汉英《吕真人黄粱梦境记》传奇,无名氏《吕洞宾黄粱梦》戏文(佚)。此外,陈与郊的《樱桃梦》亦写卢生事,但与《邯郸梦》有所不同。卢生往竹林寺听讲经,有老僧见卢生"仙风道骨",故命睡魔王障他一个樱桃大梦,"使他知道人间世得失荣枯,都不过一梦"。"此梦与吕洞宾黄粱梦一般","要指破皆迷人

世"。

⑤洪昇《扬州梦序》:"马东篱(致远)《黄粱梦》、《岳阳楼》诸剧尤佳,而临川《邯郸梦》亦臻其妙,岂非命意高,用笔神,为词家逸品欤?"这里,把《黄粱梦》、《岳阳楼》与《邯郸梦》相提并论,实在不分泾渭,混淆了它们之间的区别。

⑥陶奭龄《喃喃录》:"《昙花》、《长生》、《邯郸》、《南柯》之类,谓之逸品,在四品之外,禅林道院,皆可搬演,以代道场斋醮之事。"此人连《邯郸》的主要思想倾向也搞不清楚,何必喃喃不休。吴梅《中国戏曲概论》:"此记(《南柯》)畅演玄风,为临川度世之作,亦为见道之言","'四梦'中惟此最为高贵","突出三梦之上"。这种评论,真正说得太"玄"。

⑦焦循《剧说》根据《雅言杂载》的记载,谓吕洞宾为唐代咸通(860—874)时人,而汤显祖撰《邯郸梦》作开元(713—741)时事,误。按汤显祖撰此剧,系根据沈既济《枕中记》,此记开头即云"开元七年"。所以,汤显祖把《邯郸梦》故事发生的年代仍安排在开元年间。

⑧《邯郸梦》,今存明代天启元年(1621)刊本,收入《古本戏曲丛刊》。此本有汤显祖题词,自署辛丑中秋前一日。辛丑为万历二十九年(1601)。汤显祖在《答张梦泽》书里说道:"谨以玉茗编《紫钗记》,操缦以前。余若《牡丹魂》、《南柯梦》,缮写而上。问黄粱其未熟,写卢生于正眠。盖以贫病交连,故亦啸歌难续。"可知,《邯郸梦》是"四梦"中最后写成的作品。

⑨如徐朔方《汤显祖年谱》、周汝昌《红楼梦新证》等。

⑩"一觉黄粱犹未熟,百年富贵已成空",见梦觉本《红楼梦》第五回煞尾。

⑪见季麒光《许月溪园亭看演邯郸梦陈紫岩先有诗续和四章》(《塔江楼文集》附《河桥野啸集》)、潘庆澜《戏题红楼梦传奇三律》(《宜识字斋诗钞》)、王藻《寒夜观剧偶成十首》(《莺脰湖庄诗集》)。蒋瑞藻《小说考证》引《渔矶漫钞》:"宋荔裳观察罢官游西湖,与林铁崖、曹顾庵、王西樵宴集,演《邯郸梦》传奇。观察曰:'殆为我辈写照也。'即席赋〔满江红〕云:'(略。)笑吾侪,半本未收场,如斯状。'词成,坐客传观属和,为之歔欷罢酒。"

⑫《邯郸梦》具有显著的艺术特点:(1)打破以生旦为主的传奇体制,而以老生(卢生)作为主要人物;(2)以揭露黑暗的封建政治为主,具有讽刺喜剧风格;(3)全剧只有三十出,结构比较紧凑;(4)戏剧语言比较本色。

⑬本文所引汤显祖的话,除有的引自陈继儒《批点牡丹亭·题词》外,其他均见《汤显祖集》。

⑭本段所引诗句,见敦诚《四松堂集》、敦敏《懋斋诗钞》。

⑮在清代传奇作品中,《梦中缘》有两种,一为张坚作(《玉燕堂四种曲》之一),一为邯郸梦醒人作。后一种在姚燮《今乐考证》和王国维《曲录》里均未著录。邯郸梦醒人,真实姓名无可考。据熊观国《梦中缘序》说是:"君籍江表,钟黄山白岳之奇,遨游于吴楚皖豫鲁之间,观风问俗。"这部传奇共有四十出:桃会、花聚、降凡、求嗣、产儿、上学、言志、傲世、婚阻、游春、结拜、闻祸、教子、避兵、哭母、遇难、旅店、

劫江、羁荆、路会、荐别、投军、受辱、孤愤、起义、剿贼、带箭、得功、完姻、怅离、楚厄、劝表、抗表、兆梦、恤灾、辞官、访道、祭亡、栖真、羽化。

【作者附记】

本章中提到"作者自己在这部传奇里露出了马脚",乃是指:第一,此剧第十四出《避兵》,有"想俺在金田起义之时"句;第二,此剧中榛帅,影射"曾大帅(国藩)";第三,此剧第二十五出《起义》中《讨贼檄文》,明显地污蔑太平天国革命。

十一、古典戏曲对《红楼梦》情节处理的影响

《红楼梦》有些情节的处理，受到了我国古典戏曲的影响。比如第二十一回，贾琏追逐平儿求欢，一个在屋外，一个在屋内，隔窗调笑。庚辰本有条脂批："此等章法是在戏场上得来。"第四十三回，贾宝玉在水仙庵祭奠金钏儿，茗烟代宝玉念祝词。庚辰本有条脂批："此一祝，亦如《西厢记》中双文降香第三炷，则不语，红娘则待（代）祝数语，直将双文心事道破。"这两条脂批对了解《红楼梦》情节处理颇有启发，但都说得很简略。因此，本文对这个问题试作初步探索。

（一）

　　我国古典戏曲对人物出场很重视,不同人物在不同情景中,就有不同出场①。如"咳嗽上"、"内白上"、"起霸上"、"掩面上"等,名目多达几十种。每一种名目,又有种种差异。即就咳嗽出场而言,幕内咳嗽(简称"内嗽"),即有"嗯吓"、"啊哈"、"阿哼"、"阿嘿"、"嘿嘿"、"嗯勃嘿"之别,远、近、高、低、沉、脆之分,可以把不同人物的年龄、性别、地位、个性表达出来。②明乎此,余可类推。当然,有时须配以音乐,如大将起霸用"四记头",小偷行窃则用"扎上";有时不用音乐,如"溜上",即是暗暗出场。为什么我国古典戏曲要重视人物出场呢？这就在于,戏曲艺术,必须通过剧中人物自身的行动,揭示出性格特点,却不能由剧作家出面,代替人物说话。戏曲是一种舞台艺术,不能不受到舞台空间和演出时间的限制,也就更需要用最经济的手法,塑造人物形象。而人物出场,则是与观众初次见面,因此,安排好人物出场,可以给人物性格定下基调,这是塑造人物形象最经济的手法之一。

　　请看第三回王熙凤出场：

　　　　只听后院中有人笑声,说"我来迟了,不曾迎接远客"。黛玉纳罕道:这些人个个皆敛声屏气,恭肃严整如此,这来者系谁,这样放诞无礼。心下想时,只见一群媳妇丫环围拥着一个人,从后房进来。

此回有条脂批:"另磨新墨,搦锐笔,特独出熙凤一人,未写其形,先使闻声,所谓绣幡开遥见英雄俺也。"末一句,乃是《西厢记·惠明下书》中惠明的唱词,借以形容凤姐出场很有声势。因为惠明出场,用的是"唤上"③;凤姐出场,近于戏曲"内白上",就是人物在幕内念一句或数句说白,使观众先闻其声,一下子吸引住观众的注意力。及至人物出场,观众马上就会把方才的想象与看到的形象印证起来。

戏曲对人物出场的时间很讲究,出早了,就是"冒场";出迟了,就是"误场"。此回对凤姐出场的时间,也作了精心的安排。正当邢夫人、王夫人、众小姐都在场,遵循贾府的"大家风范",敛声屏气,恭肃严整,接待远客黛玉,这时,凤姐忽至,随意说笑,顿时打破了恭肃严整的气氛,所以,才使得黛玉惊讶其放诞无礼,不知为谁。如果没有前边众人敛声屏气在场的铺垫,便让凤姐"冒场",那就不能突出凤姐放诞无礼,也就不能引起黛玉的惊讶了。正如俗话所说:"没有平地,怎显高山。"这样一来,凤姐在贾府中的特殊地位,自然无法显示出来。甲戌本此回又有条脂批:"第一笔,阿凤三魂六魄已被作者拘定了,后文焉得不活跳纸上。"此说甚是。因为,通过凤姐初次出场,就为这个人物性格定下了基调,所以,后文一再写凤姐恃着贾母对自己的宠爱,在大庭广众之中,当着贾母面前,随意说笑,阿谀逢迎,放诞无礼,便不足为怪了。看来,此回写凤姐出场,深得戏曲人物出场"定基调"的诀窍。

再看第三回贾宝玉出场:

> 只听院外一阵脚步响,丫环进来笑道:"宝玉来了。"黛玉心中正疑惑着,这个宝玉不知是怎生个惫懒人物,蒙懂顽劣之童,到不见那蠢物也罢了。心中正想着,忽见丫环话未报完,已进来了一个年轻公子。

这里出场,近于戏曲"点上"。就是人物先在幕内有某种预示动作,然后由另一个人物点明来者是谁。实际上,这是用某一个剧中人物代替即将出场的人物,向观众报名,使观众未见其人,先知其名。这是因为,观众经过别的人物介绍,已早知其人,一听到这个人物即将出场,就预感到必有一场重大纠葛发生,因而密切注意着。昆曲《长生殿·絮阁》即是如此。④《红楼梦》此回安排宝玉出场,就是由丫头点明"宝玉来了",代替宝玉向读者报名。为什么要让宝玉"点上"呢?第一,他毕竟只是个有些"淘气"的"顽童",所以出场之前,不过由院外传来一阵脚步响,暗示着急于进入院内。第二,这天宝玉到庙里还愿去了,故而丫环一见宝玉回来,马上笑着进院通报,好让正在盼望宝玉的贾母高兴。第三,前边王夫人已向黛玉谈过宝玉的情况,黛玉又联想到自己母亲对宝玉的介绍,这就使得"黛玉心中已早有宝玉矣",因此,黛玉一听到丫环通报,才会立即疑惑着不知宝玉到底是怎生个人物。这样一来,读者当然要密切注视着宝玉出场后,如何与黛玉相见,将有怎样情景。由此可见,此回对宝玉出场,采用近于戏曲的"点上",恰到好处。此回还有条脂批:宝玉出场"与阿凤之来相映,而不相犯"。所谓相映,就是都通过黛玉的感受前后对照,相映成趣。所谓不相犯,就是一个由媳妇丫环围拥出场,一个单独出场;一个随意说笑,一个只发出脚步声;一个不点明是谁,一个点明是谁,互不雷同。如前所述,戏曲艺术,正是根据不同人物、不同情景,安排不同出场,否则就会变成"一道汤"(戏曲行语)了。

还有第十八回元春出场:

> 忽见一对红衣太监,骑马缓缓的走来,至西街门下了马,将马赶出围帐之外,便垂手面西站住。半日,又是一对,亦是如此。少时,便来了十来对。方闻得隐隐细乐之声,一对对龙旌凤翣,雉羽夔头,又有销金提炉,焚着御香。然后,一把曲柄七凤黄金伞过来,便是冠袍带履,又有值事太监,捧着香珠、绣帕、漱盂、扫尘等类。一队队过完,后面,方是八个太监抬着一顶金黄绣凤版舆,缓缓行来。

这里出场,近于戏曲"斜门大摆队上"⑤。舞台上后妃出行,通常采用这种程式。即是在细乐声中,先由一对一对太监缓步登场,有的执瓜棍,有的执瓜锤,接着一对一对宫娥缓步登场,有的提宫灯,有的提香炉,有的执符节,有的掌扇。他们排立场上,显示了豪华铺张的排场,造成了严肃隆重的氛围。然后才是后妃的銮舆缓缓出场。以如此铺排,炫耀皇家繁文缛节、虚张声势的礼仪,突出皇家人物高高在上的气派。《红楼梦》此回元春归省,先写了贾府诸人焦急地等待着元春驾到,而元春銮舆偏偏久未出场。及至好不容易来了,又是没完没了的仪仗缓缓行来。气势之盛,非同一般。

凤姐、宝玉、元春三人的出场,各自不同。就其形式而言,有的"内白上",有的"点上",有的"大摆队上"。就其姿态而言,有的似一阵风而卷至,有的单独急促奔上,有的列队缓缓而来。就其着墨而言,有的寥寥数笔,有的稍作点染,有的极力铺排。可是不论哪一种出场,都是为了恰如其分地表现人物的身份和性格。这足以证实,曹雪芹曾以传统戏曲的人物出场作为借鉴。

我国古典戏曲人物出场,除个人外,也有集体的。如"一字站门上",或四文官,或四武将,同时出场,分别念诗、通名。在《红楼梦》里也有人物集体出场。如第三回迎春、探春、惜春同时出场,第六十三回尤二姐、尤三姐同时出场,等等,这里不细谈了。

戏曲和小说,对于人物出场的处理毕竟有所不同。按照戏曲"连场"的形式,剧中人物都要由"上场门"出场,表示来路;由"下场门"入场,表示去路。如果剧中人物由下场门出场,那就表示是由室内或城内出来。上场下场,来来去去。因为,戏曲不像话剧有"幕"可开,有"幕"可闭,有时一开幕,剧中人物却已在场上。古典小说对有些人物也有处理为已在场上的"出场"。请看第二十回,春节期间,贾环与宝钗、香菱、莺儿赶围棋作戏,输了钱,耍无赖。

莺儿说他"一个做爷们的,还赖我们这几个钱"。《增评补图石头记》此回有条眉批:"环三爷出场,便就此等小事写起,其品地已定。"批得颇有见地。贾环出场,就是用的已在场上的"出场"。

(二)

我国古典戏曲以"场"作为基本组织单位,从开场到剧终,一场戏连一场戏。随着剧中人物频繁上下场,就不断地变换戏剧场面,迅速推动戏剧情节发展。当然,也不排斥采用其他方法,如"圆场"、"转场"之类,变换戏剧场面。这种连场戏,地点的变换、时间的推移比较自由,没有西洋戏剧"三一律"(时间一致,地点一致,动作一致)的拘束。故而,在同一场戏里,剧中人物可以在两个不同的场合,如室内室外,墙内墙外,亭内亭外,栏内栏外,楼上楼下,山上山下,甚至城内与郊外,天上与地下,同时展开活动。可以比较广阔地反映生活,而又富有戏剧性。

第二十一回,贾琏追逐平儿求欢,一个在室内,一个在室外。为什么脂批说"此等章法是在戏场上得来"的呢?这就在于,在同一场上,出现了两个空间,室内与室外。一墙之隔,把贾琏、平儿分在两处,不能当面接触。但他们却可以隔窗对话,言来语去,恣意调笑。因此,贾琏的丑态,平儿的俏姿,彼此烘托,一并展现在人们的眼前,使人们可以同时看到这两个人物交流感情的活动。这种艺术处理,类似《西厢记》中张生与莺莺隔墙联吟而交流感情的场面,可以取得平行和对列的戏剧效果。戏曲艺术对时间和空间的特殊处理,给这种场面处理提供了便利条件。当然,也有人物分在两个空间里,双方没有交谈,但仍富有戏剧性。《红楼梦》第三十六回,宝玉睡在床上,宝钗坐在床边做针线,而黛玉隔窗见了这个景儿,连忙把身子一藏,手握着嘴,不敢笑出来,招手儿叫湘云来瞧瞧。我们看,室内宝钗默默做活,并未留心;室外黛玉很活跃,掩饰不住内心的笑意,一内一外,一静一动,两相对照,微妙地揭示了金玉姻缘与木石姻缘之间的矛盾。《西厢记·寄柬》中,张生患病,红娘去探望,用唾液润破书房窗纸,看室内张生的病态,寄以同情。黛玉隔窗而瞧的艺术处理,与《寄柬》相近。

戏曲中,为了要让两个人物吐露隐秘,便让第三者借故下场,等到这两个人物吐露隐秘完毕再上场。这样,剧中第三者不知道,而观众却一清二楚。昆曲《一捧雪·审头》中吐露隐秘的场面,便是如此处理的。⑥第十六回,贾琏与凤姐正在谈着薛姨妈打发香菱来的事,忽有小厮传报贾政叫贾琏到大书房去,贾琏忙忙整衣出去(下场)。凤姐便问平儿,薛姨妈为何打发香菱来,平儿回答是自己撒个谎,不让贾琏知道旺儿嫂子送利钱银子来,以免贾琏要钱花。她们把贾琏蒙在鼓里。"说话间,贾琏已进来",凤姐便命摆上酒馔,陪着贾琏对饮。平儿之所以撒谎,正是顺着凤姐心意行事,她的确可算凤姐的"一把总钥匙"。从这里人们可以清楚地看出,戏曲形式的借鉴,有助于揭示贾琏与凤姐在贪求钱财上同床异梦、互相欺瞒的内心。有时,剧中第三者下场以后不再上场,因为下边没有他的戏。《红楼梦》里也有这样的处理。第一回,甄士隐与贾雨村在书房闲话,"忽家人飞报严老爷来拜",甄士隐便出前庭去了(下场)。留在书房的贾雨村,才有机会与窗外甄家丫头娇杏传情。等到这段小喜剧一结束,贾雨村便"从夹道中自便出门去了",即也下场了。

我国古典戏曲对于场面处理,有一种叫作"同场中过场",就是在同一场戏里,某一个剧中人物,看着一起一起人物"连续过场"。这种艺术处理,可以利用流动的景物,强有力地撼动人物的心灵。昆曲《长生殿·酒楼》,郭子仪在酒楼上,望见一群官员牵羊担酒,前往杨氏兄妹四家祝贺新第落成,打从楼前经过;接着又见安禄山新封郡王,带着随从,耀武扬威地从楼前经过,因此,越来越激起他胸中的愤慨。⑦再看《红楼梦》第三十五回,林黛玉立在花荫之下,远远地向怡红院望去,只见李纨、迎春、探春、惜春并各项人等,都进院去探望养伤的宝玉;过了一会,又见贾母、邢夫人、王夫人、凤姐、周姨娘并丫环媳妇,也都进院去了;少顷,又见薛姨妈、宝钗等人,也都进院去了。这一起一起人物,使黛玉的心灵受到越来越强烈的震动。所以黛玉看了不觉泪珠满面,进而联想到自己比莺莺更命薄,也就愈益伤心了。看来,这正近似《长生殿·酒楼》那种"同场中过场"的艺术处理。

戏曲中还有一种"吊场"。就是一开场,先由一个剧中人物出场叙说一番,把下边的戏吊起;或者场上人物都已下场了,只留下一个人物吊在场上,让这个人物有机会单独发抒自己的感情。所以吊场有"前吊场"(开场)、"中吊场"(中间)和"后吊场"(收场)之分。昆曲《牡丹亭·游园惊梦》,杜母唤醒了睡着的杜丽娘之后,下场;杜丽娘留在场上,吊场。她回想梦中与柳梦梅两情和合的欢乐,倾诉梦醒后的愁闷。然后,丫环春香上场,请小姐上床就寝。这里杜丽娘吊场,正是个中间吊场。《红楼梦》第二十三回"牡丹亭艳曲警芳心"的艺术处理,与此相近。贾宝玉与林黛玉在沁芳闸桥畔同看《西厢》之后,袭人叫走宝玉,只留下黛玉一人,吊场。她闷闷地走到梨香院墙下,侧耳细听小演员唱《游园惊梦》,受到深切的感染,发出强烈的共鸣,从"不觉心动神摇",进而"益发如醉如痴",再进而"心痛神驰,眼中落泪"。黛玉正没个开交处,忽觉背上被人击了一下,吓了一跳,回头看时,原来是寻找宝钗的香菱。香菱便拉着黛玉的手,同回潇湘馆。这里黛玉中间吊场,就把这个人物叹惜青春虚度、追求婚姻自由的伤感情绪,发挥得淋漓尽致。

我国古典戏曲对于场面的处理,多种多样,不拘一格。从上面所举数例可以了解到,曹雪芹写《红楼梦》,善于根据这部小说反映生活的需要,适当地吸收了戏曲艺术一些处理场面的方法,使书中情节更能多方面地展现生活场景,富有变化地表现人物的精神面貌,而又戏剧性强,饶有趣味。在《红楼梦》里最突出的,一种是把几个人物安排在不同场合而同时展开活动的场面,一种是让一个人物单独充分抒情的场面,每一种又各不相同,各有巧妙。比如,第二十回"王熙凤正言弹妒意",第二十一回"俏平儿软语庇贾琏",第二十七回"滴翠亭宝钗戏彩蝶",第三十回"椿龄画蔷痴及局外",

第三十六回"绣鸳鸯梦兆绛芸轩",等等,都是不同的人物,在两个不同的空间里,同时展开活动,互相照映。这正是《红楼梦》吸收了戏曲艺术的长处,融成一体,妙合无痕。

(三)

作为戏曲艺术,必须演之于场上,所谓"填词之设,专为登场"(李渔语)。所以剧中人物要用自己的语言和动作,表现自己的性格特点。戏曲艺术是行动的艺术,如果人物缺乏强烈的行动,人物在舞台上就动不起来,这样的戏必然是"瘟"戏。当然,小说作品中的人物也有行动,但以第三者叙述为主。戏曲艺术则根本排斥叙述,不用第三者代言。

我们说戏曲艺术是行动的艺术,并不意味着只是又做又打,手舞足蹈;又说又唱,滔滔不绝。戏剧人物的行动,包括外部动作(形体动作)和内心动作。所以有时剧中人物几声叹息,甚至默默无言,也很有戏,所谓"此时无声胜有声",耐人寻味。《西厢记》第一本第三折,莺莺倚栏吁叹,吐露出"心中无限伤心事","意在不言中"。所以张生立即觉察出莺莺"似有动情之意"。如果让莺莺在这时"独白"一番,把心事和盘托出,她那还没有摆脱封建礼教束缚的性格,就变得浅而露了。再看《红楼梦》第六回:

(那凤姐儿)端端正正坐在那里,手内拿着小铜火箸儿,拨手炉内的灰。平儿站在炕沿边,捧着小小的一个填漆茶盘,盘内一个小盖钟。凤姐也不接茶,也不抬头,只管拨手炉内的灰,慢慢的道:"怎么还不请进来。"一面说,一面抬头要茶时,只见周瑞家的已带了两个人在地下站着了,这才忙欲起身,犹未起身,满面春风的问好,又嗔周瑞家的怎么不早说。

瞧,凤姐在这场自导自演的戏里,真是表演得惟妙惟肖。平时,她能说会道,指手画脚,好像是个"彩旦"人物;此刻,她对刘姥姥之来,竟然一反常态,装聋作哑,只当眼里没人似的。她在贫穷的"村野人"面前,只有几个小动作,一两句淡话,一副骄人的派头,高贵的身份。可是转眼之间,却又"满面春风",表现出一片热情,"忙欲起身",实际上并未起身。别看凤姐此刻的一些动作都是幅度不大的,但她的内心深处,正在盘算着如何应付这个穷亲戚。这种刻画,深得戏曲艺术用小动作传神之妙谛。

脂砚斋批语指出,第四十三回,茗烟代祝,"亦如《西厢记》中双文降香第三炷,则不语,红娘则待(代)祝数语,直将双文心事道破"。其说甚是。为什么曹雪芹在此回要借鉴《西厢记》的艺术处理呢?我看主要有两点。第一,金钏儿的冤死,涉及王夫人,所以宝玉有难言之隐,这时如果不让茗烟代祝,点破宝玉的心事,读者就会对宝玉的行动摸不着头脑。而茗烟是个善于察言观色的机灵鬼,跟随宝玉多年,对宝玉的心事"没有不知道"的,也就成为"宝玉第一个得用的"书童。他一见宝玉,便断定是祭悼一位极聪明极俊雅的姐姐妹妹了。在他想来，"二爷心事不能出口"，那他就祝吧。看来，宝玉难言之隐，近于莺莺（双文）难言之隐；茗烟的机灵，近于红娘之机灵；宝玉水仙庵祭奠的情景，亦近于莺莺烧夜香的情景。所以借鉴于《西厢》，既恰合，又自然。第二，我国戏曲艺术非常重视精简，要求剧中出现一个人物，便充分发挥这个人物的作用。《红楼梦》此回正是充分发挥了茗烟的作用。如果此回不用茗烟代祝，而由作者自己直接解释宝玉此刻的心事，也是可以的，按照小说体制，是容许这样做的。可是，这一来，茗烟这个人物就会黯然失色，成为闲人，而且有损于宝玉形象的塑造（红花无绿叶衬托），整个情节也失去了妙趣。

　　鲁迅曾经指出，"中国旧戏上，没有背景"。我国戏曲确实是连场戏，时间和地点的变换，比较灵活自由，不宜于用实在的布景，近似我国写意的山水画，以简练见长。故此，重在白描人物，强调刻画人物的形态、动作和内心世界，而不强调景物如实地铺排，所谓"省略背景，突出主象"，"戏以人重，不贵物也"。只要在剧中对景物做概括点染，通过演员的精湛表演，就可以写意地创造出情景交融的意境。甚至不对景物作点染，而通过巧妙的排场调度，也可烘托出背景来。在这方面，《红楼梦》也向戏曲艺术有所借鉴。请看第四十二回，写王太医到贾府治病：

　　　　只见贾母穿着青绉绸一斗珠的羊皮褂子，端坐在榻上。两边四个未留头的小丫鬟，都拿着蝇帚漱盂等物。又有五六个老嬷嬷，雁翅摆在两旁。碧纱橱后，隐隐约约有许多穿红著绿戴宝簪珠的人。

这里，并未点染景物，只是素描场面。近处为老嬷嬷，中间为小丫环，远景为碧纱橱后隐隐约约的人们，层次井然。而且小丫头在"两边"，老嬷嬷在"两旁"，互相形成对称。这些小丫头、老嬷嬷以及碧纱橱后的人们，红红绿绿，珠光宝气，恰好成了活的衬景，更显出这个豪门"老祖宗"位尊福大的富贵气派。其实，贾母室内并不是没有陈设。刘姥姥二进荣国府，曾看见"老太太正房，配上大箱大柜大桌子大床，果然威武"。此回如果再从王太医眼中描绘贾母室内陈设，极力铺排富贵气派，那就反而烦琐重复，画蛇添足了。

戏曲中人物与人物之间，有时说一些客套话，如"不知驾到，未曾远迎，多多得罪"，"来得鲁莽，望乞海涵"，"后堂摆宴，与大人接风"，等等。这类客套话，后来在很多戏里套来套去，成为"水词"（戏曲行语），实在乏味。曹雪芹写《红楼梦》，却对此加以点染，让有的人物说出来，竟然有趣得很，真是化腐朽为神奇。请看第十六回：

凤姐见贾琏远路归来，少不得拨冗接待，房内并无外人，便笑道："国舅老爷大喜，国舅老爷一路风尘辛苦，小的听见昨日的头报马来，说今日大驾归府，略备了一杯水酒挥尘，不知赐光谬领否？"贾琏笑道："岂敢岂敢，多承多承。"

凤姐的这几句话,有腔有调,有板有眼,既表示了对贾琏远归的亲热,又卖弄了自己善于调笑的口才,确实是绝妙的戏曲台词。我们知道,凤姐平时就喜欢用戏曲台词打趣。如第四十回,李纨问凤姐对诗社到底管不管,凤姐回答:"明日一早就到任,下马拜了印,先放下五十两银子,给你们慢慢的做会社东道。"在戏曲台词中,就有"择日到任,下马拜印"。可见,这个人物对戏曲台词滚瓜烂熟,脱口而出,已是习惯成自然的了。此刻,她见贾琏远路归来,房中又无外人,更自然会用戏曲台词卖俏打趣,博取贾琏的欢心。所以脂批说:"娇音如闻,俏态如见,少年夫妻常事,的确有之。"然而在贾府中,熟悉戏的除凤姐外,还有贾母和宝钗。曹雪芹之所以没有让贾母、宝钗也如此,大概是因为,凤姐粗俗,贾母自尊,宝钗稳重。宝钗说过:"世上的话,到了凤丫头嘴里也就尽了。幸而凤丫头不认得字,不大通,不过一概是市俗取笑。"可见,曹雪芹刻画不同身份的人物,也就各有不同的性格语言,使人们只闻其言,便知其人。

(四)

从以上初步探索,我们可以了解到,《红楼梦》无论人物出场、场面调度、背景点染、人物语言等等,都有近似古典戏曲的艺术处理,这在全书中比较显著,比较突出,因此,形成了这部作品艺术形式和艺术风格上的特色之一。试把宋元话本和明清小说的一些主要作品与《红楼梦》比较一下，就更可以看出《红楼梦》的这一特色。当然，远在宋元时代，"说话"与戏曲同在"勾栏"里流行时，就已互相影响了。我们从题目、家门、开呵、打散之类，可以找出"说话"与戏曲之间的渊源。明清小说受古典戏曲影响，最早而又最显著的是《金瓶梅》，但它在这方面的成就，也远不及《红楼梦》。人们常说，《红楼梦》打破了传统的写法，"开生面，立新场"。我想，这部小说作品善于向古典戏曲借鉴，也应算是打破了我国古典小说的传统写法吧。对此，值得我们重视和研究。

那么，为什么曹雪芹写《红楼梦》，却要向古典戏曲借鉴呢？这就在于，按照小说体制，可以由作者介绍和叙述，可是，如果平铺直叙的介绍和叙述过多，那就容易造成情节的进展平板、迟缓和沉闷，也就会影响到人物的描写，干瘪而不生动。因此，借鉴于戏曲这种行动的艺术，强调人物自身的行动，就更能增强小说作品中人物形象的生动性和故事情节的戏剧性。这是一。小说作品，由于"一口难说两处事"，可以"按下一方，另表一方"，可是，在现实生活中，各个场面往往同时进行，如果在艺术作品中把它们同时表现出来，经过相互加强，就会使人们产生惊人的印象。戏曲艺术在场面处理上，不乏各个场面同时进行的，产生了奇妙的戏剧效果，值得小说创作借鉴。这是二。小说作品可以大段大段地描绘景物，借景抒情，进一步表现情，深化情。然而，如果小说作品善于吸收戏曲不重实景的白描手法，也可以丰富背景的渲染和人物的塑造。

这是三。总之,曹雪芹写《红楼梦》,讲求艺术方法,力图创造性地塑造出众多的栩栩如生的艺术形象,更真实、更完美地反映复杂的社会生活。而古典戏曲有些艺术方法,值得小说创作借鉴。所以,曹雪芹对《红楼梦》的情节处理,就适当地吸收了一些古典戏曲的艺术方法。

敦诚《鹪鹩庵杂志》记载:"余昔为《白香山琵琶行》传奇一折,诸君题跋,不下几十家。曹雪芹诗末云:'白傅诗灵应喜甚,定教蛮素鬼排场。'亦新奇可诵。"据说,曹雪芹曾"杂优伶中,时演剧以为乐"(善因楼版《批评新大奇书红楼梦》过录乾隆年间人批语)。这证明,曹雪芹对戏曲是个行家。

然而,熟悉戏曲的小说家,不一定都会取得向戏曲借鉴的突出成就。比如,与曹雪芹同时的吴敬梓,对戏曲也很内行。他曾与乐工伶人交游,学习唱曲,写作词曲,所谓"生小心情爱吟弄,红牙学歌类薛谭";"伎识歌声春载酒","赢得才名曲部知";"香词唱满吴儿口,旗亭法曲传江潭";"寄闲情于丝竹,消壮怀于风尘"。⑧他在《儒林外史》里,也描写了当时戏班活动、艺人生活、演出情况以及戏曲剧目等等,丰富了书中的社会生活。可是《儒林外史》却并未取得向戏曲借鉴的突出成就。看来,小说作家熟悉戏曲,不等于擅长向戏曲借鉴;何况,小说作家对戏曲艺术尤其是戏曲艺人的看法,也会影响自己向戏曲借鉴的成就。⑨第十八回元春归省的出场,当然是借鉴过戏曲出场。因为,在当时戏曲舞台上,常有后妃出场的大排场。《长生殿·定情赐盒》,就是由高力士、众太监、宫娥引杨贵妃坐辇上。《缀白裘》选有此出,可见在乾隆年间戏曲舞台上很流行。熟悉《长生殿》的曹雪芹,对此不会不知道的。《歧路灯》第十回也写了当时戏曲舞台上演出《西游记·女儿国》,女国王出场,排场很阔,气派很大。⑩此书作者李绿园(1707—1790),亦与曹雪芹同时。然而《红楼梦》中元春出场的描绘,较之戏曲舞台上后妃出场,更有另外的因素在内。脂砚斋批云:"此回铺排,非身经历,开巨眼,伸大笔,则必有所滞挂牵强,岂能如此触处成趣。"这就是说写省亲跟曹家的历史有很大关系。大家都熟知,曹雪芹的祖父曹寅多次主办过康熙皇帝"南巡盛典"。第十六回,赵嬷嬷和王熙凤都谈到贾府、甄府、王府当年"接驾"的"虚热闹"。

还应该提出,小说与戏曲毕竟是两种不同的艺术形式,各有自己独特的表现方法,因而两者不能互相代替。曹雪芹写《红楼梦》,在情节处理上,向戏曲艺术借鉴,这是为了丰富表现手法,但并不是以戏曲代替小说。比如说,小说作品不受时间和空间的限制,特别是长篇小说容量很大,为了反映复杂的生活图景,可以多安排些头绪,多用些穿插,多做些细节描写,所以,情节进展比较缓慢。第十六回到第十八回,用三回的篇幅,大笔渲染元春归省的前后过程。在这中间,又错综地穿插了黛玉归来、秦钟之死、凤姐放债之类的情节。虽然整个情节进展比较缓慢,但却更为曲折多姿地展现了贾府迎接元春归省的复杂过程。戏曲则不然,因受舞台空间和演出时间的限制,情节必须高度集中,迅速而又有变化地展开戏剧冲突,高潮一过,戛然而止。"勿太蔓,蔓则局懈"(王骥德《曲律》)。有人说,小说是"渐变"的艺术,戏曲是"激变"的艺术。这并非毫无道理。《红楼梦》这部巨著,对于复杂的社会生活的反映,最大限度地发挥了小说这一艺术形式的性能和长处,同时也适当地吸收了姊妹艺术的长处,所以成为我国古典小说艺术发展的最高峰。

【注释】

①戏曲名词"出场",一般是指剧中人物初次上场,但有时出场也可作为剧中人物"上场"的泛称。

②书童内嗽,要清脆,象征童子嗓音。茶博士内嗽,要响堂,才像个吆喝买卖的。院子内嗽,要低沉苍老,显得上了年纪。篾片内嗽,要带点油滑,流露出不正派的习气。绿林豪杰内嗽,要洪亮高扬,表现出英雄气概。这里略举数种,以见一斑。当然,即使同类人物内嗽,也有所不同。如昆曲《茶访》中茶博士内嗽,要轻快、尖俏,表现出心直口快的性格,有别于一般茶博士内嗽。

③《缀白裘》本《西厢记·惠明下书》:"(外)吓,惠明徒弟那里?(净持棍上)俺来也!"这就是长老(外)唤惠明(净)出场,所以称为"唤上"。

④《缀白裘》本《长生殿·絮阁》:杨贵妃"内嗽介",惊动了看守翠阁的高力士。高力士云:"呀,那边远远来的正是杨娘娘。"这里之所以用"点上",正是因为唐明皇躲避着杨贵妃,在翠阁中与梅妃密会;此刻高力士点明杨贵妃来了,表示他内心惊慌,盘算着如何向阁中通

凤报信,好让唐明皇有所准备;同时也使观众预感到杨贵妃之来,将会发生一场风波。

⑤"斜门大摆队上"图:

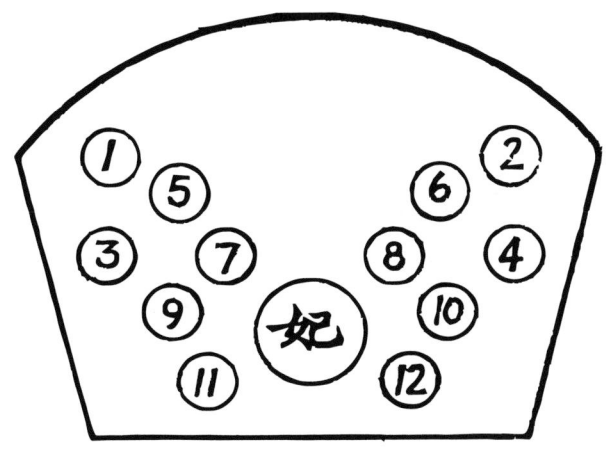

1、2 执棍太监　3、4 执锤太监　5、6 提灯宫女

7、8 提炉宫女　9、10 执符节宫女

11、12 掌扇宫女　妃,后妃銮驾

所谓斜门,就是太监、宫女上场站斜门。

⑥昆曲《一捧雪·审头》:锦衣卫陆炳审理莫怀古人头一案,雪艳娘说人头是真的,汤勤咬定人头是假的。这时,忽有圣旨传陆炳前去监斩犯人,陆炳下场。这就为留在场上的汤勤和雪艳娘两人提供了直接秘密谈判的机会。汤勤提出,只要雪艳娘肯嫁给他,他便承认人头是真的。雪艳娘假意应允,待机报仇。两人谈完,陆炳又上场再审此案。汤勤改口承认人头是真的,陆炳便对此案做出判决。见《缀白裘》。

⑦《缀白裘》本《长生殿·酒楼》(即原著第十出《疑谶》):郭子仪

"作起看介","老旦扮内监,净、付、外扮官,穿吉服,杂捧金币,牵羊担酒随上,绕场转下"。郭子仪又看,"四杂执事旗伞,引净(安禄山)上,绕场转下"。所谓绕场,剧中人物从上场门出场,绕过台前,不在场上停留,立即由下场门进入后台。

⑧见吴敬梓《文木山房集》、金榘《泰然斋诗集》。

⑨比如,吴敬梓在《儒林外史》里通过鲍文卿这个人物,既赞扬了戏曲艺人清白、正直的品德,又宣扬了封建名分思想。李绿园在《歧路灯》里,对戏曲艺术和戏曲艺人的看法,基本上是保守、落后的。陈森的《品花宝鉴》,其"理想人物如梅子玉、杜琴言辈,亦不外伶如佳人,客为才子,温情软语,累牍不休"(鲁迅《中国小说史略》)。更恶劣的是,书中对"相公"生活还作了自然主义的猥亵描绘。

⑩《歧路灯》第十回,写北京同乐楼演出《西游记·女儿国》,对女国王出场,有这样一段描写:"早奏细乐,先出来四个镇殿女将军,俱是二十四五岁旦脚扮的,金胄银铠,手执金瓜铜锤,列站两旁。又奏一回细乐,四个女丞相出来,俱是三十岁上下旦脚扮的,个个幞头牙笏,金蟒玉带,列站两旁。又打十番一套,只见一个女国王出来,两个宫女引着,四个宫女拥着。这六个宫女,俱是十七八岁年纪扮的,个个油头粉面,翠钿仙衣。那两个引的宫女,打着一对红纱灯前导,那后边四个宫女,一对日月扇,一对孔雀幢,紧拥着一个女儿国国王出来。"其故事假托明代,实际上写的是清代雍正、乾隆年间的社会生活。

十二、从《林四娘》、《姽婳词》到《姽婳封》

早在康熙年间,有些人就记述了林四娘故事。到乾隆年间,曹雪芹写《红楼梦》中《姽婳词》,就是基于林四娘故事点染而成的。再到咸丰年间,杨恩寿又基于《红楼梦》中《姽婳词》,编成《姽婳封》传奇。本文试把这三者联系在一起作初步探索,以求有助于对《姽婳词》加深理解。

(一)

康熙年间记述林四娘故事的,有林云铭的《挹奎楼选稿》、王士禛的《池北偶谈》、陈维崧的《妇人集》、蒲松龄的《聊斋志异》。《妇人集》还提到王太史（按即王士禛的长兄王士禄）有《林四娘歌》。龙门经天氏《姽婳将军自叙》说："先大夫提刑东鲁时，著《勿喜斋丛谈》，亦有纪录，洋洋八千余言，与世所传者颇不同。"仅就我看到的前四种而言，这个传说故事，男主角都是福建晋江人陈宝钥，女主角都是林四娘，而且都是林四娘鬼魂向陈宝钥叙述生前旧事，但故事的内容"各自为说，互有异同"。

总的看来，这四种著作记述的，可分为两种类型。

一种是林云铭《挹奎楼选稿》中的《林四娘记》。这个林四娘，自称是福建"莆田人，故明崇祯年间，父为江宁府库官，逋帑下狱，我与表兄某悉力营救，同卧起半载，实无私情，父出狱而疑不释，我因投缳以明无他，烈魂不散耳"。她还"性耽吟咏，所著诗，多感慨凄楚音，人不忍读"。显然，这个林四娘只是个富有文才、能尽孝道、蒙冤而死的贞烈女子，与衡王没有任何关系。我们知道，林云铭与陈宝钥同是康熙年间人，又同籍福建。林云铭《挹奎楼选稿》中有《陈绿崖诗序》。陈绿崖即陈宝钥，可见他们有交谊。据林云铭说："康熙六年，陈补任江南传驿道，为余述其事，属余记之。"看来他的记述直接来自故事中的男主角陈宝钥。

另一种是《池北偶谈》、《妇人集》、《聊斋志异》记述的林四娘故事。这个林四娘，却是金陵人，原为衡王的宫嫔，也会吟咏，不幸而死。王士禛、蒲松龄都是山东青州地区的人，而且有交谊，王士禛为《聊斋志异》写了题词和评语。陈维崧说他记述的林四娘故事，系录自王士禄的《林四娘歌小序》。所以,这一类型乃是流传在山东青州地区的,而不是直接来自陈宝钥。①但这三种著作之间,也有差异,甚至互相矛盾。

第一,关于林四娘之死。有的说是:"不幸早死,殡于宫中,不数年,国破,(衡王)遂北去,妾魂魄犹恋故墟。"(《池北偶谈》)有的说是:"中道仙去,今暂还旧宫。"(《妇人集》)有的说是:"遭难而死,十七年矣。"(《聊斋志异》)它们记述林四娘之死,说法不一,原因和时间也都说得很含糊。第一说说死于国破前数年,但国破于何年,未交代清楚;第二说说死了十七年,但究竟死于何年,也不明确。②

第二,关于林四娘的形象。出现在《池北偶谈》中的是"蛮髻朱衣,绣朱臂,凤嘴靴,腰佩双剑"。这就显得红妆艳丽,英姿飒爽。所以陈宝钥见之,"疑其仙侠"。出现在《妇人集》中的是"身紫半臂,足躧翠靴,锦绦双环,环悬利剑,泠然如聂隐娘、红线一流",是女剑侠人物的形象。出现在《聊斋志异》中的是"长袖宫装","艳绝",这只是一个美丽的宫女。看来,林四娘显然有两个不同的形象,一个是巾帼英雄,一个是美丽女子。

第三,关于林四娘的身份。在《聊斋志异》里是"衡府宫人"。在《池北偶谈》里是"衡王宫嫔","衡王昔以千金聘"之,"入后宫,宠绝伦辈",死后作了鬼,还有"年可十四五、姿首甚美"的小鬟侍候。在《妇人集》里,林四娘"幼给事衡王",死后作了鬼,更有"殊丽"婢女东儿、青儿,恒侍左右,她将至青州署,"乐作空中,隐隐呵殿声,如贵人驺从至,至则炬燎辉煌,杯馔罗列,宾客杂沓于堂上,俳优厮养奔走于堂下"。很明显,这三者一个更比一个有气派。

第四,关于林四娘的诗篇。《妇人集》录一诗:"玉阶小立羞蛾蟁,黄昏月映苍烟绿,金床玉几不归来,空唱人间可哀曲。"近于一般闺怨诗。《池北偶谈》录一诗:"静锁深宫(有作深闺)忆往年,楼台箫鼓遍烽烟。红颜力弱难为厉,黑海心悲只学禅。细读莲花千百偈,闲看贝叶两三篇。梨园高唱兴亡事(有作升平曲),君试听之亦惘然。"这首含有禾黍之悲,所谓"今宫殿荒芜",不胜今昔之感。《聊斋志异》录一诗:"静锁深宫十七年,谁将故国问青天?闲看殿宇封乔木,泣望君王化杜鹃。海国波涛斜夕照,汉家箫鼓静烽烟。红颜力弱难为厉,惠质心悲只问禅。日诵菩提千百句,闲看贝叶两三篇。高唱梨园歌代哭,请君独听亦潸然"(凡句下标有着重号,都是不同于前诗之处)。这诗,更强烈地发抒了兴亡之感。看来,第一首与第二、第三首不同,后两首比较相近。

为什么同一林四娘故事,有种种差异呢?陈维崧《妇人集》说:"王十一为余说林四娘事,幽窈而屑瑟,盖《搜神》、《酉阳》之亚也。"可见林四娘故事也是个怪诞的鬼故事。所以林云铭认为,对这个故事"言有言无皆惑也"。王士禛也认为,只可"姑妄言之姑听之"。王士禛曾说明,林四娘诗篇,有长山李五弦司寇化熙的写本,而他所引的一首,却是程周量会元抄录的。蒲松龄也说明,他所引的一首,"诗中重复脱节,疑有错误"。张潮编《虞初新志》,收入林云铭《林四娘记》,又有个别改动的地方。这种"变易性",正是传说故事的特性。所以纪昀《阅微草堂笔记》说:"嗟乎!所见异词,所闻异词,所传闻异词,鲁史且然,况稗官小说。"

然而,以上不论哪一种林四娘故事,都没有反对农民起义的思想,也都没有反清的思想。即就《聊斋志异·林四娘》而言,也不过是发抒兴亡之感罢了。兴亡之感,并不等于民族思想。比如清代初期吴伟业的《秣陵春》,借南唐学士徐铉之子徐适与南唐临淮将军黄济之女黄展娘的爱情故事,发抒了兴亡之感。孔尚任说自己作《桃花扇》,也是"借离合之情,写兴亡之感"。可是,《秣陵春》据说是吴伟业受到夏完淳哀吊南京陷落的《大哀赋》启发而作的。虽然这部剧作写的是历史故事,其情节又扑朔迷离,但它确实寄托着对明王朝覆亡的感慨,蕴藏着沉痛的故国之思。明代遗民冒襄,看家伶演出《秣陵春》,评曰:"字字皆鲛人之珠,先生寄托遥深。"③孔尚任写《桃花扇》,并非从民族思想出发发抒兴亡之感,只是由于此剧真实地反映了南明王朝的兴亡,所谓"桃花扇底系南朝",所以"故臣遗老"观看此剧,"掩袂独坐","唏嘘而散"(《桃花扇本末》)。《聊斋志异·林四娘》与《秣陵春》、《桃花扇》又有所不同。所谓"遭难而死"的兴亡之感,亦含糊难解。④

有人抓住《聊斋志异》中林四娘诗有"故国"、"汉家"之类的字眼,证明这篇故事具有民族思想。当然,清初有些人的诗篇,如顾炎武的《海上》、屈大均的《壬戌清明》,慨叹"故国江山徒梦寐,中华人物又消沉",确实具有民族思想。可是有些诗篇中的"故国"并未含有民族思想。如沈永令《秦中》诗云:"旧游金谷云烟散,故国铜驼枳棘迷。"这里"故国",只是"前朝"的意思。⑤至于对《聊斋志异》

中的林四娘诗,就难以断定它是否具有民族思想了。我看,似无为个别字眼而争辩之必要。

又有些人对故事中的林四娘之死,大作考据文章。有的说:林四娘之死是明崇祯初年孔有德降清之前在山东叛变时事。有的说:林四娘死于明崇祯十六年清兵入鲁时。有的说:林四娘在清顺治元年与民军共同抗清战死。甚至同一个人的说法模棱两可。他们的考证,不外列举一些有关孔有德、衡王的史料,却没有举出一条有关林四娘的史料。既然历史上有无林四娘其人尚不可知,又怎能考证出林四娘到底怎么死的呢?有人说:《聊斋志异》中的《林四娘》,"其所以含词隐约,亦正见其暗指清兵,因触时讳,而不敢明言也"。其实不然,在《聊斋志异》里,《乱离》写"北兵"大肆掳掠人民,《野狗》写"大兵"血腥镇压于七之乱,《鬼哭》写清兵残暴"扫荡"谢迁之变,《张氏妇》也写出"凡大兵所至,其害甚于盗贼",《鬼隶》也提到"北兵大至,屠济南,扛尸百万"。这都是明指清兵,那么为什么唯有《林四娘》却怕"触时讳"而"暗指清兵"呢?因此我不相信这篇《林四娘》是"暗指清兵"。

(二)

从清代初期到中期,很多文人对林四娘故事都感兴趣。除以上几种之外,《闽杂记》、《山左诗钞》、《虞初新志》等著作中也有记载。封建文人往往喜欢谈鬼说怪,此风"明末实弥漫天下,至易代不改也"(鲁迅语)。曹雪芹在《红楼梦》第七十八回里安排了老学士闲征《姽婳词》的情节,可见他对林四娘故事也很感兴趣。

《红楼梦》中《姽婳词》里的林四娘,系"恒王得意人"。她美丽、娴淑而又勇武,被称为姽婳将军。当恒王率领"天兵"剿灭山东"流寇"而战死后,林四娘"誓盟生死报前王",也战死沙场。曹雪芹显然采用了《池北偶谈》、《妇人集》、《聊斋志异》这一类型的林四娘。在当时,林云铭"喜言神鬼,以《林四娘记》知名"。[6]曹雪芹对林云铭的著作也是熟知的。戚本《石头记》第二十一回,林黛玉题贾宝玉所续《庄子》云:"无端弄笔是何人,作践《南华》、《庄子因》。"《庄子因》一书,就是林云铭的著作。曹雪芹写《红楼梦》采用《庄子因》,而不采用《林四娘记》,正因为后者不符合他所要塑造的林四娘的要求。

但是曹雪芹写《姽婳词》,只选取了《池北偶谈》、《妇人集》中林四娘佩剑而似女侠的英姿,以及《聊斋志异》中林四娘"遭难而死"的遭遇。然后在这个基础上进行艺术加工,不仅对林四娘善武加以点染,更大大渲染了林四娘忠于恒王而与"流寇"血战至死的形象。因此,《姽婳词》中的林四娘,已经是曹雪芹的新的艺术创造。换言之,把林四娘打扮成反对"流寇"的姽婳将军,正是《姽婳词》具有的新特点。

曹雪芹精心安排、浓墨彩笔,塑造出了一个"风流"而"忠义"的林四娘。第一,在这之前,写的是贾宝玉对晴雯之死非常悲痛。在这之后,写的是贾宝玉作《芙蓉女儿诔》,祭奠晴雯。在这中间插入老学士闲征《姽婳词》,这好像天外奇峰,出人意料。第二,先由贾政谈林四娘事,进而贾府门客作短序,又进而贾兰作诗,再进而贾环作诗,终而才是贾宝玉作《姽婳词》。宛如一浪推一浪,层层涌进,到最后形成高潮。第三,贾宝玉作《姽婳词》,开头一起一宕,一停一续,自"恒王得意数谁行"句以下,整整二十句,一气呵成。第四,在宝玉作《姽婳词》的过程中,不断夹入贾府众门客喝彩叫好,拍手大赞,极力予以烘托。由此看来,曹雪芹绝不是任意节外生枝,故作惊人之笔,其中用意值得探索。

这段情节安排在描写晴雯之死的中间,在曹雪芹的心目中,林四娘与晴雯确实有着相似之处。(1)都是美丽而"风流"的人物。(2)都是"得意人"。(3)都忠心耿耿。(4)都不幸而死。(5)都死得很悲壮。(6)都高于腐败官员或者彼奴悍妇。可见曹雪芹就是用林四娘与晴雯作类比,为后边贾宝玉作《芙蓉女儿诔》热情歌颂晴雯,预先作好铺垫。

我国古典小说和传统戏曲创作,有一种"延宕"手法,就是正当主要情节紧张发展时,突然用另一情节来间隔、穿插一下,暂时抑制主要情节发展,造成跌宕之势,然后再让主要情节以更强的力度向前发展,这种艺术处理,较之让主要情节直泻而下,更能产生强烈的艺术效果。《姽婳词》正是运用了延宕手法。戚本《石头记》第七十八回后总评:"《姽婳词》一段,与前后文似断似连,如罗、浮二山,烟雨为连合,时有精气往来。"恰好说明了延宕手法的特点。

贾宝玉对一些妇女的不幸而死,都有过不同程度的悲痛。他对金钏儿惨死,"五内摧残","恨不得此时也身亡命殒,跟了金钏儿去"。到金钏儿忌日,他竟不顾此日是凤姐生日,又是诗社头一个正日子,也不管贾府"出门的规矩",私到水仙庵去祭奠,表示自己的哀思和悼念。宝玉与晴雯,朝夕相处,十分亲密,"五六年的情意",更逾于金钏儿。尤其晴雯"心比天高"的高洁品格,更为宝玉所赞赏。因此,晴雯惨死使宝玉受到更大的震动,怀着更强烈的悲愤。用《姽婳词》作为《芙蓉女儿诔》的铺垫,正是为了要突出宝玉对晴雯的高度赞颂。

在我们看来,把《姽婳词》中的林四娘,与《红楼梦》中的女奴晴雯类比,似乎并不恰当。可是在曹雪芹看来,林四娘对待恒王,与晴雯对待贾宝玉,正可以相提并论。曹雪芹在他复杂的世界观里,不可避免地存在着消极落后的思想意识。这对他写《红楼梦》不可能没有影响。对此,不用讳言。

有人提出:《姽婳词》中林四娘,并不一定是反对农民起义。因为第七十八回贾政说到"次年便有黄巾、赤眉一干流贼余党"时,脂砚斋曾加批语,以为不能实看这些话,否则"便呆矣"。我认为:固然有些脂批对于研究《红楼梦》,确有参考价值;但脂批很芜杂,需要甄别,不可盲从。即就这条脂批而言,也是令人莫名其妙的。黄巾、赤眉,一向是指农民起义。吴伟业《雁门尚书行》:"青史谁人哭薛碑,赤眉铜马知何处。"这诗悼孙传庭守潼关,与李自成率领的农民起义军对抗,终被歼灭。又如吕履恒《关门行》:"公挥炮石击贼军,双眦俱裂骂狗鼠,黄巾万众并牛力,飞镞满眼天地黑。"这诗悼陈显元守新安,拒绝明末农民起义军招降,终被击毙。《姽婳词》中"明年流寇走山东","流寇"也是对农民起义军的诬蔑称呼。如《桴机近志》:"崇祯末,流寇四起。"清代戴笠的《怀陵流寇始终录》,就是一部歪曲明末农民起义史实的著作。有人据脂砚斋批语以为不能实看,论点似缺乏说服力。

又有人提出:《姽婳词》是"指桑骂槐,揭露和嘲笑当朝统治者的昏庸腐朽和外强中干的虚弱本质","这无疑是大胆的","有着积极意义"。其实,《姽婳词》主要是歌颂林四娘的"忠义",而谴责腐败无能的文武官员则是次要的。何况这种谴责,正是为了衬托和抬高林四娘,所谓"纷纷将士只保身,青州眼见皆灰尘,不期忠义明闺阁,愤起恒王得意人";"何事文武立朝纲,不及闺中林四娘"。据我所知,从清代初期到中期,出现了一些取材于明末农民起义的传奇作品,如《两须眉》、《铁冠图》、《虎口余生》、《芝龛记》等。它们有个基本共同的思想倾向,就是大骂农民起义军,大骂贪生怕死的文武官员,狂热歌颂镇压农民起义的"英雄"。对腐败无能的文武官员之骂,比《姽婳词》还要骂得凶。由此看来,《姽婳词》中几句谴责的话,又有什么了不起的"大胆"和"积极意义"哩!

还有人提出:"《姽婳词》也曲折地反映了贾宝玉的叛逆思想。"根据是"《姽婳词》说:'天子惊慌愁失守,此时文武皆垂首。何事文武立朝纲,不及闺中林四娘。'这才是这首词的真正命意所在。这种把天子、文武与林四娘对照起来写,这在以男性贵族为中心的封建社会里是有反封建的进步意义的。而词中说:'我为四娘长叹息,歌成余意尚徬徨!'这只能说是对'好好的一个清净洁白女儿,也学的钓名沽誉,入了国贼禄蠹之流'的一种深沉感叹"。其实,《姽婳词》只是把青州将士、朝中文武官员与林四娘对比,并没有把天子与林四娘对比。虽然也写了"天子惊慌愁失守",但用以对比的,毕竟仍是文武官员。这就扯不上什么"曲折地表现了贾宝玉的叛逆思想"。所谓"真正命意所在"云云,是取其一点,不及其余。

(三)

咸丰年间,杨恩寿写了《姽婳封》传奇(《坦园六种曲》之一)共六出,《花阵》、《荛谋》、《哭师》、《完节》、《歼寇》、《证仙》。在《花阵》里,恒王对林四娘说:"卿素习六韬,夙谙三略,宜加勇号,以奖殊勋,着封尔为姽婳将军,以专阃内之政。"剧情提要亦云:"贤藩王死配忠臣庙,女将军生膺姽婳封。"这是此剧名为《姽婳封》的用意所在。在作者看来,林四娘膺姽婳将军之勇号,乃是有"殊勋",应予以歌颂,借以"风世"。

杨恩寿对于《红楼梦》确实是很爱好的。他的《坦园诗录》和《词余丛话》,都辑录了关于《红楼梦》作者的材料,也有评论《红楼梦》和"红楼戏"的材料。他认为"《红楼梦》为小说中无上上品",给以很高的评价。他在《姽婳封自序》里说道:"姽婳事,虽见《红楼梦》,全是子虚乌有,阅者第赏其奇,弗征其实也可。"显然,《姽婳封》系取材于《红楼梦》中《姽婳词》。

《姽婳封》主要是描写恒王、林四娘与"贼寇"之间的生死斗争。恒王列藩青州重地,命淑妃林四娘带着宫女练武。"贼寇"攻青州,恒王战死。林四娘率领宫女为恒王报仇,与"贼寇"血战,不胜,自刎而亡。可以看出,它在沿袭《姽婳词》的基础上,又有所发挥。一方面大肆渲染林四娘的"忠义"、"英勇"和对农民起义军的刻骨仇恨,什么"生受重恩,死当殉节";"我空抱愁怀彻昏晓,恨不把贼贪狼一星摘了";"爱钱的文官是小儿曹,怕死的武将是小儿曹","这青州死难的,除了我姽婳将军更有谁"?另一方面恶毒诬蔑农民起义军"贪如封豕毒如豺","裹胁些少年无赖,抢掠些人家娇艾","剁尽良民,视如草芥"。

《姽婳封》还增添了一些《姽婳词》没有的情节。(1)描写了"贼寇"勾结青州城中绅士里应外合,攻破城池。(2)描写了曲阜孔有征"禀承诗礼","毁家纾难",组织乡勇,配合朝廷"大兵"扫荡"贼寇",大获全胜。(3)描写了文武官员、青州父老奉旨祭奠"为国捐躯"的恒王与林四娘。(4)描写了恒王和林四娘成神之后,还担心着"这些做武将统雄兵的,都不足恃","愿早生将帅,以救时艰"。这一切,顽固地发泄了地主阶级对农民起义的刻骨仇恨;对封建王朝及其刽子手们大唱赞歌;把巩固封建统治的希望寄托在后继官僚们的身上。

虽然这部传奇的故事情节是虚构的,但对于当时时事确有针对性。且看第三出《哭师》。恒王说:"莽蛟延一线喷江潮,算将来红羊劫到,大旌残照袅,战鼓浊烟消,宝剑横腰,倩谁人画出凌烟稿。"请注意,"红羊劫"!再看杨恩寿的《坦园诗录》卷四《喜晤何子莲兼感芰亭司马》诗云:"浩劫红羊脱,清樽绿蚁开,探怀出诗卷,辛苦贼中来。"这里也有"红(洪秀全)羊(杨秀清)劫"。《坦园诗录》卷四收咸丰六年(1856)到咸丰九年(1859)的诗篇,《姽婳封》作于咸丰十年(1860)。我们不妨考察一下杨恩寿在咸丰初年的生活和思想。

咸丰二年(1852)到咸丰十年,太平军与清军一直在东南各省鏖战。这时,杨恩寿陆续写了《悲黄沙》、《悲道州》、《长沙秋感》、《守城苦》诸诗,咒骂太平军及其首领陈玉成、石达开凶悍嗜杀,指责清王朝守将弃职逃遁和水师怠惰无用,嘉奖地主武装乡团练勇"一战再战苦相持",悲悼陈岱云、赵景言、俞珊樵等人"执节殉难",颂扬向荣、胡林翼之流血腥屠杀太平军的"丹心"和"功勋"。咸丰初年,杨恩寿的父亲历任湖南地方官吏,曾参与镇压太平军的活动。他的六兄杨彤寿(曾为《姽婳封》正谱),也历任广西、湖南地方官吏,后随湘军转战江西、安徽,"积有军功",于同治三年被清朝政府遴选为广西阳朔知县。

杨恩寿(1835—1891),湖南长沙人。咸丰二年太平军围攻长沙城时,他"在围城中,日以度曲为事","挥毫正写《鸳鸯谱》(按即《鸳鸯带》传奇)","插叙时事,语多过激"。他的友人郭芳石"恐以贾祸,力劝焚毁"。剧作今不存。他身居围城,对太平军日夜炸城,哗传太平军入,"家人走告,环立以泣",真个是忧心如焚。因此,他大骂腐败无能的清朝官吏"自昔职方如狗贱,至今都尉烂羊多"。

可知早在咸丰二年，杨恩寿就写过"插叙时事，语多过激"的剧作。所以到咸丰十年他二十五岁时，借林四娘故事寄寓自己对"红羊劫"的忧愤，就不足为怪了。

　　杨恩寿的《坦园六种曲》包括《姽婳封》、《桂枝香》、《麻滩驿》、《再来人》、《桃花源》、《理灵坡》。六种剧作中，《姽婳封》、《麻滩驿》、《理灵坡》三种都是反对农民起义的。《姽婳封》已谈过。《麻滩驿》写湖南道州守沈至绪和女儿沈云英与张献忠农民军对抗。《理灵坡》写湖南长沙司理蔡道宪与张献忠农民军对抗。⑦如果连《鸳鸯带》也算在内，那就共有四种之多。这在我国戏曲史上还是比较罕见的。其次，《姽婳封》、《麻滩驿》和《理灵坡》都取材于明朝末年史实，这也不是偶然的。据杨恩寿说，他不满于《芝龛记》传奇"支离牵附，已失不经，且隶事太繁，几如散钱失串"，于是作《麻滩驿》(《自叙》)。他参预重修湖南省志，见蔡道宪"死事最烈"，遂作《理灵坡》(《自叙》)。事实上这三种剧作都是针对太平天国革命的。杨恩寿在《麻滩驿自叙》里说道："咸丰庚申（1860），游幕武陵，客有谈周将军云耀者，勇敢善战，其妇亦知兵，乙卯（咸丰五年，1855）守新田，以轻出受降而死，妇亦战以殉之。当即演成杂剧，诡其名于说部林四娘，即所谓姽婳将军也。"这就更可证实前面的探索并非牵强附会。再看《坦园诗录》卷二的《悲道州》诗，乃是杨恩寿有感于太平军至道州的前三日，清军已"潜移防"而作。所以，他又写了《麻滩驿》，意欲"令读者沨沨乎心动"，奉为楷模。在《理灵坡》里，明末长沙司理衙门幕卒凌国俊也居然喊着"怕红羊劫到势难支"。两剧虽都作于太平天国革命失败(1864)之后,但杨恩寿对惊天动地的革命壮举犹有余悸。由此看来,杨作《姽婳封》,不过是参加咸丰年间封建士大夫反对太平军革命的大合唱罢了。

绾结说来,由于杨恩寿对太平天国革命深恶痛绝,于是,在原著基础上作了恶性发挥,写成了《姽婳封》。吴兰征《绛蘅秋》传奇中有《演恒》、《林殉》两出,写贾府家宴时,戏班演出恒王、林四娘故事的新戏。这两出戏也是取材于《红楼梦》中《姽婳词》,但只是作为"戏中戏"处理,而不是像《姽婳封》为林四娘立传。

从《林四娘》、《姽婳词》到《姽婳封》,三者之间有一个演变发展过程。《姽婳词》把《林四娘》中风流善武、"遭难"而死的林四娘,变成了反对"流寇"而以身殉恒王的姽婳将军。《姽婳封》又对《姽婳词》中的林四娘浓抹伪饰,使其面目一变再变,越变越丑。我们只有分析各个艺术形象本身的特点,才有助于加深对《姽婳词》的理解。⑧

【注释】

①青州州治在今山东益都县。蒲松龄是淄川人,淄川属青州管辖。王士禛是新城(今桓台县)人,新城距青州州治也不远。

②《聊斋志异》(铸雪斋抄本)第二卷《林四娘》,写林四娘向陈宝钥说道:"妾,衡府宫人也,遭难而死,十七年矣。"据林云铭《林四娘记》记述,陈宝钥在康熙二年(1663)任青州道佥事。照此上推十七年,则林四娘应死于顺治三年(1646)。可是,《聊斋志异·林四娘》又

有林四娘向陈宝钥说道:"妾年二十,犹处子也。"可知林四娘鬼魂与陈宝钥相见时才二十岁,那么她死时不过三岁。三岁小儿入衡王府为宫人,这可信吗?如果"妾年二十",指的是死时年龄,那么做了鬼就不算年龄,岂非鬼话,总之,对这种鬼故事中鬼人物的年龄,难于当作准谱算。

③暖红室汇刻本《秣陵春》,有寓园居士癸巳序。癸巳,即清顺治十年(1653)。可知这部剧作当作于此年之前。徐釚《词苑丛谈》:"吴祭酒(伟业)作《秣陵春》,一名《双影记》,尝寒夜命小鬟歌演,自赋《金人捧露盘》词","时祭酒将复出山"。考吴伟业应诏"出山",事在顺治十年。据《花朝生笔记》记载,吴伟业读了夏完淳的《大哀赋》,"大哭三日",作《秣陵春》。《顾曲麈谈》云:"吴梅村所作曲,如《秣陵春》、《临川阁》、《通天台》,纯为故国之思,其词幽怨悲慷,令人不堪卒读。我最爱《秣陵春》,为其故宫禾黍之悲,无顷刻忘也。"据《同人集》记载,康熙二十七年(1688),"冒襄令家伶演《秣陵春》,评曰:'字字皆鲛人之珠,先生寄托遥深。'"

④龚鼎孳向清廷屈膝,一直做到尚书。在他的《定山堂诗集》里就有若干抒写兴亡之感的作品,如《初返居巢感怀》之类。这里只引录此诗第三首:"十年流浪鬓如丝,归及河山杜宇时。天宝事多宫监咽,临春梦往月华悲。销魂畏奏金微笛,薄命谁怜玉镜眉。一曲《雨淋》花落尽,逢人犹诵断肠诗。"此人此诗,难道具有民族思想吗?

⑤沈永令,顺治年间进士,官高陵知县。此诗见《清诗别裁集》。

⑥此数语,见《清诗纪事》中林云铭小传。此传记载林云铭是福

建闽县人,著有《庄子因》。《楝亭书目》也记录着:"《庄子因》六卷,本朝(清)林云铭序述,六册。"可知曹雪芹的祖父曹寅藏有此书。

⑦《麻滩驿》,共十八出:课女、从军、楚氛、秦赘、蚁聚、鸾离、义旗、慈线、寄雁、斩鲸、夺尸、拟敕、伏剑、辞官、侑觞、赴水、神警、神圆。《理灵坡》,共二十二出:叱虎、逮熊、赴官、充役、屠鄂、浮湘、析藩、婪抚、驿雨、湖风、萍分、兰合、苦谒、毒攻、花觞、寱诫、友诀、师潜、狡降、烈殉、负土、题碑。

⑧京剧《林四娘》(亦名《姽婳将军》,尚小云编演),乃是把林云铭记述的林四娘故事和《姽婳词》、《姽婳封》凑在一起,并加以点染而编成。前半故事写林四娘代父青州隐士林兆梦鸣冤,后半故事写林四娘替恒王报仇而殉难。见《京剧剧目初探》。

十三、《红楼梦》与"红楼戏"

我国传统戏曲的剧目之多,一向有"曲海"之称。取材于"三国"故事的,称为"三国戏";取材于"水浒"故事的,称为"水浒戏"。自《红楼梦》风行之后,又出现了"红楼戏"。以下对《红楼梦》与"红楼戏"试作初步探索。

(一)

清代乾隆十九年(1754),《红楼梦》前八十回已有脂砚斋重评本(甲戌本)。乾隆五十六年(1791),程伟元、高鹗刊行百二十回本。乾隆五十七年,仲振奎写的《葬花》一折,是第一个"红楼戏"。自此以后,"红楼戏"日益增多。根据不完全统计,有仲振奎《红楼梦传奇》、孔昭虔《葬花》、万荣恩《醒石缘》、吴镐《红楼梦散套》、吴兰征《绛蘅秋》、谭光祜《红楼梦曲》、石韫玉《红楼梦传奇》、朱凤森《十二钗》、许鸿磐《三钗梦》、陈锺麟《红楼梦传奇》、林奕构《画蔷》、严保庸《红楼新曲》、周宜《红楼佳话》、封吉士《红楼梦南曲》、杨恩寿《姽婳封》、张琦《鸳鸯剑》、刘熙堂《游仙梦》、无名氏《十全福》等。"红楼戏"能盛极一时,大概有五点原因。

《红楼梦》前八十回经过藏书家抄录传阅,引起了人们的重视。"好事者"争相传抄,在庙市上高价出售,"不胫而走"。及至百二十回本问世,"争睹者甚夥","至翻印日多","遍于海内","一时风行,几于家置一集"。条幅、车窗、彩灯以至嫁妆上,都时兴《红楼梦》图画。诗牌酒令,亦以《红楼》故事斗胜一时。子弟书之类的曲艺,也传唱着《悲秋》等节目。在这种情况下,人们自然渴望舞台上"红楼戏"的出现。听涛居士《红楼梦散套序》曾经指出:《石头记》这部"第一奇书","海内争传","而旗亭画壁,鲜按红牙"。剧作家们了解到群众的爱好,便相继动笔了。朱凤森《十二钗》试一出《先声》里,借渺渺真人之口说道:"俺有《十二钗传奇》,只因《红楼梦》一书,脍炙人口,不过填几套曲儿演戏","这《红楼》一书,写不尽兴衰怨"。所以,"红楼戏"的出现正适合了群众的需要。此其一。

我国戏曲传统剧目,有不少是取材于古典小说。但与《红楼梦》同时的《儒林外史》,却从未改编成戏。因为它"虽云长篇,颇同短制",既无贯串始终的主要线索,也无作为全书主干的中心人物。《红楼梦》围绕着宝、黛爱情悲剧,展开了尖锐而复杂的冲突,人物形形色色,情节悲欢离合,富有传奇的戏剧性,具有吸引人的艺术魅力。这就为改编者提供了有利条件。裕瑞《枣窗闲笔》:"此书(《红楼梦》)自抄本起,至刻续成部,前后三十余年,恒纸贵京都,雅俗共赏,遂浸淫增为诸续部六种及传奇、盲词等等杂作,莫不依傍此书创始之善也。"其说甚是。此其二。

作为剧作家,必须对原著有所感受,才会滋生将它改编成戏的要求。仲振奎《红楼梦传奇自序》说道:"壬子(乾隆五十七年)秋末,卧疾都门,得《红楼梦》于枕上读之,哀宝玉之痴心,伤黛玉、晴雯之薄命,恶宝钗、袭人之阴险,而喜其书之缠绵悱恻,有手挥目送之妙也。"青心居士(按即万荣恩)《红楼梦传奇序》也说道:"前忽于岁晚残冬,购得《红楼梦》一部,披卷览之,喜其起止顿挫,节奏天成,击节再三,流连太息者久焉,因不揣愚陋,谱作传奇。"俞用济《绛蘅秋序》引吴香倩之言曰:"《红楼梦》说部,作者真有一种抑郁不获已之意,若隐若跃","即写人情世态以及琐碎诸事,均能刻划摹拟",因此,"余定其事,以传其奇"。这都说明他们被《红楼梦》振动了心弦,产生了改编成戏的强烈愿望。此其三。

有些剧作家还对别人的改编不大满意,力求独出心裁,别开生面。许鸿磐《三钗梦小序》说:"《红楼梦》小说,脍炙人口,续之者似画蛇足,其笔墨亦远不逮也。近有伧父,合两书为传奇曲文,庸劣无足观者。临桂朱蕴山别为《十二钗》十六折,思有以胜之。"这里所谓伧父合前、后《红楼梦》为传奇,即指仲振奎《红楼梦传奇》。其实,万荣恩《醒石缘》分为《潇湘怨》和《怡红乐》两部,也是合前、后

《红楼梦》为传奇。①在许鸿磐看来,朱凤森(蕴山)的《十二钗》也"未见其能胜也"。所以他就"别出机轴",作《三钗梦》。吴香倩"见多有以说部《红楼梦》作传奇者,阅之,或未尽惬意",于是就自己写了《绛蘅秋》(俞用济《室人吴躖宝香倩传》)。姚燮《今乐考证》还指出:陈锺麟《红楼梦传奇》,"不袭三家一字,亦足树帜词坛"。所谓三家,即指仲振奎、吴镐、万荣恩。显然,争奇斗胜,势必促进"红楼戏"创作的繁荣。此其四。

李渔《曲话》说:"填词之设,专为登场。"这是说得对的。作为戏曲作品,必须通过舞台演出才能考验出是否具有艺术感染力。仲振奎《红楼梦传奇自序》指出,此剧写"成之日,挑灯漉酒,呼短童吹玉笛调之,幽怨呜咽,座客有潸然沾襟者"。吴克歧《忏玉楼丛书提要》亦云:"当时贵族豪门,每于灯红酒绿之余,令二八女郎歌舞于红氍毹上,以娱宾客。"当时很多职业戏班的著名演员,也先后演出了"红楼戏",使"观者为之感叹唏嘘,声泪俱下"(梁拱辰《劝恭四录》)。可见《红楼》悲剧感人之深。这对于"红楼戏"的创作也起了促进作用。此其五。

"红楼戏"的盛行,有助于扩大《红楼梦》的影响。因为,"传奇不比文章,文章做与读书人看","戏文做与读书人与不读人同看,又与不读书之妇人小儿同看"(李渔《曲话》)。不识字的观众未读过《红楼梦》,但观看了"红楼戏",《红楼梦》的影响就更日益扩大了。

可是对"红楼戏"与对《红楼梦》一样,总是有人反对的。谭光祜写成《红楼梦曲》"弦索登场",竟遭到"冬烘先生呵禁"。有人对取《红楼梦》演为传奇而授之梨园,斥责为"不为鸡口,而为牛后,此辈接踵于天下久矣"。就是说,鸡口虽小,可食米粮,牛的肛门虽大,却是排粪。污蔑它简直下流得很。还有人叫嚣:"《西厢记》、《玉簪记》、《红楼梦》等戏,近人每以为才子佳人风流韵事,与淫戏有别,不知调情博趣,是何意态,迹其眉来眼去之状,已足使少年人荡魂失魄,暗动春心,是诲淫之最甚者。""近世人情,沿于习俗,每喜点演,试思少年子弟,情窦初开,一经寓目,魂销魄夺,因之堕入狭邪,渐成痨瘵,究其流毒所极,甚至贞女丧贞,节妇失节,桑濮成风,廉耻丧尽,推源祸始,此实厉阶,上宪禁示,盖以此也。"他们把"红楼戏"列入"永禁淫戏目单","如敢点演,立将班头送官究责,或罚扣戏钱三千文,以儆将来"。②尽管如此,"红楼戏"却并未从此偃旗息鼓。艺人们不顾"永禁"威胁,照常演唱。

(二)

固然,《红楼梦》"创始之善"为改编"红楼戏"提供了很好的基础,但改编毕竟不是一件轻而易举的事。

吴克歧《忏玉楼丛书提要》论陈锺麟《红楼梦传奇》曰:"夫传奇与演义,体制迥不相同。传奇者传其奇,借片语单词已足歌成雅奏;演义者演其义,非连篇累牍不能详其始终。陈氏传奇未明此理,致蹈演义之习,不免为识者所讥。"吴克歧注意到小说与戏曲是两种不同的艺术形式,这是对的,但他谈的道理并不十分准确。小说是用语言来塑造形象,可以叙述和描写,也可以发议论或感慨。小说较少受时间和空间的限制。可是戏曲只能通过剧中人物的语言和行动,表现人物的精神状态,而绝不容许剧作家在自己的作品里伸出头来大发议论。戏曲受到舞台空间和演出时间的限制,必须迅速地展开戏剧冲突,展示人物关系和人物命运,使观众"一次过"地看完戏。因此,要把《红楼梦》改编成"红楼戏",就需要在原著基础上进行再创造。剧本之成败得失,与作者是否能发挥创造性有着密切关系。

再者,《红楼梦》人物多,事件多,场面多,仅荣府人口合算起来,"从上至下,也有三四百了,事虽不多,一天也有一二十件,竟如乱麻一般"(戚本)③。对此,当时剧作家也注意到了。青心居士《红楼梦传奇序》说道:《红楼梦》"卷帙浩繁,难以尽述,倘欲枝枝节节而为之,正恐舞榭歌台,曲未终而夕阳已下,红裙翠袖,剧方半而曙色忽升。虽曰穷态极妍,究非到处常行之技"。仲振奎《红楼梦传奇凡例》亦云:"《红楼梦》篇帙浩繁,事多人众,登场演戏,既不能悉载其事,亦不能遍及其人,故事如赏花、联吟,人如宝琴、岫烟、香菱、平儿、鸳鸯等,亦不得不概行删去","宝玉、黛玉情事,亦不能尽载"。这就要求剧作家必须既领会原著,又熟悉戏曲,二者不可缺一。

当时剧作家主要有两种改编方法。一种是以事为主,陈锺麟《红楼梦传奇凡例》:"古今曲本,皆取一时一事,一线穿成",《红楼梦》"原书以宝、黛作主,其余皆是附传"。所以,有些"红楼戏"是以宝、黛爱情悲剧作为主线,从头贯串到底,穿插一些其他情节。另一种是以人为主,如《三钗梦》,取晴雯之逐、黛玉之死、宝钗之寡,敷演成四折戏。《十二钗》,取黛玉之葬花、抚琴、断梦,宝钗之缘香、钗配、出梦,探春之结社、远嫁,湘云之眠茵,合编成一部传奇。

有些"红楼戏",如仲振奎《红楼梦传奇》、陈锺麟《红楼梦传奇》等,运用大型传奇的形式,多则八十出,少则二十余出,敷演宝、黛爱情悲剧的发展过程,一线到底,有头有尾,曲折发展,有起有伏,因此适合于我国观众的欣赏习惯。可是这类戏也存在着明显的缺陷。有的是过分着重在描写宝、黛悲剧爱情,不能比较广阔地反映出原著中丰富的社会生活。如万荣恩《醒石缘》前部《潇湘怨》,未能免此。有的是全剧穿插,比较芜杂、松散,不能与主要线索形成有机的结合。正所谓"头绪繁多,传奇之大病"(《闲情偶寄》)。"凡传奇,最忌支离"(墨憨斋定本《风流梦总评》)。如《绛蘅秋》,穿插了《设局》、《醉侠》、《醋屈》、《呆调》、《演恒》、《林殉》诸出。陈锺麟《红楼梦传奇》穿插最多,好像"拉洋片"似的。④有的是把前、后《红楼梦》合而为一,有失原著本旨。如仲振奎《红楼梦传奇》即是如此。而仲振奎却说:"前《红楼梦》读竟,令人悒怏于心,十日不快,仅以前书度曲,则歌筵将阑,四座失色,非酒以合欢之义,故合后书为之,庶几拍案叫快,引觞必满也。"(《凡例》)仲振奎硬要凑上后《红楼梦》的团圆结局,以求"合欢之义"。

至于《三钗梦》、《红楼佳话》之类,集中笔墨描写了几个人物,可是又往往"逐节铺陈,有如散金碎玉,以作零出则可,谓之全本,则为断线之珠,无梁之屋"。虽然这类"红楼戏"在戏剧结构上采取了一些补救办法,但出与出之间仍显得脱节,如《十二钗》和《红楼梦散套》即是如此。

(三)

作为戏曲作品,首先应当注意塑造人物,使人物具有典型性。清代剧作家的"红楼戏",是怎样表现人物性格、体现主题思想的呢?

兹将阿英编的《红楼梦戏曲集》所收的十种"红楼戏",列简表于下。(凡五种以下相同者,概不列入。)

剧 名	出 名							
葬花(孔著)						葬花		
红楼梦传奇(仲著)	聚美	前梦	合锁			葬花	诛花	焚帕
醒石缘(万著)	探亲	神游	奇缘	归省	警曲	埋香	撰诛	兰摧
绛蘅秋(吴著)	珠联	幻现	巧缘	省亲	词警	埋香	花诛	珠沉
三钗梦(许著)		醒梦					悼梦	断梦
十二钗(朱著)		入梦	缘香	省亲		葬花	诛花	断梦
红楼梦散套(吴著)		觉梦		归省	警曲	葬花	痴诛	焚稿
红楼梦传奇(石著)		梦游		省亲		葬花		黛殇
红楼梦传奇(陈著)	情觑	游仙	金缘	迎銮	读曲	饯春		焚稿
红楼佳话(周著)	会艳				情痴		祭花	艳逝
合 计	五	八	五	六	五	八	七	九

从简表中不难察出,凡情节相同的单折,有关黛玉的居于首位,如聚美、警曲、葬花、黛殇,后两者尤为突出。看来,这些相同情节的选取,大概出于这样几种情况。有些如葬花、诔花、黛殇,发抒了如花少女的幽怨,控诉了美好生命的夭折。有的如合锁,对于交代人物关系,揭示"金玉良缘"必不可少。有些如聚美、省亲,为介绍众多人物提供了机会。有的如梦游太虚幻境,可预示十二钗的悲剧命运和贾府的势败结局。

它们在艺术处理上往往各有特点。以黛玉之死而言:仲振奎的《红楼梦传奇》用《焚帕》写黛玉临死之前的情景,又用《鹃啼》正式写黛玉之死。吴镐的《红楼梦散套》在《焚稿》里,明场写黛玉临死之前的情景,而用暗场处理黛玉之死。陈锺麟的《红楼梦传奇》通过《焚稿》,着重表现黛玉的悲痛心情。万荣恩的《醒石缘》,其中《兰摧》写黛玉之死,并未提及焚帕焚稿,却有警幻仙姑出场接引。这些不同的安排,自有高低之分。

这些"红楼戏"各自选取了不同的情节。比如仲振奎《红楼梦传奇凡例》云:"宝钗《合锁》一折,已传其情,故不载绣兜肚事。"可是陈锺麟《红楼梦传奇》既有《金缘》,写宝玉看金锁;又有《绣鸳》,写宝钗绣兜肚。再看仲振奎《红楼梦传奇》对晴雯的描写,既有《扇笑》,又有《补裘》。可是陈锺麟《红楼梦传奇》只有补裘,而无撕扇。仲著主要是"传黛玉、晴雯之情",以这两个人物为重点;而陈著把"摹拟宝钗、袭人极为势利,可以见人心之变"作为重点之一。因此各有侧重。

在这些"红楼戏"里,有些情节充实了原作的内容,有些则完全是新增益的。如《红楼梦》第九十八回"病神瑛泪洒相思地",只写到宝玉"不禁号啕大哭","哭得死去活来","又哭得气噎喉干"。而很多"红楼戏"都写了宝玉哭灵,如《哭园》、《泪奠》、《瑛吊》、《哭黛》、《诉愁》、《哭湘》、《哭艳》,通过大段唱词,倾泻出宝玉对黛玉之死的满腔悲愤。显然,宝玉哭灵,在倾泻人物感情上正发挥了戏曲艺术的特长。又如《红楼梦》里只提到周琼求婚,探春远嫁。仲振奎《红楼梦传奇》却有《海阵》,写周琼、周端父子"奉旨扫荡群盗";又有《海战》,写探春替周琼父子出谋划策而大获全胜。据仲振奎说:"丝竹之声,哀多伤气,不可无金鼓以振之,故借周琼防海事,即以功归探春","探春之为人,沈谋有断,当亦不愧"(《凡例》)。仲振奎让探春插雉尾,佩宝剑,相机应变,指挥海战,这实在过于牵强,难免有蛇足之嫌。想不到"生于末世运偏消"的三小姐,竟胜过婼婳将军。梁廷枏《曲话》云:"借周琼防海事,振以金鼓,俾不终场寂寞,尤得本地风光之法。"看法未必恰当。由于作家们对原著的理解深浅不一,取材角度不同,就造成了"红楼戏"在思想内容上有同有异,精华与糟粕纠缠在一起,呈现了复杂的面貌。这里不可能一一剖析。

(四)

清代"红楼戏"主要是采用了两种形式:杂剧和传奇。当然,地方戏中也有"红楼戏",如桂剧《芙蓉诔》(唐景崧作)。我尚未看到,难以论述。

多数"红楼戏"都是采用传奇形式。如仲振奎《红楼梦传奇》全本五十六出。第一出《原情》,实际上是变相的"家门";第二出《前梦》,生角(宝玉)出场;第三出《别兄》,旦角(黛玉)出场。传奇是以生、旦为主,"不宜出之太迟","太迟则先有他脚色上场,观者反认为主,及见后来人,势必反认为客矣"(李渔《曲话》)。可是,陈锺麟《红楼梦传奇》第二出《渭阳》先由旦角(黛玉)出场,到第三出《情觑》才出生角(宝玉),生旦出场互易,打破了传奇旧有的体制。吴兰征《绛蘅秋》,第二出《望姻》出薛姨妈和宝钗;第三出《护玉》出宝玉;到第四出《哭祠》才出黛玉。不仅打破了传奇的旧有体制,也不同于《红楼梦》原著。再看朱凤森《十二钗》,在第一出《入梦》之前,有试一出《先声》;在第十八出《出梦》之后,又有续一出《余韵》。显然这是仿《桃花扇》新创的传奇体制。固然,传奇作为一种形式,有着一定的体制,但具体运用时,不应墨守成规,一成不变。

有些"红楼戏"如《三钗梦》,则是采用杂剧形式。许鸿磐《三钗梦》说:"仿元人百种体,为北调四折。"所谓"元人百种",即指《元曲选》。可是在《三钗梦》里,第一折外角(渺渺真人)主唱,第二折生角(宝玉)主唱,第三折小旦(黛玉)主唱,第四折旦角(宝钗)主唱。按照元杂剧一人主唱体制,全本四折用一种脚色主唱,正末主唱的,称为"末本";正旦主唱的,称为"旦本"。有时脚色不变,主唱人物可换。但这种变换,不论是两个或三个,必须有一个居于主要地位,主唱两折或者三折套曲。《三钗梦》每一折换一种脚色主唱,外角、生角(元杂剧无生角)、小旦也可主唱,都突破了元杂剧的体制。其实早在元代晚期,有些杂剧作品如《西游记》、《东墙记》等,就已打破了一人主唱的体制。

一般说来,杂剧用北曲(南杂剧又当别论),传奇用南曲。所以,多种《红楼梦传奇》主要用南曲,《三钗梦》则用北曲。当然,无论杂剧(这里指元代晚期北杂剧)或者传奇,也可间用南北合套。但《红楼梦散套》全本十六折,其中有八折用南北合套,占了一半,这是很特殊的。有些折用的南北合套比较好。如第八《痴诔》,宝玉泣奠晴雯,连唱九支北曲,用的是〔正宫端正好〕套,借以表达沉痛、悲愤的激情;最后黛玉"吊场",唱两支南曲,情绪缠绵。蕊珠旧史(按:即杨懋建)《长安看花记》云:"仲云涧(振奎)填《红楼梦传奇》,《葬花》合《警曲》为一出,南曲抑扬抗坠,取贵谐婉,非鸾仙(按:即陈凤翎)所宜,然听其越调〔斗鹌鹑〕一曲,哀感顽艳,凄恻酸楚,虽少缠绵之致,殊有悲凉之慨,闻者自尔惊心动魄,使当日竟填北曲,鸾仙歌之,必更有大过人者。"其实,这一出为南北合套,开场宝玉唱的〔商调过曲山坡五更〕和〔前腔〕两支系南曲,而黛玉唱〔北越调斗鹌鹑〕套共十一支曲子,都是北曲,无一支南曲。杨懋建说黛玉唱的曲子"使当日竟填北曲,鸾仙歌之,必更有大过人者",不知何所云,令人莫名其妙。

关于这些"红楼戏"中的脚色问题,这里只简略地谈几点。第一,有些"红楼戏",净扮贾母,副净扮王熙凤,丑扮袭人。我们知道，宋元南戏、元杂剧以至昆曲，都有净、丑扮妇女的。他们扮演的不外两类，一为反面人物，一为滑稽或者天真的人物。用净、丑扮贾母、凤姐、袭人，正含有贬义，所谓"填词若准《春秋》例，首恶先诛史太君"。仲振奎《红楼梦传奇凡例》："净扮贾母，不敷粉墨；副净扮凤姐，丑扮袭人，皆敷粉艳妆，不敷墨。"《十二钗》也标明："净去粉墨扮贾太君。"第二，有些"红楼戏"，副净或者丑扮雪雁，丑扮傻大姐，因为她们是滑稽或者天真的人物。仲振奎《红楼梦传奇》第十六出《试情》可以为例。第三，有的"红楼戏"，老旦扮史湘云。虽然湘云是个年轻姑娘，但她后来"入道"，性格恬静，所以就用老旦扮。比如《桃花扇》中"入道"的卞玉京，即是用老旦扮。仲振奎《红楼梦传奇凡例》："老旦扮史湘云，与作旦妆扮同。"昆曲作旦，有时可代正旦、贴旦和刺杀旦。梁廷枏《曲话》："老旦扮史湘云，脚色不甚相称。"当然，对照《红楼梦》原著，确实不符合史湘云"英豪阔大宽宏量"的性格。第四，有的"红楼戏"，贴扮贾兰。按照昆曲脚色，作旦（即娃娃生）扮儿童、少年，不分男女。贴扮贾兰，当亦如此。比如《三报恩》传奇中蒯遇时之孙蒯悟，就是由"贴垂髫扮"。第五，有的"红楼戏"，旦扮蒋玉菡、秦钟、香怜，贴扮玉爱。这大概因为他们都是带有某些女性特点的男青年。《红楼梦》第七回写秦钟，"只是怯怯羞羞，有女儿之态"；第九回写香怜、玉爱，"生得妩媚风流"；第二十八回写蒋玉菡，"妩媚温柔"。比如墨憨斋定本《酒家佣》传奇中有一个娈童秦宫，就是用旦角扮演。第六，有的"红楼戏"，净扮柳湘莲。陈锺麟《红楼梦传奇凡例》云："柳湘莲、尤三姐俱有侠气,与各人旖旎不同,难以安顿,且净脚颇少。今借柳、尤二人,以代一僧一道,不特避熟,而净脚亦可登场。"第七,有的"红楼戏",净、丑扮贾蓉、贾瑞、贾环、贾芸,唯独贾蔷用正旦扮,不知何故。按照《红楼梦》描写,贾蓉是个"十七八岁的少年,面目清秀,身材夭矫,轻裘宝带,美服华冠"(第六回),但他的心灵很丑恶,品格很低下。像这种人物,用生扮似乎更恰当些。这些"红楼戏"中脚色的扮演,乍看好像不大正常,实际上有些属于通例,有些属于变例,也有个别则是令人费解的。

在有些"红楼戏"里,对某些剧中人物的妆扮,也分别作了简要的提示。比如警幻仙姑的妆扮,云披、霞冠、执拂尘。倪二的妆扮,黑面、披衣、漏胸。又如贾宝玉的妆扮,有时束发、箭袄,有时紫金冠、桃红绣褶、挂玉,最后是释装、披大红氅。随着剧中人物生活的变化,不断地改换妆扮。再如柳湘莲的妆扮,或作黑缎袍、系玉色腰巾,或作红脸、道装、背葫芦。因为对同一人物,不同的作品可以作不同的艺术处理。这在我国传统戏曲中,不乏其例。[5]影响较大的,要算黛玉葬花的妆扮,珠笠、云肩、荷花锄,锄上悬纱囊,手持花帚。如仲振奎《红楼梦传奇》、朱凤森《十二钗》都是如此。这妆扮形象很美,小道具花锄、花帚又有助于丰富舞蹈动作。可是孔昭虔《葬花》和万荣恩《醒石缘》,却让黛玉在花锄上挂着花篮。这就搞错了。至今有的画黛玉葬花图,有的演黛玉葬花戏,有的跳黛玉葬花舞,尚沿其误。《红楼梦》第二十三回明明写着:"宝玉一回头,却是林黛玉来了,肩上担着花锄,锄上挂着花囊,手内拿着花帚";"如今把他(指落花)扫了,装在这绢袋里"。可见是绢做的花囊,而不是竹片扎成的花篮。至于让黛玉戴珠笠,披云肩,则是当时剧作家的新设计,而为《红楼梦》原著所无。正由于有些《红楼》剧本对剧中人物的妆扮作了提示,就为舞台演出时的人物造型提供了依据。

(五)

吴克歧《忏玉楼丛书提要》曾提到当时贵族豪门常令家庭戏班演出"红楼戏",以娱宾客。在这方面,我们尚未找到具体记载。而对于职业戏班,还可找到一些具体记载。⑥兹依次排列于下:

朱麒麟,嘉庆年间三多班旦角,演《红楼梦》,扮黛玉,颦蛾敛黛,旖旎娇羞,宛如潇湘妃子后身。

陈凤翎,道光年间三庆班旦角,演《葬花》,扮黛玉,唱〔越调斗鹌鹑〕曲,哀感顽艳,凄靡掩抑,殊有悲凉之感。

胖双喜,道光年间三庆班旦角,与方三林同演《十全福》,扮妙玉得名。⑦

范秀兰,道光年间春台班旦角,演《葬花》、《折梅》,皆有可观。

吴金菊,道光年间春台班旦角,演《葬花》、《折梅》,卓绝一时。

钱双寿,道光年间集秀班旦角,演《葬花》,扮黛玉,珠笠云肩,荷花锄,亭亭而出,曼声应节,幽咽缠绵,感人至深。

天寿、仙寿,道光年间艺人,同演严保庸的《红楼新曲》。⑧

殷素芸,道光年间艺人,演栊翠庵折梅,扮宝玉,固未足展其所长。

梅巧玲,同治、光绪年间艺人,皮黄"十三绝"之一,著名京剧演员梅兰芳的祖父,亦精昆曲,曾演《红楼梦》,扮史湘云。据说,又演过《黛玉悲秋》。⑨

此外,光绪年间,北京遥吟清唱票房排过《葬花》、《摔玉》,陈子芳扮黛玉,韩六扮宝玉。

从这几条记载可以了解到:(1)早在嘉庆年间,已有"红楼戏"演出,到道光年间,"红楼戏"更为流行。(2)当时三多、三庆、春台、集秀等戏班都是在北京演出,"红楼戏"比较流行于北方。(3)《葬花》、《折梅》两出最为流行⑩。(4)不少旦角都长于扮演黛玉,即使在同一戏班里也演得各有特色,如春台班的范秀兰和吴金菊即是如此。(5)有些旦角扮演妙玉、史湘云之类的人物,也很著名。(6)只有殷素芸扮《折梅》中的宝玉,算是一出以昆曲小生为主的戏。这是因为当时"相公风"甚炽,封建文人大都是捧旦角。杨懋建《辛壬癸甲录》说:"每恨《红楼梦》曲子,既唱遍旗亭,而搬演宝玉者,率皆庸恶陋劣。金圣叹所谓忤奴,每见之,辄令人三日不快。"其实杨懋建本人就是个有偏好的"捧角家"。(7)葬花的黛玉,"珠笠云肩,荷花锄,亭亭而出",这正是以剧本提供的人物造型作依据的。

(8)有些"红楼戏"也搞点简便的舞台装置。比如道光三四年间,北京演出严保庸《红楼新曲》中的《巾缘》一折,叙花袭人嫁蒋玉菡,场上铺设新房,悬挂匾对。

关于江南地区演出"红楼戏",我们仅找到一条记载,即光绪十五年九月,上海新丹桂茶园曾由昆旦小桂林、徐小金宝排演《红楼梦》。⑪这大概是因为江南昆班比较保守,常演传统折子戏,即使有时排演新戏,也往往是取材于江南观众熟悉的弹词书《描金凤》、《双珠凤》之类。晚清时期,上海还有一些"优而妓"的"书寓"艺人,如林黛玉、贾探春、贾惜春、薛宝钗、薛宝琴等,都以《红楼梦》里人"为名。这是因为当时观众对《红楼》人物都很熟悉,所以借以招徕观众和狎客。她们主要清唱昆曲、皮黄、梆子、滩簧、弹词,也能登台串演戏曲。是否唱过"红楼戏",却无从查考⑫。

在那时,艺人对《红楼梦》确实是爱好的。如北京艺人刘双寿"喜阅《红楼》"。上海"书寓"艺人李巧玲,"居常读《红楼梦》,自比晴雯,则其憨态,亦可想见",后嫁艺人黄月山,开设"大观园"戏园。⑬可惜这类记载不详,但也可作为《红楼梦》对戏曲艺人有所影响的确证。

(六)

然而,这些"红楼戏"在当时"红"过一阵以后,却渐渐冷落了。

我们知道,清代"红楼戏"大都是昆曲剧目。自嘉庆、道光以后,昆曲越来越趋向衰落。北京昆曲艺人或者老死,或者改唱皮黄,即使偶尔演出,观众仍寥寥无几。南方昆曲艺人,也是艰难地挣扎着,常常与皮黄、徽戏、梆子同台演出,而纯粹昆曲班演出同样日益稀少。虽然"红楼戏"的出现曾为昆曲注入新的血液,使得观众耳目一新,但昆曲衰落已是大势所趋,绝不是增添一些新的"红楼戏"可以挽救得了的。何况这些昆曲"红楼戏"自身艺术生命力毕竟不强。

《红楼梦》作为一部古典名著,长期撼动了千百万读者的心灵。书中众多的人物,无论贾宝玉、林黛玉、薛宝钗,或者刘姥姥、焦大、傻大姐,都给人留下了深刻的印象。可是,"红楼戏"较之原著,却显得逊色多了。其冷落的原因除了前边第二节谈过的以外,这里再补充两点。有些本子,歪曲了原著中的人物,使人物失去了感人的艺术魅力。比如,石韫玉的《红楼梦传奇》写贾元春降旨要宝玉与宝钗结亲,宝玉不干,而黛玉却说什么"婚姻事,天生在,不由人私意安排",把争取婚姻自由的黛玉歪曲成宿命论者。此其一。不少本子夸大了原著中的色空观念和宿命论等消极思想,大大削弱了原著的积极意义。如许鸿磐《三钗梦》通过《勘梦》、《悼梦》、《断梦》、《醒梦》四折,把主题归结为虚无主义的"人生如梦耳"。此其二。

再者,作为戏曲作品,必须案头、场上两擅其美。可是不少"红楼戏",如孔昭虔《葬花》、许鸿磐《三钗梦》、朱凤森《十二钗》、周宜《红楼佳话》等,都是案头本。作者们只重填词,而忽视"戏"。这类剧本不适合于演之场上。在清代"红楼戏"中，仲振奎的《红楼梦传奇》当时在舞台上比较流行；陈锺麟的《红楼梦传奇》也有"梨园多演之"；严保庸的《红楼新曲》和无名氏的《十全福》，也在舞台上演出过。吴镐的《红楼梦散套》，附有工尺谱，亦有歌者。即就仲、陈两种《红楼梦传奇》来看，冷场子比较多。《集成曲谱》选有仲振奎《红楼梦传奇》中《葬花》、《扇笑》、《听雨》、《补裘》四出，主要是从唱曲子着眼。当然，作为一部大戏，可以根据剧情安排一些脚色少而着重于抒情歌唱的场子，但冷场子过多，就会使观众看得提不起劲。还有，这些剧本的文词过于典雅，影响了普及。赧生居士《红楼梦滩簧》开首述作书缘起云："红豆村樵（即仲振奎）改作传奇，又只是文人击节，学士倾心，城市乡村，不能遍及"，可证。

  作为戏曲作品，脚色配置应当尽可能地均匀。传奇作品一向是偏累生旦，他脚过稀。清代几部大型"红楼戏"，最突出的是旦角（包括老旦、正旦、贴旦、小旦、杂旦）过多。如仲振奎《红楼梦传奇》，用旦角扮的人物有十多个；万荣恩《醒石缘》，用旦角扮的人物有二十多个；陈锺麟《红楼梦传奇》，用旦角扮的人物竟多达五十多个，还不包括"众旦"扮的丫头、仙女、女伶、女尼、宫娥、花神、村姬等等。即使在一些单出戏里，也往往旦角过多。如陈锺麟《红楼梦传奇》中《扫雪》一出，出旦角十三个；《送驾》一出，出旦角三十多个，还不包括排对的宫娥。《红楼梦》原著里，大约共有有名女性一百八十九人，固然"亦云夥矣"（诸联《红楼梦评》）。可是若在戏里也出这么多的旦角，实在难于演出。无论职业戏班或者家庭戏班，都不可能有这么多旦角演员。尽管按照传统演出体制,演员可以"改扮",所谓"一赶三",但改扮过多,就会造成演出忙乱。何况扮演主要人物的演员,根本无法一再改扮。既然演出全本有困难,那就只有选一些脚色少的折子戏演唱。久而久之,观众当然不爱看了。

由此说来,清代"红楼戏"之所以渐渐退出戏曲舞台,确实有着多方面的原因。但不可否认,当时他们的演出,曾起过一定的作用。有的地方戏中的"红楼戏",就是从它们改编过来的。如赧生居士的《红楼梦滩簧》,系根据仲振奎《红楼梦传奇》"沿其旧曲,杂以俚言,节其冗长,归于简便"。它们的创作经验,也值得后人借鉴。解放后新编的昆剧、越剧、锡剧三种《红楼梦》,就都参考过清代"红楼戏"。我们应当批判地继承这笔遗产,以有利于发展和繁荣社会主义的戏曲艺术。

【注释】

①秋舲主人《醒石缘叙》云:"吾友万子玉卿","借《红楼梦》说部,谱为《醒石缘》传奇,内分《潇湘怨》、《怡红乐》二种"。可知这部传奇总名《醒石缘》。阿英《红楼梦书录》引《红楼梦类索》却说这部传奇前后两部,"共计六十出,总名《红楼梦传奇》"。按:应以秋舲主人之说为是。因为此人为万荣恩之友,为《醒石缘》作序,其言当不妄。

②见吴云《红楼梦传奇序》、潘德舆《读红楼梦题后》、余治《得一录》。

③诸联《红楼梦评》:"总核书中人数,除无姓名及古人不算外,共男子二百三十二人,女子一百八十九人。"男女共四百二十一人。《红楼梦》王瀣批语说"本书男女四百四十八人"。较诸联之说多十七人。这两种人数统计,都是根据百二十回本。

④张冥飞《古今小说评林》:"陈锺麟《红楼梦传奇》,其剪裁原书处,往往点金成铁。其笔墨亦不能圆转自如,生吞活剥,又加以硬凑,以致全无是处。至音调讹舛,尤为指不胜屈。我不知其何苦现世也。"这把陈著骂得一无可取,未免过甚。

⑤戏曲舞台上演出《白蛇传》,法海这个人物一般是按常见的和尚打扮。而川剧《水漫金山》中的法海,却是戴帅盔,穿红蟒,披袈裟,完全是个披着宗教外衣的封建统治者的形象。

⑥见《众香国》、《日下看花记》、《帝城花样》、《丁年玉笋志》、《辛壬癸甲录》、《长安看花记》、《金台残泪记》、《梦华琐簿》、《楹联续话》、《燕台花事录》、梅兰芳《舞台生活四十年》。

⑦杨懋建《丁年玉笋志》:"双秀,昔与方三林同演《十全福》,为妙玉,云极佳,惜吾未及见。或云:演《十全福》,扮妙玉者,乃胖双喜,非双秀也。"杨懋建《辛壬癸甲录》:"(方三林)与胖双喜演《十全福》,扮妙玉得名。"同一人的记载,对《十全福》中扮妙玉者却有三说,双秀、双喜、三林。按:杨懋建未见双秀扮妙玉,那就可能是讹传。所以他又引"或云"作补充。而演《十全福》者,应是胖双喜、方三林,由双喜扮妙玉。因为此两书都提到他们二人。又据杨懋建《梦华琐簿》记载,胖双喜是道光年间三庆班的旦角。

⑧梁章钜《楹联续话》记载:"严问樵(按即严保庸)曰:道光癸未、甲申间(即道光三四年间),余以会试留都,暇日辄制新曲,付梨园歌之,倾动一时。(略)余所制《红楼》杂剧,中有《巾缘》一折,叙花袭人嫁蒋玉菡事。诘旦将登场矣,曲师来请云,场上铺设新房,尚少匾对,乞书之。余即书'玉软花娇'四字为额,对语屡思不属。正踌躇间,忽见雏伶二人翩然而至者,即其徒也,一名天寿字眉生,一名仙寿字月生,即同习此剧者。意有所触,即成一联云:"好儿女天仙双寿,小团圆眉月二生。"可是杨恩寿《词余丛话》云:"道光末年,鹾商演是曲(按指陈锺麟《红楼梦传奇》),袭人改嫁蒋玉菡,洞房结彩帐,其额未题。适梁茝邻中丞在座,提笔书'玉软花娇'四字。鹾商叹赏,立以珍珠缀而悬之。"明明是道光初年的事,却说成是道光末年的事,一误也。明明是演严保庸的《红楼梦曲》,却说成是陈锺麟的《红楼梦传奇》,二误也。明明是严保庸向梁章钜谈及自己题"玉软花娇"匾额,却说成是梁章钜题此四字,三误也。严保庸没有谈到盐商用珍珠缀匾,不知杨恩寿何所据。

梁章钜《楹联续话》只记载严保庸作《红楼》杂剧。此剧剧名,尚不明确。蒋瑞藻《小说考证》引《墨林今话》云:严保庸"为传奇,无愧作者,所著《红楼新曲》、《同心言》、《奇花鉴》诸院本,风行都下。"可知严保庸写的"红楼戏"名为《红楼新曲》。

⑨据《菊部群英》记载,梅巧玲曾扮演过《红楼梦》中史湘云。阿英《红楼梦书录》引樊樊山《葬花曲为梅郎兰芳作》注云:"咸同之交,兰芳之祖梅巧玲尝演《黛玉悲秋》一出。"

⑩在《红楼梦戏曲集》中,朱凤森《十二钗传奇》有《折梅》一出,写薛宝琴折梅;吴镐《红楼梦散套》亦有《折梅》一出,写贾宝玉折梅。戏曲舞台上流行的《折梅》,主角是宝玉、妙玉,那就可能是《红楼梦散套》中的《折梅》。此剧附有工尺谱,便于歌唱。

⑪见陆萼庭同志《昆剧演出史稿》。萼庭同志还告诉我:小桂林(姓陈)长期在上海京班演出,但演戏仍以昆剧为主。小金宝(即徐介玉)则长期在苏州昆班,也来上海演出过。他们演出的《红楼》本子,应是仲振奎《红楼梦传奇》,但已改编过。

⑫见谢锡勋《红楼梦分咏绝句》、顾家相《五余读书廛随笔》、持平叟《女弹词小志》。顾家相说林黛玉"演秦腔,全持身段活泼,所歌字句,竟不可辨"。其实,林黛玉不仅能唱梆子,也能唱昆曲。她同周凤林(有近代昆旦第一之称)熟悉,学过昆曲。何荫楠《锄月馆日记》:"到群仙看妙儿戏(按即髦儿戏),吴新宝、林黛玉皆在演串,尚属楚楚。"

⑬见蜀西樵也《燕台花事录》、玉鱿生《海陬冶游录》。按:上海大观园戏园原名月桂轩。光绪三年八月迁到宝善街,始改名大观园。

辑二 论文

《红楼梦》中曲艺和杂艺

在《红楼梦》里,封建官僚地主家族的贾府,不仅常常演戏,唱昆曲或者弋阳腔,而且有各种曲艺和杂艺的活动,如唱南词、唱清曲、说因果、打十番、打莲花落之类。前三种都是曲艺,后两种可列为杂艺。也许有人要问,为什么在《红楼梦》里要写这些曲艺和杂艺呢?又是怎样描写的呢?大家知道,还有些古典小说,如《金瓶梅》、《镜花缘》等,也写了各种曲艺和杂艺。那么,《红楼梦》较之这些古典小说,在这方面,到底有没有独特的地方呢?对这些问题,都需要作些探索。因为,《红楼梦》这部巨著所反映的社会生活,很广泛,很复杂,又很有特色,只有从各方面去剖析,然后综合观察,才能比较完整而清晰地见其全貌。

(一) 十番档子班和清曲档子班

《红楼梦》第十一回,宁府为了替贾敬祝寿,"找了一班小戏儿,并一档子打十番的"①,都来府中表演。这是一次。第七十六回,荣府过中秋佳节,贾母带了一大串儿孙,到大观园中凸碧堂赏月,"因命人将十番上女孩子传来"助兴。又是一次。这两次,都指的是十番档子班。至于第二十八回,"还有许多唱曲的小厮们",这指的是清曲档子班。

我们知道,在《红楼梦》里,所谓"档子",有两种解释。一种指档案和账册②,另一种档子就是档子班的简称。档子班有各种各样的,如清曲档子、清音档子、帽儿戏档子班、杂耍档子班等等。其主要的共同特点,即是由男女青少年组织成班。所以,档子班的演员,被称为"花档儿",即指其年青俊美,又含有戏谑歧视的意思。档子,亦作"当子",大概是沿袭明代内臣俊美者称为"老儿当"的风习而来的(《万历野获编续编》)。

在这里,我们不妨了解一下清代初期和中期档子班的情况,就会有助于对《红楼梦》中档子班的理解。根据李声振、汪启淑、李调元、蒋士铨诸人的著作记载:"花档儿,歌童也,初名秦楼小唱,年以十三四为率,曲中〔边关调〕至凄婉。""曩年最行档子,盖选十二龄清童,教以淫词小曲,学本京妇女妆束,人家宴客,呼之即至,席前施一氍毹,联臂踏歌。""档曲争传〔节节高〕,妖童三两拨檀槽。"③这都说的是清曲档子班。年轻歌童化妆成妇女,在地毯上起舞,唱〔边关调〕、〔节节高〕之类的小曲,并以丝弦乐器伴奏。李声振、汪启淑、李调元、蒋士铨,都是乾隆年间人。因此,他们的记载,可以证实,在乾隆年间,清曲档子班很盛。但他们所谓的"妖童"、"淫词",显然是士大夫的偏见。

在当时,又有清音档子班,打十番锣鼓,吹弹管弦乐器。什么叫作"十番"呢?十番,一作"十泛"(《荷花荡》传奇),又作"十欢"(《停云阁诗话》),福州俗称"叶欢"(《半野轩诗存》),合奏音乐名称。"番者,更番之谓。"一般说法,十番分为两种。一种是"细十番",乐器只用笛、管、箫、弦、提琴、云锣、汤锣、木鱼、檀板、大鼓,曲牌有〔花信风〕、〔双鸳鸯〕、〔风摆荷叶〕、〔雨打梧桐〕等。一种是"粗细十番",夹用锣、铙之属,或加唢呐,曲牌有〔下西风〕〔蝶穿花〕〔雨夹雪〕〔闹端阳〕等。也有人说,纯用打击乐器的,叫作"素十番";加用丝竹乐器的,叫作"浑十番"。这大概是因年代、地区不同,十番内容就有所不同。李斗《扬州画舫录》记载扬州十番的乐器和曲牌,与蔡少谷《鸢飞鱼跃随笔》记载福州十番的乐器和曲牌,就有所不同。十番乐,始于明代④,盛于清代康熙、乾隆年间,在北京、南京、扬州、苏州、福州等地区最流行。清音档子班的,大都由男青少年组成,但也有女子清音。《镜花缘》第九十三回:"又听女清音打了一套十番"。孙源湘《女清音》:"小妹十三尚不足,阿姊十六颇有余","东头客去西头来,贵家夜宴还传催"(《国朝诗铎》)。民间节日、庙会,也有少年竞奏十番乐,所谓"十番车上诸年少"。这是不属于清音档子班的,而是民间业余爱好者。⑤

还有一种档子班,唱"帽儿戏,声情态度,如老洪班"(《扬州画舫录》)。老洪班是乾隆年间扬州著名的昆曲戏班之一。所谓"帽儿戏",即是有简单妆扮的小戏班,但他们的演出,往往仿效大戏班名演员的声情态度。后来"髦儿戏",年纪比较小的女子戏班,也叫作档子班。孙子东《历下志游外编》:"女伶曰档子班,班首蓄三五雏娃,日日教演","慧者年余即可登场,否则期以三年,亦可奏技,生旦净丑,各视其才,结果登台,亦动视听","惟不侑酒,亦不出应条纸,招至家中竟日者,则往往有之"。⑥

再者,杂耍档子班,就是在戏园大轴戏散后,另有小班,唱小曲,打八角鼓,添十不闲,也就是把各种游艺节目,杂凑在一起演出(《梦华琐簿》)。但他们也常到杂耍馆演出,有时也应堂会,所谓"而今杂耍风斯下,到处俱添十不闲"(《草珠一串》)。

正由于当时档子班都是由男女青少年组成的,所以,达官贵人、富商大贾、朱门子弟,都以玩弄"花档子"为乐事,简直庸俗、恶劣极了。"富儿估客逞豪侠,铸银作钱金缕屑,一歌脱口一缠头,买笑买嗔争狎亵"(蒋士铨《忠雅堂集·京师乐府唱档子》)。"华筵开,档子来","朱门子弟易销魂,袖底金钱席上抛"(邹熊《声玉山斋诗集·档子行》)。"不图玩侏儒,直欲穷猥鄙"(杨芳灿《芙蓉山馆诗钞·小档子》)。因此,这种社会风气越是炽烈,就越暴露出封建末世社会的腐朽性。

由此看来,《红楼梦》所写的档子班,正是清代康、乾年间档子班的缩影。在贾府里,既有清音档子班来打十番,又有清曲档子班来唱曲;不仅有男清音,而且有女清音。虽然这只是贾府恣意享乐的很小部分,但也具体地揭露了当时封建官僚地主家庭寄生生活的一个侧面。

还引人注意的是,《红楼梦》第十一回有这样一段描写:王熙凤在宁府看戏,"立起身来,望楼下一看,说:'爷们都往那里去了?'旁边一个婆子道:'爷们才到凝曦轩,带了打十番的人,吃酒去了。'凤姐儿说道:'在这里不便宜,背地里又不知干什么去了。'尤氏笑道:'那都像你这正经人呢?'"看来,凤姐对贾府爷们带着打十番的花档儿,背地里去干不正经的事,显然是知道得一清二楚。"又不知干什么去了",一个"又"字,言下之意,贾府爷们背地里干这种不正经的事,已非一次了。所以,贾琏、贾蔷之流参加这次祝寿活动,先就问"有什么玩意儿没有"。他们并不是真正要看戏听音乐,而是要乘机玩弄花档儿,诚所谓"醉翁之意不在酒"。在这一回里,只是通过凤姐之口,暗点一下而已。到第七十五回,就明写了贾珍、邢德全、薛蟠之流玩弄花档儿,下流无耻,丑态毕露。连尤氏也看不入眼,骂他们是"一起没廉耻的小挨刀的"。试想,《红楼梦》中这伙朱门子弟,难道不是前面所述康、乾年间那些玩弄花档儿的朱门子弟的化身吗?他们下流无耻的行为,难道不是形象地反映了当时恶劣的社会风气吗?

（二）唱南词

《红楼梦》第四十三回凤姐生日，临时找来了"说书的女先儿"（戚本作"说书的男女瞎儿全有"）。第五十四回贾府过新年，又有"门下常走的女先儿"来说书。第六十二回宝玉生日，也有"常走的女先儿"来说书。可知，贾府不仅逢年过节、寿诞喜事，都有说书活动，而且有"门下常走的女先儿"，随时到他家里来。此书第十六回："凤姐笑道：'可见当今的隆恩，历来听书、看戏，古时儿也未有的。'"第四十回："（贾母说道：）'你们听那些书上、戏上说的小姐们的绣房，精致的还了得呢！'"第五十一回："李纨又道：'（《西厢记》、《牡丹亭》故事）凡说书唱戏，甚至于求的签上皆有注批，老少男女，俗语口头，人人皆知皆说的。'"显然，在贾府里，听说书是很平常的事，所以大家对说书情节都很熟悉。

所谓"说书"，有各种各样的。即就清代康、乾年间而言，就有评话、南词、鼓儿词等。那么，在《红楼梦》里，女先儿说的是哪一种书呢？这就需要先对说书略作介绍。

大家知道，评话，源于宋代"说话"，只说不唱，讲《三国》、《英烈》之类，击"醒木"以为节，通称"说大书"。《镜花缘》第八十三回"说大书佐酒为欢"，即是击醒木，讲评话。南词，亦称弹词，也叫作文书，通称"说小书"，有说有唱，说唱《珍珠塔》、《玉蜻蜓》之类，以三弦为主要乐器，双档则用三弦、琵琶，也有"打横者助以洋琴"的。

从元代"词话"到明代"陶真",再到清代才演变为南词。所谓南词,顾名思义,就是江南地区流行的说唱艺术,但也有专指浙江说唱艺术。墨林山人《文明秋风序》(乾隆刊本)云:"弹词始于南,而盛行于南,是为南词。"而《樗园消夏录》云:"浙人多用唱本,有《芭蕉扇》、《三笑姻缘》之类,谓之南词。"此外,《随园诗话》、《童山诗集》、《续板桥杂记》、《吴趋风土录》、《杭俗遗风》诸书,都有记载,不具引。但在乾隆年间,北京也流行南词。李声振《百戏竹枝词》:"弹词,吴人弹平湖调,以弦索按之,近竟尚打铜丝弦洋琴矣"。蒋士铨《忠雅堂集·京师乐府唱南词》:"三弦掩抑平湖调,先唱摊头与提要。"[7]《白雪遗音》选录嘉庆以前的北方俗曲,其中有南词二三十种之多,除《渔樵耕读》之类的开篇外,还有《玉蜻蜓》、《占花魁》正书。鼓儿词,历史也很悠久。早在宋代,就有负鼓盲翁唱《蔡中郎》。据《百戏竹枝词》记载,清代乾隆年间流行的鼓儿词,"瞽者唱稗史,以三弦弹曲,名八板以按之,闺人恒乐听焉,呼之曰'先儿',其词北方最盛,又名说北书先生。"[8]既名为鼓儿词,当然还用鼓的。另有一种,称为八角鼓。陈声和《北行乐府·鼓儿词》:"鼓形八角弹以指,谁与擅场唱档子","白晳雏儿年十五,不必红裙装蝶舞,秃襟小袖侍琼筵,历历歌珠串金缕"(《国朝诗铎》)。

由此看来,《红楼梦》中女先儿说书,大概是唱南词,而不是唱鼓儿词,也不是讲评话。因为,第五十四回写着,"将弦子琵琶递过去"。所用乐器,与南词正同。这是一。第六十二回,又写着"要弹词上寿",明明点出是南词。这是二。第五十四回,女先儿介绍的

《凤求鸾》,类似南词才子佳人书的内容。所谓"南词,皆言儿女之情"(《樗园消夏录》),"瞽女琵琶,唱才子佳人传奇"(《扬州梦》)。这是三。《红楼梦》中贾、史、王、薛四大家族,都是金陵世家,那么,他们常听家乡的南词,也是很自然的事。这是四。

在《红楼梦》里,贾府常有女先儿唱南词,正是清代官僚地主家庭享乐生活的反映。据《双桥随笔》记载,在当时,"大家妇女,骄奢之极,无以度日,必招致此辈(指南词艺人),养之深院静室,昼夜狎集宴饮,谓之先生"。张泓《滇南忆旧录》:"金陵赵瞽以弹词名,豪室争致之,偶炫艺京师,颇为八旗诸宦家所重。"《小说话》亦云:"巨家消闲,豢瞽教歌,自撰曲本,不求传世,犹之故明贵阀之昆班也。"这些记载,较之《红楼梦》中贾府常有女先儿唱南词,是更为骄奢的了。

可是,在《红楼梦》里,贾母和那些小姐们又往往不要听南词。比如,贾母一听女先儿介绍《凤求鸾》的故事,就表示"不要听这个书了"。宝玉生日,两个女先儿要弹词上寿,众人都说"我们没人要听那些野话,你厅上去说给姨太太解闷去罢"。这是为什么呢?我们且听听贾母提出的几点理由。第一,这些戏,"不过是才子佳人","男子满腹文章去作贼,难道那王法就看他是才子,不入贼情一案了不成"?女子"只一见了一个清俊的男子,不管是亲是友,便想起终身大事来了,父母也忘了,鬼不成鬼,贼不成贼,那一点是佳人"。拆穿来说,意即男女私订终身,违背封建礼教。第二,"这些书都是一个套子","最没趣儿"。就是说,都是公式化的东西,令人一猜就猜着，实在乏味。第三，这些书，"编的连影儿也没有"，"前言不答后语"，都是些"诌掉了下巴的话"，"别说他那书上那些世宦书香大家，就如今眼下真的，拿我们这中等人家（按：贾母自己也不说实话）比说，也没有那样的事，别说是那些大家子"。一句话，写得不真实。

无可否认，在南词书中，确有不少是臆造的公式化的才子佳人书，不外"小姐花园订终身，公子落难中状元"，套来套去，成为厌套。佚名《拱璧缘序》云："近日文词小说，类皆逾墙递简，男女相慕悦之辞，雷同遍海内矣。"这就无怪乎贾母不感兴趣，不要听了；小姐们宁愿听刘姥姥讲些乡村中的新闻故事，"自觉比那些瞽目先生们说的书还好听些"。然而，贾母批评才子佳人书的根本出发点，却是力图替世宦书香门第辩护，包括贾府这样大家在内，借以维护封建礼教，维护朱门的声誉和地位。所以，她"从不许说这些书"。作为贵妇人的李婶、薛姨妈，自然赞同贾母的意见，说道："这正是大家的规矩，连我们家也没这些杂话给孩子们听见。"正是在她们的熏染下，那些小姐们就把南词书视为"野话"。其实，在南词书中，也有一些好的或者比较好的，如《白蛇传》、《珍珠塔》之类，不可一笔抹杀。

既然如此，那么，为什么贾母还要让女先儿常来唱南词呢？据她自己解释是："这几年，我老了，他们姊妹们住的远，我偶然闷了，说几句听听，他们一来，就忙叫歇了。"可知，贾母一方面作为贾府的"老祖宗"，担负着维护"大家规矩"的责任，唯恐才子佳人书，动摇家里小姐们的心性;另一方面,她又是个"享福人",最讲究及时行乐,需要听书解闷。薛姨妈,也是如此。她一方面赞同贾母的意见,另一方面又需要听书解闷。小姐们曾吩咐女先儿,"你厅上去说给姨太太解闷去罢"。她们的这种两面性,并不是少数贵妇人的思想意识,而是具有典型性的。

在清代初期和中期,官僚、地主以及士大夫们,不厌其烦地订立"家训"、"格言",狂热地鼓吹封建礼教,严戒朱门弹唱、说书。什么"弹唱、说书,摇惑耳目,污乱心志,一概不容入门"(石成金《家训钞》)。什么"莫听唱说书,莫学弹学唱"(陈宏谋《教女遗规》)。什么"近有一等少年瞎姑及男瞽,弹唱词曲,描写佳人才子,苟合成欢,百般丑态,无不尽其情致,开少年子弟之情窦,动无知妇女之春思,因而做出丑事,凡为家长者,断不可令此等人入门,不独杜男女之邪心,且可省无端之防范,于风俗人心,实有裨益也"(《至宝录》)。什么"至于为害闺门者,弹词尤甚,女子之性,多近鄙猥,一见弹词,便生嗜好,无论兰心蕙质,艳而羡之,且使村姑乡媪,亦欲尤而效之"(莲池大师《文昌帝君天戒录注》)。实际上,在当时,在朱门里,弹唱、说书成风,自我撕掉了堂皇的礼教帷幕,赤裸裸地暴露出荒淫享乐生活的真相。前面所引《双桥随笔》、《滇南忆旧录》诸书的记载,就是有力的证明。因此,在《红楼梦》里,通过贾母、薛姨妈等人听唱南词,既要维护封建礼教,又要恣意享乐,也就巧妙地揭露了封建官僚地主家庭的虚伪面目。

（三）说因果

《红楼梦》第七十一回,在贾母八十大寿之日,地藏庵两个尼姑也来祝寿。贾母叫喜鸾、四姐儿,"洗了手,点上香,捧上一升豆子来。两个姑子先念了佛偈,然后方一颗一颗的拣在簸箩里,每拣一颗,念声佛,明日煮熟了,令人在十字街上结寿缘。贾母歪着,听两个姑子又说些因果善事"。这就是说因果,又叫作"宣卷"。那么,为什么要在贾母八十大寿之日说因果呢?要说明这个问题,那就要先谈点说因果的由来。

早在唐代,寺院集众讲唱"变文",称为"俗讲",大都是通过讲唱通俗化的佛经故事或者其他故事,宣扬佛教教义,阐明因果(《因话录》)。宋代"瓦舍"(游艺场)说书,有"说经者,谓演说佛书"(《梦粱录》)。宝卷之名,大概始于元代,现存有《销释真空宝卷》。所谓宣卷,意即宣讲宝卷。明代嘉靖、万历刊本的宝卷,有些还存于世,如《二郎宝卷》、《药师本愿功德宝卷》、《弘阳叹世经》、《弘阳苦功悟道经》等。在明代,宣卷又名说因果,见《金瓶梅》第三十九回"吴月娘听尼僧说经"。在西门庆家说因果的尼姑,有王姑子、薛姑子。但当时也有男僧说因果的。《樱桃记》第十九出:"(小生)外厢为什么喧嚷?(末)有着说因果的和尚哩!"《太平钱》第二十一出:"近日有一姑苏北寺里讲说因果的小和尚,到我们扬州开演书场。"

关于寺院、瓦舍说因果,且不谈。这里,只简略地介绍一下朱门大户说因果的情况。请看《金瓶梅》：尼姑会讲说"各样因果宝卷，成月说不了，专在大人家行走，要便接了去，十朝半月，不放出来"。宣讲时，"炕上放下小桌儿，众人围定，两个尼姑在正中间，焚下香，秉着一对蜡烛，都听他（尼姑）说因果"；"打动击子儿，又高声念起来"。说因果的时间，往往在夜间。"薛姑子宣卷毕，已有二更天气"；"桌上蜡烛，也点了两根"，"已是四更天气，鸡鸣叫"，"月娘方令两位师父收拾经卷"；"昨夜三更才睡，大娘后边拉我听宣《红罗宝卷》"。清代江南说因果最盛，僧尼常入富贵之家，搞这种玩意儿，二人为偶，手持小木鱼，也有用铜钹的，焚香燃烛，一人宣佛号，一人说唱，妇女乐听之，甚至有俗人的宣卷班，集五六人群坐而讽诵。显然，说因果带有宗教迷信色彩，与一般说唱艺术有所不同。

为什么那时朱门大户妇女喜听宣卷呢？元抄本《消释印空实际宝卷》："夫《印空宝卷》者，能开解脱之门，妙偈功德，往入菩提之路。"在《金瓶梅》里，西门庆的妻子吴月娘，喜听《大藏经宝卷》、《黄氏宝卷》、《五戒红莲宝卷》、《五祖黄梅宝卷》等，这是因为，她"平日好善看经，礼佛布施"，所以，她听了说因果，"越发好信佛法了"。但其中有两次说因果，乃是祝寿结善缘的，一次是吴月娘生日，一次是西门庆的宠妾李瓶儿生日。当然，有时听说因果，乃是借以解闷自娱。清代朱门大户，"或因家中寿诞，或因禳解疾病，莫不宣卷"，"谓可降福"。清代印行的《刘香宝卷》，开首即写着："善男信女虔诚听，增福增寿得消灾。"大肆宣扬，蛊惑听众。

可是，历来说因果，并没有拣豆子的事。而在《红楼梦》第七十一回里,却有这样的描写。这是怎么一回事呢?其实,拣豆子是另一种风习,在明代就已有过的。刘侗《帝京景物略》记载明代北京风俗,四月"八日,舍豆儿,曰结缘。十八日,亦舍。先是拈豆念佛,一豆,佛号一声,有念豆至石者。至日熟豆,人遍舍之,其人亦一念佛,啖一豆也"。及至清代初期和中期,仍有这种风俗。陆又嘉《燕九竹枝词》:"多少结缘求佛度,山门舍豆鬓云看。"(佛度、佛豆,谐音)。于敏中《日下旧闻考》:"京师僧人念佛号者,辄以豆记其数。至四月八日佛诞生之辰,煮豆,微撒以盐,邀人于路,请食之,以为结缘。"晚清时期,尚沿此旧俗。可知,从明代到清代,北京一直流行着结缘豆风习,有在正月十九日"燕九"会期(相传元代丘长春真人于此日仙去)举行,有在四月八日佛祖诞辰举行,庙宇、满族宅第、富户以及好善者,都搞这种"预结来世缘"的宗教迷信活动。

在《红楼梦》里,贾府正是清王朝"开国"功臣、世袭公爵的满族宅第。所以,在贾母八十大寿之日,两个尼姑也搞"结善缘"的拣豆子活动。贾母对凤姐、尤氏说:"你两个帮着两个师父,替我拣豆子,你们也积积寿。前日你姊妹们和宝玉都拣了,如今也叫你们拣拣,别说我偏心。"显然,贾母对这种"积寿"活动很重视。由此看来,这与上述清代北京流行的结缘豆风习正同。所不同的是,原来在"燕九"会期或者佛祖诞辰举行,而《红楼梦》却移在贾母八十大寿之日举行。那么,结缘豆与说因果是两码事,互不搭界。曹雪芹写《红楼梦》,就把这两种风习结合在一起,让两个尼姑既拣豆子,又说因果,成为贾母八十大寿的祝寿活动之一,也就更增强了这次祝寿的隆重性，而又染上宗教迷信色彩。

凡看过《红楼梦》的人，都知道，书中多次写了过生日的事，如贾敬生日、贾政生日、凤姐生日、宝钗生日、宝玉生日等等，都有祝寿活动，但都没有拣豆子，说因果，唯有贾母八十大寿之日，才有这两种活动。这就在于，贾府把贾母八十大寿看作一件大事，特地隆重庆祝，用以突出贾母的特殊地位，更好地表现这个"老祖宗"的个性，同时，也揭露了官僚地主家庭铺张浪费的"虚热闹"，又展现了封建统治阶级崇尚宗教迷信的习俗。

（四）打莲花落

《红楼梦》第五十四回，贾府正月十五日闹元宵，演戏，放烟火，然后贾母"又命小戏子，打了一回莲花落"。在封建社会里，朱门大户闹元宵，自然要演戏、放烟火，讲究排场，摆摆阔气，及时行乐，快活快活，反正他们挥霍的金钱，都是从人民身上榨取来的嘛！《金瓶梅》中西门庆家，只是地方上的富豪恶霸，过新年，也要演戏、放烟火，如"逞豪华门前放烟火"。《红楼梦》中贾府这样的贵族豪门，又在势盛之时，过新年，更不会冷冷清清的。那么，为什么又要打莲花落呢？商务本《增评补图石头记》第五十四回有条眉批："收场打莲花落，不祥之兆。"意思就是说，莲花落，预示着贾府将衰落。果真如此吗？应该考察一下。

莲花落的发展，大致可以分为三个阶段。隋、唐、五代时期，僧侣募化唱"莲花曲",又叫作"散花落",在《敦煌杂录》里还保存着三篇,都是宣扬佛教教义的。这是第一个阶段。到宋代,才出现了乞丐唱的"莲花乐",内容为乞食词(《罗湖野录》),但也可能有劝世的(《五灯会元》)⑩。元明时代,乞丐唱莲花落很盛,歌唱时,用一副鼓板,其内容很复杂,有《三贞九烈》、《二十四孝》、《十二月花名》之类,特别是歌唱四季风光的"四季莲花落"最流行,但也有佛曲的"四季莲花落"。⑪在这些莲花落唱词中,往往有"吉利词"。比如,朱有燉《曲江池》杂剧第四折所唱的莲花落,就有"城里人,城外人,为士的,为农的,为工的,为商的,都来庆祝太平年"。这是第二个阶段。清代初期和中期流行的莲花落,也属于这个阶段,下面另谈。大约在清代道光年间,还出现了彩扮莲花落(《都门纪略》),后来更发展成戏曲化,节目有《锯大缸》、《王小赶脚》之类,乐器有乍板、节子、锣鼓等等。但仍有徒歌的莲花落,又叫作"莲花闹",乞丐手拍竹板而唱,"作乞怜及颂祷语"(《杭俗遗风》、《清稗类钞》)。这是第三个阶段。简言之,即是由僧侣唱"莲花"佛曲,到乞丐唱徒歌莲花落,再到艺人演唱彩扮莲花落。

在清代初期和中期,莲花落还是徒歌的。李声振《百戏竹枝词》:"莲花落,乞儿曲名,以竹四片,摇之以为节,号四玦玉。"郑板桥《道情》第六支:"尽风流,小乞儿,数莲花,唱竹枝,千门打鼓沿街市。"可是,乾隆年间杨米人《都门竹枝词》咏北京新年:"雪亮玻璃窗洞圆,香花爆竹霸王鞭,太平鼓打咚咚响,红线穿成压岁钱。"霸王鞭,亦称莲花落,或称金钱莲花落,用竹鞭缀金钱,击之节歌,所谓"霸王鞭舞金钱落"。它与太平鼓(圆鼓,下垂十数铁环,击之则环声相应),调唱〔太平年〕,都是当时新年应景的娱乐,流行很普遍。那么,《红楼梦》中贾府过新年,打的是哪一种莲花落呢?

大家知道,《红楼梦》是乾隆年间的作品,第五十四回写的又是贾府过新年。据此,我推测,那些小戏子打的莲花落,可能是霸王鞭这种莲花落,随俗应景,作为新年娱乐的点缀。贾府闹元宵,既有戏,又说书,行酒令,讲笑话,再放烟火、炮竹,气氛越来越热烈,最后一边打莲花落,一边向戏台上撒钱,莲花落的歌声和乐器声,伴着"豁琅琅满台的钱响",还杂着贾府诸人取乐的欢笑声,掀起了热闹高潮,在高潮声中,结束闹元宵。这正是生动地描绘了贵族豪门闹元宵的热闹情景。即使那些小戏子唱的是徒歌莲花落,也决不会唱那种"乞食词"、"乞怜语",而是唱一些"吉祥词"、"颂祷语",或者歌唱所谓"太平年"。因为,贾母对过新年,非常讲究吉利。请看:她室内火盆中,焚着松柏香、百合草。花厅上,摆列着岁寒三友、玉堂富贵等鲜花。排合欢宴,献合欢汤、吉祥果、如意糕,还要"重孙一对双全的在席上"。连发赏的铜钱,也用红绳穿着。而袭人、鸳鸯因"都有孝",也就都没有参加元宵夜宴。试想,在这时,贾母命小戏子们打一回莲花落,难道会容许他们唱不吉利之词吗?然则,所谓"不祥之兆",究竟在哪里?

看来,商务本《增评补图石头记》批者,之所以认为第五十四回收场打莲花落是"不祥之兆",就在于,第一,由于批者只知道乞儿打莲花落,唱叹穷乞怜之词,便断定此回打莲花落,即是贾府后来衰落的兆头;第二,据批者推测,莲花"落"即预示衰"落"。其实,如上所述,我国长期流行的莲花落,无论内容和形式,都是多种多样的,并非只有叹穷乞怜一种,那么,就不能据以断定即是贾府后来衰落的兆头。至于以莲花"落"预示衰"落",也纯是文字游戏。何况这种批语,脱离了第五十四回描写贾府闹元宵的具体情景,一任己意地瞎猜臆测。"索隐派"批《红楼梦》,大都如此。

(五)结语

我们对《红楼梦》中曲艺和杂艺,分别作了如上所述的介绍,这里再略加归纳,作为小结。

曹雪芹写《红楼梦》,把当时流行的多种曲艺和杂艺,都摄入这部巨著里。但这并不是孤立地介绍各种玩意儿,炫耀作者知识渊博,而是借以更广阔地反映生活,多方面地表达主题思想。看吧!在贾府里,一会儿打十番,一会儿打莲花落,一会儿唱清曲,一会儿唱南词,一会儿说因果,花样繁多,应有尽有,奢侈靡费,恣意享乐。尽管在贾府诸人的日常享乐生活中,这不过是一些小插曲,但毕竟是不可缺少的。因为,根据本文所引历史材料,确凿证明,在清代初期和中期官僚地主家庭里,这都是常见的生活现象。曹雪芹经过认真选择和精心提炼,巧妙地安排在《红楼梦》里,就可以因微知著,从小见大,几个说书片断,又是两个打十番插曲,就反映了贾府享乐生活的多样化。因此,这部巨著,便像生活本身一样丰富、复杂,揭露了当时官僚地主家庭享乐生活的寄生性和腐朽性,富有时代特色。

诚然,在《红楼梦》里,贾府众多的老爷、太太、少爷、小姐,都过着享乐生活,但绝不是千人一样,毫无差异。他们各有自己的爱好,各有自己的生活趣味。那些下流的爷们,沉迷于玩弄花档儿。贾母和薛姨妈喜听南词,却从未听过唱小曲。小姐们对说书不感兴趣,而好吟诗联句。尤其贾母,爱好最多,无论十番音乐、南词、宣卷、打莲花落,都要听。她说是:"闷了时","顽笑一回"。她天天挖空心思地讲究吃喝玩乐,唯恐虚度了一天,很会"享福"。因此,通过这些人物不同的爱好和生活趣味,就表现了他们不同的个性。这就证实,《红楼梦》中曲艺和杂艺的描写,决不是脱离人物的游离部分,而是成为丰富人物精神面貌的艺术细节,各自有着特殊的作用,曲尽其妙。如果要把它们互相调换,那是不可能的。试想,让贾母玩弄花档儿,岂非笑话?让贾府那些下流爷们欣赏女子清音吹笛,他们哪会有这般"雅兴"哩!

再者,在《红楼梦》里,对各种曲艺和杂艺的描写,乃是适应着反映不同生活的需要,作了适当的安排。比如,凤姐生日和宝玉生日,都有女先儿来说书,而没有说因果,唯有贾母八十大寿,才有了说因果,但却没有提到女先儿说书。这就在于,凤姐、宝玉在贾府中的地位,毕竟不及贾母,只有"老祖宗",才够得上"结寿缘"。何况,凤姐、宝玉对这种宣扬因果报应的说因果,也不会感兴趣的。凤姐说过:"从来不信什么阴司地狱报应"。贾府平时常有女先儿来说书,难道贾母八十大寿之日就没有说书吗?这只是因为要突出说因果,故对说书略而不提。即使描写同一曲艺演出,但在不同场合,又作了不同的安排,"有话则长,无话则短",而不是平均对待,烦琐累赘。比如,贾府几次说书的安排,就是如此。第四十三回写凤姐生日,只是"不但有戏,连耍百戏并说书的女先儿全有,都打点着取乐玩耍",一笔带过。第六十二回写宝玉生日,通过两个女先儿要弹词上寿,特地交代了小姐们不要听这些"野话",叫女先儿去厅上替薛姨妈说书解闷。第五十四回写贾府过新年,对贾母听书所发表的议论,则是大笔发挥。因此,全书中各种曲艺和杂艺的描写,既有一般着墨的,又有强调突出的;既有必要重复,又有差异变化,错综地交织在一起,构成了展现贾府享乐生活多样化的有机整体。

拙著《红楼梦与戏曲比较研究》,对《红楼梦》中的戏曲描写,如戏班、演员、剧目、演出等,作了初步探索。本文对《红楼梦》中的曲艺和杂艺描写,如打十番、唱清曲、唱南词、说因果、打莲花落等,又作了简略介绍。这都证明,曹雪芹写《红楼梦》,对戏曲和曲艺,不仅如数家珍,知道得多,而且结合内容,运用得好,表现了他多方面的艺术才能。这对《红楼梦》成为巨著,也是一个值得注意的因素。

【注释】

①戚本《石头记》作"并一档子,打十番的",断为两句。商务本《增评补图石头记》作"并一档子打十番的",作一句读。按:当以后者

为是,因为,这句话即指一个打十番的档子班。

②在《红楼梦》里,也把账册叫作档子。

③见李声振《百戏竹枝词》、汪启淑《水曹清暇录》、李调元《童山诗集》、蒋士铨《忠雅堂集》。

④曹寅《楝亭集》中《题马湘兰画兰长卷》诗自注:"明武宗游南苑,今十番,其遗乐也。"十番是否是明武宗的遗乐,姑不考证,但明代确有十番乐。刘侗《帝京景物略》:"鼓吹则橘律阳、撼东、海青、十番"。李斗《扬州画舫录》亦云:"是乐,前明已有之"。

⑤本段所引资料,除注明者外,见陈于王《燕九竹枝词》、郑洛英《耻虚斋诗钞》、吴敬梓《儒林外史》,以及《续板桥杂记》等。

⑥清升平署档案,记有"着内学在养心殿伺候帽儿戏三出,不必用行头";"延春阁伺候帽儿排,唱小戏,小家伙"。《清升平署志略》:"帽儿戏之名,已见李斗《扬州画舫录》";"(清宫演戏,)初曰上排帽儿戏,后又简称曰上排,最后又称帽儿排";"系仅于头上束网,所有官帽、纱帽、罗帽等,一概不戴,足下登靴,不用戏衣,穿一种特备衣服,亦能作扬袖、甩袖姿式,其登台出演,唱做念白,悉与花唱相同"。看来,前一说即指小戏,后一说即今之"响排"。后来髦儿戏,亦作毛儿戏、猫儿戏、妙儿戏,即年纪小的女子戏班,所谓"其形至雏","居然自优,能妲能鹉"(姚燮《复庄诗问·猫儿戏》)。髦儿戏之名,可能始于晚清时期。同治、光绪年间袁翔甫《上海竹枝词》:"忽听一声锣鼓响,髦儿戏正闹头场。"《海上花列传》第十六回:"上海滩浪,通共三班毛儿戏,才叫得来哉。"王韬《瀛壖杂志》:"教坊演剧,俗呼猫儿戏。"

⑦清代中期,所谓南词,就其广义而言,即指江南地区的弹唱说书,包括浙江地区的南词和苏州地区的弹词。所以,对同是弹唱平湖调的说书,《百戏竹枝词》称为"弹词",《忠雅堂集》则称为"南词"。现存乾隆刊本《仙庄会》南词,即是唱平湖调。所谓"摊头",就是弹词开篇。现存《马如飞开篇》,亦称《南词小引初集》。但评话亦有摊头。明代钱希言《戏瑕》:"文待诏诸公,暇日喜听人说宋江,先讲摊头半日,功父犹及与闻。"至于明代徐渭《南词叙录》,魏良辅《南词引正》,这里南词,指的是宋元南戏和明代南戏系统的戏曲声腔。

⑧《孤本元明杂剧》有无名氏《陶渊明东篱赏菊》,其第二折:"(净)老先儿,我也不曾读书。我则听的那打谈的说,武王立天下,寻访着孟津老姜。人所皆知,老先儿知也不知哩?"《通俗编》:"前明太监称卿大夫,每曰老先,而不云生。"为什么先生亦可称为先儿呢?这就在于,在我国古代,先生两字,可连称,也可单称。比如,《汉书·梅福传》:"夫叔孙先非不忠也"。师古曰:"先,犹言先生也"。《汉书·晁错传》:"公卿言邓先"。师古曰:"犹言邓先生也"。

⑨本段所引资料,除注明者外,见《培远堂偶存稿》、《吴趋风土录》、《清嘉录》、《对山余墨》、《盛湖竹枝词》、《海上竹枝词》等。

⑩宋代释普济《五灯会元》记载:俞道婆闻丐者唱莲花落,忽然契悟。那么,这种莲花落词,大概是劝世的,所以,才使俞道婆悟道。

⑪本段所引资料,除注明者外,见元杂剧《金线池》、《曲江池》,明传奇《绣襦记》、《鸣凤记》、《锦笺记》,小说《石点头》,朱棣《诸佛名经》。

【补记】

杨宾《柳边纪略》:"边外文字,多书于木,往来传递者曰牌子,以削木若牌故也。存贮年久者,曰档案,曰档子,以积累多贯皮条,挂壁若档故也。清内阁有满汉档案房,即本于此。"查清升平署亦设有档案房,分为内档房和外档房,有花名档、白米档、库银档、颜料纸张档等等。《红楼梦》把账册也称为档子,其义当与此同,而与"档子班"的"档子"(当子),却是不同。

《红楼梦》的传奇性

历来有些人赞扬《红楼梦》是"亘古绝今一大奇书","较《金瓶梅》愈奇愈热"。善因楼版《批评新大奇书红楼梦》,更以"新大奇书"作标榜,吸引读者的好奇心。那么,这部小说,究竟奇在哪里呢?有的说:"是书之所以奇,实奇而正也","立忠孝之纲,存人禽之辨"。有的说:"《周易》、《学》、《庸》是正传,《红楼》窃众书而敷衍之是奇传。"①说来说去,莫名其妙。因此,本文对这个问题,试作初步探索,一孔之见,也未必说得对。

（一）

为了要探索《红楼梦》的传奇性,就先要了解一下作者曹雪芹对"传奇"的创作主张；要了解曹雪芹对"传奇"的创作主张，又必须联系明清时代小说、戏曲创作要求"传奇"的思潮。因为，离开作者的创作主张，离开当时小说、戏曲创作思潮，孤立地探索《红楼梦》的传奇性，那就会是只见树木而不见森林了。

《红楼梦》第一回，空空道人在大荒山无稽崖青埂峰下，忽见一块大石上，镌着一段离合悲欢、炎凉世态的故事，后面又有一首偈云："无材可去补苍天，枉入红尘若许年。此系身前身后事，倩谁记去作奇传。"于是，空空道人与石头谈论《红楼梦》是否是"奇书"的问题，发表各自的意见。很明显，这个虚构的情节，诚然是"无稽"的，但它正是曹雪芹借以表明自己写这部小说，记"石头"的悲欢离合故事，"意欲问世传奇"。作者在开卷第一回里，首先就提出了"传奇"的问题，可见他对这个问题很重视，同时也是力求引起读者的注意。为什么呢？应当探索。

早在唐代，就已有传奇体小说，称为传奇文。胡应麟《庄岳委谈》："变异之谈，盛于六朝，然多是传录舛讹，未必尽幻设语。至唐人乃作意好奇，假小说以寄笔端。"梁绍壬《两般秋雨盦随笔》："传奇者，裴铏著小说，多奇异可以传示，故号传奇。"②为什么唐人写小说要"作意好奇"呢？据说，这与唐代"温卷"有着密切关系。那时文人向有地位的人投献"行卷"（把自己的诗文写成卷轴），炫耀自己的史才、诗笔和议论，竞奇争胜，力图引起有地位的人的喜好和赏识，把他们向主司（主持考试的礼部侍郎）推荐，使其有及第的希望。③其实，唐代传奇文的兴起，除了与当时"温卷"风气有着关系外,还有城市经济繁荣、文学本身发展等原因,说来话长,不赘。正由于这类传奇文,写的是"奇僻荒诞、若无若没、可喜可愕之事","读之使人心开神释,骨飞眉舞"(汤显祖《校点虞初志序》),所以,宋元话本、诸宫调、南戏、杂剧、明清小说和戏曲,也都沿用"传奇"之名。④

我国古典小说和古典戏曲,都竞以"传奇"为名,强调一个"奇"字,并非毫无道理。俗话就有"无奇不成戏,无巧不成书"的说法。所谓"奇",就是要求情节和人物具有独特性,新颖地展现生活面貌,更能吸引人们的兴趣,使其感到耳目一新。所以,李渔《曲话》说:"新,即奇之别名也。若此等情节业已见之戏场,则千人共见,万人共见,绝无奇矣,焉用传之?是以填词之家,务解传奇二字。"比方说,《水浒》写武松在景阳冈上,赤手空拳与老虎搏斗,英勇无畏,惊险紧张,扣人心弦。如果写的是武松打狗,那就不足为奇了。试想,这种新奇的小说、戏曲作品,难道不是比那些一般化地复述平平常常的生活现象,令人感到平淡无味的作品要好得多吗?

然而,从明代中期到清代中期,无论小说家,或者戏曲家,较之他们的前辈,更加热烈地提倡"传奇",形成了一个空前的热潮。请看:

  传奇,纪异之书也,无奇不传,无传不奇。(倪倬《二奇缘小引》)

> 古人呼剧本为传奇者,因其事甚奇特,未经人见而传之,是以得名。可见,非奇不传。(李渔《曲话》)

> 作演义者,以文章之奇,而传其事之奇。(金圣叹《三国志演义序》)

> 传奇者,传其事之奇焉者也,事不奇则不传。(孔尚任《桃花扇小识》)

他们对当时小说、戏曲创作,异口同声地提出"传奇"的要求。这就是把"传奇"作为小说、戏曲创作的一个重要标准,也作为小说、戏曲批评的一个重要标准。在那时,这种要求,诚然是有着代表性的。许多文艺作品的书名,如《拍案惊奇》、《欢喜奇观》、《今古奇观》、《今古奇传》、《海内奇谈》等等,都标榜一个"奇"字,务求令人称奇叫绝。可是,我们要问,为什么在这时,他们竟要如此热烈地提倡"传奇"呢?难道这是偶然发生的"一窝风"现象,而没有一定的社会原因吗?

对此,再看看当时有些人发表的意见,便可以得到解释了。他们说是:

> 数十年来,此风忽炽,人翻窠臼,家画葫芦,传奇不奇,散套成套。(冯梦龙《曲律序》)

> 戏场恶套,情事多端,不能枚纪。以极鄙极俗之关目,一人作之,千万人效之,以致一定不移,守为成格,殊可怪也。(李渔《曲话》)

> 可笑近之小说中,有一百女子,皆是如花似玉,只一付脸面。(脂砚斋《红楼梦》批语)

> 又笑别部小说中,一万个花园中,皆是牡丹亭,芍药圃,雕栏画栋,琼榭珠楼,略不见差别。(同上)

在这里,他们提出了一个有关小说、戏曲创作的重要问题,就是沿袭旧套之风。我们知道,冯梦龙的《曲律序》,作于明代天启五年(1625),由此上溯数十年,那就是万历初年。从这时起,小说、戏曲创作沿袭旧套之风,已越来越炽烈了。降至清代雍正、乾隆年间(1723—1795),此风尚未衰,无怪乎脂砚斋要对此风投以猛烈的抨击(这类脂批多达三四十条)。他们批评当时不少小说、戏曲作品,对于人物塑造和环境描写,只用一些现成的固定的套子,套来套去,因袭模仿,略无差别,极鄙极俗,极陈极腐。其实,社会生活日新月异,纷纭复杂,千变万化,有规律可循,但绝没有公式。小说、戏曲创作,沿袭旧套,势必成为公式化、概念化的东西。这就会影响到小说、戏曲创作真实反映生活,阻碍小说、戏曲创作的正常发展。可见,当时小说、戏曲创作沿袭旧套之风,显然是一种不良的创作倾向。

请看事实:许多才子佳人作品,如《长生乐》、《十美图》等,都写的是"风月故事",陈陈相因,好像一个模子印出来的,"但有耳所未闻之姓名,从无目不经见之事实"。尤可怪者,当汤显祖的《牡丹亭》一刊布,便出现了"活剥汤义仍(显祖),生吞《牡丹亭》"的现象,"递相梦梦",喧嚣一时。⑤甚至如《砥澜记》之类,其情节有似《绣襦》、《玉玦》、《西楼》,又有似《龙膏》、《霞笺》、《百花》,"无境不袭,无语不因"(祁彪佳《曲品》)。这诚如李渔所说,"取众剧之所有,彼割一段,此割一段,合而成之","非新剧也,皆老僧碎补之衲衣,医士合成之汤药"(《曲话》)。总之,这类作品,无论在内容上,或者在艺术上,抄袭旧套,千篇一律,陈腐平庸,一样货色,汗牛充栋,泛滥成灾。

这就在于,明清时代,小说、戏曲的作者如林。有不少人"眼界不宽","闻见原寡",既缺乏深切的生活感受,又缺乏足够的艺术才能,便"拾种种恶套",七拼八凑,"剽窃为词"。诚然是"凡具才稍劣者,定多若干套子说话"(《焚香记·总评》)。对此,祁彪佳《曲品》列有一些例证,不具引。在他们之中,除有些人充满头巾气,偏要舞弄墨,强自命为作家之外,还有些人"落魄不偶","谋食方艰",于是以写小说、戏曲作品,作为谋生之具,既要写得多,又贪图省力,也就东抄西袭,粗造滥制。据徐震自己说,他写了大量才子佳人作品,就是为了谋食糊口(《闺秀佳话自序》)。可是,也不能完全归咎于当时作家们的无能和偷懒,其中还有着更深刻的社会原因。明清文学复古派鼓吹复古,科举制度以八股取士,划框框,定调子,诱人因袭摹拟,摹拟得愈像愈好,用不着自己有独特的创造,使得许多知识分子的才能和精力,耗费在那些陈腐的刻板的模式里面,日益头脑冬烘,思想僵化,丧失了生动活泼的创造精神。这对当时小说、戏曲创作,也带来了极为恶劣的影响。徐渭《南词叙录》曾指出:"以时文(按指八股文)为南曲","其弊始于《香囊记》","三吴俗子,以为文雅","遂至盛行"。孟称舜《古今名剧合选序》云:"明之世相习为时文,三百年来,作曲者不过山人俗子之残沈,与纱帽肉食之鄙谈而已。"诚然,《香囊记》、《五伦全备》之类,都是八股式的东西。它们的作者,又往往热衷于提倡封建道德,反对传奇。《五伦全备》开场〔鹧鸪天〕曲云:"若于伦理无关紧,纵是新奇不足传。"可证。

由此看来,当时不少人对小说、戏曲创作,强烈要求传奇,正是针对这种沿袭旧套之风而发的。《灵犀锦》收场〔余文〕云:"禅真新剧多奇异,不袭骚坛旧锦机。"表明是传奇的新剧,不是袭旧之作。朴斋主人《风筝误总评》提出,戏曲创作,应当"扫除一切窠臼,向从来作者搜寻不到处,另辟一境",以求做到"奇之极,新之至"。的确,只有扫除一切窠臼,克服公式化概念化的倾向,面向生活,自出机杼,才能使小说、戏曲创作,艺术地再现生活,别开生面,具有创新精神。"窠臼不脱,难语填词"。因为,因袭模仿,决不能产生出真正的艺术作品来。即使因袭之作泛滥一时,但最后总是要被历史所淘汰的。所以,当时不少人强烈要求"传奇"的创作主张,对于推动小说、戏曲创作说来,有着一定的积极意义。

我们对当时小说、戏曲创作情况,作了如上所述的了解,然后,再来探索曹雪芹的创作主张。曹雪芹在《红楼梦》第一回里,借石头之口,批评历来野史和才子佳人作品,"大半是风月故事","满纸潘安、子建、西子、文君","终不能不涉于淫滥"。这是一。"逐一看去,悉皆自相矛盾,大不近情理"。这是二。"千部一腔,千人一面","皆蹈一辙","共出一套"。这是三。可见,他的批评,很准确,击中了历来野史和才子佳人作品的要害。这正表现了他对当时小说、戏曲创作沿袭旧套之风,观察得很敏锐,洞见症结,深恶痛绝。所以,他写《红楼梦》,就力图"洗旧翻新","不落旧套","新奇别致","问世传奇"。如前所述,在当时,小说、戏曲创作,存在着两种不同的倾向,一种是要求"传奇",一种是因袭旧套。实质上,这是创新与守旧的思想斗争。在这场斗争中,曹雪芹坚定地表示站在创新一边,对于《红楼梦》创作,力求继承和发扬我国小说、戏曲长于"传奇"的优良传统。看来,曹雪芹要求"传奇"的创作主张,不是从天上落下来的,也不是他个人发明的,而是与当时小说、戏曲创作思潮有着密切的关系。

(二)

然而,从明代中期到清代中期,小说、戏曲创作的"传奇",却又

产生了严重的分歧。一种是徒求离奇幻变,为传奇而传奇。对此,当时有不少人曾提出尖锐的批评:

  今世愈造愈幻,假托寓言,明明看破无论,即真实一事,翻弄作乌有子虚。总之,人情所不近,人理所必无,世法既自不通,鬼谋亦所不料。(凌濛初《谭曲杂札》)

  近日传奇,一味趋新,无论可变者变,即断断当仍者,亦加改窜,以示新奇。(李渔《曲话》)

  说情说梦,传鬼传神,以为笔笔灵通,重重慧现,几案尽具奇观。(文震亨《牟尼合序》)

  近来,牛鬼蛇神之剧,充塞宇内,使庆贺宴集之家,终日见鬼见怪,谓非此不足以悚夫观听。(朴斋主人《风筝误》总评)

  非想非因,无头无绪,只求热闹,不论根由,但要出奇,不顺文理。(张岱《答袁箨庵》)

  昔人传奇,今则传怪矣。(尤侗《闲情偶寄》眉批)

从他们的批评,可以了解到,这种"传奇"的主要特点是:(1)题材大都是说情说梦,传鬼传神;(2)即使真实的事,也硬要翻弄成空幻;(3)愈造愈幻,一味猎奇;(4)漫无头绪,只求热闹;(5)不论根由,不近人情。因此,貌似"传奇",实则"传怪"。大家知道,艺术的生命在于真实。这种"传奇",根本不从生活出发,单纯卖弄离奇情节,以致失去生活根据,陷入荒唐怪诞的泥坑。尽管离奇怪诞的情节,也能暂时"悚夫观听",但当人们看后,回思一下,便会觉察出故弄玄虚,索然无味。本来,要求"传奇",乃是为了要纠正沿袭旧套之风,而这种为传奇而传奇,又把小说、戏曲创作引向另一条歧途,也会影响到小说、戏曲创作真实反映生活,阻碍小说、戏曲创作的正常发展。因此,情节主义的"传奇",自然应当受到批评。

明末剧作家阮大铖曾在《春灯谜序》里,表明自己创作剧本,"其事臆,无取于稗官野说,盖稗野亦臆也,则吾宁以吾臆为愈"。王思任《春灯谜序》,也说阮大铖编戏,"不谱旧闻,特舒臆见,划雷晴里,布架空中"。所谓臆,就是一任己意地虚造。即就阮大铖的《春灯谜》而言,一再玩弄错认的情节,竟至十错,片面追求巧中巧,奇中奇,想入非非。固然小说、戏曲作品,特别是喜剧,可以运用错认手法(误会法),因为,这会产生有趣的纠葛,有助于人物性格的揭示,可是,人为的臆造的误会,必然是虚假的。在有些人看来,阮大铖的剧作,"镞镞能新","不落窠臼"(《陶庵梦忆》);"翻新斗巧,炫异争奇"(《石榴记凡例》)。其实,这种不落窠臼和上述因袭窠臼,有着共同之处,都是脱离生活,所不同的是,前者臆造,后者模仿。当然,在那时,并非阮大铖一人的作品如此。⑥我们看,《黄粱梦境记》之类的"神仙道化"剧,所谓"极幻极奇",不过是宣扬迷信的梦呓而已。

我们要问,这究竟是什么缘故呢?在有些人看来,小说、戏曲作品,"大半是寓言",不必拘于事实,"自可随意上下,任笔挥洒",卖弄才华,"宁以吾臆为愈"。在他们的作品中,最多也不过是"借他酒杯,浇我垒块",发点个人牢骚罢了。恶劣的,则是借鬼神、奇梦,宣扬宗教迷信。再者,"用当世手笔,谱当前情事,正如布帛菽粟,随人辨识,一语非是,一毫非真,便与其人其事相远,群起而攻其伪且谀"(《三社记题词》)。而"鬼魅无形,画之不似,难于稽考","可见事涉荒唐,即文人藏拙之具也"(《笠翁曲话》)。还有,有些人写小说、戏曲作品,一味追求情节离奇、热闹,单纯强调娱乐性,借以迎合有闲阶级消闲取乐的胃口,所谓"供人娱目悦心"。显然,原因是多方面的。所以,为传奇而传奇之风,影响也比较广泛。

与此相反,另一种强调从生活出发,传奇而不失其真。他们说:

> 尝谬论天下,有愈奇则愈传者,有愈实则愈奇矣。(周裕度《天马媒》题词)

> 凡耳目前怪怪奇奇,当亦无所不有。(凌濛初《初刻拍案惊奇序》)

> 今小说之行世者,无虑百种,然而失真之病,起于好奇。知奇之为奇,而不知无奇之所以为奇。舍目前可纪之事,而驰骛于不论不议之乡。(睡乡居士《二刻拍案惊奇序》)

> 凡作传奇,只当求于耳目之前,不当索诸闻见之外。有奇事,方有奇文。(李渔《曲话》)

他们明确地提出,小说、戏曲创作的"传奇",应当求于耳目之前的"奇事",因为,"奇事"决定"奇文"。这就是强调从生活出发,生活决定创作,反对脱离生活,追求闻见之外的荒唐玩意儿。诚然,社会生活是一切文学艺术的取之不尽、用之不竭的唯一源泉。没有生活素材,文学创作就成为无本之末,无源之水。作家不熟悉生活,就不可能写出好的作品。即使虚构,那也需要作家有长期积累的生活感受做依据,而不能凭空捏造。作家越是见多识广,他的想象力就会越加丰富。所以,小说、戏曲创作的"传奇",必须有厚实的生活底子,在生活的基础上自由驰骋想象,"愈实则愈奇",传奇而不失其真。

孔尚任在《桃花扇小识》里说道:

> 桃花扇何奇乎?其不奇而奇者,扇面之桃花也;桃花者,美人之血痕也;血痕者,守贞待字,碎首淋漓,不肯辱于权奸者也;权奸者,魏阉之余孽也;余孽者,进声色,罗货利,结党复

仇,赎三百年之帝基者也。帝基不存,权奸安在?惟美人之血痕,扇面之桃花,啧啧在口,历历在目。此则事之不奇而奇,不必传而可传者也。

那么,孔尚任又是怎样写《桃花扇》而传奇的呢?他在《桃花扇凡例》里说道:"朝政得失,文人聚散,皆确考时地,全无假借。至于儿女钟情,宾客解嘲,虽稍有点染,亦非乌有子虚之比。"此剧卷首有《考据》,列举出剧中许多重要历史事件和生活细节的文献资料。足见孔尚任写《桃花扇》,掌握了大量的生活素材,有着充分的生活依据。可是,生活的真实,不等于艺术的真实。孔尚任独具慧眼,别出心裁,对生活素材加以提炼和点染,在《桃花扇》里,把侯方域和李香君两人爱情纠葛的细事,与南明兴亡的大事,紧密地联系在一起,构成有机的整体,从而"借离合之情,写兴亡之感",所谓"桃花扇底系南朝",真实地反映了南明弘光王朝复杂的斗争局面和兴亡的必然规律。当人们看过许多平庸的才子佳人爱情故事的作品,如出一辙,再看《桃花扇》,便会发现,这部传奇写"儿女之情",大破才子佳人爱情故事的腐套,确实是"新奇可传"。这就有力地证明,"耳目之前"的社会生活,也可以"传奇"的了。

那么,曹雪芹的主张又是怎样的呢?在《红楼梦》第一回里,曹雪芹借石头与空空道人的交谈,一方面说是:这部小说,"亦不过实录其事",对于"离合悲欢,兴衰际遇","追踪蹑迹,不敢稍加穿凿,徒为哄人之目,而反失其真传"。另一方面,又说道:"然朝代年纪,地舆邦国,却反失落无考","只取其事体情理罢了,又何必拘拘于朝代年纪哉"。乍看来,这两段话好像自相矛盾,其实,却是相反相成,辩证统一。就是说,既不拘于真人真事,机械地照搬生活,跟实际生活一模一样,而又有实事做根据,不穿凿附会,合乎生活逻辑,所以,既不是真人真事的简单翻版,也不是"胡牵乱扯"的臆造之作。可见,曹雪芹写《红楼梦》,力求对生活作现实主义的描绘,使书中离合悲欢故事,能传其奇,而又合乎情理,从而不"失其真传"。很清楚,曹雪芹对于当时小说、戏曲创作"传奇"的分歧,赞成传奇而不失其真,反对为传奇而传奇,态度鲜明。从这里,我们对曹雪芹要求"传奇"的创作主张,又可以获得进一步的理解了。

(三)

我们在前面谈过,从明代中期到清代中期,不少人对那些荒唐的说鬼说梦之作,曾投以猛烈的抨击。可是,这并不意味着,当时所有的说鬼说梦之作,都是荒唐的,要不得的。实际上,有些说鬼说梦之作,也能传奇而不失其真。这就在于,当作者感到对生活现象的逼真描绘,还不足以突出表达他对生活的感受和理解,寄托他的理想,他便基于自己对生活的丰富感受,大胆地驰骋想象,远远翱翔于现实之外。他通过突兀奇异的幻想,展现了神奇的艺术世界,折光地反映了生活,强烈地抒发了感情和理想,要求否定现实和改变现实,富有积极的浪漫主义色彩。

茅瑛《题牡丹亭记》："传奇者，事不奇幻不传，辞不奇艳不传，其间情之所在，自有而无，自无而有，不瑰奇愕眙者亦不传，而斯记有焉。"我们看，在《牡丹亭》里，梦中幽会，鬼魂相恋，死而复生，这都只有在幻想中才能存在的，但"第云理之所必无，安知情之所必有耶"！（汤显祖《牡丹亭题词》）显然，在作者汤显祖看来，真挚的爱情，可以冲破封建礼教的束缚，出现奇迹。所以，他让剧中杜丽娘在理想的境界中获得自由婚姻的幸福，着意发挥，"巧妙叠出，无境不新"，"离奇幻变，惊心动魄"。这正是表现了作者对封建礼教的大胆挑战和对当时男女青年向往自由婚姻的深切同情，也正是表现了作者积极追求在那个时代不可能实现的美好理想。还有，在《聊斋志异》里，有不少是狐鬼故事，如《叶生》、《青凤》等等，闪射着奇异的光彩。其实，它们往往曲折地反映了人的生活，"花妖狐魅，多具人情，和易可亲，忘为异类"，从而谴责了黑暗社会，表达了美好愿望，寄托着作者的"孤愤"。所以，鲁迅说《聊斋志异》"用传奇法而以志怪"。

然而，在那时，又有些人发表了这样的意见：

人能放开眼目，固无寻常而不奇怪，亦无奇怪而不异常也。（李贽《答耿中丞》）

夫蜃楼海市，焰山火井，观非不奇，然非耳目经见之事，未免为疑冰之虫。故夫天下之真奇，未有不出于庸常者也。（笑

花主人《今古奇观序》)

  人谓家常日用之事,已被前人做尽,穷微极隐,纤芥无遗。非好奇也,为求平而不可得也。予曰:不然。世间奇事无多,常事为多,物理易尽,人情难尽。(李渔《曲话》)

  讵知家中常事,尽有绝好戏文未经做到。所谓奇者,皆理之极平;新者,皆事之常有。(朴斋主人《风筝误》总评)

在这里,他们更强调"耳目之前"的"寻常"、"庸常"、"家常"生活传奇。当然,小说、戏曲作品的"传奇",可以是根据生活逻辑幻想出来的离奇故事,也可以是平凡的日常生活。这就在于,那些积极浪漫主义的幻想故事,有奇特的情节,有独特的人物,有神奇的艺术世界,自然富有传奇性。日常生活,看来平平淡淡,无足为奇,但只要作者能"放开眼目","伐隐攻微",从平凡的日常生活中,提炼出不平凡的情节,挖掘出新颖而深刻的含意,"极摹人情世态之歧,备写悲欢离合之致"(《今古奇观序》),也能使作品富有传奇性。这两种"传奇",各自表现了作者对生活的独特理解,对艺术趣味的独特爱好,以及表达感情的独特方式,因此,不可偏废。不过,在当时,不少人更提倡"常事传奇",因为,在他们看来,"世间奇事无多,常事为多"。诚然,世俗日常生活,五花八门,这是一个广阔的客观世界,作家们可以大显"传奇"的神通。

大家知道，《金瓶梅》是以日常生活而传奇的。通过西门庆家的日常生活，真实地揭露了封建地主恶霸家庭荒淫腐朽的生活及其衰亡的过程，鞭挞了腐败的政治和黑暗的社会，所谓"著此一家，即骂尽诸色"（鲁迅语）。这部小说，善于运用细致的日常生活细节和生动的日常生活语言，塑造出一些活灵活现的人物，如西门庆、潘金莲、李瓶儿、春梅、应伯爵等。他们无耻的丑恶的日常生活，引人惊奇，令人憎恶。这部小说，对于认识封建社会的腐朽面目来说，无疑是有一定的作用的。可是，这部小说对日常生活的描写，不免有些烦琐冗杂，更严重的是，作者把一些淫亵生活的描写，也作为"传奇"的东西，思想庸俗，趣味低级。这部小说，揭露了丑恶生活，却缺乏更美理想的光照。总之，《金瓶梅》以"常事传奇"，还存在着这样或那样的缺陷。

曹雪芹的"传奇"主张，又是怎样的呢？他在《红楼梦》里，一再表明：这部小说，写的是"家族闺阁琐事"，"只是着意于闺中"，"可使闺阁昭传"，因为，"闺阁中本自历历有人"，不能"使其泯灭也"。而历来才子佳人作品，"不过传其大概，以及诗词篇章而已，并不曾将儿女真情，发泄一二"，所以，"竟不如我半世亲睹亲闻的这几个女子"，"行止见识"皆高出男子之上，"悉与前人传述不同"，"亦令世人换新眼目"。由此看来，曹雪芹赞成当时人提倡"常事传奇"的主张，力求在《红楼梦》里，通过日常生活的描绘，传闺秀之奇闻，发儿女之真情，从而反映当时社会面貌。

到这里，我们对曹雪芹的"传奇"主张，不妨概括一下：曹雪芹主张小说创作,应当"不落窠臼","新奇别致",借以"问世传奇"。但他反对为传奇而传奇,赞成传奇而不失其真。他却又不是倾心于用离奇幻变的故事来传奇,而是力求以日常生活来传奇。那么,曹雪芹在《红楼梦》里,究竟怎样实践自己的"传奇"主张呢?这部小说的"常事传奇",又有着什么特点呢?对此,就需要根据具体作品作进一步的探索。

(四)

我们应当看到,在《红楼梦》里,不乏离奇的幻想,如空空道人遇石头,鬼判捉秦钟,尤其描写了各种各样的梦境,如甄士隐梦幻识通灵,贾宝玉梦游太虚境,王熙凤梦见秦可卿诉心愿,小红梦见贾芸还手帕,香菱梦中作诗,尤二姐梦见尤三姐要她斩妒妇,王熙凤梦见有人夺锦匹,等等。这类情节,有的交代作书主旨,有的预示故事发展,有的调侃世态人情,有的暗示因果关系,有的揭示人物心理,各有作用,在一定程度上给这部小说染上奇异的色彩。所以,脂砚斋一再批曰:"奇想奇笔","奇情奇文"。当然,其中有些离奇、梦幻的情节,却也表现了作者的封建思想和消极思想,未可一概肯定。可是,曹雪芹毕竟不是徒靠这类情节矜奇炫异而取胜。因为,在《红楼梦》里,这类情节,只是穿插在全书情节发展的片段关目和细节描写。书中主要是精密深细地描写了大量的日常生活,有力地吸引着千百万读者的心灵。这种"奇文",其奥妙,到底在哪里呢?

在《红楼梦》里,乃是以描写贾府日常生活为主体。此书第六回有这样一段话:"按荣府中,一宅中合算起来,人口虽不多,从上到下,也有三四百了,事虽不多,一天也有一二十件,竟如乱麻一般。"当时贵族豪门的日常生活,确实是繁杂琐碎的。如果曹雪芹写《红楼梦》,机械地照搬实际生活,那么,这部小说就会成为自然主义的琐事实录,又有什么可奇的哩!读者真个要嫌其"琐碎粗鄙","掷下此书,另觅好书去醒目"。那么,曹雪芹怎么办呢?

曹雪芹曾批评才子佳人作品,对"家庭闺阁中一饮一食,总未记述"。《红楼梦》写贾府日常生活,一次又一次地记述了饮食琐事。当然,"民以食为天",一日三餐不可少,何况贵族豪门讲究吃喝,恣意享受。可是,在这部小说里,对一般饮食,一笔带过,而那些着重或者比较着重描写的吃饭,各自具有作用。比如,第三回贾母吃饭,由李纨捧饭,王熙凤安箸,王夫人进羹,黛玉、迎春、探春、惜春依次入座,旁边还有丫环执着拂尘、巾帕,外间伺侍的媳妇、丫环虽多,却连一声咳嗽不闻,显示了贵族豪门阔绰的排场和严格的规矩。第六十二回,贾母、王夫人不在家,"没了管束",姑娘们为宝玉等人祝寿,饮酒、行令、射覆、划拳,说说笑笑,任意取乐,"真是十分热闹"。这两回,互相呼应,就揭露了大家规矩的不合情理。又如,第四十回和四十一回,贾母排宴大观园,用的是象牙、金银、乌木之类的杯、筷,吃的是茄鲞之类的名菜,奢侈靡费已极。刘姥姥对那些名贵菜肴,大为惊讶,还把珍贵的黄杨当作普通的黄松,说是"荒年间饿了还吃它"。贫富之间的悬殊,更衬出贾府穷奢极侈。

第七十五回又写贾母吃饭,连红稻米"要一点儿富余也不能的",一饭犹如此支绌,已露出干枯之象,而各房仍要遵守封建道德的"大家风范",虚情假意地对贾母行孝,天天敬献几色菜,浪费人力物力。这几回,前后对比,就揭示了贾府生活由盛渐衰的变化征象和强行撑持的虚空架子。由此可见,一饮一食的日常生活,本来是很琐碎芜杂的,可是,经过曹雪芹精心选择和提炼,赋以艺术点染,巧妙地安排在《红楼梦》里,便变成多种多样具有内在意义的情节,使书中日常生活富有典型性,明显地揭示了贵族豪门生活的特征,诚所谓"以小见大,从微知著"。

在《红楼梦》里,有些日常生活,表面上看,正常得很,但一揭开温情脉脉的纱幕,便会令人惊奇。比如,第四十三回,贾母发起凑份子,为凤姐做生日,众人都欣然应诺,凑这趣儿。看来,这是豪门妇女闲居取乐,一家人和睦相处,享受着所谓"天伦之乐"。可是,通过这次攒金取乐,却暴露了贾府内部矛盾。凤姐不放过周、赵两姨奶奶,尤氏不满于凤姐得意,"和凤姐好的,情愿这样,也有畏惧凤姐的,巴不得来奉承",尤氏又暗中退还了几个人的份子,乘机讨好拉拢。显然,在贵族豪门家庭中,人与人之间,钩心斗角,互相利用,而又互相倾轧,只谋算利害关系,而无真正感情。这种现象,正是私有制的社会制度造成的,反映了剥削阶级的丑恶本质。这证实,曹雪芹对《红楼梦》中日常生活的描写,并非停留在表面现象的揭露上,而是深挖出生活现象的实质,也就毫不留情地撕掉了贵族豪门家庭掩盖在日常生活上的温情脉脉的纱幕,赤裸裸地暴露出丑恶的真实面目。

曹雪芹在《红楼梦》里，还善于运用一些平常的生活细事，引发出不寻常的风波。茗烟把《西厢记》之类的角本，送给宝玉开心。傻大姐在大观园里，拾着一个绣春囊。这本来都是生活琐事，值不得大惊小怪。连贾琏淫乱的丑事闹了出来，贾母还说那不是什么要紧的事。可是，这两件事，竟引起了尖锐的思想斗争，甚至发生了惊心动魄的悲剧。宝玉、黛玉偷看了《西厢》，进一步养成了追求自由婚姻、反对封建礼教的叛逆性格。通过黛玉、宝钗对待《西厢》的不同态度，又展开了对立的思想斗争。所以，在礼教森严的贵族豪门家庭之内，并不平静。邢夫人利用绣春囊"有伤风化"，打击王夫人。王夫人为了维护风化，顾全脸面，不惜施展封建高压，牵连无辜，迫使丫头们死的死，撵的撵，都成了不幸的牺牲品。贵族豪门野蛮地摧残奴婢，令人发指！由此可见，《红楼梦》中有些日常生活，看是寻常琐事，但它却具有牵一发而动全身的作用，并不寻常。

在《红楼梦》里，作为贵族豪门的贾府，并非与世隔绝，而是有着复杂的社会关系。这不仅使得贾府日常生活不时掀起新的风波，丑闻恶行日益增多，而且从这个贵族家庭伸展开去，更广阔地揭露了其他贵族、官僚与贾府沆瀣一气的罪恶。比如，第四十八回，贾赦把贾琏打了一顿，打得贾琏动不得。大家知道，在封建家庭里，按照封建礼教规定，父亲打儿子，这是天经地义的常事。可是，贾赦打贾琏，并非一般封建家庭中父子不和，儿子向父亲顶嘴，犯上不孝，违背封建礼教，而是涉及贾赦强夺石呆子的二十把古扇，弄得石呆子家破人亡。这样缺德的事，又是贾雨村经手办的。贾琏不过是对贾赦责他没能把扇子弄来，说了几句替自己辩护的话而已。平儿骂贾雨村："那里来的饿不死的野杂种，认了不到十年，生了多少事出来。"平儿之所以如此，只是恨贾雨村弄得贾府家庭内部不和。其实，这并非仅仅是贵族豪门家庭内部问题，而是贵族豪门与官府相勾结而干尽坏事。所以，《红楼梦》中有些日常生活，发生在贵族豪门家庭之内，但却更含有深刻的社会性质。

曹雪芹写《红楼梦》，并非只注视着贾府日常生活细事，而是也写了一些大的生活场面，如秦可卿丧事、元春归省、抄检大观园等等。这些大的生活场面，突出揭露了贾府豪华奢侈的生活，大笔渲染了贾府烜赫一时的盛势，广泛展现了贾府复杂的矛盾和斗争，令人触目惊心。可是，这类大的生活场面，并非孤立的，而是与日常生活描写连环相牵。姑以抄检大观园为例：在这之前，通过贾府许多日常生活的描写，隐伏下父子、兄弟、姐妹、姑嫂、婆媳、妯娌、嫡庶、主奴之间一系列的矛盾，逐渐呈现了山雨欲来风满楼之势。然而，这一系列隐伏的矛盾突然激化，总爆发成抄检大观园，暴风骤雨袭击到大观园的每个角落，各色人物都卷入这场浪潮的旋涡，冲突剧烈。由此可见，在《红楼梦》里，许多日常生活的浪花，簇拥成大的波澜，一个又一个大的波澜，又逐步形成全书的高潮，因而曲折地展现了贵族豪门由盛而衰的没落过程，直至"落了片白茫茫大地真干净"的悲惨结局。

如上所述,不难察见:曹雪芹写《红楼梦》,诚如他所说,对自己"亲睹亲闻"的现实生活,"追踪蹑迹",使这部小说有着坚固的生活基础。对此,从脂砚斋对书中情节的批语,可以得到有力的证明。如第十四回脂批:"将大家丧事,详细剔尽,如见其气概,如闻其声音,丝毫不错,作者不负大家后裔。"第十八回脂批:"此回铺排,非身经历,开巨眼,伸大笔,则必有所滞墨牵强,岂能如此触处成趣。"然而,曹雪芹对大量的生活素材,却又精细斟酌,"该多该少,分主分宾,该添的要添,该减的要减,该藏的要藏,该露的要露",进行了选择、提炼、剪裁和添缀的工作。就是说,在生活的基础上加以丰富和提高。因为,没有艺术加工,就没有艺术。这才使得《红楼梦》中反映的日常生活,比普通的实际日常生活更高,更强烈,更有集中性,更典型,更理想,更带普遍性,因而妙微地展现了不平凡的新奇面貌,也就达到了传奇而不失其真。

本来,许多人对《红楼梦》中反映的日常生活的原型,原是熟悉的,司空见惯,不以为奇。可是,这部小说中反映的日常生活,却是经过曹雪芹赋以典型化的艺术加工而创造成的,高于日常生活原型,别具一格。所以,在许多人看来,又似不曾见过的新奇的。这就是所谓"事之不奇而奇,不必传而可传"。

(五)

《红楼梦》以日常生活传奇,又有什么特点呢?大致说来,主要有五点。这里,试简略地提一提。

《红楼梦》中描写的日常生活,都是"家庭琐事",如游园排宴,患病服药,赋诗猜谜,看戏听书,谈情说爱,争风吃醋,父子不和,婆媳口角,主子发威,奴婢受辱,等等,实在千头万绪,复杂纷繁。可是,出现在书中的日常生活场面,却不是杂乱无章,茫然无绪,琐碎不堪观。《薑斋诗话》云:"意犹帅也,无帅之兵,谓之乌合。"曹雪芹正是用揭示贵族豪门盛衰的意旨,统帅着《红楼梦》中复杂纷繁的日常生活场面。照我看,这部小说是反映封建末世社会中贵族豪门由盛而衰的三部曲,除第一回到第五回为序曲外,从第六回到第五十四回,写荣华盛况;从第五十五回到第七十四回,写渐衰征象;从第七十五回以后,写没落结局。全书复杂纷繁的日常生活场面描写,就是按照这个变化过程安排的,而以宝、黛爱情悲剧,作为贯串线。所以,一个又一个日常生活场面,安排得主宾分明,前后有序,错综交织,疏密相间,有起有伏,曲折多变,大都和谐地成为整个情节发展的有机的组成部分,步步深化了主题,而又富有传奇性,引人入胜,耐人寻味。显然,艺术创作,"必先立意,以定位置,意奇则奇,意高则高"(方薰语)。这是一。

《红楼梦》中描写的日常生活,乍看来,好像和实际日常生活一样,平平淡淡。其实,这种平平淡淡,却是自然朴素,不求雕琢,不露斧痕,诚所谓"清水出芙蓉,天然去雕饰"。这就在于,作者靠着敏锐的观察,善于抓住事物的特征,用凝练朴实的笔触,准确而深细地传其神情。正如《石林诗话》所说:"缘情体物,自有天然工巧,而不见其刻削之痕。"我们看,在《红楼梦》里,黛玉听曲,宝玉看玉,以至晴雯补裘,焦大醉骂,等等,都是在自然朴实的描绘中,生动地表达出人物特定的精神面貌,真可称之为本色丹青。连一个小丫头跪在地上,捧着脸盆,让奶奶洗脸,也不过寥寥数笔,却刻画入微,揭露了大家规矩的冷酷性,封建等级观念的顽固性,给人留下比较深刻的印象。如果对这些日常生活的描绘,再加藻饰,那就反而显得费辞造作,失其自然之趣。固然在《红楼梦》里,对日常生活的描写,也不乏绚丽的笔墨,如刘姥姥误入怡红院之类。作为贵族豪门的贾府,当然有精致的宅院,豪华的景象。所以,这类描写,乃是适应于表现贵族豪门特定的生活内容,在绚丽笔墨的描写中,亦可见其自然朴实之妙,所谓"巧丽者发之于平淡",而不是堆砌浮艳的辞藻,掩饰贫乏的内容,讲求外饰,夸缛炫华。这是二。

在《红楼梦》里,对日常生活的描绘,正如曹雪芹所说,"新奇别致","不落窠臼"。写宝玉生活,只是宝玉生活;写黛玉生活,只是黛玉生活。即使不少青年女子,生活方式比较接近,但她们之间,也有着显著的差异。比如,同是贾府小姐的迎春和探春,前者沉湎于《太上感应篇》,后者却担当起贾府"兴利除弊"的重任。王熙凤与夏金桂,都是豪门泼辣的少奶奶,"若论心中丘壑泾渭,(夏金桂)颇步熙凤之后尘",但王熙凤更有心机,而夏金桂更为娇暴恶赖。这诚然是"写一人换一副笔墨,另出一花样"。所以,千姿万态,如见其人。脂砚斋在批评那些平庸小说因袭旧套的同时,一再赞扬《红楼梦》"实非别部小说之熟套"。其说甚是。可见,曹雪芹写《红楼梦》,基于生活,勇于创新,使这部小说描写的日常生活,有新内容,有新形式,有新风格,自出新意。当然,曹雪芹对《红楼梦》中日常生活的描写,曾向我国古典文学作品,如《西厢记》、《牡丹亭》等等,多方面地吸收过养料,但这绝不是因袭旧套,更不是剽窃,而是化前人之长,为自己之长,创造性地继承和发扬了我国古典文学的优良传统,从而使《红楼梦》富有独创性。这是三。

《红楼梦》,主要是写贵族豪门家庭中妇女们的日常生活,所以,曹雪芹往往用婉转含蓄的笔触,发抒人物的生活情趣,使读者读后,感到有无穷的意味,好像吃橄榄似的,越嚼越有味。试看"薛宝钗巧合认通灵"、"情切切良宵花解语"、"潇湘馆春困发幽情"等等,都会引起我们的回味和思索。看来,那些大家闺秀,甚至有的大丫头,在日常生活中,无论喜怒哀乐,常常是曲折透露,而不是一泻无余。她们言有尽,而意无穷。这正是她们的生活和性格所决定了的。比如,薛宝钗"举止娴雅","端庄稳定",有时还不免于"装愚守拙","安分随时",所以,她的心中之意,每每见于言外。林黛玉孑然一身,寄居贾府,在她想来,"多要步步留心,时时在意,不要多说一句话,不可多行一步路",尤其在封建礼教的高压下,她与宝玉之间的爱情,更不能用坦率的方式直接表达出来。由此可见,《红楼梦》里描写的"闺阁中人"的日常生活,与"三言"、"两拍"里市民阶层往往在日常生活中直率地表达情意,显然不同,各有特色。这是四。

在《红楼梦》里,对日常生活的描写,大多富有诗情画意,使人得到美感享受。当然,在实际日常生活中,本来就蕴藏着美,但并非一切生活皆是美。在生活里,美与丑是对立的。那些现实生活中美好的东西,经过曹雪芹集中和点染,便在《红楼梦》里升华为艺术美。比如,宝玉读《西厢》,黛玉葬花,以至姑娘、丫头们放风筝、送花神等等。曹雪芹把外在的景和人物内在的情,密切结合在一起,情为主,景为从,情景交融,进一步表现了情,深化了情。所以,这类日常生活描写,充满诗意,宛然如画。即使如第四十九回"脂粉香娃割腥啖膻",第六十二回"憨湘云醉眠芍药裀",也都写得很美。这就在于,曹雪芹并没有把笔墨花费在割腥啖膻的肮脏描写上,而是借这种"罕事",揭示了人物的心灵美。湘云说:"是真名士自风流","你们都是假清高,最可厌"。这里所谓风流,即是指不为大家风范所拘束的豪爽坦直的性格。曹雪芹也没有把笔墨花费在出乖露丑的醉态上,而是渲染醉卧芍药裀的情景,表现人物"香梦沉酣"的憨态,既天真,又妩媚。这就是把实际日常生活中不美的醉态之类,转化为艺术美,使平凡的日常生活富有优美的意境,具有隽永的美感力量。这是五。

徐震《闺秀佳话自序》:"唾壶击碎,收粉黛于香闺;彤管飞辉,拾珠翠于绣闼。"[7]这说明,徐震也要"为闺秀立传"。其实,《闺秀佳话》和徐震的《美人书》、《赛红丝》、《鸳鸯媒》等等,都是才子佳人"风月故事",一个套子。那么,《红楼梦》"为闺阁昭传",描绘了她们富有特色的日常生活,发抒了他们的真情,也就与《闺秀佳话》之类的作品,有着天壤之别。有些人说:《红楼梦》"全脱胎于《金瓶梅》","深得《金瓶》壶奥","乃《金瓶梅》之倒影"。又有人说:《红楼梦》从《金瓶梅》来,"直蝉脱于秽"。⑧固然在"常事传奇"上,《红楼梦》曾受到《金瓶梅》的一定影响,如运用日常生活细节和日常生活语言来塑造人物之类,但所谓"全脱胎"、"直蝉脱"、"倒影"之说,未必恰当,何况《红楼梦》在描绘日常生活上,不像《金瓶梅》对生活概括不够精练,尤其不像《金瓶梅》有那么多的秽笔,而且较之《金瓶梅》,更具有崇高的美学理想,因此,大大高于《金瓶梅》。

《红楼梦》以日常生活传奇,诚然是"看似寻常最奇崛,成如容易却艰辛"(王安石诗句,借用其意)。用曹雪芹自己的话来说,"字字看来皆是血,十年辛苦不寻常"。毫无疑问,对待文艺创作,必须基于生活,苦心经营,才能有所创新,取得杰出的成就,否则,粗制滥造,必然是平庸的。事实证明,曹雪芹用《红楼梦》巨著,实践了自己要求"常事传奇"的创作主张,实现了自己对艺术的创造的抱负。曹雪芹之所以在《红楼梦》开卷第一回里,就提出了"意欲问世传奇"的要求,正是因为他力图引起读者注意,这部巨著并非真正"满纸荒唐言",而是饱含着人世的"辛酸","实非别书之可比",希望"个中人"深解其中"辛酸"之味,"不寻常"之奇。

我国有句成语:"有奇人,方有奇文。"所谓奇人,就是作为作家,对生活有着自己的深切感受和独到见识。祁彪佳《曲品》:"近日词场,好传世间诧异之事,自非见高识者不能。"说的也是这个意思。比如,睡乡居士《二刻拍案惊奇序》指出:"即观空主人者(按指凌濛初),其人奇,其文奇,其遇亦奇,因取其抑塞磊落之才,出余绪以为传奇。"那么,曹雪芹呢?敦敏《题芹圃画石》:"傲骨如君世已奇,嶙峋更见此支离,醉余奋扫如椽笔,写出胸中块磊时。"(《懋斋诗钞》)曹雪芹之所以有傲骨,为世所奇,正是因为他由"锦衣纨绔之时,饫甘餍美之日",坠入"茅椽蓬牖,瓦灶绳床"的生活境遇,对当时黑暗的社会和炎凉的世态,有着亲身的体验,深切的感受,独到的认识,也就不屑于弹食客铗,叩富儿门,随俗浮沉,同流合污。尽管他晚年生活已到了"举家食粥酒常赊"的困顿地步,但仍甘心于"著书黄叶村",创作《红楼梦》,"写出胸中块磊"。他的"慧眼"(与作家的生活经历、思想水平和艺术修养有关)越敏锐,就越能从日常生活中发现和挖掘出不平凡的东西,经过精益求精的艺术加工,成为多种多样具有内在意义的奇特情节,也就越能使得《红楼梦》富有传奇性。人们对这部巨著,愈看愈觉得有独创性,不奇而奇,因此,乐意承认它是一部奇书,感激作者对生活有所发现,在艺术上有所创新,对人们有所启发。

【注释】

①见孙桐生《妙复轩评石头记叙》、张新之《红楼梦读法》、毛庆臻《一亭考古杂记》、郑光祖《一斑录杂述》。

②"传奇"的名称,是否如清人梁绍壬《两般秋雨盦随笔》所说,始于裴铏著小说,目前尚在争论中。"传奇体"之名,见于宋人陈振孙《直斋书录解题》引陈师道《后山诗话》。宋人王铚《默记》和赵令畤《侯鲭录》,又都称《莺莺传》为"传奇"。

③见赵彦卫《云麓漫钞》、王定保《摭言》、程千帆《唐代进士行卷与文学》。

④见《梦粱录》、《都城纪胜》、《录鬼簿》、《明代传奇全目》、《庄岳委谈》、《词余丛话》诸书。这里，只是就"传奇"的广义而言。如清代不少人把《红楼梦》小说，称为《红梦楼传奇》；仲振奎、陈锺麟写的"红楼戏"，也都称为《红楼梦传奇》。"传奇"的狭义，则是专指唐代传奇体小说(传奇文)、明清南曲剧本。

⑤《洒雪堂》第三折《贾女斗草》眉批，王思任《春灯谜序》。

⑥阮大铖对戏曲艺术下过功夫，能编，能导，能演。他的剧作，重视戏曲的舞台性，在运用喜剧技巧上也有可取之处，因此，未可一笔抹杀。

⑦徐震的《闺秀佳话》，亦称《名媛集》，叙述张畹香、杨碧秋等十二个女子的故事。他的《美人书》，也是写这十二个女子中十人的故事，无陈霞如、朱琬。徐震（秋涛），署名甚多，如天花藏主人、天花才子、烟水散人等，尚难一一考定，原居松江，后迁嘉兴，在明代末年开始写小说，到清代康熙年间还在世，编写了很多才子佳人小说，今可考者，大约有十多种。

⑧见脂批、诸联《红楼评梦》、阿英《小说闲谈·金瓶梅辨》引语。

《红楼梦》中喜剧情节

凡看过《红楼梦》的人，都会了解到，这部小说主要是描写了封建贵族家庭中许多妇女的不幸命运，所谓"千红一窟（哭）"、"万艳同杯（悲）"，多种多样的悲剧情节，令人惊心动魄。可是，在这部小说里，也不乏轻松、滑稽的生活场面。不同的喜剧情节，引起人们不同的笑声。看来，曹雪芹写《红楼梦》，善于运用各种色彩，精绘出五彩缤纷的生活图景，蔚为"大观"。那么，究竟什么是喜剧情节？曹雪芹又是怎样处理这类情节的？它们到底会不会冲淡这部小说的悲剧意义？本文对这些问题，试作初步探索。

（一）

大家知道，笑是喜剧的基本特征。有人说"喜剧是引人发笑的艺术",把喜剧称为笑剧,并非毫无道理。如果喜剧情节不能引人发笑,那就失去了喜剧特征,也就与一般情节混同了。《红楼梦》第七十六回,贾府赏中秋,开夜宴。尤氏为了替贾母解闷,讲了个笑话。可是,贾母对这个笑话,非但没有发笑,反而"矇眬双眼,似有睡去之意"。显然,尤氏讲笑话,很不高明。这个笑话,一开头,就缺乏引人的艺术魅力。笑话不能引人发笑,还算得上是笑话吗?凡是不能引人发笑的喜剧情节,正与这种笑话相同。

如果作家在自己的作品里,人为地制造出一大堆低级趣味的笑料,如嘲笑人体的畸形,寻开心的恶作剧,等等,力图博取人们的廉价笑声,那么,即使有人暂时被逗笑了,但他们过后一想,就会觉察出,这类笑料都是无聊的,也就觉得不值一笑。只有庸俗的作家,才会热衷于这类无聊的东西。《红楼梦》第七十五回,中秋之夜,贾政为了在贾母面前"承欢",竟然讲了一个怕老婆的笑话,这个怕老婆的人,以舔老婆的臭脚自嘲,"说得贾母与众人都笑了"。固然这揭露了"端方正直"的贾政,原是个趣味低级之徒,但这个笑话极为庸俗无聊,实在令人"恶心"。因此,我们必须把喜剧情节和庸俗笑料之间的界限,严格地划分开来。

作为喜剧,应当具有可笑性和严肃性。在笑的形式中,严肃地阐明生活真理,让人们在笑声中受到思想启发,获得艺术享受。因为,笑是手段,不是目的。喜剧的教育作用和娱乐作用,就在于笑声之中。换言之,用笑的手段,达到教育和娱乐的目的。所以,喜剧情节理应有利于提高人们的高尚情操,娱乐人们健康的心灵。

"我们既然嘲笑丑态,就比它高明","滑稽引起我们的自尊心"(车尔尼雪夫斯基语)。因此,就决不应把喜剧的崇高目的,降低到低级趣味。我们看,在《红楼梦》里,王熙凤生日大肆"泼醋",夫妻混闹一场,丑态百出;尤三姐戏弄贾珍和贾琏,使纨绔子弟狼狈不堪,出尽了洋相;呆霸王有眼不识人,调情遭毒打,变成个泥母猪一般,等等。这暴露了封建贵族家庭生活的腐朽面貌,也揭露了纨绔子弟的丑恶灵魂,同时还显示了下层人民不可欺侮的正气。它们不仅能够引人发笑,而且具有一定的社会意义。即使如王一贴胡诌妒妇方之类,并非用市井俗谈,徒博一笑,而是亦有寓意,诙谐成趣。凡此种种,都可算是喜剧情节。

我们还应提出,曹雪芹用生花妙笔,在《红楼梦》里描写了贾府大大小小的喜事,也描写了贾府形形色色的丧事。当然,贾府生活不是一池死水,一成不变,而是有悲有欢,有盛有衰,错综复杂,变化多端。可是,这些喜事描写,并非都是喜剧情节。因为,有些喜事诚然富有喜剧性,有些喜事反而含有悲剧因素。前者,如第四十三回"闲取乐偶攒金庆寿",在贾母的倡议下,大家凑份子,为凤姐庆寿,"谁不凑这趣儿","好生乐一日"。但它却揭露了贾府内部矛盾,人与人之间,尔虞我诈,钩心斗角。凤姐不放过两个"苦瓜瓠子",尤氏却乘机拉拢众人。在天伦之乐的幕后,却是骨肉相残,既是可鄙的,又是可笑的。后者,如第十八回"皇恩重元妃省父母",乃是"一件非常喜事",突出了贾府"烈火烹油、鲜花著锦之盛"。可是,在元春想来,"今虽富贵,骨肉分离,终无意趣"。她有许多话俱说不出来,一再流泪。一家人也"呜咽对泣","哽噎难言"。时时细乐的喧声,繁荣热闹的喜气,毕竟掩盖不了悲伤痛苦的哀音。

在《红楼梦》里,那些贾府丧事描写,也并非都是悲剧情节。因为,有些丧事诚然富有悲剧性,有些丧事反而含有喜剧因素。前者,如第六十九回"觉大限吞生金自逝","温和"善良的"苦尤娘",竟成了封建势力的牺牲品。丧事办得很草率,毫无"大家风范",甚至"不许送往家庙中","乱葬埂上埋了完事"。她的凄惨结局,"谁不伤心落泪"。后者,如第六十三回"死金丹独艳理亲丧",贾敬妄想成仙,吞服金丹,烧胀而死。这种蠢事,滑稽可笑。他的儿子贾珍和孙子贾蓉,在奔丧途中,"听见两个姨娘来了",居然"一笑"。他们"在灵旁藉草枕苦,恨苦居丧,人散后,仍乘空寻他小姨厮混"。贾蓉还说:"咱们这宗人家,谁家没风流事。"这种丑剧,更是可耻而又可笑。它既揭露了大家礼法的虚伪性,也鞭挞了纨绔子弟恬不知耻的卑劣性。

由此可知,我们探索《红楼梦》中喜剧情节,决不能仅仅着眼于描写喜事情节,而是应当考察它们是否真正富有喜剧性。喜事和喜剧性,不是一回事。所谓喜剧性,即是喜剧艺术的特性。"本质与现象之间以及目的与手段之间的每一差异,都是滑稽可笑的,因为,由于这种矛盾,现象全被取消,而目的在实现时成为笑柄"(黑格尔《美学》)。这说明,笑来自矛盾。文艺作品中反映的具有喜剧因素的引人发笑的生活现象,包含着先进、美好事物同落后、丑恶事物的矛盾和冲突,体现着一定社会意义,才具有喜剧性。所以,描写喜事的情节,并非都富有喜剧性,而描写丧事的情节,却也有富于喜剧性的。

(二)

喜剧,像其他各种艺术一样,都以社会生活为源泉,因为,社会生活是一切文学艺术的取之不尽、用之不竭的唯一源泉,此外不能有第二个源泉。社会生活中本来就蕴藏着丰富的喜剧原料,如搬起石头打自己的脚,打肿了脸充胖子,等等,表现了意图愿望与所得结果之间的不和谐,人物内在和外表之间的不和谐,从而产生了有趣的喜剧性。作家的高明,就在善于抓住生活中不谐调的可笑的矛盾,加以艺术强化,构成喜剧情节,艺术地再现生活。曹雪芹在《红楼梦》第一回里,表明自己对这部小说所要反映的社会生活,"离合悲欢,兴衰际遇,则又追踪蹑迹,不敢稍加穿凿,徒为哄人之目,而反失其真传"。可见,《红楼梦》中丰富的情节,无论喜剧性的,或者悲剧性的,大都来自生活。诚然,在生活里,有离则有悲,有合则有欢,只有在特别情况下,才会离而不悲,合而不欢。契诃夫说过:"在生活里","一切都掺混在一起的,深刻的与浅薄的,伟大的与渺小的,可悲的与可笑的"。正由于《红楼梦》中的喜剧情节有着生活依据,所以,就具有真实性。比如,脂批指出,贾敬只爱烧丹炼汞的滑稽剧,此"亦是大族末世常有之事"。又指出,贾蓉守孝而调戏姨娘的丑剧,"恶赖无耻,亦世家之必有者"。艺术的生命,在于真实,而哄人之目的虚假东西,势必会被历史所淘汰。

可是,在《红楼梦》里,也有渲染淫亵生活,以博一笑。乍看来,好像也有生活根据,所谓"的是有之"(脂批),其实,是对生活作了自然主义的展览。比如,第二十一回写贾琏与多姑娘通奸,"丑态毕露",极为庸俗。即使"可以喷饭"(脂批),也未免是低级趣味。无可争论,这是封建糟粕,而不是喜剧情节。脂砚斋批道:"一部书中,只有此一段丑极太露之文,写于贾琏身上,恰极当极。"这批得不对。固然贾琏之流的"下流种子",生活极为糜烂,但是,作为喜剧情节,应当嘲笑某些人物精神世界的丑,嘲笑某种社会制度的丑,让人们用轻蔑的笑声,表示对丑恶事物的鄙弃。而以淫亵生活作为笑料,非但缺乏严肃的社会意义,失去喜剧的教育作用和娱乐作用,反而会对人们纯洁的心灵,起着腐蚀的作用。

再者,在《红楼梦》里,有些喜剧情节,如"变生不测凤姐泼醋"之类,揭露了贾府的丑恶生活,但却能使人获得美感。那么,这类喜剧情节,是否是对丑恶生活予以美化,粉饰了生活,歪曲了生活呢?我们知道,这类喜剧情节,并非死板地照搬丑恶的生活现象,自然主义地展览丑人丑事,机械地追求生活的真实性,而是对生活中丑的东西,进行提炼和集中,加以典型化和审美化,使其转化为艺术美。就是说,作者在创造艺术形象时,按照自己的美学评价和美学理想,对丑恶生活予以审美判断,"使人们对于那些极端卑劣的东西,引起明朗的高贵的反感"(果戈理语)。显然,这并非把生活中丑的东西本身变成美的了,而是那些反映丑恶事物的艺术形象,具有批判丑和否定丑的力量,从而具有肯定美的美学意义。因为,丑与美是相互比较而存在,相互斗争而发展的。在批判丑和否定丑的同时,也就肯定了它的反面——美的生活和美的理想。所以,喜剧情节中反映丑的生活,也能引起人们的美感。请看,《红楼梦》第四十四回,通过凤姐与贾琏争风吃醋的生活琐事,不仅揭露了这对夫妻寡廉鲜耻的丑恶灵魂,而且暴露出封建贵族家庭内部矛盾的复杂性。凤姐与贾琏展开尖锐的冲突,并非仅仅是争风吃醋的生活问题,而是夫妻之间存在着更严重的利害冲突进一步激化。他们都是极端利己主义者,都要抓钱抓权。我想压着你,你想制服我,名为夫妻,实则同床异梦。尤其凤姐唯恐自己的权势和地位被别的女人夺去。他们都倚酒装疯,一个撒泼,一个发威,混闹一场,越闹越丑。而这场冲突的受害者,不仅有平儿和鲍二家的,还有两个无辜的小丫头。因此,人们从这场冲突可以看出,作者并没有自然主义地展览这个丑剧,而是对封建贵族家庭的丑恶生活,作了无情的批判和否定,从而肯定了高尚的情操。这就使得人们感到痛快,享受着美的愉快。

我们还应注意到,在《红楼梦》里,有些喜剧情节,如第十六回判官、小鬼捉秦钟魂魄之类,离奇怪诞,荒唐不经。显然,在生活中不会实有这样的事。这就在于,作者在"精言不能追其极"的时候,便要采用夸张以至怪诞的方式来表现生活,抓住某种事物的特征,给以较大幅度的延伸和扩大,使其变形,更能突出这种事物的荒谬性,更能强烈地表达作者的爱憎。判官、小鬼捉秦钟魂魄的小闹剧,当然是生活中不会实有的事,但却是那时社会中会有的实情。正如脂批所说:"试问,谁曾见都判来?观此,则又见一都判跳出来,调侃世态固深。"就是说,这种怪诞的喜剧情节,更为辛辣地讥讽那时世态,更富有喜剧效果。对此,后文中还要谈到的。可见,这类喜剧情节,归根结底,还是来自当时"世态"的生活,但对生活作了合理的艺术强化。所谓合理,就是受着生活的制约,"夸而有节,饰而不诬"。所以,才能准确地讥刺了那时社会生活中的反常现象,具有一定的意义。否则,离开生活的制约,随心所欲地为夸张而夸张,那就会"夸过其理","名实两乖"(《文心雕龙》),一味离奇幻变,令人莫名其妙。

凡此种种,都证明,固然《红楼梦》中喜剧情节,来自生活,但并非复印生活,依样画葫芦。因为,文艺作品中反映出来的生活,可以而且应该比普通的实际生活更高,更强烈,更有集中性,更典型,更理想,因此,就更带普遍性。正由于曹雪芹对《红楼梦》中喜剧情节,都经过典型化的艺术加工,所以,才能更集中地突出了内在意义,更强烈地增强了喜剧性。如上所述,从凤姐生日"泼醋"的丑剧,揭露了世家大族复杂的内部矛盾;一个判官、小鬼相闹的小闹剧,却能"调侃世态固深"。这都可以说明问题。无可讳言,在《红楼梦》里,也有自然主义地展览淫秽生活作为笑料的败笔。但从全书看来,这不过是小疵,诚所谓"白璧微瑕"。

（三）

《红楼梦》中喜剧情节，各种各样，丰富多彩，但就其性质而言，不外是两大类。一类是肯定性的喜剧情节，笑着肯定新生的美好的事物，如"意绵绵静日玉生香"等等。一类是否定性的喜剧情节，笑着否定腐朽的丑恶的事物，如"变生不测凤姐泼醋"等等。再就其样式而言，又大致分为四种。一是抒情性的，二是幽默性的，三是讽刺性的，四是闹剧式的。对此种种，试分述之。

在《红楼梦》里，通过抒情性的喜剧情节，反映了人物的生活乐趣，抒发了他们的真挚感情，表达了他们对理想的追求。所以，这类喜剧情节展现的生活图景，宛如意境隽永的抒情诗，充满着优美而委婉的抒情风味，因而突出了美好事物，使其显得更美。第十九回"意绵绵静日玉生香"，贾宝玉与林黛玉在潇湘馆内，发生了一场有趣的喜剧纠葛。黛玉要午睡，叫宝玉暂时出去逛逛。宝玉唯恐黛玉睡出病来，一再想法替她解困。这两人，在挑枕头、揩胭脂、闻幽香、讲故事的过程中，互相打趣，互相关心。他们从内心深处，流露出喜悦的感情，显得亲密融洽。尤其宝玉讲的小耗子变香芋的故事，一个又一个悬念，布置得很巧妙，层层铺垫，步步埋伏，引人入胜，最后，突然一转，出人意料，令人解颐。这个新奇有趣小故事的穿插，更使这段喜剧情节增浓了抒情风味。不难看出，在他们的心田里，纯挚的爱情已经萌芽了。爱情的温暖平添了青春的活力，活跃了他们的心灵。他们之间,情脉脉,意绵绵,共同享受着爱情生活的乐趣。呵,这实在是一幕美妙的抒情喜剧!脂批:"宝玉在黛玉房中寻香嘲笑,文字新奇,传奇之中,殊所罕见。"奇就奇在通过这场喜剧纠葛,充分展现了人物的性格美和心灵美,而不流于庸俗的打情骂俏。①

从《红楼梦》中幽默性的喜剧情节,可以看出,某些人物的憨厚言谈,往往产生了幽默之趣,但这并非故意做作,而是按照他们自己的性格表达出来的。所谓幽默,就是风趣地表现了某些正面人物身上存在着引人发笑的特点或缺点。这是一种比较含蓄的滑稽,比较轻松的嘲讽。②第三十一回"因麒麟伏白首双星",翠缕问阴阳,就是一个有趣的例证。翠缕这个小丫头,很天真,对自己不懂的事物,好学好问,追根究底,但她有自己的想法,并不盲从。她的好问,往往出语新奇,"叫人怎么好答言",难以回答。你听:"若说同人一样,我怎么不见头上又长出一个头来的人?""那些蚊子、蛇蚤、蠓虫儿、花儿、草儿、瓦片儿、砖头儿,也有阴阳不成?"妙语解颐,越问越妙。她一再说是"我可明白了","我也知道了",其实,她并没有真正弄懂,而是似懂非懂。甚至,她还说:"主子为阳,奴才为阴,我连这个大道理,也不懂得!"把奴隶主义视为大道理,所谓"阳尊阴卑"(《春秋繁露》),未免暴露出她思想上的弱点。当然,这并不是她自身的过错,而是封建统治阶级打在她身上的封建道德的烙印。看来,作者对这个人物天真可爱之处表示赞赏,但对她的纠缠不清也给以善意的嘲笑。这嘲笑,又没有损伤这个人物天真可爱的基本品质。

《红楼梦》中讽刺性的喜剧情节,锋锐地揭露了鄙劣之徒的恶劣行为和丑恶灵魂,使其现出原形,当场出丑。这就是"将那无价值的东西撕破给人看",引起人们的蔑视和嘲笑。第三十回"秦可卿死封龙禁尉",贾珍对媳妇秦可卿之死,"哭的泪人一般",表示"尽我所有",大办丧事。但这并非仅仅是个丧媳之痛的问题,也并非仅仅是个大族素喜挥霍奢侈的问题,而是其中大有暧昧。只因尤氏病倒,贾珍想请凤姐帮忙料理。他拄着拐杖,一副疲劳不堪的样子,冒冒失失地闯进内室去,吓得众婆娘藏之不迭。他竟然如此心急意乱,连"大家礼数"也忘了。他一见邢夫人等,就挣扎着要蹲身跪下,请安道乏。他一会儿勉强赔笑,一会儿声泪俱下,一会儿又连连作揖。看样子,他显得十分悲痛,要求恳切,其实,他越表现得"过于悲痛",就越显得大为反常。脂批:"可笑,如丧考妣。"一针见血,明确地点出其反常性。这便会引起人们的思索,贾珍为什么这样呢?焦大曾经"撒野",骂贾珍是"爬灰"的"畜生"。这绝不是什么"醉汉嘴里胡诌",而是一下子撕掉了这个统治者的庄严面具,使其赤裸裸地暴露出荒淫无耻的丑恶嘴脸。所谓"恶奴酒后狂言","吾不能为贾珍隐讳"(脂批)。很明显,曹雪芹用讽刺的利刃,对这个人物做了精细的解剖,让他原形毕露,成为人们嘲笑和唾弃的对象。所以,脂砚斋才批曰:"此作者刺心笔也。"

在《红楼梦》里,也有闹剧式的喜剧情节。一些人物,简直是漫画式的,他们之间的纠葛,也好像是胡闹一场。其实,这如同用哈哈镜来映照生活,比一般喜剧更远离生活原型。看来是异常奇特,荒唐不经,但却曲折地反映了生活,闹得有点意思。第十六回"秦鲸卿夭逝黄泉路",判官和小鬼来捉秦钟的魂魄,秦钟不肯就去。判官先是"雷霆电雹","不肯徇私",说道:"我们阴间上下,都是铁面无私的,不比你们阳间,瞻情顾意,有许多关碍处。"后来,判官听说宝玉这个"运旺时盛的人"来了,立刻吓慌了,一边大骂众鬼卒,一边忙叫众鬼卒把秦钟魂魄放回。他的理由是:"天下官,管天下民,自古人鬼之道却是一般,阴阳并无二理。"瞧,判官老爷一会儿说是阴间胜过阳间,一会儿又说是阴阳并无二理,一会儿气壮如牛,一会儿又胆小如鼠,前倨后恭,自相矛盾,既蛮横,又虚弱。当然,他掌握了生死大权,爱怎么办,就怎么办,见了"宝玉"(珍宝金玉),也肯徇私舞弊。不难看出,这个怪诞的小闹剧,诚然是"骂尽世态",所谓"旁敲侧击","指桑骂槐"。试想,在那时黑暗的社会里,这样的滥官污吏,难道是罕见的吗?毫无疑问,判官、小鬼的艺术形象,毕竟来自人间社会生活,但却是用幻想的情节和特别夸张的形式而表现出来的。那么,尽管判官、小鬼捉人魂魄的情节荒诞无稽,可是,就其内在意义而言,并不荒唐,因为,在怪诞的形式中,可以尖锐地揭露出丑恶事物的荒谬性。其妙处,正在于不似真实,而又胜似真实,在鬼把戏的烟幕掩蔽下,机智地抨击了那时乌烟瘴气的世态。

　　这里,对《红楼梦》中四种样式的喜剧情节作了简略的介绍。总而言之,它们巧妙地揭示了不同性质的喜剧性的生活矛盾,多方面地反映了那时社会生活,可以引发人们不同的笑声。比如,我们看"意绵绵静日玉生香",自然会发出赞赏的会心微笑;看"秦可卿死封龙禁尉",则会发出鄙视的嘲笑。前一种笑,从肯定美来否定丑;后一种笑,从否定丑来肯定美。很明显,曹雪芹对于当时生活中种种喜剧性的矛盾,具有敏锐的识别能力,能够分清它们的肯定性和否定性的本质区别,所以,才能通过《红楼梦》中不同的喜剧情节,对封建末世社会生活做出正确的评断,赞扬什么,讽刺什么,同情什么,反对什么,谁美,谁丑,谁崇高,谁渺小,态度鲜明,毫不含糊。当然,《红楼梦》中喜剧情节,不论肯定性的,或者否定性的,都是对那时社会起着破坏的作用。因为,作为一部反封建主义小说的《红楼梦》,其主要目的,就是谴责封建势力对美好事物的毁灭,批判封建末世社会的腐朽性和垂死性,从而可以引起人们"对于现存秩序的永久性的怀疑",并引导人们向往美好的生活。肯定性的喜剧情节和否定性的喜剧情节,都离不开这个主要目的,总要受其制约。

(四)

脂砚斋曾经指出,曹雪芹写《红楼梦》,有草蛇灰线、空谷传声、一击两鸣、暗度陈仓、云龙雾雨、两山对峙、烘云托月、背面傅粉等"秘法"。一句话,表现手法多样化。大家知道,表现手法的运用,对于文学作品的成败,关系非同小可。因为,作家必须善于运用多种多样的表现手法，对生活进行集中和概括，才能更好地构成情节，塑造人物，艺术地再现生活。从《红楼梦》来看，曹雪芹对于喜剧情节的组织和安排，就运用了多种多样的表现手法，如对比、对照、重复、误会、巧合、戏弄、纠缠、剥露、反跌、拖延、夸张、怪诞等等。当然，没有巧妙而合理的喜剧情节安排，就不可能充分展现喜剧冲突和喜剧人物性格。那么，这些表现手法，是否用得恰当呢？这就需要根据《红楼梦》中喜剧情节来考察，然后才能做出评断。在这里，对这些表现手法，姑且略述数种，举例一二，以见一斑。

从《红楼梦》中喜剧情节来考察，曹雪芹用过误会法。所谓误会，就是有的人物对某个事件，只知其一，不知其二，缺乏全面的了解，因而作出了错误的判断。当然，误会只是偶然性的事故。这种"偶然事故所玩弄的把戏，往往构成喜剧情节的一个主要部分"（布拉德雷语）。但偶然性的误会，应当反映出生活的必然性，才能令人信服。因为，偶然性是必然性的表现形式和补充。第三十回，宝玉与黛玉，因张道士提亲事横生枝节，终于发生了"口角之争"。然而，转眼之间，"两人倒在一处，对赔不是，对笑对说的，倒像黄鹰抓住鹞子的脚，两个都扣了环了"。凤姐把这情景，绘声绘色地向众人讲述一番，惹得"满屋里都笑起来"。看来，这幕小喜剧，始于误会。黛玉对宝玉亲事，敏感、多疑而苦恼；宝玉又以为黛玉安心气他，也生了气。这引起读者急切期待，期待着误会解除。一场口角过后，宝玉推心置腹，黛玉回心转意。误会解除，喜剧结束。这样一来，读者就在充满生活情趣的意境中，与书中主人公同享欢悦。

我们知道,宝、黛之间,曾经多次发生过这类误会。为什么?这就在于,在礼法森严的贾府里,宝、黛之间的爱情,不能直率地表达出来,只能采取曲折的方式。再者,又有金玉姻缘和木石姻缘的矛盾。何况,他们都是封建贵族家庭的儿女,不可避免地要受到一定的封建思想熏染。所以,宝玉"变尽法子,暗中试探";那黛玉也是"每用假情试探","将真心真意瞒了起来"。他们"越贴切到十二分,越要防备到十二分","其间琐琐碎碎",难免产生误会。可见,他们之间的偶然误会,正有着必然性。

曹雪芹对《红楼梦》中喜剧情节的处理,也运用了戏弄手法。所谓戏弄,就是有的人物对别的人物给以戏耍和谑弄,嬉笑怒骂,淋漓尽致。在嘲谑嬉戏之中,蕴藏着无比愤恨,诚然是"嬉笑之怒,甚于裂眦"。这就使得别的人物狼狈不堪,受到惩创。所以,这实则是一种"寓庄于谐"的严肃斗争。第六十五回,贾珍和贾琏,本来要把尤三姐当作粉头取乐。不料尤三姐以眼还眼,以牙还牙,以其人之道,还治其人之身。她揪着贾琏灌酒,不让贾珍溜掉,一会儿谑语戏言,一会儿高谈阔论,"任意挥霍","拿他兄弟二人嘲笑取乐",痛快淋漓地发泄了自己对纨绔子弟的愤恨。这弄得"兄弟两个竟全然无一点能为,别说调情斗口,连一句响亮话都没有了"。显然,尤三姐凭着勇敢和机智,随机应变,出奇制胜,终于制服了玩弄她的纨绔子弟。前人批道:"直写得如凤阳婆弄猢狲一般"。批得妙!尤三姐之所以要采取这种特殊的斗争方式,正因为,在她想来,只有"破着没脸,人家才不敢欺负"。诚然,只有如此,才能针锋相对地予以还击,更有效地打击纨绔子弟,使其陷入进退两难的困境,欲狎不敢,欲罢不舍,大丢其丑。看来,尤三姐一旦认清了纨绔子弟的丑恶面目,便用实际的反抗行动,证明自己"改过守分",再也不能容人玩弄,表现了凛然不可侵犯的刚烈正气。纨绔子弟玩弄妇女的下流行为,受到反被戏弄的应有惩罚,自作自受,大快人心。

在《红楼梦》里,有的喜剧情节,则是运用纠缠手法。纠缠,顾名思义,就是纠缠不清。缠来缠去,妙趣横生。当然,这种纠缠,并非东扯西拉,无理取闹,而是在纠缠过程中,不断揭示出喜剧性的矛盾,顺理成章。第三十一回,翠缕看到大观园内有棵石榴树,长得接连四五枝,便感到新奇。湘云就用天地阴阳二气解释其道理。作为小丫头的翠缕,对这深奥的解释,自然难以理解。于是,她抓着阴阳二气这个问题,从天上日月缠到地下人类,从植物树叶缠到动物禽兽,从石头瓦片缠到日用物扇子,硬要打破砂锅问到底。显然,湘云心直口快,翠缕天真憨厚,这两人凑在一起,才会缠得起来。在湘云看来,翠缕有些"糊涂","又胡说了"。而在翠缕想来,"就是这个道理",有自己的思想逻辑,并不以为自己是"胡说"。所以,愈缠,就愈缠不清。在纠缠过程中,湘云"不由一笑","扑嗤的笑","掩着嘴笑起来";翠缕也"笑了","又点头笑了"。可以想见,她们之间的纠缠,缠得很有趣,连她们自己也都乐了。"憨湘云"与憨翠缕,相映成趣。

在《红楼梦》里,有的喜剧情节,又运用了剥露手法。这就是把有的人物放在特定的情境中,让他力求自炫其美,死要面子,打肿了脸充胖子。他越是自作聪明,得意忘形,便越造成自己剥露自己,丑态百出。"只有当丑力求自炫为美的时候,那个时候丑才变成滑稽"(车尔尼雪夫斯基《论崇高与滑稽》)。第二十八回,薛蟠唱曲,就是如此。他本是个胸无点墨、粗鲁鄙俗的公子哥儿,人称呆霸王,但他偏要"弄性尚气",不懂装懂,假充斯文。宝玉唱的曲子,众人都说好,唯有他摇头说不好,要罚酒。这是一层。等到他唱曲,狗屁不通,惹得众人笑弯了腰。他反而质问众人:"笑什么,难道我说的不是?"这是二层。别人好意要代他唱曲,免得他出乖露丑,而他却斥责别人:"胡说,当真我就没好的了!"事实上,他续唱的曲子,更为粗野,不堪入耳。这是三层。及至众人不解他唱的"哼哼嗡嗡调",他硬要自夸是"新鲜曲儿"。这是四层。很清楚,这正是让薛蟠用自己的手,剥笋式地一层一层剥掉公子哥儿"金玉其外"的虚有外表,使其赤裸裸地暴露出愚蠢庸俗的真实面目,这个大草包实在令人捧腹。

　　由于本文不是专谈《红楼梦》中喜剧情节的表现手法,所以这里只介绍四种。虽然如此,从这里也可以了解到,曹雪芹乃是依据生活中不同的喜剧性的矛盾,运用了不同的表现手法,借以构成不同的喜剧情节,恰当地表现出特定的生活内容,而又富有很强的喜剧性。那么,这些表现手法的运用,就决不能离开它所反映的生活内容,互相代替——既不能把纠缠手法,用之于尤三姐对待贾珍和贾琏;也不能把剥露手法,用之于翠缕问阴阳;更不能把戏弄手法,用之于贾宝玉在潇湘馆向林黛玉索枕闻香。曹雪芹的高明，就是善于从人物喜剧性格出发，运用表现手法，挖掘喜剧性。否则，那就会变成不顾内容而硬卖噱头了。

即使在不同的喜剧情节中，运用了同一手法，但由于它们反映的生活内容毕竟不同，所以，就会产生不同的喜剧效果。如前所述，在尤三姐戏弄贾珍和贾琏的情节里，运用了戏弄手法。这是表现被侮辱者对侮辱者予以还击，也就大快人心。第四十回"史太君两宴大观园"，凤姐为了"哄着老太太开个心儿"，不惜串通鸳鸯，利用刘姥姥有求于人而不得不受些委屈的弱点，戏弄刘姥姥。在凤姐的导演下，刘姥姥在筵席上做了一些即兴表演的"小品"，出尽了洋相，引得众人"上上下下都哈哈大笑起来"，"已没心吃饭，都看着她取笑"。这里，也用的是戏弄手法。但这却是表现贵族少奶奶侮辱"村野人"以取乐，也就使得读者发出鄙夷的笑声。很清楚，这里戏弄，与上述一种戏弄，是大不同的。两种不同性质的戏弄，产生了不同的喜剧效果。

在《红楼梦》里，有些喜剧情节，在性质上，比较相近，但在具体内容上，毕竟不同，所以，即使用了同一手法，也会产生不同的情趣。如前所述，翠缕问阴阳，用的是纠缠手法。宝玉在潇湘馆向黛玉索枕闻香，也用的是纠缠手法。可是，翠缕的纠缠，出于对湘云讲的深奥道理实在搞不懂，而又偏好追根究底，力求搞清楚，因此，她并非有意纠缠，而是表现了天真的"憨"。宝玉的纠缠，出于对黛玉健康的关怀，一心想替她"解闷儿"，所以，故意"有一搭，没一搭",只求"混过困去,就好了"。脂批:"此系宝玉不得不为者"。说得对。看来,这两者,都用了纠缠手法,但前者富有"憨中生趣"的幽默感,后者则富有"意绵绵"的抒情风味,情趣不同,各尽其妙。

当然,《红楼梦》中喜剧情节所用的表现手法,并非都是"单打一"。有些喜剧情节,为了恰切地表达生活内容,往往混合运用几种表现手法。如前所述,凤姐戏弄刘姥姥,用的是戏弄手法。然而,除此之外,又用了反跌手法。这就在于,刘姥姥虽然有着"打抽丰"的苦衷,不能不忍受凤姐的戏弄,但她毕竟不是甘心于供人戏弄的"女清客",也就不时借"礼出大家"、"荒年间饿了还吃它(按指木头)"之类的话,流露出不满的情绪,并对贾府奢靡生活和凤姐诸人"无礼",含蓄地予以讥讽。那么,凤姐戏弄刘姥姥,不仅暴露了她卑鄙的用心,而且遭到刘姥姥话里有话的还击,也就只好向刘姥姥打招呼,"你可别多心"。这个"促狭鬼",搬起石头打自己的脚,正该笑她自己。这里,用的就是反跌手法。正由于曹雪芹对这段喜剧情节的处理,混合运用了戏弄手法和反跌手法,所以,才能恰切地表现了这幕喜剧由戏弄到反跌的发展过程,使读者得到更深的认识和更醇的回味。

根据以上所述,可以考察出,曹雪芹写《红楼梦》,运用多种多样的表现手法,处理不同的喜剧情节,都能达到自然的地步,"妙在水到渠成,天机自露"。既是新奇有趣,而又真切自然,简直看不出锤炼痕迹,好像没用艺术技巧似的。曹雪芹对表现手法的运用,又好像信手拈来,毫不费力,其实,并不简单。这就在于,曹雪芹对

《红楼梦》反映的生活,不仅很熟悉,而且有深刻、独到的见解。他又经过"十年辛苦"的艺术实践,苦练出高超的艺术本领。因此,对表现手法的运用,才能得心应手,运用自如。无可否认,曹雪芹的高超的艺术本领,正是他创作《红楼梦》巨著不可缺少的条件之一。

(五)

《红楼梦》第二回,冷子兴演说荣国府,谈到"如今的这荣宁二府,也都萧索了,不比先时的光景",但"较之平常仕宦之家,到底气象不同"。第十三回,秦可卿托梦,说是"眼见不日又有一件非常喜事,真是烈火烹油、鲜花著锦之盛,要知道,也不过是瞬息的繁华,一时的欢乐,万不可忘了那盛筵必散的俗话"。这都说明,贾府的命运,有盛有衰,但这种变化,并不是直线下降,而是经历着曲折的过程,"祸福倚伏,吉凶互兆","极摹人情世态之歧,备写悲欢离合之致"。所以,在这个过程中,不断地发生了一幕一幕的悲剧,如金钏投井,晴雯夭折,等等,同时,又屡屡出现了各种喜剧性的事件,如宝、黛喜读《西厢记》,王熙凤大闹宁国府,等等。由此看来,在《红楼梦》里,不论悲剧情节或者喜剧情节,都是反映贾府由盛而衰复杂过程不可缺少的组成部分。脂批:"偏于极热闹处,写出大不得意之文。"诚然,冷与热,悲与喜,相反相成,辩证统一。

《红楼梦》描写贾府盛衰过程,乃是以宝玉与黛玉的恋爱事件作为贯串线。③因为这个事件,从黛玉初至贾府,一直贯串到宝玉悬崖撒手,涉及众多人物,引起复杂矛盾,冲突时而激烈,时而隐伏,一浪高一浪,直到结局。姑就现存八十回来看,在宝玉与黛玉爱情生活中,一方面,"意绵绵静日玉生香","《西厢记》妙词通戏语",常常洋溢着欢乐的情绪;另一方面,又是"埋香冢黛玉泣残红","风雨夕闷制风雨词",一再陷入悲伤的境地。他们所喜之余,忽生悲痛,悲复生喜,转更凄然。这种悲与喜反复出现,表现了这两个青年人的心情一直在波动着,经受着爱情的欢乐和痛苦的熬煎,但这绝不是简单的重复,而是爱之愈深,痛苦愈重。这就在于,他们生活在礼教森严的贾府中,基于一致的反封建礼教的思想,自由恋爱,但却遭到封建势力的压制和摧残,饱经波折。因为,腐朽而蛮横的封建势力,决不容许触犯封建礼教的新生事物获得自由的生存权利。所以,宝玉与黛玉在自由恋爱过程中,忽喜忽悲,倏乐倏苦,就构成了喜剧情节,也构成了悲剧情节。这不仅表现了他们之间的爱情缠绵悱恻,一往情深,而且也展示了他们争取自由婚姻的曲折性和艰巨性,以及他们斗争的坚韧性。

出现在《红楼梦》中的人物,有数百个之多。除宝玉与黛玉外,很多人物,也是有时欢乐有时悲。比如,凤姐一向"贫嘴贱舌","放诞无礼",最喜说说笑笑,逗趣取乐,所谓"我们二嫂子的诙谐是好的";"有她一人来,说说笑笑,还抵得十个人的空儿"。可是,凤姐遭到邢夫人"有心生嫌隙",气得"回房哭泣,不使人知觉"。到后来,"一从二令三人木,哭向金陵事更哀"。再看,薛宝钗"品格端方","稳重和平",自谓"我和谁顽过",未曾跟别人开过玩笑。其实,她取笑过宝玉忘了故典,又取笑过黛玉已相准做她哥哥的媳妇,等等。当宝玉挨打事件牵连到薛蟠,她"以错劝哥哥",不料薛蟠说她有意护着宝玉,使她气得"整哭了一夜"。可见,"贫嘴"的人并非一味说说笑笑,"端方"的人也并非一直不苟言笑。即使如"二木头"迎春,被"戳一针也不知哎哟一声",但她嫁给"中山狼"孙绍祖,受尽虐待,"一行说,一行哭的呜呜咽咽,连王夫人并众姊妹无不落泪",甚至她不幸的、难堪的生活遭遇,促使"二木头"迎春的性格,也在变化着。当然,并非一切笑都是喜剧性的,一切哭都是悲剧性的。比如,凤姐大闹宁国府的哭,撒泼,耍无赖,简直是"夜叉婆"的吓人战术,所谓"虚张声势,惊唬而已,令人憎恶,引人发笑"。可是,"颦儿迷本性"的笑(后四十回),因受突然的、强烈的刺激,在精神上失去了常态,表现了对爱情破灭的震惊和惨痛,对人生的完全绝望,所以,这笑比哭更能激起人们的悲戚。④那么,各色人物在不同的境遇中,表现了不同的感情,就构成了喜剧情节,也构成了悲剧情节。因为,人物性格的变化,决定了情节的变化,于是,情节就表现了"各种不同性格典型的成长和形成的历史"。

正由于《红楼梦》在情节安排上,既有喜剧情节,又有悲剧情节,悲喜参差,苦乐相错,所以,整个情节的发展,迂回曲折,摇曳多姿,呈现了波澜迭起而层层涌进之势。不难看出,在贾府里,许多人物,有的腐化堕落,有的麻木不仁,有的力求兴利除宿弊,有的对邪恶势力坚持抗争。他们在不同的情境中,时而哀泣悲痛,时而喜悦欢笑,"喜则欲歌欲舞,悲则欲泣欲诉"。可是,到头来,守礼法的只是个虚名,"补天"的枉费精神,太聪明的也没个好前程,"看破的遁入空门,痴迷的枉送性命"。赫赫扬扬的贾府,"一场欢喜忽悲辛",终于"家亡人散各奔腾","落了片白茫茫大地真干净"。因此,小说通过众多人物不同的生活道路和共同的不幸命运,就曲折地展现了封建贵族家庭由盛而衰的变化过程。当然,封建贵族家庭衰败本身,并不构成悲观性,因为,腐朽事物理应死亡,这是历史的必然规律,也就无悲可言。

《红楼梦》的悲剧意义就在于,这部小说深刻地揭示了在封建末世社会,封建势力还在做垂死挣扎,还很猖獗,在它的重压下,许多妇女,不论是叛逆者还是顺从者,或成了牺牲品,或成了殉葬品,其结局都是"薄命"的。尤其新生的美好事物,按照历史的发展规律,应该得到成长和壮大,但却备遭邪恶势力的摧残,没等到成长和壮大,就被毁灭了。这正是历史的悲剧,时代的悲剧。而《红楼梦》中的喜剧情节,通过多种多样的喜剧冲突,一再暴露出封建贵族家庭生活的腐朽性,反复展现了美好事物的崇高性,处处隐伏着各色人物的悲剧命运的危机,使人们从滑稽场面发觉荒谬,从欢乐场面预测到不幸,"于歌笑中见哭泣"。所以,这对于这部小说的悲剧意义,非但不会冲淡,而且可以起着补充和加强的作用,从而深化了这部小说所揭示的悲剧的思想深度,使这部小说的悲剧力量,更有着强烈的艺术感染力。它可以激发人们憎恶那个黑暗腐朽的社会,追求和向往美好的、理想的生活。

【注释】

①庚辰本《红楼梦》第十九回,脂批:"若是别部书中写此时之宝玉,一进来便生不轨之心,突萌苟且之念,更有许多贼形鬼状等恶态邪言矣。此却反推唤醒他,毫不在意,所谓说不得淫场(荡)也。"的确,《红楼梦》中贾宝玉,之所以不同于一般才子佳人小说中的才子,正是因为他具有性格美和心灵美。

②广义的幽默,乃是喜剧艺术(或称笑的艺术)的一个总称,包括一切使人发笑的文学艺术。狭义的幽默,仅仅是喜剧艺术中的一个分支,即比较含蓄的一种。这里,指的是狭义的幽默。

③前人对《红楼梦》的"主脑",大概有五种说法。(一)江顺怡《读红楼梦杂记》:"《红楼》以言情为宗,自以宝玉、黛玉作主,余皆陪衬物。"(二)王希廉评《红楼梦》:"《红楼梦》虽说是贾府盛衰情事,其实专为宝玉、黛玉、宝钗三人而作。"(三)张其信《红楼梦偶评》:"《红楼梦》一书","以宝玉为经,宝钗、黛玉与众美人为纬"。(四)邱炜蒉《菽园赘谈》:"(小说)自有章法,有主脑在,否则满屋散钱,从何串起,读者亦觉茫无头绪,未终卷而思睡矣。即如《红楼梦》,以绛珠还泪为主脑,故黛玉之死,宝玉一痴而不醒,从此出家收场,无事《红楼》后梦也。"吴云《红楼梦传奇序》:"《红楼梦》一书","大抵主于言情,颦卿为主脑,余皆枝叶耳"。解盫居士《石头臆说》:"此书专为灵河岸上之谪仙林颦卿一人而作。"(五)小和山人《红楼复梦凡例》:"前书荣府,应以贾政为主,宝玉为佐,而书中写贾政若赘瘤,乃《红楼梦》之大病。"

④《红楼梦》第九十六回"泄机关颦儿迷本性",从黛玉精神失常

状态,揭示出人物内心世界,因而在艺术构思上具有特色。作者用前书中的傻大姐,作为泄露机关的人物,不仅恰当,而且在悲剧中带有喜剧色彩,同时,这个人物傻里傻气,冒冒失失,不知利害,纠缠不清,更可衬托出黛玉由敏感、震惊、发呆,直到痴迷。傻大姐越要向黛玉诉苦,黛玉越忍受不了。因此,就巧妙地表现了黛玉对爱情破灭的难言之痛,对人生的完全绝望,对自己不幸遭遇满怀愤懑。

《红楼梦》中悲剧情节

我们阅读《红楼梦》,到第五回,就可以预知,这部小说写的是大悲剧,因为,《十二钗图册》和《红楼梦曲》预示着,书中许多女子,都是属于"薄命司"的人物,所谓"千红一窟(哭)","万艳同杯(悲)"。然而,对于她们的悲剧命运,须从全书情节发展去了解,才能获得具体的感受。遗憾的是,第八十回以后的原稿,已经"迷失"了,所以,不少人物的悲剧结局,如黛玉夭折,宝钗守寡,探春远嫁,妙玉流落,等等,都无法详知了。这里,试从现存八十回,初步探索一下有关《红楼梦》中悲剧情节的几个问题。本文是拙稿《红楼梦中喜剧情节》的姊妹篇,因为,在这部巨著里,既有喜剧情节,也有悲剧情节,互相转换,互相渗透,悲欢离合,以传其奇,使人们"无端笑哈哈，不觉泪纷纷"。但这部巨著的基调，当然是痛苦的倾诉，悲愤的呼号。

（一）

大家知道，悲剧的主要特征，就是用"悲"的方式，引起人们的悲哀和痛苦。可是，作为悲剧，如果只是叙述一个缺乏社会意义的凄惨故事，以图博取人们廉价的眼泪，那么，即使有人一时流了泪，也远远不是悲剧的目的。因为，一般说来，悲剧大都是表现丑恶势力战胜美好事物，造成悲惨的结局。这才会使得人们在悲哀痛苦之中，对善良者的不幸遭遇，表示同情，并对造成善良者的苦难和灾祸的社会势力，投以憎恶。倘把悲剧解释为仅仅使人悲哀痛苦而已，那显然是浅薄的顾名思义。由此可知，所谓悲剧情节，必须具有悲壮性和严肃性，对生活中悲剧现象的反映，含有深刻的社会意义。只有如此，才能撼动人们的心灵，启发人们的思考，提高人们的情操。悲剧目的，正在于此。

那么，什么情节才算是悲剧情节呢？我们看，在《红楼梦》里，悲剧事件接连出现，诚然是一波未平，一波又起，如金钏投井，尤三姐自刎，尤二姐吞金，晴雯夭折，等等。看来，她们生活在那个社会环境里，不论生活在大观园内，还是生活在大观园外，其命运，没有一个是好的。虽然在她们之中，有的死得很悲壮，有的死得很凄苦，但她们都是受气受辱，抱屈含冤。尽管她们在封建势力的蛮横摧残下,被逼得走投无路,惨遭不幸,但她们的悲剧结局,控诉了封建势力的罪恶,表白了善良者的无辜。尤其有些"身为下贱"的妇女,对封建势力坚持反抗,宁死不屈,更昂扬着大无畏的斗争精神,更宣示了斗争的正义性。即使像迎春这类的贵族妇女,不管她们对生活持着怎样的态度,也都不可避免地要领受封建势力给她们安排的悲剧命运。所以,在《红楼梦》里,一系列悲剧事件,如同惊涛骇浪,令人触目惊心,震动极大,感受极深。应该承认,这类情节,都算是悲剧情节。

可是,在《红楼梦》里,各色人物,死者甚多,除上述金钏、晴雯等人之外,还有贾敏、贾瑞、贾敬、林如海、秦可卿、秦邦业、秦钟等等。他们之死,并非都是悲剧性的。比如,林如海"身染重病"而死,这仅仅是由于生理上的原因造成死亡,所以,就不能说是悲剧,因为,人的生老病死,乃是必然规律。如果把每个人的病死都说成是悲剧,那就会混淆了死亡的性质。至于晴雯病逝,又当别论,因为,这并非仅仅是生理上的原因,更主要的是社会原因。晴雯患的不是"女儿痨"死症,而是一般疾病。如果医治调护得当,那是会好的。贾府统治者抄检大观园的迫害,不仅使晴雯失去医治调护,而且使她在精神上受到最沉重的打击,也就使得她的病情恶化,不幸夭折了。又如,贾瑞见凤姐美色而生邪念,确实是个"没人伦的混账东西"。他明明知道"嫂子是个利害人",又一再遭到凤姐"毒设相思局"的谑弄,但还是"邪心未改",至死不悟,所谓"死了也情愿"。这诚然是"自作孽,不可活"。自己找死,毫无悲剧意义。因此,尽管他死得很凄凉,但却不能博得人们的同情。还有贾敬妄想成仙,吞服金丹,烧胀而死。这实在愚蠢已极,滑稽得很,富有喜剧性,只会令人好笑。这都证实,在《红楼梦》里,并非所有描写人物之死的情节,都是悲剧情节。

当然,作为悲剧情节,不是仅仅限于描写丧事,而是还包括有其他悲哀之事。比如,"美优伶斩情归水月"、"美香菱屈受贪夫棒"之类,也都描写了善良人物的悲剧命运。可是,出现在《红楼梦》中所有的悲哀之事,却又并非都是悲剧情节。请看第七十六回"凸碧堂品笛感凄清",贾府中秋设宴赏月,恰巧李纨、凤姐病倒了,宝钗姊妹回家去了,贾母便觉得人少、冷清,不像往年过节那样热闹,不禁喟然长叹。那惨淡的月色,凄冷的秋风,呜咽的笛声,使得这个团圆节的气氛,"越发凄凉"。"大家都寂然而坐",贾母更感伤心。延至四更,众人都去睡了,只留下贾母、探春数人。我们再看看第四十回"史太君两宴大观园",前后对照,大不相同,往事已矣,盛筵难再。很清楚,贾府这次中秋设宴赏月的凄清情景,已暴露衰败之象。这种衰败,正是贵族豪门日趋腐朽的必然规律,所谓"泰极否来"。因此,尽管这情景很"凄清",但实则毫无悲剧意义可言。试想,腐朽的事物,难道不应该衰亡的吗?又有什么可悲的呢?

再说,悲剧情节展现悲剧人物的不幸命运,其目的,不是为了把人们的感情引向悲观消沉的境地,而是使人们受到悲剧激情的感染,迸发出强烈的义愤,从而化悲痛为力量。就是说,悲剧的最后效果,应当是加强人们对于人类的光明美好的信念。所以,悲剧不等于悲观主义,相反的,却是与悲观主义绝缘。《红楼梦》第七十八回"痴公子杜撰《芙蓉诔》",贾宝玉撰《芙蓉诔》祭奠晴雯,"一字一咽,一句一啼",对富有反抗性而屈死的女奴,给以热情颂赞,而对邪恶势力的鬼蜮伎俩,倾泻出无比愤恨。你听:"毁诐奴之口,讨岂从宽?剖悍妇之心,忿犹未释!"这诔文,既是颂歌,也是檄文,激愤悲壮,爱憎分明,激励着人们高昂的情绪。这才是美妙的悲剧情节。

我们还应提出,人们对于悲剧,各有各的看法。在《红楼梦》里,贾宝玉听说金钏投井自尽,不禁"五内摧伤","恨不得此时也身亡命殒,跟了金钏去"。而在薛宝钗看来,金钏多半失了脚,掉下井去的,如果是"气性大"而投井死了,那"不过是个糊涂人,也不为可惜"。很明显,这两人,对金钏之死,一个觉得是悲剧,寄以深切的同情;一个不认为是悲剧,力图为封建势力迫害奴婢而开脱罪责。又如,柳湘莲见尤三姐自刎,顿时觉得"刚烈"、"可敬"、"伏尸大哭"。而在王熙凤看来,柳湘莲"这个人还算造化呢,省了当那出名儿的忘八"。很明显,这两人对尤三姐之死,一个痛失贤妻,不胜悲愤;一个幸灾乐祸,居心叵测!读者对《红楼梦》中某些情节是否具有悲剧性,也各有各的看法。据《淞南梦影录》记载,有个月卿女士喜阅《红楼梦》,"读至葬花、听曲诸则,往往默坐无言,泪如霰集"。可见,这位读者深深感到黛玉葬花之类情节是可悲的,所以才会流出同情之泪。而在许叶芬看来,林黛玉"徒郁伊磊砢,赍志以终,不过增人非笑已耳"(《红楼梦辨》)。真荒谬,黛玉遭到封建势力的摧残,倒成了惹人嘲笑的话柄!①看来,这都表现了迥然不同的态度,但绝不是见仁见智,而是立场不同。

（二）

在《红楼梦》里,悲剧事件不断出现。有由封建婚姻制度造成的悲剧,如林黛玉、薛宝钗等;有由纳妾制度造成的悲剧,如尤二姐、香菱等;有由奴婢制度造成的悲剧,如金钏、晴雯等;有由封建官僚政治制度造成的悲剧,如石呆子、张金哥等;有由宗教迷信造成的悲剧,如妙玉等;有由封建伦理道德造成的悲剧,如李纨等。总之,这部小说描写的悲剧事件,并非仅仅是少数人的悲剧,而涉及很多人,上自贾府主子,下至贾府奴婢;既有贵妃和官宦家子女,也有平民和尼姑,范围广泛。这些悲剧的造成,又涉及封建制度的各个方面,从政治、道德、婚姻、奴婢直到宗教,概莫能外。这就形成《红楼梦》中悲剧情节所展现的悲剧事件,具有广泛性和复杂性。

然而,《红楼梦》中悲剧情节,就其性质而言,大致可以分为四类。首先,我们要提出的是金钏、晴雯等人的悲剧。她们虽是"身为下贱"的奴婢,却"气性大"或者"心比天高"。贾府主子们为了要维护自己的家庭利益和统治地位,必然会对这类奴婢加以迫害,诬蔑她们是什么"小娼妇"、"狐狸精"、"轻狂"、"没廉耻"。她们对主子们的诬蔑、侮辱和迫害,满怀愤懑,决不甘心,因而坚持反抗,宁死不屈。尤其晴雯,即使在病重被撵时,也决不向主子作乞怜语,毫无奴颜婢膝的奴才相,反而以勇敢的行动和锋利的言语,理直气壮地向主子们投以回击,甚至在临死时,仍然呐喊着向现实挑战的声音。"含耻辱情烈死金钏","俏丫环抱屈夭风流",正点出了受辱、抱屈、情烈。显然,她们之死,成为封建势力摧残善良者的罪证,证实了封建势力的野蛮性。她们之死,也是对封建势力的罪恶,表示了强烈的抗议。

林黛玉的悲剧,又有所不同。作为"书香大族"的小姐黛玉,却爱好那些被封建统治阶级目为"淫词小说"的《西厢记》和《牡丹亭》,追求自由婚姻,与宝玉真挚热情相爱。她对宝玉的许多反封建的"偏僻"行为,不但从不"规劝",而且常常采取同情或支持的态度。看来,这个小姐,比起那些同一辈受封建势力摧残的贵族妇女,具有强烈的叛逆性。这当然不符合封建统治阶级的"淑女"要求,也就会日益受到贾府老爷、太太们的厌恶和打击。尽管如此,林黛玉在"一年三百六十日,风刀霜剑严相逼"的日子里,始终坚定地保持着自己精神的纯洁,仍不放弃自己的爱情愿望和生活理想。可是,这个小姐受着自己阶级的限制,毕竟又有着软弱性。她一直盼望贾母为自己与宝玉之间的婚姻做主,焦急地等待着封建家长的判决。她不时发出孤独、凄凉、苦闷、忧愁的哀音,倾泻出自己身受封建重压无力反抗的痛苦,同时也夹杂着没落阶级的悲观颓丧的情调。你听,"不知风雨几时休,已教泪洒窗纱湿"。她缺乏奴婢反抗者的气魄和胆识,往往不敢和封建卫道者们展开面对面的斗争。无可否认,宝玉与黛玉之间的爱情,注定要走向悲剧的结局,因为，归根结底，那个社会根本不容许自由恋爱的存在。

《红楼梦》中有些普普通通的善良妇女，也遭到不应有的厄运。尤二姐的悲剧，就是如此。在那时社会里，尤二姐"温柔和顺"，本是个善良、本分的妇女。纨绔子弟贾珍，利用她家"家计艰难"和她"心痴意软"的弱点，把她当作粉头取乐。可是，自她嫁给贾琏以后，对自己过去"失脚"，坚决悔改，要与贾琏"誓同生死"。她只希望得到"安身之处"，便心满意足了。换言之，就是要求得到正当的合理的生活权利。按理说，这是无可厚非的。实际上，她做了豪门少爷的妾媵，地位低下，非但得不到正当的合理的生活权利，而且受到歧视和妒忌。她在豪门少奶奶阴险恶毒的撮弄下，又上当受骗了，终于被弄得"要死不能，要生不得"，最后不得不吞金自杀了。她从未懂得要对封建势力进行斗争，至死也没有觉悟到她不幸的根源。而封建势力竟连这样一个善良、本分的普通妇女，也不轻易放过，始而蹂躏她的肉体和灵魂，终至断送掉她的生命。这就更加说明这场悲剧的残酷性。

还有，探春、凤姐的悲剧，另是一种情况。探春虽是个庶出的姑娘，但她"心里嘴里都也来得"，其"才能见识"，超出诸姊妹之上，"精细处，不让凤姐"，怪不得凤姐"在这些大姑子、小姑子里头，也就只单怕她五分"。尽管她有"补天"之才，也有"补天"之志，"才自精明志自高"，力图"兴利除宿弊"，挽救封建家族的衰败，可是，"生于末世运偏消"，家族内部矛盾重重，非但不能充分发挥她的才能，使她的才华白白浪费，而且给她带来许多繁难，使她感到气恼和灰心。到头来,她命途多舛,"一帆风雨路三千,把骨肉家园齐来抛闪","掩面涕泣"而去,"补天"之志,终成泡影,要"立一番事业"的追求,也成了幻想。凤姐也有才干的,所谓"都知爱慕此生才",办理秦可卿丧事,大显过身手。她又有权有势,有"一万个心眼",争强好胜,是"有名的烈货"。所以,她不仅是"脂粉队里的英雄",而且"竟是个男人万不及一的"。可是,"凡鸟都从末世来"。随着封建家族日益腐败,各种矛盾日益激化,她越来越感到心劳力绌,才短智穷,无法挽救封建家族的衰落。何况,她又把自己的才干,用于个人的争权夺利,力图满足自己无餍的贪欲。这不仅加剧了封建家族的各种矛盾,加速了封建家族的衰落,而且也造成自身"机关算尽太聪明,反送了卿卿性命","哭向金陵事更哀"!

当然,上述四类悲剧情节,并不足以概括书中全部悲剧情节,可是,仅从它们,也不难看出,在曹雪芹的笔下,晴雯、金钏、黛玉、尤三姐等,都是"好人受难"的悲剧人物,而凤姐却是悲剧的制造者,对张金哥、尤二姐之死,应负一定的罪责,而她自己,又不可避免地成了封建统治阶级的殉葬品,也是悲剧人物。那么,固然在《红楼梦》里,没有悲剧的英雄人物,赴汤蹈火,慷慨捐躯,成仁取义,惊天动地,所谓英雄悲剧,可是,出现在这部小说中的许多悲剧人物,她们的生活道路和不幸命运,既有着共同性,又有着特殊性,从而各自具有特定的悲剧意义。

这就在于,曹雪芹对《红楼梦》中悲剧人物,一再指出她们生于"末世"。脂砚斋也一再批道:"此已是贾府末世了","作者之意,原只写末世"。正是在封建末世社会里,贵族豪门愈益醉生梦死,奢侈荒淫,倒行逆施,变本加厉,也就愈益趋向日暮途穷的境地,危乎殆哉。他们为了要维护自己摇摇欲坠的统治地位,便必然要对那些富有反抗性的奴婢,以至自己阶级中的叛逆者,施行无情的镇压,因而造成悲剧越来越多了。而那些"补天"人物,以至这个阶级中的驯服者,在贵族豪门"大厦"将倾之际,有的成为骨肉相残的斗败者,有的成为伦理道德的牺牲者,有的成为古佛青灯的伴守者,也都是"薄命"人物。这就势必更造成贵族豪门人亡家破,更加速了封建统治阶级自己的败落。历史的辩证法,正是如此。《红楼梦》中贾府由盛而衰,就是当时贵族豪门命运的缩影。

由此看来,在《红楼梦》里,之所以出现了许多悲剧,这并非悲剧人物本身的过失,也不是仅仅某几个封建统治者造成的,而是有着深刻的社会原因。即使凤姐,本是悲剧制造者,但她之所以如此,也并非简单地出于个人的心机,而是那末世社会,促使她滋长了贪图金钱和地位的欲望。归根结底,封建社会已是末世了,封建制度更加腐朽了,封建统治阶级更加腐化了,也就造成日益众多的悲剧。因此,这部小说,通过多种多样的悲剧情节,形象地揭示了悲剧的广泛性和社会性,鲜明地具有那个封建末世时代的悲剧特色。无可否认,在《红楼梦》里,对某些悲剧的造成,又杂有宿命论的解说,什么"理数应然"。比如,第五回中众仙女唱的《红楼梦曲》,第六十九回中尤三姐向尤二姐托梦,等等。这都宣扬了"命运注定"的宿命论,冲淡了悲剧的社会意义。

（三）

曹雪芹写《红楼梦》，对于许多悲剧情节，又是怎样处理的呢？

首先，曹雪芹抱着严肃的态度，运用沉痛的笔触，创造《红楼梦》中悲剧情节，而不是像对喜剧情节处理那样，轻松、滑稽，引人发笑。这就在于，《红楼梦》中的悲剧人物，在封建势力的残酷迫害下，有的投河，有的跳井，有的吞金，有的自刎，都死得很惨。尽管有些悲剧人物，在黑暗险恶的环境里，一时还活着，但也过着痛苦的日子，如黛玉，泪珠儿从"秋流到冬，春流到夏"。所以，曹雪芹才抱着严肃的态度，运用沉痛的笔触，申诉了这些悲剧人物的不幸，抒发了他们的悲痛，借以严正地谴责封建势力的罪恶，有力地激起人们对不幸者的同情。至于曹雪芹对待凤姐，在喜剧情节中，如"变生不测凤姐泼醋"、"酸凤姐大闹宁国府"之类，辛辣地讽刺嘲笑其丑恶灵魂；而在悲剧情节中，如"王熙凤恃强羞说病"之类，却哀其本性要强而又无能为力的悲辛，甚至把这个人物与晴雯、林黛玉等，一同归入"薄命司"，也作为怜悯的对象。看来，曹雪芹对待这个人物，可以说是基本否定，又带有一定的同情。

按照亚理士多德的说法，"悲剧是从幸福到苦难的变迁"，"由顺境转入逆境"（《诗学》）。然而，《红楼梦》描写的悲剧，并非尽是如此，而是比较错综复杂。我们看，在曹雪芹的笔下，有些人物的生活道路，确实是由顺境转入逆境。比如，宝钗在贾府那样一个矛盾交错的环境里,"会做人",独能取得很多人的欢心。因为,她处处遵守着封建道德标准,能迎合封建家长的心意,又善于采取小恩小惠来笼络人心,"故深得下人之心"。她盼望着凭借好风,送上青云,满怀乐观情绪。可是,她后来得到宝二奶奶的宝座,却是一个悲惨的结局,所谓"空对着山中高士晶莹雪(薛)","到底意难平"。还有些人的生活道路,始终坎坷不平。比如,黛玉自幼丧母,继而丧父,孑然一身,寄人篱下。她又是贵族叛逆者,"孤高自许",势必为贾府封建家长所厌弃,也就不会有欢快开朗的日子。所以,她的性格主要特征,就是多愁善感;她的生活,常常以泪洗面。其结局,终至"奇缘"成"虚话","枉自嗟呀"。由此可见,曹雪芹对《红楼梦》中悲剧情节的处理,乃是忠实于生活的复杂性,而不是墨守一种"由顺境转入逆境"的悲剧框框,所以,才能在这部小说里,错综复杂地展现了众多人物不同的生活道路和共同的悲剧命运。

在《红楼梦》里,往往安排一些严重的事件,爆发出悲剧性的激烈冲突,于是,把悲剧人物置于严峻考验的关头,揭开她们的心扉,使人们洞悉她们的心灵美。这里,姑举第七十四回"惑奸谗抄检大观园"中晴雯为例。凤姐、王善保家的等人,气势汹汹地来到怡红院,要搜检众丫头的箱子。这个严重的关头,对每个丫头说来,都是严峻的考验。袭人先出来,主动打开了自己的箱子,任其搜检一番。晴雯又怎样呢?正当王善保家的到晴雯的箱子前,喝问:"是谁的?怎么不打开叫搜?"只见晴雯"挽着头发闯进来,豁啷一声,将箱子掀起,两手提着底下,往地下一倒,将所有之物尽都倒出来",并且疾言厉色地痛骂奴才,尖锐锋利地讽刺"太太",对主子们乘机迫害奴婢,坚决表示反抗。尽管在抄检之前,她已遭到王夫人声色俱厉的斥责,到这时,奴才又狗仗人势,张牙舞爪,但她仍无所畏惧,敢作敢为。暴力的迫害,并不能使她屈服。瞧,她的胸怀是何等光明磊落,她的反抗是何等刚强英勇!在与袭人对比之下,她的高洁品性,又是何等突出!

从《红楼梦》中悲剧情节来看,有些悲剧,突然爆发,出人意料,如同暴风骤雨,刹间袭来,顿时使得悲剧人物受到猛烈的震动、狠狠的打击。比如,金钏与宝玉,只不过说了几句戏言,本是小儿女的嬉笑,值不得大惊小怪。而王夫人竟大发雷霆,血口喷人,恶毒诬蔑金钏"教坏了"爷们,限时限刻把她撵了出去。这种突然袭击,对于金钏的心灵说来,是重重一击,创巨痛深,不仅使她蒙冤受屈,有口难言,而且使她青春丧命,抱恨终天。有些悲剧,却是缓缓渐进,逐步深化,如同秋风秋雨,凄苦绵绵,使得悲剧人物久遭折磨,血泪干枯,终于熄灭了生命的火焰。比如,香菱这个"薄命女",五岁时,不幸被拐子拐走,流落异乡。十二三岁时,又被呆霸王抢去,变成薛家的丫头。后来,做了薛蟠的小老婆,屈受"贪夫棒"的虐待。最后,更受尽夏金桂泼悍的摆布,"酿成乾血之症","病入膏肓","致使香魂返故乡"。②因此,这个人物,从英莲改名香菱,再改名秋菱,命运越来越悲惨,诚然是"平生遭际实堪伤"。不难看出,在《红楼梦》里,这两种悲剧情节,错综安排,所以,众多悲剧人物,有的突然遭到大祸从天降的袭击,有的长期处于水深火热的折磨之中，忽急忽缓，忽病忽死，多彩多姿，扣人心弦。

《红楼梦》中悲剧情节，描写了很多悲剧人物的惨死，可是，曹雪芹并没有为了追求所谓"悲剧效果"，自然主义地展览惨状，用血淋淋的恐怖景象去刺激读者，恫吓读者。否则，就会令人感到毛骨悚然，不寒而栗，以致反感。固然《红楼梦》反映的悲剧现象，有些是生活中的恐怖事件，但生活和艺术毕竟不是一回事，何况"恐怖"本身又没有什么美学意义。故而，在这部小说里，往往通过寥寥数笔的侧面描写，或者干净利落的正面描写，突出悲剧人物的不幸，博取人们的同情。前者如金钏投井，只是借老婆子、贾环等人之口，作了必要的交代，其惨状，至多不过是"人头这样大，身子这样粗，泡得实在可怕"数语而已。对晴雯之死，也只是借小丫头之口，一笔带过，说是"晴雯姐姐直着脖子，叫了一夜，今日早起，就闭了眼"。后者如对尤三姐之死，以"揉碎桃花红满地，玉山倾倒再难扶"来比拟，并突出其刚烈之性。这使人触目惊心，深深感动，从而在心中树立起一尊不倒的高大形象。对尤二姐吞金，除写了"含泪吞入口中，几次狠命直脖子，方咽了下去"外，还写着"赶忙将衣服首饰穿戴整齐，上炕躺下了"，也就引人"伤心落泪"，而不会给人以恐怖感。因为，作者强调的是尤二姐的不幸，而不是死亡的恐怖。

还值得注意的是，在《红楼梦》里，有些"好人受难"的悲剧人物，死后竟成了神。宝玉平日最讨厌水仙庵，可他却跑到水仙庵去祭金钏。这就在于，到这时，在宝玉的心目中，投井而死的金钏，就是水仙，"翩若惊鸿，婉若游龙之态，荷出绿波，日映朝霞之姿"。但这水仙，并非指洛神，书中作了交代。我以为，这水仙，当是指蒙冤受屈而死于水中的悲剧人物。居巢《水仙花》诗云："凌波莫认陈王赋（按指曹植《洛神赋》），只合灵均（按指屈原）是水仙。"即含有此意。还有，在宝玉想来，晴雯成了专管芙蓉的花神，"深为有据"，从此"超生苦海"。所以，他"去悲生喜"，得到安慰。这里芙蓉，即是"清水出芙蓉"的芙蓉，也就是荷花。这种花，象征着高洁的品性，所谓"出淤泥而不染，濯清涟而不妖"（《爱莲说》）。可知，晴雯高洁管芙蓉，寓有深意。也许有人要问，为什么曹雪芹要如此处理呢？第一，曹雪芹让书中金钏、晴雯之类的悲剧人物，死后成神，这是一种浪漫主义的艺术处理。通过这种处理，可以表现曹雪芹对这类悲剧人物的惨遭毁灭，寄以惋惜、悼念和崇敬。第二，这类悲剧人物，虽是"身为下贱"，但她们却敢于反抗封建高压，所以，让她们死后成神，正象征着她们的精神不死。第三，我国人民对文艺作品中好人遭了不幸，总希望他们有个好的转机，即使他悲惨地死了，也祈求有个好的收场，使大家能够得到一些精神上的安慰。因此，曹雪芹在《红楼梦》里，用一种特殊的艺术方式，让"好人受难"的悲剧人物死后成神，借以表达我国人民的爱憎。总之，这种艺术处理，不以悲剧人物的惨死，作为悲剧的结束，而是驰骋丰富的想象，在成神的"尾声"中，寄托着美好的愿望。③

（四）

曹雪芹对《红楼梦》中悲剧情节的安排，正如安排喜剧情节一样，根据不同的生活内容，运用了多种多样的手法，以便把悲剧情节安排得适当，从而有利于错综地展开悲剧冲突，准确地表现悲剧人物的性格特点，深刻地揭示出悲剧意义。葛洪曾说："总章无常曲，大庖无定味。"(《抱朴子》)就是形容，运用自如，不拘一格。曹雪芹写《红楼梦》，对表现手法的运用，正是如此。脂批曾经指出："种种诸法，总在人意料之外，且不曾见一丝牵强，所谓信手拈来无不是，是也。"这种艺术上的自由境地，需要经过长期勤学苦练，才能达得到的。

在《红楼梦》里，对悲剧情节的安排，往往以乐衬哀。这是一种反衬手法。王夫之《薑斋诗话》说是："以乐景写哀，以哀景写乐，一倍增其哀乐。"《红楼梦》第二十七回，一开头，描写芒种节，贾府太太、小姐和丫头们，在大观园中饯送花神。"满园里绣带飘飘，花枝招展，更兼这些人打扮得桃羞杏让，燕妒莺惭"。这里，不仅写了众人的集体活动，还写了宝钗兴高采烈地扑戏彩蝶的单独活动。平时，"端庄稳重"的宝钗，让封建礼教禁锢着自己的心灵，到这里，却也表现出少女的青春活力和欢乐情绪。所以，尽管是暮春时节饯送花神，但气氛是热烈的，弥漫着活泼轻快的气息。可是，到这一回结尾，却是"埋香冢黛玉泣残红"。饯花之期，黛玉面对着暮春"残红"景象，"勾起伤春愁思"，如泣如诉地歌唱着《葬花词》，偷弹血泪葬落花："质本洁来还洁去，不教污淖陷渠沟"；"一朝春尽红颜老，花落人亡两不知"。我们知道，自然景物，对于人们都是一样的，而人们不同的心情，对着同样的景物，往往有着不同的感受。

这是个复杂的美感问题。曹雪芹正是利用这种美感的差异性,把此回情节,安排得首尾对比,以乐衬哀,强烈地反衬出黛玉与封建势力誓不妥协的叛逆性格、痛苦愤懑的心境以及感伤悲观的情绪,增强了艺术效果。④

《红楼梦》中悲剧情节的安排,又运用了欲抑先扬的手法。这就是使人物先处于顺境,然后"突转",使人物顿时堕入逆境,也就更能显出人物命运的急剧变化,更能激起人们的悲感。以乐衬哀,乃是以彼衬此;欲抑先扬,却是人物自身遭遇的剧变。尤三姐见到柳湘莲的聘物鸳鸯剑,"喜出望外,连忙收了,挂在自己绣房床上,每日望着剑,自喜终身有靠"。很明显,她对这件婚事,相思已久,一旦说成,自然称心如意,满怀希望,只等柳湘莲来。这是先扬。尤三姐好不容易等到柳湘莲来了,不料他并非践约结婚,而是坚决要求退婚。这对尤三姐说来,当然是出乎意料,大失所望。她知道,柳湘莲是"在贾府中得了什么消息,嫌自己淫奔无耻之流,不屑为妻"。所以,她满腹苦情,难以申诉,即使申诉,也无济于事。她"泪如雨下",只得以鸳鸯剑自刎,表白自己忠于爱情,至死不变。这是由扬而抑。因此,尤三姐惨死,感人甚深。

《红楼梦》中悲剧情节的安排,也运用了虚实映照的手法。比如说,先写寥落凄凉之景,虚点出悲剧人物的不幸,然后,实写悲剧人物的遭遇,两相映照,也就更能令人为之心酸。第七十九回,宝玉"天天到紫菱洲一带地方,徘徊瞻望,见其轩窗寂寞,屏帐翛然,不过有几个该班上夜的老妪,再看那岸上的蓼花苇叶,池内的翠荇香菱,也都觉摇摇落落,似有追忆故人之态,迥非素常逞妍斗色之可比"。迎春住的紫菱洲,人去楼空,一片凄凉,正如香菱所说,"二姑娘搬出去的好快","这地方好空落落的"。看来,宝玉触景生情,对骨肉离散,怀着痛苦。这寥落凄凉之景,也引起了读者对迎春出嫁的关心,迫切需要知道后事如何。到第八十回,迎春嫁给"中山狼"孙绍祖,备遭虐待,回家诉苦。她说:"我还记挂着我的屋子,还得在园子里住三五天,死了也甘心,不知下次,还可能得往不得住了呢?"她之所以还记挂着紫菱洲的屋子,正是因为,她眼前处于痛苦生活中,强烈留恋着过去欢乐日子。然而,随着贾府日益衰败,迎春留恋的欢乐日子,毕竟一去不复返了。连贾赦欠孙家五千两银子也还不了,致使迎春受尽委屈和凌辱。这个和善、温静而又懦弱的二小姐,处处只求息事宁人,但她并没有得到宁息安生,而是惨遭封建势力的折磨。迎春"肠回九曲"的苦楚,引起众姊妹无不落泪,更令宝玉难过。脂批:"凡迎春之文,皆从宝玉眼中写出。"诚然,第七十九回和第八十回,写迎春悲剧,前后相连,虚实映照,不幸情景,愈益凄怆。⑤

《红楼梦》中悲剧情节的安排,也运用了层层皴染的手法。脂砚斋曾经指出,这部小说有"千皴万染诸奇"。所谓"皴",本是国画画法,即抓住景物的特点,作多次染擦,加以强调和突出。在《红楼梦》里,通过悲剧情节的安排,对悲剧人物的性格和命运,步步加深悲剧色彩,越来越浓,使人们更可以获得深刻的印象。这就是皴染的技巧,但它绝不是简单的重复。脂批:"自《闻曲》一回以后,回回写药方,是白描颦儿添病也。"畸笏叟也批道:"写药案是暗度颦卿病势渐加之笔,非泛闲文也。"的确,从第二十八回、二十九回、三十二回、三十四回、四十五回、四十九回、五十二回、五十七回、五十八回、六十七回,直到七十六回,都写了黛玉生病和吃药。虽然它们有详有略,但经过一次又一次的皴染,就越来越清楚地展现出,黛玉一年比一年消瘦,咳嗽渐多,眼泪渐少,心里发酸,神思恍惚,夜不成眠,吃药总不见效。在黛玉想来,"我的病是不能好的了","恐不能久待","奈我薄命何"。之所以如此,紫鹃说黛玉是"素日忧虑过度"。试想,她与宝玉的自由爱情,越来越遭到封建势力冷酷的压制和迫害,又怎能不忧虑过度呢?那么,黛玉疾病日益沉重,正是封建迫害所造成的悲剧结果。

《红楼梦》中悲剧情节的安排,还运用了"感情物化"的手法。大家知道,人的感情,喜怒哀乐,都是无形的。我国古代文学家,便以物拟人,具体地表现出某种感情的感染力。这正是化虚为实,把无形变为有形,可以收到很好的烘托、渲染的艺术效果。《红楼梦》第二十六回,有一天夜间,黛玉到怡红院去,听见晴雯不肯开门,已是"气怔在门外";又听见宝玉和宝钗在里面说笑,"心中越发动了气","越想越伤心"。因为,许多因素凑在一起,造成了一个深深的误会。这误会伤害了黛玉的自尊心,触动了她的"心病",即是对自己身世的孤独之感,对她和宝玉的爱情能否成功的疑虑。于是,她"不顾苍苔露冷,花径风寒,独立墙角边花阴之下,悲悲戚戚,呜咽起来"。可是,她的哭泣,究竟有没有感染力呢?如果有的话,那又怎么表现呢？"不期这一哭，那附近柳枝花朵上的宿鸟栖鸦，一闻此声，俱忒楞楞飞起远避，不忍再听。正是：花魂默默无情绪，鸟梦痴痴何处惊。"这里，将花鸟赋以人的感情。它们对黛玉的哭泣，或默默无言，或不忍再听。这就有力地烘托出，黛玉哭泣具有强烈感染力，连花鸟都为之深深感动了。纵用千言万语，形容黛玉此刻的悲伤，也不及用这种手法，简洁而生动。

当然，《红楼梦》安排悲剧情节所用的手法，不只这么几种，这里所述，举隅而已。我们应该看到，这类手法，有些并非安排悲剧情节所专用的，而是安排喜剧情节也用的。比如，误会法，就是如此。《红楼梦》第六十六回，柳湘莲只知道贾府是除那两个石头狮子干净罢了，尤三姐又与贾府有着牵筋绊藤的关系，而不知道尤三姐已决心改过，对他一往情深，以致发生误会，造成悲剧。又如，第一回，贾雨村在甄家书房中，猛见窗外有个丫头回头看他两次，误以为"此女子必是个巨眼英豪，风尘中之知己"，"便时刻放在心上"，后来他做了官，这个娇杏丫头竟成了他的夫人，真是个"侥幸"的喜剧奇缘。大家知道，在文艺作品中，并不排斥偶然性的误会，所谓"无奇不成戏，无巧不成书"，但应当通过偶然，表现必然。因为，在生活中，这两者互相依存，偶然性服从于必然性，同时，在一定条件下，又可转化为必然性。柳湘莲误会的造成，归根结底，咎在贾府作恶多端，贻害他人。柳湘莲不是这悲剧的制造者，也无法挽回这悲剧的发生。贾雨村误会的造成，正因为他此时是个"淹蹇"落魄的"穷儒"，不入时人眼，而丫头娇杏"生得仪容不俗"，看了他两次,所以,他"自为这女子心中有意于他",即所谓"自作多情"。可知,他们的误会,各自有着一定的必然性。为什么《红楼梦》中悲剧情节和喜剧情节,都可用误会法呢?因为,在生活中,无论悲剧现象,或者喜剧现象,都会有偶然性的误会因素,而艺术是生活的反映。

可是,在《红楼梦》里,有的表现手法,只用于喜剧情节。比如,第十六回"秦鲸卿夭逝黄泉路",判官、小鬼捉秦钟魂魄的喜剧情节,就用了怪诞手法。对此,我在《〈红楼梦〉中喜剧情节》一文里谈到了。而在《红楼梦》悲剧情节中,则罕见怪诞手法。为什么?就以描写林黛玉哭泣的悲剧情节而言:尽管这个人物身世凄苦,多愁善感,常常哭泣,蹙眉苦脸,但给人的印象,还是美的。第二十六回写黛玉独立怡红院墙角花阴下哭泣,便点出这个人物"秉绝代姿容,具稀世俊美"。如果用怪诞手法塑造黛玉哭泣的艺术形象,那么,就会把这个人物应有的美的艺术形象,变成漫画化,怪诞而滑稽。正如"毛嫱、西施,天下之美人,若使之衔腐鼠,蒙蝟皮,衣豹裘,带死蛇,则布衣韦带之人过者,莫不左右睥睨而掩鼻"(《淮南子·修务训》)。就是说,不适当,不和谐,以致美变成丑。这样,就不能使黛玉形象,引起人们的美感和同情,反而会惹得人们忍俊不禁,甚至反感,也就会失去悲剧效果。

（五）

大家知道，在生活中，人们总是喜爱那些令人欢乐的事情，而不喜爱那些令人悲痛的事情，所谓"人情喜合恶离，喜顺恶逆"。《红楼梦》描写了不少人物的悲剧命运，可以说是一部悲剧艺术作品。然而，长期间，许多读者，尤其当时男女青年，都爱看这部小说，深为感动。"或发声长叹，或挥泪悲啼"。有的说，"挑灯看尽《红楼梦》，泪湿罗巾不忍题"。有的说，"怜余木石吴儿性，也向残篇泪雨零"。有的"致废饮食"，"中夜常为隐泣"。有的"默坐无言，泪如霰集"。⑥他们为了看《红楼梦》，竟至不惜承受悲伤、痛苦的压抑。这又是为什么呢？

《红楼梦》通过丰富的悲剧情节，变化多端地展现了种种悲剧事件，典型地揭示了封建末世社会中男女青年的不幸遭遇，其中宝玉与黛玉的悲剧命运，突出地体现了新生事物被封建势力所毁灭，更具有感人的悲剧力量，所以，就有力地撼动了人们的心灵。当时男女青年，处在封建势力的重压之下，有着亲切的感受，也就对这部小说中的悲剧，更产生了强烈的共鸣。所谓"世人多情者，无不喜读是书也"，"以我之情，揣彼之情"，"遇可悲者则哭之，可恨者笑之"。有的人说是："凡读《红楼梦》者，莫不为宝、黛二人咨嗟，甚而至于饮泣，盖怜黛玉割情而夭宝玉报情而遁也。"有的说是："哀宝玉之痴心，伤黛玉、晴雯之薄命。"有的说是："忆雯、鹃而饮恨，涕蜡流干。"尤其不少妇女,对书中悲剧人物怀着深切的同情,发出悲痛的呼声:"我亦惋惜颦卿,葬花诗句,血泪拼红雨";"香埋怨冢,儿女千秋各断肠","嗟余同薄命,况对断肠春";"今古茫茫同此恨,人天何处问颦儿"。⑦她们基于自己的"薄命"遭遇,与书中悲剧人物同悲同恨,借书中悲剧人物的不幸,倾泻自己的不幸。如果《红楼梦》中悲剧情节缺乏社会意义,那么,难道还能引起如此广泛的共鸣吗?

再者,在《红楼梦》里,通过悲剧情节,展现了一系列的悲剧冲突,揭露了封建势力代表者的罪恶,批判了造成悲剧人物不幸遭遇的不合理的社会制度。这就会使得读者在悲痛之中,对当时社会势力有所认识,不能不愤恨。有的说是:"贾雨村在穷困中,犹不失读书人本色,不知后来一入仕途,且居显要,便换一副面目肺肠。"有的提出:"填词若准《春秋》例,首恶先诛史太君。"因为,"二玉之婚姻,史太君片言立决,谅无有敢违其意者"。甚至有人对满洲某巨公指责《红楼梦》为毁谤旗人之书,极力予以反驳,说《红楼梦》并无毁谤,其中所写"贿酿人命","较之当代诸公身膺强寄,贿赂公行,苞苴不禁,冤死穷民无告者不知几人",简直是小焉者也。这证实,《红楼梦》中悲剧情节展现的悲剧冲突,可以帮助读者更深地认识当时封建势力的丑恶面目。⑧

还应看到,曹雪芹在《红楼梦》里,用浪漫主义的笔触,对金钏、晴雯等人之死,给以美化,使其或与水仙媲美,或成为芙蓉花神。显然,曹雪芹对这类悲剧人物自发的反抗和刚烈的牺牲,都予以充分肯定和热情赞颂。这种肯定和赞颂,无疑是有意义的,因为,反对封建势力的斗争,正是个艰苦奋战和重大牺牲的漫长过程,也就需要鼓舞人们前仆后继地坚持斗争。它可以唤起读者的觉悟,思考如何避免再发生这样的悲剧,为争取美好生活而斗争。因此,金钏、晴雯等人的悲剧,对读者引起的悲痛情绪,并不是悲观绝望,而是含有一种激励战斗的悲壮因素。

长期以来,广大读者之所以喜爱《红楼梦》这部悲剧艺术作品,也是与它的杰出的艺术成就分不开的。曹雪芹写这部巨著,运用精湛的艺术技巧,对生活加以典型化,塑造出众多的悲剧人物,惟妙惟肖,具有鲜明的个性。尤二姐与尤三姐,一对亲姊妹,但一个"温柔和顺",一个果断刚烈。金钏与晴雯,都是贾府丫头,但后者较之前者,气性更大,心地更高,敢作敢为,好一个"勇晴雯"!"二木头"迎春,自然不同于"野玫瑰"探春。"大菩萨"李纨与"母夜叉"凤姐,更是显然有别。的确,这部小说,"描绘人情,雕刻物态,真能抉肺腑而肖化工"。读者在阅读这部小说时,越是被书中悲剧人物所感动而悲痛,就越发爱看,因为,它富有悲剧艺术的吸引力。永忠诗句:"传神文笔足千秋,不是情人不泪流,可恨同时不相识,几回掩卷哭曹侯。"(《延芬室稿》)可见,这个读者,果真被曹雪芹的"传神文笔",感动得掩卷而哭了。

可是,在《红楼梦》里,通过有些人物的悲剧,也在一定程度上宣扬了"运终数尽"的宿命论和"万境皆空"的空虚思想,追求"参禅悟道"的"解悟",使这部小说杂有悲观的、失望的虚无主义色彩。"失望是行将灭亡的阶级所特有的"。在封建末世社会,没落的封建统治阶级,已经感到无路可走,因而颓废绝望。这就会在一些读者中间,产生消极影响。他们在生活之中,苦痛地感到对命运无可奈何,于是把《红楼梦》视为"悟书",力求"解脱"人生悲剧的痛苦。比如,有人说:"《红楼梦》悟书也","涕泣而谈天宝","有心人视之,皆缕缕血痕也","缠绵悱恻于始,涕泣悲歌于后,至无可奈何之时,安得不悟?谓之梦,即一切有为法作如是观,非悟而能解脱如是乎?"(江顺怡《读红楼梦杂记》)显然,这个祈求"悟脱"的读者,受到《红楼梦》悲剧情节杂有的消极因素的感染,一拍即合,因而把《红楼梦》当作"悟书",爱不释手。

由此说来,人们喜爱《红楼梦》这部悲剧艺术作品,其原因,比较复杂,既有积极的,也有消极的,但最主要的是,这部小说的悲剧情节,广阔地展现了封建末世的悲剧现象,深刻地阐明了生活真理,因而具有一定的悲剧意义。这可以使人们在悲痛、流泪之时,获得有益的思想启发和艺术享受。尤其旧社会中的广大读者,看了这部小说,可以把长久郁结于胸中的对当时社会的不快之感,借以一泄为快。因此,在悲痛之中,亦有畅快之适。否则,看《红楼梦》,仅是痛苦而流泪,那么,谁愿受这份罪呢?谁会那么傻呢?不懂得这个道理,就很难理解到《红楼梦》悲剧情节的那种特殊的"美感"的秘密。

然而,一些《红楼梦》续书,如《续红楼梦》、《红楼梦补》等等,都"使吞声饮恨之《红楼》,一变而为快心满志之《红楼》"。这究竟是为什么呢?郑师靖《续红楼梦序》云:"爇返魂香,补离恨天,作两人

(宝玉与黛玉)再生月老,使有情者尽成眷属,以快阅者心目"。犀脊山樵《红楼梦补序》云:"雪其冤而补其阙,务令黛玉正位中宫,而晴雯左右辅弼,以吐其胸中郁郁不平之气,斯真炼石补天之妙手也。"兰幕居士《绮楼重梦楔子》云:"原书由盛而衰,所欲多不遂,梦之妖者也。此则由衰而盛,所造无不适,梦之祥者也。"看来,不论他们的写作主旨,是仅仅为原著中悲剧人物吐不平之气,以快读者之意,还是渴望贵族豪门再盛,大唱"吉祥"赞歌,但他们对《红楼梦》的悲剧意义,根本缺乏认识,所以,在他们的笔下,就让原著中那些悲剧人物,雪其冤,补其恨,吐其气,遂其意,团团圆圆,大吉大利。这正是用捏造的情节,虚假的团圆,把《红楼梦》的悲剧意义全勾销了。无可争论,这些敢于"续貂"者,应当"自惭固陋"。

【注释】

①这种谬论,并非罕见。青山山农《红楼梦广义》:"(黛玉)性忌而情痴,气高而量褊,眼泪之淌,适以自促其天年,此则可议焉。"许叶芬《红楼梦辨》:"(晴雯、芳官)聪明人往往不知检束,又胸无宿物,不知自立堂援,其取祸速败也固宜。"朱作霖《红楼梦文库》:"晴雯死于屈,三姐死于愤,要皆色艳而性刚,固有自祸之媒。"总之,在他们看来,《红楼梦》中悲剧的造成,咎在悲剧人物自身有错误。难道这不是谬论吗?

②戚本第八十回回目,作《懦弱迎春肠回九曲,姣怯香菱病入膏肓》。程高本第八十回回目,作《美香菱屈受贪夫棒,王道士胡诌妒妇

方》。前者点出迎春、香菱两人悲剧,后者只点出香菱一人悲剧。从前者,更可知道,香菱将病入膏肓而死。而后四十回,香菱非但没死,反而由小妾成为"大奶奶"。这算是所谓"薄命司"的人物吗?让香菱作"大奶奶",只会削弱这个人物的悲剧意义,而给人以廉价的安慰。

③陈寅恪《柳如是传》:"偶检《石头记》四三《不了情暂撮土为香》回,以水仙庵所供者洛神。其三八回为《林潇湘魁夺菊花诗》。盖由作者受《东坡集》一五《书林逋诗后》七古'不然配食水仙王,一盏寒泉荐秋菊'句之影响。"姑录于此,以备一说。

再者,《红楼梦》第四十三回提到曹植的《洛神赋》,此赋有"迫而察之,灼若芙蕖出绿波"。这里,就是以芙蕖(芙蓉)来比拟洛神。那么,曹雪芹让《红楼梦》中晴雯当芙蓉花神,到底是受《洛神赋》的启发,还是受石曼卿死后主芙蓉城传说(《六一诗话》)的影响呢?有些人持后一说。我看,还值得商榷。何况,《石林燕语》也记载有文度死后为芙蓉馆主的传说。所谓芙蓉城,应指的是木芙蓉,而不是水芙蓉(荷花)。晴雯管的芙蓉,却是水芙蓉。对此,曹雪芹在《红楼梦》第七十八回里,作了明确的交代。"宝玉一心凄楚,回至园中,猛看见池上芙蓉,想起小丫环说晴雯作了芙蓉之神,不觉又喜欢起来"。池上芙蓉,即指藕香榭池中荷花,"芙蓉影破归兰桨,菱藕香深写竹桥"(第三十八回)。

④后四十回中"苦绛珠魂归离恨天",写黛玉之死。"当时黛玉气绝,正是宝玉娶宝钗的这个时辰","大家痛哭了一阵,只听得远远一阵音乐之声,侧耳一听,却又没有了,探春、李纨走出院外,再听时,惟

有竹梢风动,月影移墙,好不凄凉冷淡"。这里,以喜事衬丧事,以欢庆音乐衬凄风冷月,笔墨不多,却能强烈地突出黛玉死于潇湘馆中,好不凄凉冷淡。正因为,它们之间的衬托,不仅打破了空间的间隔,而且在时间上又安排得很巧,选用的景物虽少,但概括性很强,尤其选用了潇湘馆的竹子,更具有环境特色。还有,音乐之声和竹梢风声,两种声音,一时交响,愈益衬出潇湘馆寂静冷落。因此,小说沉痛地控诉了黛玉的惨死,无情地揭露了贾府统治者的冷酷面目。

⑤程高本第八十回:"(王夫人道:)'我的儿,这也是你的命。'迎春哭道:'我不信我的命就这么苦!'"到第一百回,"(迎春)告诉婆子们说:'回去别说我这么苦,这也是命里所招'"。迎春之言,前后矛盾。因为,前者为雪芹原著(见戚本),后者为程高续本。

⑥本段引句,见一粟《红楼梦卷》、畹香留梦室主《淞南梦影录》。

⑦本段引句,见周澍《红楼新咏》、花月痴人《红楼幻梦自序》、仲振奎《红楼梦传奇自序》、归锄子《红楼梦补序》、邹弢《三借庐笔谈》、一粟《红楼梦书录》。

⑧本段引句,见一粟《红楼梦卷》、姚燮《红楼梦》评语、郭坤《红楼梦传奇题词》、江顺怡《读红楼梦杂记》。